HEYNE <

Teresa Simon

DIE REPORTERIN

WORTE DER WAHRHEIT

Roman

Band 2 der *Reporterin*-Reihe

WILHELM HEYNE VERLAG
MÜNCHEN

Sollte diese Publikation Links auf Webseiten Dritter enthalten, so übernehmen wir für deren Inhalte keine Haftung, da wir uns diese nicht zu eigen machen, sondern lediglich auf deren Stand zum Zeitpunkt der Erstveröffentlichung verweisen.

MIX
Papier | Fördert gute Waldnutzung
FSC® C014496

Penguin Random House Verlagsgruppe FSC® N001967

Originalausgabe 08/2023

Redaktion: Katja Bendels
Umschlaggestaltung: Nele Schütz Design unter Verwendung von Alamy Stock Foto (United Archives GmbH); Stadtarchiv München (Bildsignatur: FS-NL-GRO-428-09)
Satz: Uhl + Massopust, Aalen
Druck und Bindung: GGP Media GmbH, Pößneck
Printed in Germany
ISBN: 978-3-453-42707-5

www.heyne.de

Für Margaretha

Füße, wofür brauche ich euch,
wenn ich Flügel zum Fliegen habe?

Frida Kahlo (1907–1954)

Die Andern sind das weite Meer.
Du aber bist der Hafen.
So glaube mir: kannst ruhig schlafen,
Ich steure immer wieder her.

Mascha Kaléko (1907–1975)

PLAYLIST

Frank Sinatra, *Fly Me To The Moon*
The Rolling Stones, *Everybody Needs Somebody To Love*
The Rolling Stones, *Pain In My Heart*
The Rolling Stones, *The Last Time*
The Rolling Stones, *As Tears Go By*
Margot Eskens, *Die Zeiger der Uhr*
Udo Jürgens, *Merci Chérie*
The Mamas & the Papas, *Monday, Monday*
Ella Fitzgerald, *Summertime*
Roy Black, *Ganz in Weiß*
Roy Orbison, *Pretty Woman*
Ray Charles, *Crying Time*
Zarah Leander, *Yes, Sir!*
Drafi Deutscher, *Marmor, Stein und Eisen bricht*
Heinz Rühmann, *Ich brech die Herzen der stolzesten Frau'n*
Zarah Leander, *Kann denn Liebe Sünde sein?*
Zarah Leander, *Davon geht die Welt nicht unter*
Zarah Leander, *Ich weiß, es wird einmal ein Wunder gescheh'n*
Heidi Brühl, *Wir wollen niemals auseinander geh'n*
Peter Beil, *Und ein Zug fährt durch die Nacht*
The Beatles, *Yellow Submarine*
Jimi Hendrix, *Hey Joe*
Jimi Hendrix, *The Wind Cries Mary*
Jimi Hendrix, *Foxy Lady*

Jimi Hendrix, *Wild Thing*
Esther und Abi Ofarim, *Noch einen Tanz*
Esther und Abi Ofarim, *Morning Of My Life*
Zarah Leander, *Bei mir bistu shein*
Peter Seeger, *We Shall Overcome*
Max Colpet, *Sag mir, wo die Blumen sind*
The Beatles, *All You Need Is Love*
Scott McKenzie, *San Francisco*
Arthur Brown, *Fire*
Bee Gees, *Massachusetts*
Heintje, *Mama*
Beniamino Gigli, *Mamma*
Otis Redding, *Sittin' On The Dock Of The Bay*
Simon and Garfunkel, *The Sound Of Silence*
Alexandra, *Zigeunerjunge*
Alexandra, *Illusionen*
Alexander, *Mein Freund, der Baum*
The Doors, *Light My Fire*
The Beatles, *Hello, Goodbye*
Procol Harum, *A Whiter Shade Of Pale*
Percy Sledge, *When A Man Loves A Woman*

EINS

September 1965

Das konnte doch nicht wahr sein!

Das *durfte* einfach nicht wahr sein!

Die Stimmen um sie herum verschmolzen zu einem summenden Klangteppich, und über der übermütigen Schar spätsommerlicher Partygäste schien plötzlich eine Art Schleier zu liegen, so undeutlich wurden die Konturen der einzelnen Menschen. Das Einzige, was Malou Graf wie in einem grellen Spotlight noch sah, war jene ungewöhnliche Auffälligkeit auf dem entblößten Rücken des Verlegers, die auch ihren eigenen Rücken zeichnete: ein Sternenschweif aus bräunlichen Muttermalen.

Malou wurde flau im Magen.

Sie vergaß zu atmen und begann, am ganzen Körper zu zittern.

Zahlreiche Erinnerungen rasten wild durch ihren Kopf: Verleger Winklers rätselhafte Protektion gleich von ihrem ersten Tag im Verlag an, seine Bemerkungen über den schlesischen Mädchennamen ihrer Mutter, deren harsche Ablehnung ihres Journalistenberufs und speziell des Zeitungsverlags, für den sie schließlich tätig wurde, und schließlich Mamas jäh auftretende Übelkeit bei ihrem gemeinsamen Opernbesuch. Winkler hätte an diesem Abend ebenfalls in der Oper sein sollen, war dann aber überraschend nicht aufgetaucht – hing das alles zusammen?

Um ein Haar wäre Malou hingefallen, so wacklig waren plötzlich ihre Knie, doch ihre Kollegin Ella Weiss war schneller und stützte sie liebevoll.

»Was ist los?«, fragte die ältere Journalistin leise. »Du machst ja ein Gesicht, als hättest du gerade ein Gespenst gesehen! So verheerend sieht unser geschätzter Verleger ohne Hemd doch gar nicht aus …«

Ihr Scherz ging ins Leere. Ella spürte es sofort.

»So schlimm?«

Malou nickte stumm.

»Dann brauchst du jetzt eine Sitzgelegenheit und ein Glas Wasser.« Resolut schob Ella sie zu einem der kleinen Tische, die überall im Garten aufgestellt waren. Dort sank Malou auf den nächsten freien Stuhl. »Warte hier. Kühlung kommt!«

»Ich werde mich rasch umziehen, nachdem mein Töchterchen Nathalie mich soeben freundlicherweise in eine Art Poseidon verwandelt hat.« Winklers laute Stimme klang bemüht fröhlich von der Terrasse zu ihnen herüber. »Eigentlich bin ich ja ein Wasserfan – nur vielleicht nicht ausgerechnet heute, wenn meine gesamte Redaktion bei uns zu Gast ist.«

»Ich kann dir gern ein frisches Hemd holen, Hans«, bot seine Frau Camilla an.

»Lass gut sein, Liebling, bin ja gleich wieder zurück.« Er verschwand durch die Terrassentür ins Haus.

Inzwischen fiel Malou das Atmen wieder leichter, und auch ihr Blick klärte sich allmählich.

In ihrem Inneren jedoch herrschte blankes Chaos.

War Winkler womöglich ihr leiblicher Vater? Wie sonst konnte es sein, dass sie beide die gleiche markante Zeichnung aus Muttermalen auf ihrem Rücken trugen? Aber das würde bedeuten, dass sein Sohn Chris ihr Halbbruder war – jener Chris, mit dem sie vor vier Monaten einen zauberhaften Tag und ganz gegen ihre sonstigen Prinzipien eine leidenschaftliche Nacht verbracht hatte. Allerdings konnte sie sich an Letztere nur noch bruchstückhaft erinnern, weil sie beide aus Übermut zu viel Whiskey getrunken hatten. Am Morgen darauf hatte Malou einen Riesenkater gehabt, und Chris war verschwunden gewesen. Ein paar poetische Zeilen auf einem Zettel und sein Perlenarmband waren alles gewesen, was er zurückgelassen hatte.

Danach hatte Malou vergebens auf ihre Monatsblutung gewartet …

Und heute traf sie ihn wieder, im Haus seines Vaters, für dessen Boulevardzeitung *Der Tag* sie als Gesellschaftskolumnistin arbeitete.

Ihres *gemeinsamen* Vaters?

Die Übelkeit war schlagartig zurück.

»Dein Wasser.« Ella hatte gleich einen ganzen Krug mitgebracht, aus dem sie nun großzügig ein Glas füllte.

Malou leerte es in einem Zug. Und trank ein zweites gleich hinterher.

»Besser?«, fragte Ella.

Malou nickte matt.

»Grünlich um die Nase bist du allerdings noch immer. Jetzt werden sie bald den Grill anwerfen. Hühnerbeinchen, Steaks, Maiskolben, lauter leckeres Zeug. Magst du dich vielleicht zuvor noch ein wenig hinlegen? Ich könnte Winkler fra…«

»Bloß nicht!«, fiel Malou ihr ins Wort. »Ich möchte einfach nur weg von hier. So schnell wie möglich.«

»Ich kann dich fahren«, bot Fotograf Samy an, der plötzlich neben ihnen aufgetaucht war. Er und Malou arbeiteten häufig zusammen und waren mittlerweile zu guten Freunden geworden. »Sag mir einfach, wohin …«

Leicht schwankend stand er mit seinem halb leeren Bowleglas vor ihnen.

»Du, mein Lieber, setzt dich heute garantiert *nicht* mehr hinters Steuer«, gab Ella resolut zurück. »Schon gar nicht mit solch einer kostbaren Fracht!«

Malou sah sie alarmiert an.

Ahnte Ella etwas?

Bislang hatte sie noch niemanden in ihre Schwangerschaft eingeweiht. Allerdings hörte die kleine Frau mit dem scharfen Verstand und dem großen Herzen manchmal buchstäblich das Gras wachsen. Aber das mit Chris und ihr konnte selbst Ella nicht wissen …

»Wir brauchen unsere Gräfin doch noch«, setzte diese jetzt hinzu. »Und zwar heil und gesund. Wer sonst sollte jeden Morgen die letzte *Tag*-Seite mit köstlichem Promi-Klatsch füllen?«

»Hab's ja nur gut gemeint.« Samy zog einen Flunsch.

»Weiß ich doch«, sagte Malou, der nicht verborgen geblieben war, welch sensibler Kern sich hinter der harten Schale ihres Kollegen verbarg. »Ein anderes Mal wieder, lieber Samy.«

»Na, dann lass ich euch beide jetzt besser in Ruhe …« Er zog davon.

»Ich fahr dich«, entschied Ella. »Mein Auto parkt vor der Tür, und stocknüchtern bin ich zudem. Alkohol macht das Leben nicht leichter, sondern vernebelt bloß alles. Das habe ich schon vor langer Zeit begriffen, und seitdem lasse ich lieber die Finger davon. Willst du dich noch von den Winklers verabschieden?«

Malous Blick geriet leicht panisch.

»Okay, also offenbar nicht«, sagte Ella rasch. »Dann erledige ich das für uns beide.« Sie grinste kurz. »Magen-Darm, werde ich sagen. Ganz plötzlich – leider. Da kommen in der Regel kaum Nachfragen.« Sie drückte ihr den Autoschlüssel in die Hand. »Der kleine rote Fiat. Setz dich rein, kurble die Scheibe runter – und atme!«

Die anderen Gäste schienen erneut ins Gespräch vertieft. Niemandem fiel auf, dass Malou langsam den Garten durchquerte.

Wo steckte nur Chris?

Kurz blieb sie stehen, sah sich um, konnte ihn aber nirgendwo entdecken. Sie setzte ihren Weg fort. Für das, was sie mit ihm zu besprechen hatte, gab es im Hause seines Vaters ohnehin keinen Raum.

Ihres gemeinsamen Vaters?

Malous Magen krampfte sich erneut zusammen.

Es tut mir unendlich leid, entschuldigte sie sich bei dem winzigen Wesen, das in ihr wuchs. Feine Mama, die du dir da ausgesucht hast! Eigentlich solltest du es ja friedlich bei mir haben, beschützt und wohlbehütet bis zum Moment deiner Geburt, aber wie hätte ich das alles auch nur ahnen sollen …

Ihre Wangen waren nass, als sie einstieg, und sie konnte nichts dagegen tun.

Kurz darauf kam auch Ella. Sie warf Malou einen prüfenden Blick zu, enthielt sich aber eines Kommentars, was Malou ihr hoch anrechnete.

»Nach Hause?«, fragte sie stattdessen. »Du wohnst immer noch in Schwabing, richtig?«

Malou nickte zuerst automatisch, dann jedoch schüttelte

sie den Kopf. »Nein, Richtung Neuhausen bitte«, sagte sie schniefend. »Genauer gesagt zum Rotkreuzplatz. Ich muss dringend zu meiner Mutter.«

Ella startete den Wagen und fuhr los.

»Geht es wieder?«, fragte sie nach einer Weile.

»Einigermaßen«, murmelte Malou. »Ich sollte versuchen, ruhig zu werden. Darauf kommt es jetzt an.«

Ella blinkte schweigend und bog links ab.

»Mein Sohn wäre jetzt ungefähr so alt wie du«, sagte sie nach einer Weile. »Leo, so habe ich ihn genannt. In der Regel rede ich nicht über ihn. Heute aber mache ich eine Ausnahme, sozusagen von Mutter zu Mutter.«

»Woher weißt du …?«, fragte Malou verblüfft. »Sieht man es denn schon?«

»Nur wenn man dich sehr gut kennt. Du hast so ein Leuchten in den Augen. Und manchmal, wenn du dich unbeobachtet fühlst, streichelst du verstohlen über deinen Bauch. Was sagt denn dein Freund dazu? Philipp, richtig? Freut er sich? Wird sich ja schließlich eine Menge für euch ändern …«

Allerdings. Nur dass es kein »Euch« mehr gab. Malou würde ihr neues Leben mit allem, was dazugehörte, allein zu stemmen haben, so viel war ihr klar. Auf Philipp konnte sie nicht zählen – aus den verschiedensten Gründen …

»Philipp weiß nichts davon«, erwiderte Malou belegt. »Wir haben nämlich Sendepause, und das schon seit Monaten. Gegen seine Faszination für die Fliegerei bin ich auf Dauer nicht angekommen. Wir haben nur noch gestritten. Leider einmal zu viel.«

Und außerdem weiß ich ja selbst noch nicht einmal, ob er der Vater ist, hätte sie beinahe hinzugefügt. Es könnte ebenso gut Chris sein, Winklers Sohn. Was dann?

Dann hätten wir eines der grundlegendsten menschlichen Tabus verletzt …

Erneut schnürte die aufsteigende Panik ihr die Kehle zu.

Ella ließ sich Zeit mit ihrer Antwort.

»Unterschiedliche Ansichten sind doch eigentlich dazu da, dass man an ihnen wächst«, sagte sie schließlich. »Und nicht, um gleich die Flinte ins Korn zu werfen. Ihr beide seid so ein gutes Paar. Ihr werdet sicherlich auch prima Eltern sein. Mit einem Partner an der Seite ist alles leichter. Überleg dir das noch einmal in aller Ruhe, Malou.«

Malou hätte Ella dazu so einiges zu erzählen gehabt. Von Philipps regelmäßigen Fluchten in seine karge Einsiedlerwohnung über seine unselige Kindheit, überschattet vom Dauerstreit der Eltern, bis hin zu seiner Sucht nach Geschwindigkeit, die auf Malou wirkte, als renne er ständig vor etwas davon.

Doch wozu Ella mit alldem belasten? Hatte sie nicht selbst schon genug zu tragen? Ihre Kollegin hatte eben etwas erwähnt, das sich in Malous Gedächtnis eingebrannt hatte.

»Dein Sohn *wäre* jetzt ungefähr in meinem Alter, hast du vorhin gesagt. Bedeutet das, dass er nicht mehr lebt?«

»Die Vierzigerjahre waren keine gute Zeit, um ein Kind zu bekommen – jedenfalls nicht für mich.«

»Was ist damals passiert?«, flüsterte Malou. »Bist du …«

»Jüdin?« Ella klang plötzlich bitter. »Nach jüdisch-religiösem Gesetz bin ich das, denn meine Mutter war Jüdin. Für die Nazis galt ich mit meinem arischen Vater als Mischling 1. Grades – als Halbjüdin also, evangelische Taufe und Konfirmation hin oder her. Aber sag selbst: Kann es halbe Menschen geben? Daran habe ich niemals geglaubt. Und die Nazis offenbar auch nicht. Denn als mein Vater sich scheiden ließ, wurden Mama und ich zu Freiwild. Was schließlich auch mein Ungeborenes zu spüren bekam. Die Wehen setzten zwei Monate zu früh ein. Mein Löwenkind hat gekämpft, aber diesen Kampf leider verloren. Leo hätte einen Brutkasten gebraucht, dazu liebevolle, erfahrene Kinderärzte, dann hätte er es vielleicht geschafft. Mit einer Mutter wie mir aber, die sich in Kellern, Baustellen und ungeheizten Lauben verstecken musste, standen seine Chancen schlecht. Er durfte nur einen einzigen Tag leben.« Ihre Stimme drohte zu kippen. »So winzig war er, und dabei so wunderschön …«

»Das tut mir unendlich leid«, sagte Malou bewegt.

»Eine Wunde, die sich niemals schließen wird. Aber sie gehört zu mir wie meine krausen Haare und die schiefen Zehen. Ich musste lernen, mit ihr zu leben – was man eben so leben nennt. Ohne das Werk von Viktor Frankl hätte ich es vermutlich niemals geschafft.«

»Viktor Frankl – wer ist das?«, fragte Malou.

»Ein jüdischer Wiener Psychiater, der vier KZs überlebt und die Logotherapie begründet hat. ›Ihr könnt mir alles antun, aber ihr habt nicht in der Hand, wie ich darauf reagiere‹, hat er den Nazis entgegengehalten – und das habe auch ich mir zu eigen gemacht.« Ella sandte Malou einen prüfenden Seitenblick. »Du behältst doch für dich, was ich dir soeben erzählt habe? Ich möchte nicht, dass es unter den Kollegen die Runde macht.«

»Selbstverständlich. Von mir erfährt niemand ein Wort«, versprach Malou.

Ella legte ihre Hand auf Malous Arm.

»Wenn ich etwas aus diesen ganzen furchtbaren Erlebnissen gelernt habe, dann das: Leben ist etwas sehr Kostbares. Also pass bitte gut auf euch beide auf. Wann ist es denn so weit?«

»Im Februar«, sagte Malou leise. »Wenn das Licht zurückkehrt. Dann kann sie im Frühling und Sommer nach und nach die Welt entdecken, ein Gedanke, der mich glücklich macht.«

»Sie?«

»Sie«, bekräftigte Malou. »Ein Mädchen. Hab ich vom ersten Moment an gewusst.«

Ella lächelte. »Falls ihr beide Hilfe braucht, wobei auch immer – scheu dich bitte nicht, mich zu fragen.«

»Danke dir«, erwiderte Malou gerührt. »Für dein Vertrauen und für das liebe Angebot, das ich gerne annehme. Du kannst mich hier rauslassen, Ella. Die letzten Meter gehe ich zu Fuß. Die frische Luft macht den Kopf klar. Und einen klaren Kopf werde ich jetzt brauchen.«

»Alles Gute für das Gespräch mit deiner Mutter«, sagte Ella. »Ich geb dir noch ein paar Zeilen von Mascha Kaléko mit auf den Weg: *Jage die Ängste fort. Und die Angst vor den Ängsten … Sei klug und halte dich an Wunder.* Hat mir schon so manches Mal geholfen.«

Das Gesagte klang noch in Malou nach, als sie nach ein paar Minuten Fußweg vor dem mehrstöckigen Wohnhaus stand, in dem ihre Eltern lebten. Langsam sank die Dämmerung herab, es wurde ein wenig kühler, und an den ersten gelben Blättern der alten Bäume am Straßenrand war zu erkennen, dass der Herbst nicht mehr fern war.

Plötzlich zögerte sie.

Erst im letzten Winter hatte Theo Grafs schwerer Unfall ans Licht gebracht, dass er, den Malou ein Leben lang »Papa« genannt hatte, aufgrund seiner Blutgruppe unmöglich ihr Vater sein konnte.

Wer war es dann?

Im Krieg gefallen, wie so viele seines Jahrgangs, hatte Malous Mutter ihr schließlich nach stundenlangem Nachbohren gesagt. Mehr war ihr beim besten Willen nicht zu entlocken gewesen, egal wie hartnäckig Malou sie auch bedrängt hatte.

Hatte Mama womöglich gelogen?

Wie würde sie nun reagieren, wenn Malou sie mit den Erkenntnissen der Sommerparty konfrontierte – würde sie ihr erneut ausweichen, oder würde sie endlich die Wahrheit sagen?

Malou musste sie dazu bringen. Zu viel stand jetzt für alle auf dem Spiel.

Sie drückte auf den Klingelknopf.

Es dauerte eine ganze Weile, bis der Summer ertönte und die Haustür sich öffnete.

Ihre Mutter zog erstaunt die Brauen hoch, als sie Malou die Treppen heraufkommen sah. Karin Grafs Haare wirkten verwuschelt, die helle Bluse war schief zugeknöpft, und auch der Rock saß nicht so perfekt wie gewöhnlich.

Hatte sie bereits geschlafen?

»Überraschungsbesuch«, sagte Malou. »Guten Abend, Mama! Ist Papa auch da?«

»Spielt Karten mit den Fischers vom Nebenhaus. Seit dem langen Krankenhausaufenthalt ist seine alte Skatleidenschaft neu erwacht. Ich kann, wie du ja weißt, dieser Art von lärmender Geselligkeit so gar nichts abgewinnen …«

Malou folgte ihr ins Wohnzimmer, und mit jedem Schritt wuchs ihre Befangenheit. Auf dem niedrigen Teakholztischchen stand eine Flasche mit bernsteinfarbenem Inhalt und einem handgemalten Etikett – der selbst gebrannte Nusslikör, den die Grafs seit Jahren von einem treuen Kunden geschenkt bekamen.

Die Flasche war nur noch zur Hälfte gefüllt.

In Gesellschaft trank ihre Mutter maximal ein Glas Wein oder Sekt, weil sie angeblich so wenig vertrug.

Pichelte sie heimlich Hochprozentiges, sobald sie allein war?

Karin Graf schien das Ganze ein wenig peinlich zu sein, denn sie schob Flasche und Glas resolut zur Seite.

»Und von einem neuen Motorroller träumt Theo auch schon wieder, stell dir das vor, und das nach diesem Unfall, der ihn fast das Leben gekostet hätte! Aber nicht mit mir, hab ich ihm gesagt. Ich werde nicht tatenlos dabei zusehen, wie er sich zum zweiten Mal alle Knochen bricht ...«

»Mama«, unterbrach sie Malou. »Darüber reden wir ein anderes Mal, einverstanden?«

»Ganz wie du meinst. Du siehst so aufgewühlt aus, Marie. Ist etwas passiert?«, fragte ihre Mutter, die Malou nach wie vor nach ihrem Geburtsnamen Marie-Louise Marie nannte. »Setz dich doch erst einmal! Es muss etwas passiert sein! Du kommst doch sonst nicht zu uns, ohne dich vorher telefonisch anzukündigen.«

Malou atmete tief aus.

»Allerdings«, sagte sie. »Du weißt doch, wie sehr mich seit jeher dieser Muttermalschweif auf meinem Rücken gestört hat?«

»Ja, leider. Du hast ihn stets gehasst, obwohl ich dir ja immer gesagt habe, dass ich ihn ganz charmant finde ...«

»Weil der Mann, den du geliebt hast, die gleiche Anordnung von Muttermalen am Rücken trägt?«, fragte Malou. »War das der Grund?«

»Woher weißt du ...« Ihre Mutter brach ab und starrte auf die Teppichfransen.

»Ich hab es vorhin gesehen. Bei der Gartenparty hat Winklers Teenagertochter ihn aus Spaß mit dem Wasserschlauch attackiert, bis er klatschnass war und sein Hemd ausgezogen hat. Da hatte ich mein verhasstes Mal eins zu eins vor Augen. Das kann doch kein Zufall sein!« Malous Stimme wurde lauter. »Ist er mein angeblich im Krieg gefallener Vater, Mama? Hat mich mein Chef, der Verleger Hans Wolfgang Winkler, gezeugt?«

Ihre Mutter sprang auf und rannte aus dem Zimmer. Malou folgte ihr, war aber nicht schnell genug.

Die Tür zum Schlafzimmer war bereits von innen zugesperrt.

Mit einem tiefen Seufzer ließ Malou sich davor auf den Boden sinken.

»So einfach kommst du mir heute nicht davon, hörst du?«, sagte sie. »Ich habe deine Ausweichmanöver gründlich satt und werde nicht eher von hier weichen, bis ich nicht endlich die Wahrheit aus deinem Mund erfahren habe! Also noch einmal: Ist Winkler mein Vater?«

Von der anderen Seite kam nur Unverständliches.

»Mach auf, Mama!« Malous Tonfall hatte sich weiter verschärft. »Rede endlich. Schluss mit all diesen Lügen! Das bist du mir schuldig.«

Alles blieb still.

»Nun gut, ganz wie du willst. Dann werde ich eben so lange hier campieren, bis Papa zurück ist«, sagte Malou. »Besonders bequem ist es auf dem harten Boden für eine Schwangere allerdings nicht, das muss ich schon sagen …«

Sie hörte, wie der Schlüssel im Schloss gedreht wurde. Die Tür ging auf.

»Du bist schwanger?« Karins Augen waren gerötet. In der Hand hielt sie ein paar vergilbte Papierseiten.

»Ja, das bin ich, und ich hätte es dir lieber auf andere Weise mitgeteilt.«

Und weil du mich so lange konsequent belogen hast, ist womöglich ausgerechnet mein Bruder der Vater…

Da war sie wieder, jene grässliche Übelkeit.

»Ist Winkler mein Vater?«, fragte Malou erneut, während sie gegen den Brechreiz ankämpfte.

»Du – schwanger! Jetzt bin ich vollkommen konfus. Lass uns zurück ins Wohnzimmer gehen«, bat Karin.

»Aber keine neuerlichen Winkelzüge«, forderte Malou. »Heute brauche ich Antworten!«

Ihre Mutter seufzte resigniert. »Lies erst einmal das hier. Dann wirst du mich vielleicht besser verstehen.«

Malou stand auf und folgte ihr. Die Bögen, die ihr die Mutter in die Hand drückte, während sie auf dem Sofa Platz nahm, fühlten sich leicht brüchig an.

Sie begann zu lesen.

Brieg, März 1940

Hans,

denn »mein lieber Hans« kann und will ich nicht mehr schreiben!

Dein Rilke-Band liegt jetzt in der Tonne, denn du hast mir das Herz gebrochen. Wohin sind all deine Komplimente, die feurigen Liebesschwüre und Versprechen, mit denen du mich seit dem letzten Sommer überhäuft hast?

Geschmolzen wie Schnee in der ersten Frühlingssonne …

Auch die zarte Kette mit den Flussperlchen, die schon deine heiß geliebte Großmutter trug, habe ich mir zutiefst enttäuscht vom Hals gerissen. Denn schon morgen steckst du in St. Nikolas einer anderen den Ring an den Finger, jener arroganten blonden Verlegerstochter aus Breslau, die dich mir gestohlen hat.

Woher ich das weiß?

Die ganze Stadt spricht von nichts anderem mehr. Und so musste ich von fremden Menschen deinen Verrat erfahren, denn du selbst warst viel zu feig, um ihn mir zu gestehen. Hattest wohl gehofft, du würdest schon an der Front sein, bis ich dahinterkäme, und könntest somit jeder Auseinandersetzung aus dem Weg gehen?

Wie konnte ich mich nur so sehr in dir täuschen?

Mein monatelanges verliebtes Trunkensein in deiner Nähe ist jäh einer klirrenden Nüchternheit gewichen.

Ein Held warst du für mich, mein goldener Ritter, der Mann meines Lebens. Jedes Wort habe ich dir geglaubt, jeden Blick aus deinen blauen Augen aufgesogen, die mir so treu, so wahrhaftig erschienen sind. Du hast mich zur Frau erweckt, hast mir gezeigt, wie schön die Liebe sein kann.

»Die Zukunft gehört uns beiden, mein Herz«, so deine innigen Beschwörungen. »Der Krieg wird bald gewonnen sein, und danach werden wir beide zusammenleben. Für immer!«

Worte, Worte, nichts als verlogene Worte.

Jetzt wirst du niemals mein Geheimnis erfahren …

Du kannst in wenigen Tagen tot sein, und ich bin es bereits – so jedenfalls fühlt es sich gerade in mir an. Wozu überhaupt noch weiteratmen – ohne deine Liebe? Ohne dich? Ginge es nur um mich allein, ich würde keinen Augenblick zögern, Taten folgen zu lassen.

Doch ich kann es nicht.

Ich darf *es nicht.*

Deshalb muss auch ich fortgehen, fort von zu Hause, fort von den mitleidigen Blicken der Freunde und Nachbarn, die alsbald in Häme umschlagen könnten, fort von den elterlichen Fragen und Vorwürfen, die mich nur noch verzweifelter machen würden.

Fort von allem.

Zum Glück gibt es einen Menschen voller Güte, der mich aufnimmt. Zu diesem fliehe ich nun. Die Fahrkarte ist bereits gekauft, mein kleiner Koffer gepackt und unter dem Bett versteckt, damit Mama ihn nicht entdeckt.

Ich werde sie mit meiner überstürzten Flucht sehr unglücklich machen, was mir wehtut, aber es geht nicht anders. Vielleicht kann sie mir später einmal verzeihen, das ist die einzige Hoffnung, die mir bleibt.

Und Papa?

Seine Seele ist groß, das weiß ich. Er wird nichts dazu sagen, das ist so seine Art, besonders seitdem er so krank geworden ist, aber tief drinnen wird er wissen, dass ich keine andere Wahl hatte.

Er versteht sein Kind. Darauf muss ich bauen.

Bevor mich morgen früh der Zug zum Bahnsteig ruft, werde ich heute noch ein letztes Mal zu meinem Lebensfluss gehen. Hier haben wir beide gemeinsam geträumt, mein untreuer Liebster, hier uns eine goldene Zukunft zurechtgesponnen. Aber Träume können erfrieren, wenn man sie nicht weiterspinnt, wusstest du das?

Ich glaube an Nächte.

Diesen einzigen Satz von Rilke will ich noch gelten lassen, damit ich nicht vollständig den Verstand verliere. Ich bin nun ganz allein auf der Welt, und doch nicht allein genug.

Werde ich stark genug sein?

Zur nächtlichen Oder werde ich all mein Sehnen, all meinen Schmerz, all meine Ängste tragen.

All meine Scham.

Ich muss noch einmal hinunter zum dunklen Fluss, an dem einst unser Liebesnest war, sonst kann ich nicht fort. Aber ich fürchte auch gleichzeitig den lockenden Ruf des Wassers. Als Tochter der Oder weiß ich, wie eisig sie im März noch ist, absolut tödlich, wagt man nur einen einzigen falschen Schritt. Und dennoch werde ich heute noch ein letztes Mal an ihrem Ufer stehen, die Arme weit ausgebreitet.

Ich bin bereit.

Komme, was da auch kommen mag.

»Das hast du geschrieben?«, fragte Malou.

Ihre Mutter nickte. All das Strenge, das damenhaft Beherrschte, das sie sonst ausstrahlte, war aus ihrem Gesicht verschwunden. Jung sah sie plötzlich aus – und unendlich verletzlich.

»Damals war ich neunzehn. Ich habe diesen Brief niemals abgeschickt.« Karins Stimme war leise. »Wozu auch? Hans hatte seine Wahl ja längst getroffen. Und ich die meine.«

Sie legte ein altes Foto auf den Tisch – ein junger Mann in Wehrmachtsuniform, der seinen Arm zärtlich um eine sehr junge Karin gelegt hatte.

»Das einzige Foto, das ich noch von ihm habe. Ich wollte es immer wegwerfen …«

»Du hast mit dem Gedanken gespielt, dich umzubringen – und mich dazu?«, fragte Malou, die in Gedanken noch immer bei dem Brief war, dessen düstere Schwermut sie schockiert hatte.

»Ich habe in jenen Tagen tatsächlich ernsthaft mit diesem Gedanken gespielt, das muss ich zugeben. Mein kranker Vater, meine frömmelnde Mutter, diese Schande im Städtchen, wo jeder jeden kannte, dazu noch der Krieg, der uns allen im Nacken saß, ich wusste einfach nicht mehr weiter. Hans hatte nur mit meinen Gefühlen gespielt und mich zutiefst enttäuscht. Damit zu leben, erschien mir nahezu unmöglich.« Sie sah ihre Tochter lange an. »Aber, wie du siehst, habe ich mich anders entschieden, sonst säßen wir beide heute nicht hier. Anstatt als schwangere Wasserleiche in der Oder zu enden, bin ich zu Onkel Julius nach München geflohen, der mich wie eine Tochter aufgenommen hat. Hier bin ich auch Theo begegnet, durfte seine Frau werden, dich zur Welt bringen und in einer neuen Familie glücklich sein. Was hinter mir lag, wollte ich für immer vergessen – vor allem ihn, jenen berechnenden, treulosen Kerl, der immer nur an sich selbst gedacht hat …«

»Es muss schrecklich für dich gewesen sein, Mama«, sagte Malou bewegt. »Du warst noch so jung und total verzweifelt, und ich kann verstehen, dass du mir nichts davon erzählt hast, als ich klein war. Aber später, als ich denken konnte und vieles begreifen – warum dann weiterhin nichts als Lügen? Du hast behauptet, mein Erzeuger sei tot, dabei strotzt er vor Leben!«

»Für mich *war* er tot, viele Jahre lang. Wie hätte ich ahnen können, dass Hans eines Tages eine Zeitung verlegen würde – und das auch noch in der Stadt, in der wir leben? Und dass du dich ausgerechnet bei dieser Zeitung als Journalistin verdingen würdest? Ich bin fast durchgedreht, als ich es erfahren habe!«

Malou musste an den gemeinsamen Opernbesuch denken, und plötzlich verstand sie, was damals in ihrer Mutter vorgegangen sein musste.

»Spätestens da hättest du mit der Wahrheit herausrücken müssen, anstatt wortlos wegzulaufen«, sagte sie. »Wie stehe ich jetzt da, wenn es herauskommt?«

»Muss es doch nicht. Hans weiß nichts von deiner Existenz. Diesen Brief hat er ja niemals erhalten. Ehrlich gesagt, war dieser Brief auch eher ein Gespräch mit mir selbst, das ich führen musste, bevor ich handeln konnte.«

»Er ahnt, nein, ich glaube, er weiß, dass ich deine Tochter bin, Mama, so wie er auf deinem schlesischen Mädchennamen herumgeritten ist. Außerdem kennt er mein Geburtsdatum und kann eins und eins zusammenzählen.«

»Aber er hat dich nicht direkt auf mich angesprochen?«

»Nein, das hat er nicht.«

»Typisch für Hans! Alles immer schön unter den Teppich kehren, solange es bequemer für ihn ist. So hat er es damals auch mit seiner Beziehung zu Eva Mehwald gemacht, der reichen Verlegerstochter aus Breslau, die er geheiratet hat, obwohl er doch mir die Ehe versprochen hatte …«

»Diese Eva ist schon lange tot, Mama. Seine Frau heißt Camilla. Sie hat sich letztens übrigens angelegentlich nach meinem Perlencollier erkundigt. Ich dachte ja bis eben, es sei ein Erbstück deiner Mutter, und war ihr gegenüber ganz unbefangen, dabei stammt es von Winkler, nicht wahr? Womöglich gibt es eine alte Fotografie, und sie hat es wiedererkannt – und er doch sowieso.«

»Dann denkt sie vielleicht noch, ich hätte das Collier gestohlen«, sagte Karin bitter. »Dabei war es doch seine Liebesgabe. Geradezu aufgedrängt hat er es mir. Ach, hätte ich diese verdammte Kette doch bloß gleich weggeworfen ...«

»Die Perlen sind gerade mein kleinstes Problem, Mama«, sagte Malou. »Hans Wolfgang Winkler ist also mein Erzeuger. Weiß Papa davon?«

»Ja. Ich habe Theo damals vor der Hochzeit alles erzählt. Und er wollte mich trotzdem zur Frau – stell dir vor.«

»Und Onkel Julius?«

»Ihm habe ich zwar die Tatsachen berichtet, aber keinen Namen genannt, und er hat mich auch nicht bedrängt. Du kennst doch seine feine, zurückhaltende Art. Wenn einer Geheimnisse zu hüten weiß, dann er. Er war so glücklich über Theo und mich. Allein das hat für ihn gezählt.«

Malou lehnte sich auf dem Sofa zurück und schloss die Augen.

Winkler war also definitiv ihr leiblicher Vater, und sie hatte die Nacht mit seinem Sohn Chris verbracht, ihrem Bruder, ohne es zu wissen, denn es gab ja, wie Ella es so klug gesagt hatte, keine halben Menschen. Sie erinnerte sich noch gut daran, wie sie getanzt und geflirtet und sich geküsst hatten, und dass sie dann viel zu viel Whiskey getrunken hatten.

Nie wieder würde sie auch nur einen Tropfen dieses Teufelsgesöffs anrühren!

Wie weit waren sie in jener Nacht in ihrem seligen Rausch gegangen? Konnte das Kind in ihrem Leib tatsächlich Christopher Winklers Kind sein? Das hässliche Wort INZEST, um das Malou sich bislang gedrückt hatte, flammte grell wie eine Neonschrift vor ihr auf.

Ihr wurde eiskalt und sterbensübel.

»Du siehst ja plötzlich ganz elend aus, Kind«, hörte sie ihre Mutter besorgt sagen. »Siehst du, Marie, nicht jede Wahrheit macht auch glücklich! Oder setzt dir gerade die Schwangerschaft zu? Wie weit bist du denn eigentlich? Und was sagt Philipp dazu?«

»Der weiß noch nichts davon, Mama. Wir hatten nämlich ordentlich Stress und haben uns lange nicht mehr gesehen. Vielleicht ist es ganz aus zwischen uns. Gut möglich sogar.« Staksig stand Malou auf. »Mir ist tatsächlich gerade ganz und gar nicht gut. Ich muss jetzt nach Hause und alles erst einmal verdauen.«

»Darum also kein Ton mehr über Philipp, und das schon seit Wochen! Deine Eltern sind aber nicht blöd, weißt du, und haben sich bereits so etwas in der Richtung gedacht. Natürlich wäre es schön, wenn ihr euch wieder versöhnen würdet, vor allem jetzt, wo ein Baby unterwegs ist.«

Malou zog die Schultern hoch und blieb stumm.

»Aber eines sollst du wissen, Marie«, fuhr ihre Mutter fort. »Unseretwegen musst du keine Ehe eingehen, nur weil du schwanger bist. Diese Zeiten sind vorbei. Wenn du heiratest, sollte es einzig und allein aus Liebe geschehen, das wünsche ich dir.«

Jetzt gelang Malou ein winziges Lächeln.

»Du bist wirklich immer wieder für Überraschungen gut, Mama, das muss man dir lassen!«, sagte sie.

»Willst du dich nicht lieber hier hinlegen? Ich könnte dir Kamillentee kochen …«

»Danke, aber ich muss mich jetzt erst einmal sortieren – allein. Bist du so lieb und rufst mir ein Taxi? Ich fürchte, Bus und Straßenbahn schaffe ich nicht mehr ganz …«

Zu Hause angekommen, riss Malou sich erst einmal das verschwitzte Kleid herunter und gönnte sich eine kühle Dusche, und zwar so ausgiebig, dass ihr Kater Monsieur Filou, der ihr einst über die Dächer Schwabings zugelaufen war, vor der Badezimmertür schon vorwurfsvoll zu maunzen begann.

Danach fühlte sie sich wieder etwas besser, war sogar in der Lage, ihre Leibesmitte kritisch zu beäugen.

War ihr Bauch dicker geworden?

Eigentlich unmöglich innerhalb eines Tages, denn gestern noch war sie davon überzeugt gewesen, dass man im vierten Monat noch nichts sehen könne. Doch genauso kam es Malou gerade vor, während sie sich abtrocknete, eincremte und anschließend in ein großes Baumwolltuch wickelte, das sie über dem Busen verknotete.

Sie musste ihre Schwangerschaft endlich offiziell bekannt machen – nicht zuletzt ihrem Chef, der nun plötzlich auch ihr leiblicher Vater war.

Malou hatte keine Ahnung, wie sie ihm ab jetzt begegnen sollte. Alles auf den Tisch bringen oder so tun, als sei nichts passiert? Wenn ihr Kind allerdings von seinem Sohn war, würde nicht nur ihre Welt krachend in sich zusammenstürzen …

Sie musste mit Chris reden. Dringend. Aber wie mit ihm in Kontakt treten? Wohnte er aktuell bei seinen Eltern?

Bei Winklers anzurufen, erschien ihr unmöglich.

Wo sonst konnte sie ihn antreffen?

Während tausend Gedanken durch ihren Kopf schossen, fiel Malou als rettende Lösung Samy ein. Der Fotograf schien Chris näher zu kennen, so positiv wie er sich dem Chef gegenüber über dessen Sohn geäußert hatte. Vielleicht wusste er ja auch, wo er aktuell wohnte.

Natürlich würde sie Samy keinen Ton über ihr inneres Gefühlschaos sagen. Bis morgen musste sie sich zudem gedulden, denn die Gartenparty war ja sicherlich noch in vollem Gang, und wenn Samy erst einmal am Feiern war, dann feierte er …

Malou öffnete den Kühlschrank.

Nichts als Salat, Gemüse, Wasser und Saft, wie man es als brave Schwangere eben einkaufte. Dabei überfiel sie gerade ein wahrer Bärenhunger auf etwas Deftiges. Eigentlich kein Wunder, denn sie hatte seit dem Frühstück nichts mehr gegessen …

Ein paar Eier gab es zum Glück noch, und das ältliche Brot konnte sie im Toaster rösten. Dazu diese beiden nicht mehr ganz so ansehnlichen Tomaten … Alles in allem waren das leider keine sonderlich berauschenden Aussichten. Zu einer begnadeten Köchin würde sie es vermutlich niemals bringen. Philipp fehlte, der aus quasi nichts etwas Leckeres zaubern konnte. Philipp mit seiner Wärme, seiner beruhigenden Stimme und den Händen, die ihren Körper so gut kannten … Ach, Philipp, wie sehr vermisste sie ihn!

Malou sank auf den nächsten Stuhl und begann zu weinen.

Als es klingelte, schrak sie zuerst zusammen, dann aber breitete sich helle Freude in ihr aus.

Das konnte nur er sein!

Philipp war zurückgekommen, um ihr zu sagen, wie leid ihm dieser dumme Streit tat …

Sie wischte sich die Tränen ab, lief in den Gang und öffnete die Tür.

»Du?« Fassungslos starrte sie Chris an, der grinsend vor ihr stand.

Er tippte auf den Korb in seiner Hand.

»Bin so etwas wie dein Rotkäpperich, der die arme Kranke laben kommt. Du hast weder vom Büfett noch vom Grill einen Bissen abbekommen, das konnte ich doch nicht so stehen lassen. Hab nur ganz feine, zarte Sachen mitgebracht. Die verträgst du garantiert!«

Malou stand reglos da und starrte ihn mit offenem Mund an.

»Willst du mich nicht hereinbitten?«, fragte Chris. »Ich weiß, es ist nicht gerade die allerüblichste Zeit, aber du kennst ja den Spruch vom späten Abend und den schöneren Gästen …«

»So?«, entfuhr es ihr, und sie schaute an sich hinunter.

»Och, von mir aus kannst du gern so bleiben. Außerdem hab ich dich mit noch deutlich weniger Kleidung in bester Erinnerung. Also?«

Malou trat ein Stück zur Seite und hielt das Tuch über der Brust zusammen.

»Ich zieh mir rasch was über«, sagte sie, doch da hatte er schon seinen Korb abgestellt und sie in die Arme genommen.

»Du als Papas Klatschtante – verrückte Zufälle gibt es vielleicht!«, flüsterte er an ihrem Hals. »Ich konnte es zuerst gar nicht glauben, als ich dich im Wohnzimmer zwischen seinen Journalisten erblickt habe. Aber dann habe ich mich tierisch gefreut, Malou, denn ich habe dich natürlich vermisst. Bin ich dir denn auch abgegangen, meine kleine Sommerelfe, zumindest ein ganz klein wenig?«

Für einen Moment war sie schier überwältigt. Er roch genauso gut wie damals im Englischen Garten, nach Gras, Zimt und Sonne, und fühlte sich zart und muskulös zugleich an, ihr spielerischer Faun, mit dem sie so viel Vergnügen erlebt hatte. Zielsicher hatten seine weichen Lippen jene Stelle an ihrem Hals gefunden, die ganz besonders sensibel reagierte. Und wie sie Chris kannte, würden sie da sicherlich nicht lange verharren, sondern kühn weiterwandern.

Malou wusste ja, wie gut er küssen konnte …

Dann aber setzte ihr Verstand ein.

Chris ist dein Bruder, sagte ihre innere Stimme in strengem Tonfall. Lass ihn sofort los!

Jäh löste sie sich aus der Umarmung. Dabei verrutschte das lose gebundene Tuch und entblößte ihren nackten Bauch.

»He«, sagte Chris und starrte darauf. »Den hab ich aber nicht ganz so rund in Erinnerung!«

Malou bedeckte sich eilig wieder.

»Und bei der Party war dir ganz plötzlich so übel … Sag mal, kann es sein, dass alles eigentlich ganz anders ist?«

Was hätte Leugnen jetzt noch gebracht?

Malou nickte klamm.

»Es war gar kein Magen-Darm-Infekt«, gestand sie. »Das hat Ella nur gesagt, damit ich abhauen konnte. Ich bin schwanger, Chris.«

Ängstlich wartete sie auf seine Reaktion.

»Schwanger?«, wiederholte er. »Wirklich? Das ist ja eine Überraschung. Ich gratuliere!«

Malou zog die Schultern hoch.

Chris ahnte ja nicht, was das unter Umständen bedeutete …

»Du wirst sicherlich eine hinreißende Mama«, fuhr er fort. »Wer ist denn der Glückliche?«

Malou nahm all ihren Mut zusammen.

»Du?«, flüsterte sie.

»Ich?« Chris schüttelte den Kopf. »Das ist leider vollkommen ausgeschlossen! Ich hätte dich in jener verzauberten Nacht so gern mit allen Sinnen geliebt, aber nach all dem Whiskey …«

Sagte er die Wahrheit? Oder behauptete er das nur, um sich vor den Konsequenzen zu drücken?

»Wir haben also nicht miteinander geschlafen?« Malous Stimme klang zittrig.

»Definitiv nicht. Bei mir ging rein gar nichts mehr. Tote Hose im Endstadium sozusagen.«

»Und da bist du dir ganz sicher?«

Sie musste unbedingt weiter nachfragen. Schließlich hing nicht nur ihr Leben davon ab.

»Tausendprozentig«, versicherte Chris. »Hat mir im Nachhinein unendlich leidgetan, dass ich bei dir so wenig meinen Mann stehen konnte, wie man so schön sagt. Denn ich Trottel hatte uns beide ja überhaupt erst zum Whiskeytrinken angestiftet …« Er fuhr sich durch die Haare. »Du warst übrigens auch ganz schön jenseits, meine Liebe. Ich bin damals nachts aufgewacht, um dich vielleicht doch noch zu verführen, aber du hast geschlafen wie ein Stein, und mir wurde schon beim Versuch eines Versuchs klar, dass ich noch immer außer Gefecht gesetzt war. Nicht ein Auge hast du aufgemacht, nur etwas gemurmelt – Philipp oder so ähnlich. Schien dich schwer zu beschäftigen.«

Die Erleichterung war so übermächtig, dass Malou an der Wand nach Halt suchte.

Nicht Chris war also der Vater ihres Kindes, sondern Philipp. Philipp!

»He, he, he«, sagte Chris und hielt sie zusätzlich fest. »Jetzt aber bloß nicht aus dem Stand umkippen, kleine Mama in spe! Du brauchst dringend eine Stärkung. Wie gut, dass ich mit meinen Köstlichkeiten spontan bei dir vorbeigeschaut habe!«

Sie schob ihn sanft zur Seite.

»Geh schon mal voraus in die Küche. Bin gleich wieder da.«

Malou lief ins Schlafzimmer, holte Unterwäsche und ein bequem geschnittenes Trägerkleid aus dem Schrank und zog sich mit fliegenden Händen an. Noch hatte er die verräterischen Muttermale nicht gesehen.

Sollte sie Chris jetzt und hier offenbaren, dass sie einen gemeinsamen Vater hatten?

Wie würde er darauf reagieren?

Lässig?

Bestürzt?

Oder sogar geschockt?

Spontan, wie Chris war, würde er mit dieser Nachricht womöglich zurück in die Villa fahren und sie vor allen Kollegen heraustrompeten! Nein, er sollte und musste natürlich erfahren, dass sie so eng verwandt waren, aber erst wenn sie selbst gelernt hatte, mit diesem neuen Wissen einigermaßen umzugehen.

Es fiel Malou schwer, das schützende Schlafzimmer zu verlassen, aber schließlich raffte sie sich dazu auf. Chris hatte inzwischen den Küchentisch gedeckt und gegrillte Hähnchenschenkel, Nudel-, Waldorf- und Tomatensalat, Baguette, Camembert und Weintrauben auf Teller und Schüsselchen verteilt. Monsieur Filou, der rote Kater, hatte sich auf einem freien Stuhl bereits in Position gebracht und fixierte gebannt das späte Mahl.

»Geht doch so, oder?«, vergewisserte sich Chris. »Servietten hab ich leider nirgendwo gefunden.«

»Sieht alles sehr appetitlich aus«, erwiderte Malou. »Ich spüre gerade, wie hungrig ich bin.«

»Nachtisch ist leider nicht, denn der Rest der Eisbombe hätte den Transport quer durch die Stadt garantiert nicht überlebt«, sagte Chris. »Darum hab ich lieber die Finger davon gelassen.«

Malou nickte.

»Dieser Philipp, den du damals nachts gerufen hast, ist dein Freund, oder?«, fragte Chris unvermittelt.

»Ja und nein. Wir hatten uns ausgebremst. Große Sendepause.«

»Ach, dann war ich also nur eine Art Lückenbüßer?« Chris wirkte verletzt.

Ihr Lächeln war warm. Ihre ganze Zuneigung zu ihm lag darin. »So jemandem wie dir bin ich noch nie zuvor begegnet«, erwiderte sie. »Die Zeit mit dir hat sich fast wie im Märchen angefühlt, alles ganz schwerelos und irgendwie selbstverständlich zugleich. An so etwas wie Alltag hab ich in jenen zauberhaften Stunden gar nicht mehr gedacht.«

Sein Gesicht wurde wieder entspannter.

»Darauf sollten wir trinken, findest du nicht auch? Allerdings hab ich Schussel den Wein, den ich eigentlich mitbringen wollte, in der Eile auch stehen lassen, wieder einmal typisch für mich. Aber das ist nicht weiter tragisch, oder? In deinem Zustand darfst du ja ohnehin nichts Alkoholisches trinken, und mir schadet es auch nicht, wenn ich mal nüchtern bleibe.«

»Alles gut«, sagte Malou.

»Dann werden wir zwei jetzt eben ganz brav mit Wasser anstoßen.« Er hielt noch einmal inne. »Philipp und du – seid ihr eigentlich wieder zusammen?«

»Fast. Er weiß es nur noch nicht«, erwiderte Malou.

Chris hob sein Glas, und sie tat es ihm nach.

Mittlerweile war die unfassbare Erleichterung in jeder einzelnen ihrer Zellen angelangt. Gerade noch einmal davongekommen!

Jetzt konnte sie lernen, ihn wie einen Bruder zu lieben …

*

Den nächsten Vormittag in der Redaktion erlebte Malou zunächst wie unter einer Glasglocke, so sehr war sie noch immer mit den Erkenntnissen des Vortags beschäftigt. Früh am Morgen hatte sie sich einen Ruck gegeben und Philipp in seiner kleinen Wohnung angerufen, aber er hatte nicht abgehoben.

War er vielleicht ganz nach Niederbayern in die Nähe seiner Flugschule gezogen, um dort ungestört seiner Leidenschaft nachzugehen? Oder gab es inzwischen Ersatz für sie, und er hatte die Nacht bei einer anderen Frau verbracht?

Ein Gedanke, der Malou wehtat.

Doch nach allem, was geschehen war, besaß sie keinerlei Recht, ihm deshalb Vorwürfe zu machen. Auch wenn ihr mittlerweile bewusst geworden war, wie sehr er ihr fehlte und wie gern sie ihn zurückhaben wollte. Und außerdem: Ihre Kleine brauchte ihn doch …

Sie überwand sich und rief in der Fahrschule seines Vaters an.

Eine schlecht gelaunte Aushilfskraft nahm den Anruf entgegen, reagierte zunächst auskunftsunwillig, ließ sich schließlich aber doch entlocken, dass der Junior bereits im praktischen Unterricht sei und am späten Nachmittag zurückerwartet werde.

Also war Philipp in München. Eine Riesenerleichterung für Malou.

»Ich bitte um Rückruf«, erwiderte sie. »Richten Sie ihm bitte aus, es sei dringend.«

Winkler war den Tag über außer Haus, was Malou die Gelegenheit verschaffte, ihre Empfindungen und Gedanken noch ein wenig zu sortieren, bevor sie ihm gegenübertreten musste. Viele der Kollegen erkundigten sich nach ihrem Befinden und bedauerten, dass sie die Party so bald hatte verlassen müssen. Malou blieb eisern bei der Ausrede einer Magen-Darm-Infektion, versicherte aber, sich inzwischen wieder wohlzufühlen.

»Geht es dir wirklich wieder gut?«, fragte Ella leise, als sie mittags Seite an Seite hinauf zur Redaktionskonferenz im zweiten Stock gingen. »Jetzt bist du schließlich nicht mehr nur für dich allein verantwortlich …«

»Bin so weit okay«, raunte Malou zurück. »Mit einer Erkenntnis muss ich allerdings erst noch klarkommen. Eine zweite dagegen hat mich maßlos erleichtert. Hält sich also irgendwie die Waage …«

»Jetzt klingst du ja fast wie die Pythia von Schwabing«, sagte Ella. »Bin gespannt, wann du irgendwann Klartext redest …«

Malou lächelte unbestimmt und nahm ihren Platz am großen Konferenztisch ein.

Chefredakteur Jörn Hornberg nutzte wie immer die verlegerische Abwesenheit, um sich wichtigzumachen. Zu jedem Beitrag seiner Redakteure hatte er etwas anzufügen, zu bekritteln oder infrage zu stellen.

»Nicht schon wieder die IVA«, raunzte er Heribert Klein vom Lokalen an. »Ich kann das Wort nicht mehr hören!«

»Aber die Internationale Verkehrsausstellung hat München weit über die Grenzen Deutschlands hinaus bekannt gemacht«, beharrte Klein. »Sie hat unser Image aufgebessert. Und sie läuft schließlich nur noch bis Anfang Oktober …«

»Die Bundestagswahl am 19. September ist doch wohl wesentlich entscheidender für unser Blatt«, wandte Hornberg ein.

»Ganz genau!«, kam es von Dietmar Schenk aus dem Politikressort, dem Malou seine unselige Verwicklung in Freddy Krenkls Todesumstände noch immer übel nahm, auch wenn er sich ihr gegenüber äußerst zurückhaltend gab. Ihre Gedanken wanderten zu Freddy zurück, dem smarten Sportreporter, mit dem sie sich 1962 zum Schein verlobt hatte, damit niemand erfuhr, dass er in Wahrheit seinen Freund Bruno liebte. Schenk hatte von Freddys homosexuellen Neigungen gewusst und seinen Kollegen zunehmend in die Enge getrieben. Nach außen hin gab Schenk den stockkonservativen Biedermann, sein heimliches Leben jedoch spielte sich in den diversen Schwulenbars der Stadt ab. Um seine eigenen Neigungen zu tarnen, verwendete er all seine Energie darauf, andere Schwule auf hinterhältige Weise bloßzustellen – was für ein Pharisäer!

»Dafür brauchen wir Platz!«, fuhr Schenk fort. »Wir sollten noch einmal die Kanzlerkandidaten in großen, aussagestarken Porträts vorstellen – Ludwig Erhard und Willy Brandt. Schließlich munkelt man, dass es zu einem Kopf-an-Kopf-Rennen kommen könnte, womöglich sogar zu einem Regierungswechsel – mit fatalen Folgen für uns alle. Deutschlands Wirtschaftsmotor stottert ja bereits jetzt schon ordentlich. Wenn nun auch noch dieser Sozi die Wahl gewinnen würde, wäre das …«

»… zu schön, um wahr zu sein«, kam von Adrienne Riehl,

der Kulturredakteurin. »Endlich keine CDU/CSU mehr am Ruder, politische Visionen anstatt einlullenden Zigarrenrauchs und vager Beschwichtigungen – welch ungemein befreiende Vorstellung!«

»Wir wollen doch sachlich bleiben, Adrienne«, sagte Hornberg, doch sie war bereits viel zu sehr in Fahrt, um sich einbremsen zu lassen.

»Nur keine Angst, werter Kollege, dazu wird es leider wohl ohnehin nicht kommen, denn das konservative Lager hält bereits kräftig dagegen«, fauchte sie. »Die deutschen Bischöfe haben alle wahlberechtigten Katholiken aufgefordert, nur Abgeordnete zu wählen, die aus – ich zitiere – ›gläubiger Haltung und im Vertrauen auf Gott ihre Aufgaben erfüllen‹. Und darauf hören leider noch immer viel zu viele – vor allem hier in Bayern.«

Ihre Augen blitzten kampfeslustig, die platinblonden Federhaare, raspelkurz geschnitten, vibrierten wie feine Antennen. Normalerweise kleidete Adrienne Riehl sich von Kopf bis Fuß in Weiß, kombiniert mit wechselnden Lagen ausgefallener Schmuckstücke, heute jedoch war sie ganz in Schwarz erschienen.

»Weil die Bayern eben Traditionsbewusstsein besitzen«, steuerte Heribert Klein vom Lokalen bei. »Und keinen Kanzler wollen, der unter einem Tarnnamen die schwerste Zeit Deutschlands feige im Ausland ausgesessen hat. Ist aber noch lange kein Grund, liebe Adrienne, gleich Trauer zu tragen …«

»Brandt war alles andere als feige, sondern ein mutiger Journalist, der im Exil Widerstand gegen die Nazis geleistet hat. Wann geht das endlich in deinen verbohrten Schädel, Heribert?« Adriennes Stimme war eisig. »Und was mein Schwarz betrifft: Malou und ich gehen heute zu dem Rolling-Stones-Konzert im Circus Krone. Und zu Rockkonzerten trägt man Schwarz, das solltest du dir merken!«

»Zu diesen dreckigen Höhlenmenschen mit ihrer erbärmlich primitiven Musik? Falls solche Lärmbelästigung überhaupt die Bezeichnung Musik verdient«, setzte Klein wütend nach. »Dann noch viel Spaß!«

»Den werden wir garantiert haben«, ergriff nun Malou das Wort. »Die deutschen Fans sind ganz verrückt nach diesen englischen Jungs. Und für 6,90 DM pro Karte können sich das sogar die ganz Jungen leisten. Auf meiner Seite habe ich die Band gestern ja bereits angekündigt. Jetzt werde ich noch mehr Infos über sie liefern. Andrew Loog Oldham, ihr Manager, hat mir für die Pause zwischen den beiden Auftritten ein kurzes Exklusivinterview zugesagt. Nicht einmal die *BRAVO* darf an Ort und Stelle mit Mick Jagger & Co reden. Nur *Der Tag* wird vorgelassen. Unsere Leser werden uns diese Ausgabe aus den Händen reißen …«

»Eintagsfliegen, nichts als Eintagsfliegen«, höhnte Klein. »Schreiben Sie doch lieber ein anständiges Porträt über Freddy Quinn oder Zarah Leander – der Erste singt Schlager fürs Herz, und die Leander hat als großer UFA-Star bis heute ihr Publikum!«

»Wenn du dich da nicht gewaltig täuschst«, sprang Ella Weiss Malou bei. »Diese beiden sind doch von gestern, die Musik von heute geht ganz neue Wege – hochrangig anerkannte Wege! Nächsten Monat werden die Beatles von der Queen mit dem Empire Orden ausgezeichnet. Wer hätte damit jemals gerechnet? Vielleicht stehen die Rolling Stones ja bereits als nächste Kandidaten auf der königlichen Liste. Somit hätte *Der Tag*, vertreten von der Gräfin, echte Weitsicht bewiesen …«

»Dann hat die Queen eben auch nicht mehr alle Tassen im Schrank«, keifte Klein. »Diese Pilzköpfe sind doch ebenfalls das Allerletzte …«

»Banause«, schrie Adrienne. »Betonschädel!«

»Jetzt haltet alle mal die Luft an!« Willem Bautz, der nach Freddys Tod das Sportressort übernommen hatte, machte eine geheimnisvolle Miene. »Den größten Knüller wisst ihr alle nämlich noch gar nicht.« Er strich genüsslich über den dunklen Schnurrbart, den er neuerdings trug.

»Und der wäre?«, kam es von Jörn Hornberg.

»Sommerolympiade 1972 in München. Na, was sagt ihr nun?«

»Träumen Sie weiter«, erwiderte Dietrich Schenk säuerlich. »Doch niemals in unserem beschaulichen Millionendorf!«

»Gerade in unserem Millionendorf«, bekräftigte Bautz. »Wieso sollte München weniger für die Sommerspiele 1972 geeignet sein als Montreal oder Madrid? Geeignete Sportstätten müssten hier wie dort errichtet werden. Ich fände es wunderbar, den Nazi-Spielen von 1936 einen modernen, bunten, weltoffenen Gegenpol entgegenzusetzen, und mit dieser Ansicht stehe ich beileibe nicht allein.« Sein Lächeln wurde spitzbübisch. »Man hat mir aus sicherer Quelle zugetragen, NOC-Präsident Willi Daume habe unseren OB Hans-Jochen Vogel ermutigt, eine diesbezügliche Bewerbung einzureichen. Münchens Chancen stehen prima. Sobald ich mehr weiß, bringen wir es als Erste. Na, was sagt ihr nun?«

Olympia in München – für einen Augenblick herrschte am Redaktionstisch verblüffte Stille. Doch schon bald flogen erneut wechselseitige Argumente hin und her.

»Wir sollten allmählich los«, sagte Malou zu Adrienne, die

neben ihr saß. »Sonst versäumen wir noch das Konzert. Wo steckt eigentlich Samy? Schläft er immer noch seinen Rausch aus?«

»Geht wohl eher um einen vereiterten Backenzahn«, erwiderte Adrienne. »Schon gestern hat er über Schmerzen geklagt und wahrscheinlich auch deswegen so eifrig getankt. Über Nacht scheint es schlimmer geworden zu sein. Geh zum Doc und lass dich unbedingt anschauen, hab ich ihm vorhin am Telefon gesagt. Schon die größten Geister sind an verschleppten Zahngeschichten verreckt. Das hat ihn dann wohl nachdenklich gemacht.«

»Und wenn er zu krank ist, um zum Konzert zu kommen? Dann stehe ich ohne Fotografen da!«

»Der kommt«, versicherte Adrienne. »Auf einen Samy kann man sich verlassen …«

An diesem Abend gab es keine Clowns in der Zirkusarena, weder Löwen noch Elefanten. Wohin man auch schaute, überall Menschen, kreischend, schwitzend, in völliger Ekstase – und Malou mittendrin. 1800 Plätze bot der große Steinbau offiziell, doch ihr kam es gerade so vor, als seien noch viel mehr Fans gekommen. Und bereits nach dem ersten Riff hatte es niemanden mehr auf den Sitzen gehalten. Die meisten Zuschauer waren Mädchen im Teenageralter, aber Malou sah auch ein paar leicht verloren wirkende junge Männer. Manche davon waren so verpickelt, dass sie sich bestens als Abnehmer für Onkel Julius' magisches Goldelexier geeignet hätten. The Troggs, als Vorband engagiert, klopften schlichten Holzhacker-Beat herunter, bis ihr aktueller Hit *Wild Thing* die Stimmung zum ersten Höhepunkt des Konzerts trieb.

Malou sah sich suchend um. Wo war eigentlich Adrienne abgeblieben?

Irgendwo in der Masse musste sie Malou abhandengekommen sein. Aber sie würden schon wieder zusammenfinden, da war sie sich sicher. Viel übler war, dass es noch immer keine Spur von Samy gab.

Als die Rolling Stones die Bühne betraten und Mick Jagger im legeren Ringelpullover die Worte »*I need you, I need you, I need you*« ins Publikum schrie, kreischte die Menge so laut auf, dass die ersten Takte von *Everybody Needs Somebody To Love* komplett untergingen. Doch dann setzte sich der Song durch, und auch Malou konnte nicht länger stillstehen. Ihre Schultertasche mit dem Aufnahmegerät, auf das sie bei dieser besonderen Gelegenheit nicht hatte verzichten wollen, empfand sie nur anfangs als hinderlich, schon bald hatte sie die Last ganz vergessen.

Pain In My Heart schloss sich an, gefolgt von zwei eher schwächeren Nummern, bis *The Last Time* das Publikum nochmals in eine Ekstase trieb, die überzuschwappen drohte, als die Band *As Tears Go By* anstimmte, jenen Song, den Jagger und Richards für Marianne Faithfull geschrieben hatten und der die junge Sängerin über Nacht berühmt gemacht hatte.

Nicht enden wollender orkanartiger Jubel.

Malou war nass geschwitzt, so begeistert hatte auch sie mitgetanzt – nicht gerade die beste Voraussetzung für ein Interview.

Und nach wie vor kein Samy weit und breit …

Doch sie konnte das Interview unmöglich absagen. Ob mit oder ohne Fotos, da musste sie jetzt durch. Also machte sie sich backstage auf den unübersichtlichen Weg zur provisorischen Garderobe, ihren Presseausweis in der Hand. Eine schlanke junge Frau in beigem Pelzmantel und einem atemberaubenden Minirock, die ganz genau zu wissen schien, wo sie hinwollte, schloss sich ihr an.

War ihr etwa die Konkurrenz auf den Fersen und drohte das Exklusivinterview zu kippen?

Schließlich drehte Malou sich entschlossen um.

»*You know how to get to The Rolling Stones?*«, fragte sie.

»Du kannst ruhig deutsch mit mir reden«, kam als Antwort. »Auch wenn meines vielleicht ein bisschen seltsam klingt, weil ich in Rom aufgewachsen bin. Ich bin Anita Pallenberg, und ich muss zu Brian Jones. Und wer bist du?«

»Malou Graf vom *Tag*. Sie … ihr seid verabredet? Bist du auch Journalistin?«

»Nein.« Anita grinste. »Lebenskünstlerin trifft es wohl am ehesten. Brian braucht mich. Er weiß es nur noch nicht. *Andiamo,* wir müssten gleich da sein …«

Eine letzte schäbige Tür, vor der eine schmale Gestalt stand, die Kameratasche lässig über der Schulter baumelnd.

»Hi, Malou«, sagte Chris. »Samy war leider indisponiert, da bin ich auf väterlichen Wunsch hin kurzerhand für ihn eingesprungen. Einmal die Rolling Stones ganz aus der Nähe – wer will sich das schon entgehen lassen? Hab sie früher in London ein paarmal im Marquee Club erlebt, da waren sie gar nicht übel. Aber sie werden immer besser, von Auftritt zu Auftritt. Bald werden sie echte Weltklasse sein.« Sein Ton wurde besorgt. »Wird dir das alles hier nicht zu viel? Die Leute, der Lärm, die schlechte Luft …«

»Keineswegs«, erwiderte Malou schärfer als eigentlich beabsichtigt, weil sie sich durch seine unvorhergesehene Anwesenheit überrumpelt fühlte. »Lass uns reingehen und arbeiten!«

Mick Jagger und Keith Richards saßen an einem kleinen Tisch; Brian Jones fläzte breitbeinig auf dem Sofa. Bill Wyman und Charlie Watts, der Schlagzeuger, machten es sich im Hintergrund auf zwei Sesseln bequem. Überall standen Flaschen herum. Es roch nach Alkohol, Rauch und etwas Schwerem, Süßlichem. Anzunehmen, dass in den übervollen Aschenbechern nicht nur Tabakreste lagen.

»*You are Miss Graf?*«, sprach ein schlanker Mann mit dunklem Pilzkopf Malou an. »*I'm Andrew Oldham, the manager.*«

»*Hallo!*«, erwiderte Malou. «Yes, *I am Malou Graf, society journalist of the newspaper* Der Tag – *we phoned! And this is … our photographer Chris Winkler.*«

Jetzt stotterte sie fast, so nervös war sie. Und ihren deutschen Dialekt hörte sie selbst überdeutlich. Warum fiel ihr das Englisch nur so schwer? Kein Wunder eigentlich, ihr Schulwissen ruhte ja seit Jahren verstaubt in der Schublade!

»*Alright, you have ten minutes and five questions.*«

Fünf Fragen!, dachte Malou entsetzt. Wie sollte sie aus fünf Fragen ein gutes Interview machen?

Chris packte die Kamera aus und begann sofort zu fotografieren. Dabei schien ihn besonders zu faszinieren, was gerade zwischen Brian Jones und Anita Pallenberg passierte, die mittlerweile so eng neben ihm saß, als wolle sie mit ihm verschmelzen. Fast wie Zwillinge sahen die beiden aus mit ihren hellblonden Prinz-Eisenherz-Frisuren und den hübschen, leicht blasierten Gesichtern. Die zwei begannen sich leidenschaftlich zu küssen und wollten offensichtlich nicht mehr gestört werden.

Also wandte sich Malou an Jagger, den Sänger und Frontmann der Band.

»Wenn du magst, kann ich für dich übersetzen«, bot Chris

an, während er gleichzeitig Foto um Foto schoss. »Bin in Englisch ziemlich fit, wie du ja vielleicht weißt …«

Sein Grinsen war hinreißend, und Malou willigte gerne ein. Als das Interview begann, war sie heilfroh, sich auf ihr Aufnahmegerät verlassen zu können, denn Mick Jagger redete schnell, verschluckte zahlreiche Silben und benutzte Worte, die sie noch nie zuvor gehört hatte.

Von der überwältigenden Anziehungskraft auf Frauen, die er angeblich hatte, spürte Malou bei dieser kurzen Begegnung nur wenig. Er war ein mageres Kerlchen mit braunen Haaren und dem größten Mund, den sie je gesehen hatte, aber erstaunlich wohlerzogen und ausgesprochen pfiffig, wie sie fand. Mehr Schalk im Nacken schien dieser schwarzhaarige Richards zu haben, der wie ein leicht abgewrackter Automechaniker aus Manchester aussah, eine Kippe an der nächsten anzündete, dabei ständig vor sich hin grinste und die Lippen spitzte, als wolle er gleich zu pfeifen beginnen.

Doch schließlich hatte Malou auf dem Rekorder, was sie wissen wollte: Wie die Band München fand, was sie an Deutschland mochte und was nicht, wann die neue LP herauskommen würde und ob bald eine neue Europa-Tournee geplant war.

»*First we will rock Berlin*«, sagte Jagger grinsend, die Maxi-Lippen genüsslich geschürzt. »*It should be Germany's capital!*«

Interessante Ansicht und tiefgründiger, als man einem jugendlichen Rocksänger zugetraut hätte. Aber darauf konnte Malou in der Kürze der Zeit leider nicht eingehen.

Eins aber musste sie noch wissen, bevor sie die Garderobe wieder verließ. Jagger war seit einiger Zeit mit Chrissie Shrimpton verlobt, der Schwester des Models Jean Shrimpton, um die sich gerade alle Fotografen rissen. Malou jedoch war zu Ohren gekommen, dass es in der Beziehung heftig kriseln sollte. Da musste sie unbedingt nachhaken. Und das fix, denn Manager Oldham wippte bereits ungeduldig mit der Schuhspitze.

»*What about love, Mr. Jagger?*«, fragte sie. »*What does it mean to you?*«

»*Love …*« Er zog das Wort in die Länge wie Kaugummi. Hörte sich nicht so an, als würden bald die Hochzeitsglocken läuten!. »*Well, love is just a four-letter word …*«

»*No!*«, kam ein empörter Aufschrei von Charlie Watts, dem bislang stummen Drummer aus der Ecke. »*Love is the essence of live. And I have definitely found my essence!*«

»Danke, dass du eingesprungen bist«, sagte Malou zu Chris, als sie gemeinsam den Zirkusbau wieder verlassen hatten. Adrienne hatte sich von ihnen verabschiedet und war bereits zum nächsten Termin aufgebrochen. »Und sorry, dass ich erst so seltsam war. Aber mit dir zu arbeiten, fühlt sich noch ziemlich ungewohnt für mich an.«

»Dafür ging es doch eigentlich ganz gut«, erwiderte Chris. »Wie es aussieht, wird es wohl ohnehin eher die Ausnahme bleiben, denn ich mache mich bald wieder auf die Reise. Und dieses Mal geht es weiter weg. Ich will auf dem Landweg nach Indien, wo starke, bunte Bilder auf mich warten.« Er legte den Kopf leicht schief. »Dachte ja zuerst, vielleicht hält mich etwas hier – hält *jemand* mich hier –, aber da du offensichtlich andere Pläne verfolgst, kann ich leichten Herzens wieder losfahren.«

Er stierte auf ihren Bauch.

»Keine Ahnung, was werden wird«, entgegnete Malou wahrheitsgemäß. »Ich weiß nur, dass ich ein Kind bekomme.

Alles andere steht noch in den Sternen. Im Verlag gebe ich übrigens morgen Bescheid. Eine Nacht zum Nachdenken nehme ich mir noch.«

»Gute Idee. Ich fahre gleich los, die Filme entwickeln. Könnte mir vorstellen, dass ein paar ziemlich heiße Aufnahmen darunter sind: Jones und diese Pallenberg beispielsweise. Hast du gesehen, wie hemmungslos die beiden rumgeknutscht haben? Aber auch Jagger und du im vertrauten Talk tête-à-tête – das fetzt! Soll ich dich mit meinem Bus nach Hause bringen?«

Bloß nicht. Allein die Erinnerung an seine bunt bemalte rollende Unterkunft weckte Erinnerungen in Malou, die sie jetzt so gar nicht brauchen konnte.

»Danke dir, aber ich nehme lieber die Tram«, sagte sie. »Das letzte Stück gehe ich zu Fuß. Bisschen durchlüften kann niemals schaden. Und danach setze ich mich an die Schreibmaschine.«

»Ganz wie du willst.« Chris' Stimme klang leicht belegt. »Dann also bis morgen im Verlag.«

War sie feige gewesen, das Vater-Thema auszusparen?, dachte Malou, während sie in die Tram stieg.

Mitten auf der Straße wäre es ohnehin nicht passend gewesen.

Aber würde es das jemals sein, ganz egal wo?

Die ganze Geschichte war so vertrackt, dass sie eher in einen Hollywoodschinken gepasst hätte als in die nackte Realität.

Jetzt musste sie unbedingt noch einmal Philipp anrufen, denn womöglich hatte er es schon mehrfach vergeblich bei ihr probiert …

Er war ihr Fahrlehrer gewesen, als sie sich in ihn verliebt

hatte, allerdings besessen vom Rausch der Geschwindigkeit, der ihn zuletzt hoch in die Lüfte geführt hatte. Genau das hatte sie schließlich entzweit: Fliegen, das ihm wichtiger geworden war als sie…

Aber was zählten noch solche Kränkungen, jetzt, wo sie sein Kind erwartete?

An ihrer Station stieg Malou aus und ging die letzten Meter bis zu ihrer Wohnung zu Fuß. Als sie um die Häuserecke bog, sah sie Philipps rote Alfa Romeo Giulietta vor dem Haus parken und hielt inne.

Saß Philipp im Auto?

Ihr Herz klopfte plötzlich hart gegen ihre Rippen.

Philipp saß tatsächlich im Auto. Als er sie sah, stieg er prompt aus und lief zu ihr.

Seine Haare, wie immer leicht verstrubbelt, waren länger, als Malou es in Erinnerung hatte, aber es stand ihm zu seiner leichten sommerlichen Bräune.

»Was ist passiert?«, fragte Philipp besorgt. »Frau Wünsch hat mir ausgerichtet, dass du in der Fahrschule angerufen hast. Sie meinte, es sei ganz dringend, da bin ich lieber vorbeigekommen, statt erst lange umständlich herumzutelefonieren.«

Malou atmete tief durch. Dann griff sie nach seiner Hand, legte sie auf ihren Bauch und sah ihm dabei tief in die Augen.

»Das ist passiert«, sagte sie. »Noch spürst du nichts, aber das wird sich bald ändern.«

»Soll das etwa heißen, du bist …« Mitten im Satz brach er ab.

»Ja, ich bin schwanger. Wir bekommen ein Kind, Philipp.«

Warum gab er keinen weiteren Ton von sich, sondern sah sie nur an, als müsse er sich ihr Gesicht für immer einprägen?

Erst dann bemerkte Malou, dass er weinte.

»Das ist die beste Nachricht, die ich jemals gehört habe«, flüsterte Philipp schließlich bewegt. Er hob Malou hoch und drückte sie fest an sich. »Was war ich nur für ein unfassbarer Idiot! Du bist mir doch viel wichtiger als alle Flugzeuge der Welt zusammen! Lass uns den ganzen Mist einfach vergessen und zu dritt noch einmal von vorn anfangen. Ich will dein Mann sein, Malou – falls du mich noch immer willst!«

»Und ob«, flüsterte sie, und danach schrie sie es noch einmal ganz laut, als er sie wieder heruntergelassen hatte, damit es auch die ganze Welt zu hören bekam. »Und ob ich dich will! Ja. Ja. Ja!«

ZWEI

Winter 1965/66

»Wer heiratet schon im Winter – und dann auch noch zwei Tage vor Weihnachten? Auf so eine Schnapsidee kommen doch nur Bekloppte oder solche Traumtänzer wie ihr beide!«, quengelte Roxy, während sie sich mit dem sperrigen Reißverschluss von Malous Brautkleid abplagte. »Und wie spät du mit allem erst herausgerückt bist! Solch bahnbrechende Neuigkeiten gesteht man der besten Freundin früher, vor allem wenn man sie als Trauzeugin haben möchte …«

Malou versuchte, so entspannt wie möglich weiterzuatmen. Sie betrachtete sich in ihrem mannshohen Schlafzimmerspiegel, den sie auf einem Trödelmarkt entdeckt hatte. Bald würde er dem Schreibtisch weichen müssen, denn aus ihrem ehemaligen häuslichen Büro wurde nun bald ein Kinderzimmer. Tapetenrollen, Kinderbettchen, Wickelkommode, Mobile, all das war bereits im Keller eingelagert. Bislang hatte lediglich die Zeit gefehlt, um das Zimmer liebevoll einzurichten, doch die mussten sie sich nun nehmen. Inzwischen hatte sich ihr Bäuchlein zu einem richtigen Schwangerschaftsbauch entwickelt, und selbst das clever gewählte Empirekleid mit den modischen Trompetenärmeln aus fliederfarbenem Musselin saß ziemlich stramm. Ganz in Weiß zu heiraten, hatte Malou in ihrem Zustand schlichtweg lächerlich gefunden. Denn bis zum errechneten Geburtstermin waren es gerade noch ein paar Wochen.

»Von mir aus hätten wir gar nicht zu heiraten brauchen«, sagte Malou. »Dass Philipp mein Mann ist, weiß ich auch so. Aber er hat darauf bestanden, weil das Kind unbedingt seinen Namen tragen soll. Und warum wir so lange gewartet haben? Dieser Herbst war arbeitsintensiv wie selten zuvor. Manchmal wusste ich kaum noch, wo mir der Kopf stand! Mein Stones-Interview war so erfolgreich, dass plötzlich immer mehr Promis auf meine *Blitzlicht*-Seite wollten. Ich musste mich des Ansturms regelrecht erwehren, aber wer lässt sich schon freiwillig Interviews mit Stars wie Mario Adorf, Karin Dor, Elke Sommer, Daliah Lavi, Peter Alexander, Heidi Brühl oder Eva Pflug, der deutschen Synchronstimme von Lara in *Doktor Schiwago*, entgehen? Die Pflug spielt übrigens auch die Heldin in der spektakulären Fernsehserie *Raumschiff Orion,* die im Jahr 3000 im Weltall spielt. Ausstrahlung des Siebenteilers ist erst im kommenden Herbst, aber er wird einschlagen wie eine Bombe, das weiß ich jetzt schon!« Sie schrie leise auf. »Autsch! Pass doch bitte auf! Jetzt hast du mich eingezwickt.«

»Was glaubst du, was ich die ganze Zeit tue?«, versicherte ihr Roxy, die noch immer am Reißverschluss hantierte. »Du hast also noch einmal mitgenommen, was geht, weil sich bald alles ändern wird? Kluges Mädchen! Mit einem Säugling kannst du nicht mehr so easy über den roten Teppich flanieren.« Sie stieß einen erleichterten Seufzer aus. »So, jetzt ist das vertrackte Ding endlich zu! Viel essen darfst du heute allerdings nicht.«

»Kommt darauf an«, sagte Malou. »Machst du mir bitte noch schnell die Haare? Du kannst das so viel besser, als ich es je hinbringen würde.« Sie ließ sich auf den bereitgestellten Stuhl sinken und streckte ihre Beine in den weißen Stiefeln aus. Wie freute sie sich darauf, nach der Geburt endlich wieder diese lästigen Wasseransammlungen los zu sein! Manchmal kam sie sich schon vor wie ein wandelndes Fass. Dabei hatte sie noch Glück, dass gerade nicht Hochsommer war. »Nichts Aufwendiges. Es soll ganz natürlich wirken.«

»Sowieso. Und was soll das überhaupt heißen: Kommt ganz darauf an? Du kriegst ein Kind, Malou!«

»Schließlich hat dieses Kind ja auch einen Vater, der freiberuflich arbeitet und sich seine Zeit einteilen kann. Philipp und ich haben vereinbart, dass ich nach drei Monaten in die Redaktion zurückkehre – vorausgesetzt natürlich, mit der Geburt läuft alles glatt. In der Zwischenzeit übernimmt Adrienne vertretungsweise meinen Job. Bei ihr sind meine Prominenten in den allerbesten Händen. Und mich vom Stuhl verdrängen wird sie garantiert nicht, dazu ist sie viel zu fair.«

»Und dein Kind soll verhungern?«

»Unsinn. Ich werde versuchen, möglichst viel zu Hause zu schreiben. Dann kann ich stillen, und wenn ich Termine habe, füttert Philipp eben mit abgepumpter Muttermilch und anschließend mit dem Fläschchen. In Frankreich ist das längst gang und gäbe. Da redet kein Mensch von Rabenmüttern, wenn Frauen nach der Geburt wieder arbeiten gehen wollen. Wieso sollten wir das in Deutschland nicht auch hinbekommen?«, erwiderte Malou.

»So modern seid ihr also? Bin schwer beeindruckt.« Roxy begann, wider aller Absprachen den Hinterkopf doch kräftig zu toupieren.

»*Natürlich* habe ich gesagt!«, begehrte Malou auf.

»Hab ich schon verstanden, aber platt wie eine Flunder

willst du rückwärtig doch auch nicht aussehen, also lass mich gefälligst in Ruhe arbeiten. Wenn man dich so hört, könnte man ja fast neidisch werden. Du kannst beides haben – Baby *und* Karriere …«

»Du hast es doch auch gut getroffen mit deinem charmanten Tierarzt aus Naxos und seiner süßen Hündin Hollie. Bist du inzwischen eigentlich schon bei Nikos eingezogen?«

Roxy schüttelte stumm den Kopf.

»Und warum nicht?«, hakte Malou nach.

»Weil ich inzwischen andere Pläne habe. Du weißt doch, dass ich stets davon geträumt habe, als Sängerin aufzutreten? Und genau das werde ich schon sehr bald tun, stell dir vor!«

»Was sagt Nikos dazu?«

»Gar nix mehr. Wir haben uns nämlich getrennt. Nikos war mir auf Dauer dann doch zu griechisch. Er wollte sogar, dass ich seinetwegen zum orthodoxen Glauben übertrete, dabei hab ich doch mit Religion noch nie was am Hut gehabt! Frei will ich sein, stark und selbstständig. Endlich tun und lassen können, was ich …«

»Wie heißt er?«, unterbrach sie Malou. »Da steckt doch garantiert ein neuer Kerl dahinter.«

»Woher weißt du das?«, fragte Roxy kichernd und zupfte verlegen an ihrem knallroten Kleid im Courrèges-Look herum, das gefährlich weit über dem Knie endete.

»Weil du plötzlich über Nacht dramatisch erblondet bist. Und weil ich dich eben sehr gut kenne. Also?«

»Joe Rosen. Er kam mit seinem Dackel Hugo in die Sprechstunde, und weil der so ein kleiner Schisser ist, hab ich ihm während der Behandlung vorgesungen, damit er seine Angst verliert. Hat prima funktioniert, und dabei wurde ich gewissermaßen entdeckt. Danach ging alles ganz schnell. Joe hat nämlich ein Tonstudio und bereits mehrere erfolgreiche Platten produziert. Ein Probetape von mir gibt es auch schon. Ob du es glaubst oder nicht: Die Plattenfirma Polydor hat Interesse daran signalisiert! Mensch, Malou, Polydor! Das muss einfach klappen …«

Sie sah so glücklich aus, dass Malou alle kritischen Anmerkungen bleiben ließ – zumindest für heute. Niemand konnte sich so hemmungslos für etwas begeistern wie Roxy, auch wenn gerade diese Fähigkeit sie schon mehrmals in große Schwierigkeiten gebracht hatte, wie zum Beispiel mit dem schmierigen Nachtlokalbesitzer Miller, der ihr gegenüber sogar handgreiflich geworden war.

»Aber ihr wohnt noch nicht zusammen, oder?« Das zumindest musste sie noch loswerden.

»Vorerst hat Joe mich in einem schnuckligen Apartment über seinem Studio untergebracht. Bisschen eng, aber es muss ja nicht auf Dauer sein. Denn wenn erst einmal der Rubel rollt …« Roxy verdrehte verzückt die Augen. »Außerdem hat er ein schickes Haus in Harlaching. Mit seeeehr viel Platz!«

»Könnte es vielleicht sein, dass dein Joe verheiratet ist?«, fragte Malou misstrauisch.

»Stimmt. Aber nur noch auf dem Papier. Die Scheidung läuft bereits.«

Es war einfach hoffnungslos!

Wie bei jeder von Roxys bisherigen Liebschaften würde Malou auch diesmal wieder warnen, mahnen und zur Vorsicht raten. Aber was würde es bringen?

Rein gar nichts!

Sollte ihre beste Freundin doch ihre rosaroten Träume pflegen, bevor diese wieder zerplatzten. Heute jedenfalls wollte Malou erst einmal ihre eigenen Träume wahr werden lassen …

Lautes Hupen drang von unten herauf. Malou öffnete das Fenster und schaute hinunter.

Da war er, ihr Bräutigam, in der schönsten Limousine der Fahrschule Prinz, einem auberginefarben lackierten Mercedes 200 mit Heckflosse, der seinem Vater Norbert gehörte und von keinem anderen als diesem gesteuert werden durfte. Heute war das Auto mit einer üppigen Girlande aus weißen Rosen und Mistelzweigen geschmückt, auf die nun die Schneeflocken herabrieselten, auf die sie seit Tagen vergeblich gehofft hatten.

»Wir kommen!«, rief sie strahlend hinunter, schloss das Fenster und wandte sich Roxy zu.

»Mein Prinz ist da. Wir können los, liebe Trauzeugin!«

Vor dem Standesamt in der Mandlstraße standen bereits frierend ihre Eltern. Malous geliebter Großonkel Julius, der gern auch mit dabei gewesen wäre, hatte zugunsten des anschließenden Hochzeitsmahls auf die Zeremonie verzichtet, um seine Kräfte nicht überzustrapazieren. Ein Mitarbeiter der Fahrschule Prinz würde dafür sorgen, dass er anschließend rechtzeitig am Chinesischen Turm eintraf.

»Bezaubernd siehst du aus, Marie-Louise«, lobte ihr Papa, nachdem Philipp ihr aus dem Mantel geholfen hatte. Sogar ihre Mutter, die sonst meistens etwas zu bekritteln hatte, nickte anerkennend. Ebenfalls anwesend war Agnes Federl, seit Jahrzehnten die gute Seele der Schwanen-Drogerie und Onkel Julius' engste Vertraute, todschick in einem Jersey-Ensemble in Nougat und Creme, wie immer ein Hütchen keck auf den exakt ondulierten Wellen sitzend. Philipp hatte sie gebeten, sich um den Brautstrauß zu kümmern, und das Gebinde, das sie Malou nun überreichte, konnte sich wirklich sehen lassen: schneeweiße Christrosen, umgeben von tiefgrünem Blätterwerk.

»Wunderschön«, sagte Malou und steckte ihre Nase in die Blüten. »Den besten Geschmack von uns allen hattest seit jeher definitiv du, liebe Agnes, das steht fest!«

Agnes Federl errötete wie ein Backfisch.

»Das behauptet Julius auch«, erwiderte sie sichtlich geschmeichelt. »Selbst wenn er dabei natürlich maßlos übertreibt. Aber wenn ich schon niemals Hochzeit mit ihm feiern durfte, werden wir beide heute zumindest Seite an Seite an eurer festlichen Tafel sitzen!« Sie strahlte. »Doch halt! Da fehlt noch etwas Entscheidendes …«

Geschickt befestigte sie an Philipps dunklem Jackett eine einzelne Christrose.

»Auch der Bräutigam soll ja schließlich eine Augenweide sein«, erklärte sie. »Männer sind nämlich enorm eitel, auch wenn sie es ungern zugeben!«

»Nicht alle«, wandte Samy ein, wie immer in seiner abgeschabten Lederjacke, zu der er aber immerhin ein blütenweißes Hemd und eine neue silbergraue Krawatte trug. Dass Philipp ihn gebeten hatte, sein Trauzeuge zu sein, hatte Malou ebenso überrascht wie gefreut. Heute wirkte er fast so aufgeregt wie das Brautpaar selbst, obwohl er sich bemühte, Zuversicht zu verbreiten. »Kann mich selbst zwar auf keinerlei praktische eheliche Erfahrungen berufen«, setzte er hinzu, »aber dass es bei euch beiden hinhaut, das habe ich im Blut!«

Alle schmunzelten.

Das Eis zwischen den Familien Graf und Prinz schien für den Moment gebrochen, wobei Norberts aktuelle vollbusige Gespielin nicht unbedingt einen Beitrag dazu geleistet hatte.

Tine Meister sah aus wie ein missglücktes Monroe-Zitat, mit birelligelben Locken, einem engen, tief ausgeschnittenen Tupfenkleid und schwarzen Lack-High-Heels, in denen sie allerdings kaum laufen konnte.

»Von mir aus hätte er seine Schrapnelle ruhig zu Hause lassen können, aber sie wollte unbedingt mit. Jetzt verstehst du vielleicht, warum meine Mutter oft so unglücklich war«, raunte Philipp Malou zu, als sie Hand in Hand vor dem Trauungssaal standen. »Solche geschmacklichen Entgleisungen hatte der Alte auch schon während ihrer gemeinsamen Ehe. Halbseidene Damen, wohin das Auge reichte! Aber keine Angst, mein Herz, diese Gene sind an mir vollkommen vorbeigegangen. Wenn ich richtig liebe, bin ich auch maßlos treu!«

»Will ich doch hoffen«, flüsterte Malou zurück und schob die Erinnerungen an Chris ganz weit weg.

Gut, dass der noch immer mit seinem Bus irgendwo in Asien unterwegs war, auch wenn das Geschwisterthema damit nur aufgeschoben war. Auch mit ihrem leiblichen Vater und Chef Hans Wolfgang Winkler stand diese Auseinandersetzung noch aus. Auf Malous Schwangerschaft hatte Winkler zunächst rein professionell reagiert, sie formell beglückwünscht, bald darauf jedoch durchblicken lassen, was für ein Verlust ihre Mutterschaft für den Verlag bedeute.

Das Kind, das ich unter dem Herzen trage, ist dein Enkelkind, hatte Malou dabei gedacht und ihn extra noch ein wenig länger zappeln lassen, bevor sie mit ihrem Entschluss herausgerückt war, nach drei Monaten die Arbeit unter veränderten Bedingungen wieder aufzunehmen.

Ein strahlendes Lächeln hatte sein Gesicht erhellt.

»Ich hatte schon befürchtet, Sie ganz zu verlieren. Aber Sie kommen ja wieder zu uns zurück, liebe Malou! Das ist gut für den *Tag,* gut für uns alle. Die Redaktion wird alles tun, um Sie in Ihrer neuen Rolle zu unterstützen, darauf gebe ich Ihnen mein Wort.«

Für einen Moment dachte Malou fast, er würde aus sich herausgehen, sie umarmen und endlich das aussprechen, was schon so lange zwischen ihnen im Raum stand, doch das tat er nicht.

Also spielten sie das Spiel eben noch eine Weile weiter …

Aus diesem Grund hatte Malou Winkler auch nicht über den Termin ihrer standesamtlichen Trauung informiert. Das sollten ruhig ihre Lieblingskollegen für sie erledigen, die anschließend zum Hochzeitsessen dazustoßen würden.

»Übernimm doch bitte mal den Brautstrauß, und leih mir mein Mädchen noch für einen Moment, Philipp«, hörte sie jetzt eine vertraute Stimme neben sich sagen. »Bevor ich Marie-Louise für immer an dich abgeben muss.«

Malous geliebter Papa, der Mann, den sie bis vor wenigen Monaten für ihren leiblichen Vater gehalten hatte, reichte ihr den Arm, und sie gingen zu einem der großen Fenster, wobei Malou ihre Schritte unauffällig seinem kriegsversehrten Bein anpasste, wie sie es schon ein Leben lang getan hatte.

Große Flocken tanzten vom Himmel.

Langsam färbte sich die Welt draußen weiß.

»Ich wünsche dir für deine Ehe ein so großes Glück, wie ich es mit deiner Mutter erleben durfte und noch immer darf«, sagte er mit zitterndem Kinn. »Wir haben sie damals mit dir, unserem Kind, begonnen, was besser nicht hätte sein können. Und heute, wo vielleicht ein anderer Mann an meiner Stelle stehen sollte …«

»Sollte er nicht«, widersprach Malou sanft. »Was redest du

da? *Du* gehörst hierher. Denn du wirst immer mein Papa sein, was auch geschieht.«

Zutiefst bewegt schloss er sie in die Arme.

»Das Schicksal muss es wirklich gut mit mir meinen«, murmelte er. »Die beiden liebsten Frauen der Welt sind meine Familie!«

»Und schon bald werden es drei sein, Papa«, flüsterte Malou gerührt zurück. »Spürst du, wie temperamentvoll sie gerade strampelt? Unsere Kleine freut sich schon auf ihren wunderbaren Opa!«

Die Tür zum Trauungssaal öffnete sich, und die Standesbeamtin rief die Trauung Prinz/Graf auf.

»Darf ich, lieber Theo?« Philipp übernahm die Braut. »Das ist jetzt mein Part.«

Er überreichte Malou wieder den Brautstrauß und ging Arm in Arm mit ihr zur Tür des Trausaals. Während sie gemeinsam hindurchschritten, gefolgt von den Trauzeugen und ihren Familien, erklangen weiche Saxofonklänge.

»Das ist ja *Fly Me To The Moon*«, flüsterte Malou. »Ich liebe diesen Song! Woher wusstest du das?«

»Weil ich meiner Liebsten gut zuhöre«, flüsterte Philipp zurück. »Und das wird auch so bleiben, wenn sie in ein paar Minuten Frau Prinz heißt.«

Frau Prinz – daran würde sie sich erst gewöhnen müssen …

Aber beim *Tag* blieb sie nach wie vor Malou Graf, darüber gab es keine Diskussionen.

Die Standesbeamtin bemühte sich um eine launige Rede, ritt aber für Malous Geschmack ein wenig zu lange auf den beiden »edlen« Namen des Brautpaars herum. Auch das Ungeborene schien sich zu langweilen und versetzte ihr ein paar so heftige Fußtritte, dass Malou nach Luft japsen musste.

Jedenfalls war sie erleichtert, als Philipp ihr endlich das Jawort geben konnte. Ihr eigenes Ja kam dann so schnell hinterher, dass die Hochzeitsgäste schmunzeln mussten.

Der Ringtausch vollzog sich pannenfrei. Sie hatten sich für Modelle aus schlichtem, schmalem Gelbgold entschieden, die niemals aus der Mode kommen würden. Für einen Moment musste Malou dabei an Freddy denken, ihren verstorbenen Verlobten, der ihr damals so liebevoll den Ring mit dem funkelnden Aquamarin angesteckt hatte, auch wenn es nur zur Tarnung seiner Homosexualität gewesen war.

Wie sehr hätte auch er ein glückliches Leben verdient gehabt!

Ich werde dich niemals vergessen, Freddy, dachte Malou voller Melancholie. Dein Bruno und du, ihr wart so ein liebenswertes Paar …

Beim Unterschreiben zitterte ihre Hand leicht, und um ein Haar hätte sie auch noch mit dem falschen Buchstaben begonnen, einem G anstelle des ungewohnten P.

Marie Louise Prinz – das würde sie noch üben müssen.

Die Trauzeugen unterschrieben ebenfalls, Samy ganz ernst, Roxy dabei verschmitzt grinsend.

Dann endlich kam der Hochzeitskuss, lang, innig und voller Leidenschaft.

Erneut setzte das Saxofon ein, nun begleitet von einer vollen, erotischen Alt-Stimme.

»Fly me to the moon …«

Roxy sang diesen Song weich und gefühlvoll, und es hörte sich an, als käme er direkt aus ihrem Herzen.

Mit *I love you* klang die Musik aus. Die Sängerin verneigte sich.

Begeisterter Applaus schloss sich an.

»Roxys Hochzeitsgeschenk«, sagte Philipp leise. »Tolle Überraschung, oder? Ist sie nicht einfach fantastisch?«

Malou konnte nur stumm nicken, so gerührt war sie.

»Für immer und ewig«, fuhr er fort. »Jetzt auch noch einmal musikalisch. Ich werde dich und unser Kleines lieben bis zum Ende meiner Tage, das verspreche ich.«

»Nein, nein, für mich bitte keinen Nachschlag mehr. Ich krieg keinen Bissen mehr runter, sonst platze ich noch!« Onkel Julius schob den Teller weg. »Seit Jahren hab ich nicht mehr so gut und üppig getafelt!«

Seine Augen strahlten, und die Wangen waren leicht gerötet. Unübersehbar, wie sehr er das Hochzeitsessen genossen hatte. Das Restaurant am Chinesischen Turm hatte sich alle Mühe gegeben, seine Gäste glücklich zu machen: blendend weiß eingedeckte Tische, Kristallgläser, Kerzen, Blumenschmuck – und ein Menü, das allen geschmeckt hatte: Hochzeitssuppe mit Eierstich und Markklößchen, Tafelspitz an Meerrettichsoße mit Kartoffeln und Wurzelgemüse und schließlich zum Dessert lauwarme Weinschaumcreme, in der eine Kugel Vanilleeis schwamm.

Doch mindestens ebenso sehr wie die Gaumenfreuden genoss Malous geliebter Onkel Julius ganz offensichtlich die anregende Runde, die sich an der länglichen Tafel versammelt hatte: Agnes Federl zu seiner Rechten, Adrienne Riehl zur Linken, ihm gegenüber Samy – der alte Herr parlierte und schäkerte wie zu seinen allerbesten Zeiten.

»Du hast wirklich ganz bezaubernde Kollegen, Malou«, sagte er begeistert. »Und wie gepflegt man sich mit ihnen unterhalten kann – einsame Spitze! Da vergisst man doch glatt, dass man selbst so ein alter Knochen ist.«

»Alte Knochen? Seh ich hier nirgendwo«, widersprach Adrienne. »Nur einen charmanten, gebildeten Herrn, den ich auch gern als Onkel hätte!«

Julius wirkte leicht verlegen, Agnes Federl jedoch strahlte, als habe das Lob ihr gegolten.

»Kein Wunder, hab ich doch nur die Allernettesten aus der Redaktion eingeladen«, erwiderte Malou. »Zwei liebe und wichtige Menschen fehlen heute allerdings: Freddy und natürlich unser Baron, Viktor Bárthoy, dem ich so vieles verdanke.«

Denn mit Viktor Bárthoy hatte damals beim *Tag* alles angefangen. Er hatte Malou den Weg in die Redaktion geebnet, ihr alles beigebracht, was man als Gesellschaftsreporterin können musste.

»Die Welt ist deutlich ärmer ohne Vic geworden, das ist wohl wahr«, stimmte Samy zu. »Jetzt kann er leider gar nicht mehr miterleben, wie gut sich unser gemeinsames Buch entwickelt. Stellt euch vor, *Sündiges München* geht bereits in die vierte Auflage! Das hätte ihm gefallen …«

Roxy, die wohl gerade an die wenig erfreuliche Szene in der Bar ihres Verflossenen vor zwei Jahren denken musste, wo dieser Samy heftig angegangen und schließlich aus seiner Bar geworfen hatte, räusperte sich dezent.

»Sünde hast du doch jetzt genug im Kasten, Samy. Und inzwischen sogar auf Papier! Warum nimmst du dir zur Abwechslung nicht mal aufstrebende junge Schlagerkünstlerinnen vor? Was mich betrifft, ich stünde jederzeit zur Verfügung!«

»Können wir gern ins Auge fassen«, erwiderte er gut gelaunt. »Wenn mir deine strebsame beste Freundin irgendwann mal eine Atempause gönnt …« Er zwinkerte Malou schelmisch zu.

Malou lachte. Oh, wie wundervoll war es, hier mit all den

Menschen zusammenzusitzen, die ihr so viel bedeuteten. Sie ließ den Blick über die lange Tafel gleiten. Am anderen Ende des Tisches war ihre Kollegin Ella Weiss mit ihren Eltern in eine Unterhaltung vertieft, an der sich auch Philipps Vater beteiligte. Malou spitzte die Ohren.

»Ihre Tochter macht ihren Job einfach fantastisch«, hörte sie Ella sagen. »Talentiert und mit Herzblut, deshalb kommt sie innerhalb und außerhalb des Verlags auch so gut an.«

Papa strahlte über das ganze Gesicht, und auch Mama schien zu gefallen, was sie gerade zu hören bekamen.

»Unsere Marie-Louise hat ihren Platz gefunden«, sagte er. »Beruflich wie privat. Was könnten sich Eltern Schöneres für ihr Kind wünschen?«

»Philipp muss sie wirklich sehr lieben«, kommentierte Norbert Prinz süffisant. »So weit hat er sich bislang für eine Beziehung noch nie aus dem Fenster gelehnt. Jetzt hat er sich doch tatsächlich eine gebrauchte Borgward Isabella als Familienkutsche angeschafft! Für keine andere Frau der Welt hätte er seine geliebte Alfa Romeo Giulietta abgestoßen, ich erkenne meinen Herrn Sohn ja kaum noch wieder. Wenn sie ihn jetzt auch noch dazu bringt, die Finger von dieser verdammten Fliegerei zu lassen, fress ich 'n Besen!«

»Man muss eben Prioritäten setzen können, lieber Vater«, erwiderte Philipp spitz, der offenbar ebenfalls zugehört hatte. »Und zwar die richtigen. Sonst wird das nämlich nichts mit Familie. Übrigens heirate ich zum ersten Mal und habe nicht vor, mehr als eine Ehe zu führen.«

»Gibt auch noch andere Freuden im Leben als nur immer Ehe und Familie, nicht wahr, Hasilein?« Prinz senior tätschelte genüsslich Tines prallen Oberschenkel.

»Gegen einen goldenen Ring am Finger hätte ich gar nichts

einzuwenden«, konterte diese säuerlich. »Das habe ich dir bestimmt schon tausendmal gesagt, Bärli!«

»Nicht alle Wünsche gehen eben in Erfüllung, Hasi«, lachte er. »Dafür entführe ich dich über Silvester ganz romantisch in die Berge. Hüttenzauber mit allem, was dazugehört. Ausgelassen im Schnee auf das neue Jahr anstoßen, das hat doch was, oder? 1966 ist immerhin eine Schnapszahl!«

»Schade nur, dass nach dem Rausch unweigerlich der Kater folgt«, bemerkte Ella trocken. »Wollen wir doch hoffen, dass das kommende Jahr nicht gleich von Anfang an unter dieser Prämisse steht. Wir Journalisten berichten so viel lieber über Freudiges als immer nur über Schreckliches.«

»Na ja, beruflich kürzertreten wirst du aber bald schon müssen, Malou«, wandte Norbert Prinz sich nun an seine Schwiegertochter. »Dauert schließlich nicht mehr lange, bis das Kleine krähen wird. Oder gibt es für Journalistinnen keinen Mutterschutz?«

»Natürlich gibt es den«, erwiderte sie ruhig, fest entschlossen, sich nicht von ihm provozieren zu lassen, erst recht nicht heute. »Ich plane noch eine große Story über Romy Schneider. Danach übergebe ich an Adrienne, die mich fabelhaft vertreten wird.«

»Die Sissi? Sag bloß!« Tines Mund stand vor Verblüffung halb offen. »Dann spielt sie ja vielleicht doch noch den vierten Teil, nachdem dieser gemeine Delon sie so schmählich hat sitzen lassen …«

»Garantiert nicht«, antwortete Malou. »Und sie darauf anzusprechen, würde unweigerlich das sofortige Ende jedes Interviews bedeuten. Romy Schneider geht ganz neue Wege, beruflich wie privat. Davon wird sie mir nach dem Jahreswechsel mehr erzählen. Ich freue mich schon darauf.«

»Kuchenschlacht!«, ertönte plötzlich laut Samys Stimme. »Schaut doch nur, welche Köstlichkeiten hier gerade hereingefahren werden!«

Schneller als die beiden Ober mit ihrem Servierwagen war jedoch ein langbeiniges junges Mädchen, kostümiert wie ein Page aus dem 18. Jahrhundert mit Kniehose, Rüschenhemd, Wams und einer schwarzen Lodenpelerine. Nathalie Winkler zog sich den Dreispitz vom weiß gepuderten Kopf und verneigte sich leicht.

»Eigentlich hätte es ja, wie uns zu Ohren gekommen ist, eine romantische Schlittenfahrt durch den Englischen Garten geben sollen«, sagte sie. »Leider hat das Wetter dabei nicht mitgespielt. Auf dem kargen Schnee würden Kufen nicht sehr weit kommen. Räder dagegen sehr wohl.«

Sie machte vor Malou und Philipp einen vollendeten Kratzfuß.

»Wenn ich das Brautpaar dann bitten dürfte? Die Kutsche wäre jetzt bereit!«

Ihre kleine Schwester!

Zum ersten Mal war dieser Gedanke so richtig in Malous Kopf aufgeblitzt. Offenbar dachten auch Philipp, den sie in Winklers Vaterschaft eingeweiht hatte, und ihre Eltern etwas Ähnliches, denn alle wirkten plötzlich wie erstarrt.

»Und wie kommen wir dazu?«, brachte Malou schließlich heraus.

»Das war Paps' Idee«, erwiderte Nathalie vergnügt. »Sozusagen sein Hochzeitsgeschenk. Er liebt Überraschungen, hat alles organisiert und mich gerade mit dem Auto hergebracht. Ich darf übrigens mit auf dem Kutschbock sitzen, ich liebe nämlich Pferde. Aber keine Angst, eine echte Kutscherin führt das Kommando. Sie werden also garantiert heil wieder bei

Ihren Gästen ankommen! Und frieren müssen Sie auch nicht. Gibt in der Kutsche nämlich viele Decken zum Reinkuscheln, alles ganz romantisch. Ist fast wie früher, aber eben doch ganz modern.«

Sollte sie das wirklich annehmen?

Aber das Angebot abzulehnen, hätte Nathalie brüskiert, die ja gar nichts für diese ganzen Verwirrungen konnte – und natürlich erst recht nicht für den Mann, der ihr Vater war.

Hatte er sich also doch etwas für sie ausgedacht!

Verstohlen keimte eine winzige Freude in Malou auf.

Philipp nahm ihr die Entscheidung ab. Er war aufgestanden und lächelte Malou an.

»Reich mir die Hand, mein Leben – erst einmal flott um den Chinesischen Turm herum und danach ab durch den Englischen Garten. Unser Abenteuer beginnt!«

*

»Ganz schön crazy von dir, meine Liebe, diesen Termin heute noch wahrzunehmen.« Samys Stimme klang besorgt.

»Romy Schneider einen Korb zu geben, wäre erst recht crazy gewesen. Es gab ja bereits zwei Absagen, weil sie sich nicht wohlgefühlt hat, und in wenigen Tagen rückt Regisseur Syberberg mit seiner Filmcrew bei ihr in Kitzbühel an. Dann hat sie garantiert keine Zeit mehr für eine Münchener Boulevardzeitung, darauf kannst du wetten!«

Malou gab sich nach außen hin gelassener, als ihr eigentlich zumute war. Genau genommen hatte sie miserabel geschlafen, und dies leider nicht erst in der vergangenen Nacht. Sie wurde jetzt ständig wach, musste auf die Toilette oder drehte sich unruhig von einer Seite auf die andere. Den armen Philipp hatte sie bereits auf die Couch im Wohnzimmer verbannt, damit wenigstens er ausgeruht war, natürlich stets bei offener Tür, falls »etwas sein sollte«.

Entschlossen schob Malou diesen Gedanken jedes Mal weg, sobald er sie überfiel, doch er kehrte hartnäckig zurück. Sie hatte nach langem Suchen einen freundlichen Frauenarzt gefunden, der ihre vielen Fragen klug und geduldig beantwortete und zudem auch noch Belegbetten in der kleinen Klinik im Englischen Garten besaß, die Malou sich für ihre Niederkunft ausgesucht hatte. Doch selbst ein noch so versierter Dr. Peschel konnte ihr die Angst vor der Geburt nicht ganz nehmen.

»Leben zu schenken, war noch niemals ungefährlich«, sagte er. »Sozusagen stets eine Angelegenheit auf Leben und Tod, sowohl für die Mutter als auch für das Kind. Zum Glück ist die moderne Medizin in der Lage, die Waagschale inzwischen deutlich zugunsten des Lebens zu beeinflussen, worüber wir Ärzte sehr froh sind. Dennoch nehmen wir jede Geburt ernst, denn die Natur kann uns dabei immer wieder überraschen. Aber Sie sind jung, gesund und im besten Gebäralter – bleiben Sie also bitte optimistisch, liebe Frau Prinz! Wir haben in unserer Klinik die allerbesten Hebammen, die Ihnen beistehen werden. Und schließlich« – da war es wieder, sein verschmitztes Lächeln, das sie so sehr mochte – »bin ich ja auch noch da!«

Der Flockenwirbel draußen wurde noch dichter.

»Wir hätten in München bleiben und eine schöne Tasse Tee trinken sollen«, knurrte Samy. »Es schneit ja geradezu, als hätte Frau Holle heute Schlussverkauf. Geschlossene Schneedecke, wohin man auch schaut! Wenn uns das später auch auf der Autobahn blüht, werden wir vermutlich Stunden für die

Heimfahrt brauchen. Im Stau nützt dann auch die Leihgabe deines Göttergatten nicht mehr sehr viel.«

Philipp hatte darauf bestanden, dass sie mit seinem Borgward fuhren, da Samys alter Morris so gut wie unbeheizbar war.

»Du bringst mir die beiden wohlbehalten wieder zurück«, hatte er dem Fotografen eingeschärft. »Sonst wirst du mich kennenlernen!«

»Notfalls müssen wir eben in Kitzbühel übernachten«, erwiderte Malou. »Nicht dass ich besonders scharf darauf wäre, aber falls alle Stricke reißen …«

»Jetzt, wo das Hahnenkamm-Rennen bevorsteht? Vergiss es! Da bekommst du vermutlich nicht mal eine freie Badewanne.«

»Alter Pessimist!« Sie knuffte ihn spielerisch. »Dann rücken wir eben unserem Kollegen Bautz aus der Sportredaktion auf die Bude, oder wir quartieren uns gleich bei Rennfahrer Karl Schranz ein, der übrigens ausgesprochen reizend sein soll, wie man so hört. Wenn er heuer wieder alles gewinnt, soll Adrienne mit ihm ein Treffen vereinbaren – und ich lese das Ergebnis dann ganz gemütlich daheim auf dem Sofa!«

»Zieh du heute erst mal dein Romy-Interview durch, und ich konzentriere mich auf die Bilder, okay? Die Dame ist zwar ausgesprochen fotogen, jedoch offenbar nicht gerade zickenfrei. Hat schon etliche meiner Kollegen in den Wahnsinn getrieben. Ich brauche aber meinen Verstand, sonst kommen wir beide niemals wieder heil nach Hause.«

»Wir drei«, korrigierte Malou mit feinem Lächeln. »Du hast meine kleine blinde Passagierin vergessen.«

»Wie könnte ich das?«, konterte er. »Sag mal, was machst du eigentlich, wenn es ein Junge ist?«

»Ihn wie doof ebenso lieb haben, was denn sonst? Aber ich bekomme ein Mädchen. Wirst schon sehen! Inzwischen ist auch Philipp davon überzeugt. Nur auf den Namen haben wir uns noch nicht geeinigt. Aber wir haben ja schließlich noch Zeit …«

Sie hatten Kitzbühel endlich erreicht, und Samy fand nach kurzem Suchen einen freigeschaufelten Parkplatz.

»Was ist denn alles in der Lostrommel?«, wollte Samy wissen.

»Nora, Margaretha, Friederike, Melanie, Silja – das ist mein Favorit«, sagte Malou verträumt.

»Alle ganz okay, finde ich. Jedenfalls um Klassen besser als mein oller ›Siegfried‹. Was meine Eltern sich dabei gedacht haben! Sieg-Heil vermutlich. Schön stramm auf NS-Linie. Na ja, hat ja nicht unbedingt hingehauen. Ein echter Germane bin ich jedenfalls nicht geworden …«

Beide mussten lachen.

»Der Gasthof Eggerwirt ist nicht weit«, fuhr Samy fort. »Warum lässt uns die Schneider eigentlich dort antanzen und empfängt uns nicht in der Nobelvilla ihres gegenwärtigen Gastgebers, des Fürsten von Liechtenstein?«

»Keine Ahnung«, sagte Malou. »Mit ihr hab ich ja gar nicht gesprochen, sondern telefonisch alles mit ihrem Verlobten Harry Meyen ausgemacht. Der hörte sich so an, als wisse er sehr genau, was er will. Wir haben doch noch ein wenig Zeit bis zu unserem Termin, oder?«

»Mehr als eine halbe Stunde«, versicherte Samy.

»Dann lass uns ein paar Schritte machen. Ich fall schon nicht auf die Nase, nur keine Sorge! Ich hab nämlich kleine Spikes unter meinen Sohlen.« Sie hob ein Bein hoch, um das zu demonstrieren, und geriet dabei gefährlich ins Rutschen.

Samy hielt sie gerade noch rechtzeitig am Arm fest.

»Dageblieben, junge Frau«, sagte er. »Gut, dann laufen wir eben, aber nur, wenn wir eingehängt gehen. Sonst reißt mir dein frischgebackener Gatte noch den Kopf ab, wenn dir etwas passiert.«

»Schön hier«, sagte Malou, während sie sich nach links und rechts neugierig umsah, heilfroh, sich nach dem langen Sitzen ein wenig die angeschwollenen Beine vertreten zu können. »Diese bunten Häuser, die Kirche, der Schnee, alles umschlossen von mächtigen Bergen, eine echte Winteridylle! Kein Wunder, dass auch reiche Nazis gern hier Urlaub gemacht haben: Speer, Göring, und von Ribbentropp, der sich gleich einen Bauernhof in der Gegend gekauft hat.«

»Hast du alles von Ella, richtig?«

Malou nickte, und Samy grinste.

»Gibt doch nichts in dieser Richtung, was unsere geschätzte Kollegin nicht weiß«, fuhr er fort. »Es gab hier aber auch eine kommunistische Widerstandsgruppe. Erst 1942 haben sie ihr den Garaus gemacht. Und natürlich haben sie Wintersport en masse.«

»Aber so richtig fing der Ski-Hype in Kitzbühel doch erst nach dem Krieg an.«

»Da täuschst du dich gewaltig, Malou.« Samy schüttelte den Kopf. »Franz Reisch, so heißt der örtliche Schneesportpionier, musste sich zwar von vielen Mitbürgern als ›narrisch‹ beschimpfen lassen, veranstaltete aber trotzdem noch vor der Jahrhundertwende das erste Skirennen. Seine Aktion kam bärig bei den Zeitgenossen an. Die Touristen kamen in Strömen, zunächst vor allem Engländer, schließlich aber auch Wintersportfans aus aller Herren Länder.«

»Und woher weißt du das alles?«, fragte Malou.

»Vom berühmtesten Sohn dieses Städtchens: Toni Sailer. Hab ihn mal für Autogrammkarten vor der Linse gehabt, 1958, als er die Hauptrolle im Skifilm *Der schwarze Blitz* gespielt hat – übrigens gleichzeitig das Ende seiner sportlichen Karriere, weil er danach als Amateur gesperrt war, ganz ähnlich wie bei Marika Kilius und Hans-Jürgen Bäumler. Du warst noch nie hier?«

»Wie denn?« Malou umschiffte einen größeren Schneehaufen mitten auf dem Gehsteig. Offensichtlich waren die Räumungskräfte vor Ort von den herabfallenden Massen überfordert. »Mit einer Mutter ohne Führerschein und einem kriegsversehrten Papa, der nicht Auto fahren konnte und zu stolz war, um den Zug zu nehmen?«

Unwillkürlich schob sich wieder Winklers Bild vor Malous inneres Auge, aber sie wehrte sich dagegen.

Zu früh, noch zu früh!

Für die Hochzeitskutsche hatte sie sich artig bei ihm bedankt, was ihm fast peinlich gewesen zu sein schien.

Vermutlich nicht nur das …

»War eigentlich Nathalies Idee«, hatte er verlegen gesagt. »Sie mag Sie nämlich, wussten Sie das? ›So eine hübsche Braut‹, hat sie gesagt, als sie wieder zu Hause war. Und von dem tollen Kuchen hat sie auch geschwärmt, den sie nach der Kutschfahrt angeboten bekam.«

Sie mag Sie nämlich …

Wieder etwas, an dem Malou nächtelang zu kauen gehabt hatte. Sie mochte Nathalie auch, diesen frischen, temperamentvollen Teenager, um einiges selbstbewusster und mutiger, als sie selbst im gleichen Alter gewesen war. Die Sympathie war also gegenseitig. Aber würde Nathalie sie noch immer mögen, wenn sie erfuhr, dass Malou ihre große Schwester war?

Natürlich musste auch Samy erfahren, was Sache war, und das noch vor vielen anderen – doch erst nachdem ihr Vater und sie ihre Beziehung geklärt hatten.

»Jetzt wird mir doch langsam kalt«, erklärte Malou und kehrte wieder in die Gegenwart dieses weiß glänzenden Wintertages zurück. »Die Kleine beschwert sich schon und tritt um sich.«

»Dann nichts wie hin zum Eggerwirt«, sagte Samy. »Da wird euch beiden ganz schnell wieder warm.«

Romy Schneider ließ sich Zeit mit ihrem Erscheinen – *reichlich* Zeit –, wie eigentlich nicht anders zu erwarten. Malou saß bereits vor ihrer dritten heißen Zitrone, und ihr Magen knurrte mittlerweile so laut, dass sie Angst hatte, es sei bis drüben in der Gaststube zu hören. Die Wirtin hatte für sie einen kleinen Nebenraum aufgesperrt, rustikal eingerichtet mit Möbeln aus echtem Zirbelholz, wie sie voller Stolz betonte. Ein grün gekachelter Ofen nebst umlaufender Bank sorgte für kuschlige Wärme, wie man an der schwarz-weiß gefleckten Hauskatze sah, die es sich darauf gemütlich gemacht hatte.

Plötzlich ging die Tür auf, und mit einem Schwung eisiger Luft kam Romy Schneider hereingefegt.

»Muss mich so was von entschuldigen«, sagte sie lachend. »Aber irgendwie war ich auch nach dem dritten Milchkaffee noch immer nicht richtig wach. Und dann hat mich der Harry, mein Verlobter, ganz wuschig gemacht, weil ich mir wegen der Fotos unbedingt noch etwas Anständiges zum Anziehen kaufen sollte, was in diesem überteuerten Kaff leider nicht ganz so einfach ist.« Sie ließ ihren hellbraunen Teddymantel zu Boden sinken und breitete die Arme aus. »*Et voilà* – da bin ich nun. Ist das anständig genug?«

In dem lichtblauen Kaschmirpullover und der schlichten braunen Stoffhose sah sie umwerfend aus.

»Wie eine Göttin«, murmelte Samy hingerissen und fing gleich an zu fotografieren.

»Sie sind vielleicht ein Schmeichler, Herr …«, sagte Romy lächelnd.

»Samtner, aber wer mich mag, sagt Samy zu mir.«

»Dann also meinetwegen Samy, klingt lustig und familiär. Aber Göttin?« Sie schüttelte den Kopf. »Ganz sicher nicht. Bin ja heute fast *en nature,* wie man in Frankreich sagt. Dabei sehe ich nach nichts aus, wenn ich mir nichts ins Gesicht schmiere, also hab ich es getan, aber eben nur dezent. Bisschen Mascara und Lippenstift, das ist alles. Und einen Hunger hab ich vielleicht!« Sie griff nach der Karte. »Was essen Sie denn, Frau Graf? Sie sind doch Frau Graf vom *Tag*, oder?«

»Die bin ich«, erwiderte Malou. »Ich brauch jetzt was Stärkendes, darum hab ich mich für die Schupfnudeln entschieden.«

»Ausgezeichnete Idee! Die gab es immer bei meiner Oma in Berchtesgaden, bei der ich groß geworden bin. Die nehm ich auch.« Romy schlug die Karte wieder zu und zog ihre Stirn in Falten. »Obwohl … die haben bestimmt Abertausende von Kalorien. Und Schauspielerinnen müssen doch schön und dünn sein. Natürlich gibt es Pillen dafür, wie es heutzutage ja gegen oder für alles Pillen gibt, aber wer die schluckt, ist bald verloren …« Sie öffnete die Karte erneut und studierte sie eingehend. »Dann eben doch wieder diesen langweiligen Salat …«

Malou erhob sich kurz, um ihre Sitzposition zu verändern.

»Ach, Sie sind schwanger, Frau Graf? Gratuliere! Dann dürfen Sie natürlich nach Herzenslust schlemmen. Wissen

Sie, dass ich Sie beneide? Ich wünsche mir auch so sehr ein Kind – fast schon glühend, könnte man sagen, wenn das nicht schon wieder übertrieben wäre. Ich hoffe so sehr, es klappt bald. Dem schenk ich dann die Kindheit, die ich selbst nie hatte, die Mammi immer beim Drehen, der Pappi anderen Weibern hinterher, und mein Stiefvater Blatzheim, der alte Wichtigtuer...« Sie machte eine abschätzige Handbewegung. »Lassen wir das, sonst krieg ich am Ende noch miese Laune. Wissen Sie, was? Ich nehm auch die Schupfnudeln, heut mal ausnahmsweise, aber schnell muss es gehen.«

Während des Essens redete sie pausenlos weiter, ließ ihre Schupfnudeln kalt werden und schob sie schließlich zerstreut mit der Gabel von einer Seite des Tellers auf die andere. Dafür hatte sie bereits das dritte Glas Rotwein zügig geleert und bestellte schon wieder Nachschub. Jetzt erst bekam Malou Gelegenheit, wenigstens ein paar ihrer vorbereiteten Fragen zu stellen.

»Wie geht es für Sie weiter in Deutschland, Frau Schneider? Gibt es schon konkrete Pläne?«

»Ja und nein. Der Kortner will mich unbedingt für sein Theater, klassisches Rollenfach, schon reizvoll, aber auf einer deutschen Bühne bin ich halt noch nie gestanden, immer nur Film, Film, Film, einer nach dem anderen, ohne dazwischen Atem zu holen. Das Burgtheater wäre natürlich toll, alte Familientradition – meine Großmutter väterlicherseits, Rosa Albach-Retty, Sie wissen schon. Doch allein die Vorstellung macht mir schon eine Scheißangst.«

»Dann doch wieder zurück nach Frankreich, wo Sie auf der Bühne so große Erfolge feiern konnten?«

»Nein, nein! Sechs Jahre Paris, das genügt. Ich bin kein Großstadtmensch. Auch dieses Gefühl, dass ich etwas versäum, wenn ich nicht dort bin, das hab ich abgelegt. Ich will mich aber auch nicht in den Bergen eingraben, dafür bin ich zu jung. Aber wohin dann?« Sie spielte mit ihren Fingern. »Am besten etwas mit dem Harry auf die Beine stellen, der ist so klug und kann so gut schreiben. Er plant, ein Stück nur für mich zu entwickeln, ist das nicht wundervoll? Mir gibt es eine ganz neue Sicherheit, so einen Mann an meiner Seite zu wissen, nicht irgendeinen Jungen, der sich noch groß ausprobieren muss. Bei ihm bin ich endlich geborgen. Ja, mit ihm zusammen in Berlin Theater machen – das könnte ich mir am allerbesten vorstellen! Ich glaub, Berlin wird meine Stadt. Ist doch beinahe grotesk, dass ich noch nie in meiner Muttersprache Theater gespielt habe …«

Im Kopf begann Malou bereits ihre Headline zu formulieren. REHKITZ ODER TIGERIN – WER IST NUN DIE WAHRE ROMY SCHNEIDER?

Selten zuvor war ihr eine Frau begegnet, die so viele Widersprüche auf derart reizvolle Art und Weise in sich vereinte. Malou hätte ihr stundenlang zuhören können, so sehr mochte sie diese Stimme, weich, federnd, mädchenhaft keck und im nächsten Moment weiblich-fordernd, eine einzigartige Mischung aus Bayern, Wien und Paris – wenn da nicht diese seltsame Unruhe gewesen wäre, die sich mehr und mehr in ihrem Körper breitmachte.

Hatte sie zu viel gegessen? Zu schnell?

Da war so ein seltsames Ziehen in ihrem Bauch. Richtig übel war ihr nicht, aber eben doch alles andere als wohl.

»Ich bin bald achtundzwanzig, das ist ja noch nicht so alt«, plauderte Romy Schneider weiter. »Aber blutjung ist es eben auch nicht mehr. Leben will ich, richtig leben, und nicht mehr nur meine ganze Kraft und meine ganzen Nerven für den Beruf hergeben. Es ist mir nicht mehr genug.« Ihr Blick wurde warm. »Wie alt sind Sie, wenn ich fragen darf, Frau Graf?«

»Bald sechsundzwanzig.«

»Jünger als ich – und schwanger. Sie machen es goldrichtig! Setzen einfach ein Kind in diese verrückte Welt …«

»Mal langsam«, widersprach Malou, während Samy Foto um Foto schoss. »Ganz so einfach ist es leider nicht. Diese ›verrückte Welt‹, wie Sie sie genannt haben, ist ziemlich schlecht vorbereitet auf Mütter, die weiterhin arbeiten wollen. Man muss schon selber ganz schön viel drehen und organisieren, damit es überhaupt möglich ist. Und ob das dann alles wirklich auch klappt, was ich mir ausgedacht habe, wird sich erst zeigen. Kinder haben da ihr eigenes Programm.«

»Aber Sie haben den Richtigen an Ihrer Seite?«, fragte die Schauspielerin interessiert.

»Ja, den habe ich. Und gerade erst geheiratet.« Malou hob die rechte Hand mit dem Ehering.

»Wenn ich Sie so höre, dann muss ich sofort eine rauchen, denn Harry und ich wollen ja auch bald heiraten. Sobald endlich seine verflixte Scheidung durch ist. Aber das dauert, kann ich Ihnen sagen, denn seine Ex klammert …« Romy Schneider zündete sich eine Zigarette an, drückte sie nach einem gierigen ersten Zug aber gleich wieder aus. »Was bin ich bloß für ein gedankenloser Trampel! Sie sind doch schwanger!«

»Am Fenster vielleicht?«, schlug Malou vor. »Und Sie blasen den Rauch in die Winterluft?«

»Dann macht es nicht halb so viel Spaß! Nein, ich werde mich zusammenreißen, das kann ich nämlich auch, wenn ich mir große Mühe gebe, auch wenn Sie mir das vielleicht nicht glauben, liebe Malou Graf …«

»Mir schwirrt der Schädel«, stöhnte Malou, nachdem Harry Meyen mit Leichenbittermiene in der Gaststätte erschienen war und seine Verlobte energisch zum Aufbruch gedrängt hatte. »Wie der uns gerade angesehen hat! Den brauchen wir sicherlich nicht zu fragen, ob er Boulevardjournalismus mag.«

»Gewiss nicht.« Samy grinste. »Aber sie hat dir doch jede Menge erzählt – und ich hab grandiose Fotos im Kasten. Weltklasse, sag ich dir! Eigentlich viel zu schade nur für den *Tag*. Muss mal scharf überlegen, was ich damit noch weiter anstellen könnte. Vielleicht heb ich sie einfach eine Weile auf. Denn dieses Gesicht wird garantiert von Jahr zu Jahr noch interessanter ...«

»Glaube ich auch«, sagte Malou matt. »Ja, es war richtig spannend. Und was sie alles so raushaut – so ehrlich und ganz ungeschminkt ... Wenn sie da auf die falschen Gesprächspartner trifft, könnte es richtig prekär für sie werden. Aber ich hab ja vom Baron gelernt, wie man damit umgeht. Trotzdem bin ich heilfroh, dass wir es nun geschafft haben, denn ich bekomme gerade brutale Rückenschmerzen. Ich geh mich noch schnell frisch machen, und dann fahren wir nach Hause.«

Bis zu den Toiletten schaffte Malou es gerade noch, doch sehr viel weiter wäre sie nicht mehr gekommen.

Es zog im Rücken, es zog im Bauch.

Ihr Kopf begann zu dröhnen, und ihr wurde richtig übel. Malou hatte das Gefühl, als bestünde ihr Körper nur aus Schmerz.

Sie stützte sich an der Wand ab und atmete tief.

Plötzlich wurde es nass zwischen ihren Beinen, eine rötliche Flüssigkeit färbte ihre weißen Stiefel, und da verstand sie, was gerade passierte.

Die Wehen!

Ihre Kleine drängte auf die Welt – einen ganzen Monat vor dem errechneten Geburtstermin …

Malou dachte an Ellas Bericht und stieß einen gellenden Schrei aus.

Samy kam angerannt, gefolgt von der besorgten Eggerwirtin im Dirndl, die die Lage mit einem Blick erfasste.

»Des geht gleich los«, sagte sie. »Mit dem Krankenhaus wird des jetzt nichts mehr, des kenn ich von meiner Schwester Anni, bei der war des ganz ähnlich. Sturzgeburt sagt man dazu. Kommen Sie, ich bring Sie rauf in ein freies Zimmer.«

»Ich fürchte, ich kann doch nicht mehr gehen«, protestierte Malou schwächlich.

»Sie müssen«, erklärte die Wirtin bestimmt. »Hier können Sie Ihr Kind ja schlecht kriegen. Loisl!«, rief sie, und ein junger Mann erschien, der bei Malous Anblick verlegen die Augen senkte. »Sag der Thea, sie soll eine Schüssel mit heißem Wasser und ein paar Handtücher nach oben bringen. Zimmer vier. Und dann lauf zu und hol die alte Weber Babett von gegenüber. Sag ihr, es pressiert sakrisch!«

»Ich trag dich rauf«, bot Samy an. »Und nein, keine Widerrede jetzt, Malou, einfach geschehen lassen!«

Er nahm sie auf die Arme und brachte sie heftig schnaufend hinauf in den ersten Stock.

»Nach rechts«, sagte die Wirtin. »Gleich das erste Zimmer.«

Dort angekommen legte er sie behutsam auf dem Bett ab.

»Danke«, flüsterte Malou, bevor sich ihr Gesicht erneut schmerzlich verzerrte, weil die nächste Wehe sie erbarmungslos erfasste. »Du bist unser Held …«

»Und dieser Held geht jetzt besser raus«, erklärte die Eggerwirtin resolut. »Mannsbilder haben da nix verloren, oder sind Sie vielleicht der Vater?«

»Nein, aber ein enger Freund …«

»Raus!« Der Befehl war eindeutig.

Mit ruhigen Händen entkleidete sie Malou. In einer Wehenpause betastete sie vorsichtig den Bauch. Inzwischen hatte Thea Wasserschüssel und Handtücher auf der Kommode abgestellt.

»Die Hebamme ist sicher gleich da«, sagte die Wirtin. »Babett weiß immer, wann es eilig ist.«

»Mein Mann wollte doch alles miterleben.« Malou weinte. »Und jetzt krieg ich unser Kind hier, mitten unter Fremden …«

»Manchmal stören Männer dabei nur. Atmen, ganz ruhig atmen. Und sehen Sie, da ist sie ja schon, unsere Babett!«

Die Frau, die das Zimmer betreten hatte, war groß und kräftig. Silberne Flechten umrahmten ein intelligentes Gesicht mit vielen Falten und neugierigen dunklen Augen. In der Hand hielt sie einen länglichen dunkelbraunen Lederkoffer.

»Dein Erstes?«, fragte sie, während sie am Waschbecken Hände und Unterarme einer gründlichen Reinigung unterzog. »Ich sag du, denk dir nichts dabei, das mach ich immer so bei meinen Gebärenden.«

»Ja, mein Erstes. Eigentlich sollte sie ja erst im nächsten Monat geboren …« Malou schrie auf, weil sie im Schmerz der nächsten Wehe fast ertrank.

»Die Kinder bestimmen, wann sie kommen, nicht die Mütter«, erklärte Babett. »Und so manches andere noch dazu. Am besten gewöhnst du dich schon mal daran. Dieses kleine Wesen scheint es ganz besonders eilig zu haben. Ich kann das Köpfchen schon sehen.« Ihre Stimme wurde tiefer. »Und jetzt pressen. Press, Madl, press!«

»Ich kann nicht mehr …«, stöhnte Malou.

»Und ob du kannst. Kleine Pause. Atmen. Und dann noch einmal mit aller Kraft!«

Malou gab alles.

»Da ist es ja«, sagte Babett freudig beim allerletzten Schub, als das Baby aus Malou herausglitt. »Und mit dem Gesichtchen nach oben, ein kleiner Sternengucker, schau einer an! Schultern, Oberkörper, Arme, Bauch, Füße – alles dran. Ich könnte jedes Mal weinen, wenn ich das sehen darf! Jetzt macht es den Mund auf, holt Luft, atmet zum ersten Mal.«

Ein kurzer Schrei, danach Stille.

»Ist sie gesund? So reden Sie doch bitte!«, drängte Malou. »Es ist doch ein Mädchen?«

Babett schob Malous Hemd nach oben und legte ihr das blutverschmierte Neugeborene auf den Bauch.

»Ja, du hast ein schönes Mädchen geboren«, sagte die alte Hebamme. »Zart und zierlich, sie ist ja schließlich ein bisschen früh dran, aber das holen die Kinder in der Regel schnell auf. Und gesund, soweit ich das auf den ersten Blick beurteilen kann. Mit dem Untersuchen, dem Wiegen und Messen lasse ich mir noch Zeit, bis die Nabelschnur versorgt ist. Aber hungrig wird sie sein, nach dieser großen Anstrengung. Leg sie am besten gleich mal an …«

Die Kleine gähnte herzhaft.

Sie hatte die dunklen Haare ihres Vaters, die als zarter Flaum das Köpfchen bedeckten.

Mein Löwenmädchen, dachte Malou in einer riesigen Woge von Liebe, die sie nahezu wegzuschwemmen drohte, als die Kleine ihre Brustspitze suchte und zu saugen begann. So tapfer hast du dir deinen Weg gebahnt!

»Wie soll sie denn heißen?«, fragte Babett. »Weißt du das auch schon?«

Die Namensliste rauschte innerlich an Malou vorbei, doch nichts davon wollte mehr passen. Plötzlich musste sie an Ella denken, die ihren kleinen Jungen nur einen Tag hatte behalten dürfen …

»Leonie«, flüsterte Malou. »Willkommen im Leben, kleine Leonie!«

DREI

Frühling 1966

Wie viel wog das Glück?

Für Malou und Philipp waren es exakt 5300 Gramm, die Leonie Ende März auf die Babywaage brachte. Noch immer zu leicht, weil sie ja einen Monat zu früh das Licht der Welt erblickt hatte, aber auf dem besten Weg zum Normalgewicht. Das versicherte Kinderärztin Dr. Hirsch Malou bei jedem Besuch, selbst als ihre Milchproduktion nachließ und sie ab und zu mit dem Fläschchen nachfüttern mussten. Leonie entwickelte sich prächtig, und die jungen Eltern waren hoffnungslos in ihre kleine Tochter verliebt, die ihre ganze Welt auf den Kopf gestellt hatte. Malou genoss jede Minute des Zusammenseins; Philipp wachte oft sogar neben der Wiege, während die Kleine schlummerte.

Selbstredend schlief Leonie bei ihnen im Schlafzimmer, was das Stillen einfacher machte.

Das inzwischen liebevoll eingerichtete Kinderzimmer diente lediglich zur Benutzung der Wickelkommode – und zur Unterbringung der ständig wachsenden Fachliteratur über Baby- und Kinderentwicklung, die Philipp emsig anschleppte. Allmählich wurden sogar Malou die stetig wachsenden Bücherstapel zu viel, doch er ließ sich durch nichts von seinen Recherchen abbringen.

»Wir müssen doch wissen, was gut für sie ist und was nicht«, erwiderte er. »Wozu ist man schließlich Journalist?«

»Na ja, es gibt ja auch noch so etwas wie mütterliche Intuition«, wandte sie ein. »Ich schau mein Baby an, und dann weiß ich meistens auch, was sie braucht oder was ich zu tun habe.«

»Wenn du dich da mal nicht täuschst! Man kann ja so viel falsch machen. Stell dir nur mal vor, wir würden ihr Honig geben! Manche Eltern tauchen die Schnuller in Honig, damit die Babys weniger schreien.«

»Was passiert dann?«

»Honig ist im ersten Lebensjahr strengstens untersagt – es sei denn, du willst riskieren, dass unser Kind hässliche braune Milchzähnchen bekommt und sein ganzes Leben lang abhängig davon ist, ständig etwas Süßes zu essen. Aber das ist nur ein Beispiel von vielen anderen. Also werde ich weiterlesen …«

Der frischgebackene Papa war nicht der Einzige, der Leonies Charme hoffnungslos erlegen war. Onkel Julius weinte Freudentränen, als sie das Baby zum ersten Mal in der Tragetasche zu ihm in die Seniorenresidenz brachten, streichelte behutsam das Köpfchen mit dem dunklen Flaum und ruhte nicht eher, bis ein Sparbuch für Leonie angelegt worden war, auf das er nun monatlich eine großzügige Summe überwies. Auch Malous Eltern verwandelten sich in begeisterte Großeltern, die ihr Enkelkind am liebsten ständig um sich gehabt hätten. Allerdings kannten sie nicht die ganze Wahrheit über die ultrakurzen Nächte, nach denen sich Malou morgens erschöpft aus dem Bett quälte, oder Leonies Schreiattacken, die manchmal gar nicht mehr enden wollten, selbst wenn der Papa sie stundenlang im Fliegergriff durch die dunkle Wohnung trug. Auch von den beunruhigenden Fieberschüben quasi aus dem Nichts erzählten die jungen Eltern nicht. Bei ihrem Kampf gegen juckenden Kopfgneis, der die Kleine quälte, half jedoch Theos Tipp, das Babyköpfchen mit sanftem Pflanzenöl zu betupfen, wie er es in seiner Schwanen-Drogerie auch anderen Kunden seit Jahren empfahl.

Wenn Karin und Theo Graf ihre Enkelin zu Gesicht bekamen, war diese in der Regel satt, sauber und überwiegend gut gelaunt.

Ein großes kleines Glück namens Leonie.

Theo zeigte sich begeistert über die Namenswahl.

»So schön wie Marie-Louise und damit sehr individuell«, wiederholte er befriedigt. »Klassik bleibt eben immer klasse, und dieser ganze modische Schnickschnack, auf den jetzt so viele Eltern setzen, wird sich auf Dauer nicht auszahlen. Da ruft die Lehrerin später einmal im Unterricht ›Anja‹ oder ›Sabine‹ – und gleich sieben Mädchen springen auf einmal auf. Will man denn so heißen wie alle? Doch sicherlich nicht!«

Karin arbeitete jetzt einen Nachmittag pro Woche weniger in der Schwanen-Drogerie, um »zur Verfügung zu stehen«, falls sie gebraucht würde, offerierte Malou ihr Hilfsangebot aber so massiv, dass es dieser bald zu viel wurde. Als die Großmutter sich schließlich über ihren seltenen Einsatz beklagte, kam es fast zum Streit.

»Sie ist doch noch winzig, Mama. Da ist sie am besten bei mir aufgehoben«, wandte Malou ein.

»Als ob ich nicht wüsste, wie man mit Babys umgeht! Schließlich bist du doch auch groß geworden, oder vielleicht nicht?«

»Aber jetzt geht es um mein Kind. Und ich genieße es, mit ihr zusammen zu sein.«

»Und da willst du tatsächlich schon so bald wieder in deinen Beruf zurückkehren? Hältst du das denn überhaupt aus?«, kam prompt als Nachfrage. »Ja, ich weiß, Philipp war entschlossen, nur noch ein Drittel seiner bisherigen Aufträge anzunehmen, damit er sich um die Kleine kümmern kann, so habt ihr euch das vor der Geburt ausgedacht. Aber die Realität sieht dann doch meistens ganz anders aus. Bei aller Liebe – ein Vater ist noch lange keine Mutter, lass dir das aus meiner Lebenserfahrung heraus gesagt sein, Marie!«

Das Fatale daran war, dass Malou ihr insgeheim recht geben musste. Wieder im Verlag zu arbeiten und somit endlose Stunden von Leonie getrennt zu sein, erschien ihr inzwischen nur noch schwer vorstellbar.

Was würde sie dabei nicht alles versäumen!

Wie die Kleine den Kopf zu heben lernte.

Ihre ersten Laute.

Die Bewegungen von Ärmchen und Beinchen beim Wickeln, die von Woche zu Woche immer präziser wurden.

Wie sie ihre Hände als Spielzeug entdeckte und an ihnen lutschte.

Wie sie die ersten Juchzer ausstieß – einfach nur hinreißend!

Und vieles, vieles andere …

Malou war sich bewusst, dass dies alles zu den natürlichen Entwicklungsschritten jedes Menschen gehörte, und dennoch erfüllten sie sie bei ihrem eigenen Kind mit fassungslosem Entzücken.

Norbert Prinz, der zweite Großvater, wahrte dagegen erst einmal Abstand, da Babys, die noch nicht reden und laufen konnten, nun wirklich nicht sein Ding seien, wie er ungefragt zum Besten gab, doch niemand vermisste ihn. Sein Sohn dagegen dokumentierte mit dem Fotoapparat nahezu jeden dieser frühkindlichen Fortschritte derart hingebungsvoll und penibel, dass Samy fast schon eifersüchtig wurde.

»He, der Held der Geburt will schließlich auch noch was zu tun haben«, protestierte er beim Anblick der zahlreichen Baby-Fotoalben, die sich rasend schnell füllten. »Wollt ihr mich ganz und gar arbeitslos machen? Mich, den wichtigsten Augenzeugen dieses kleinen Wunders?«

Das war natürlich reichlich übertrieben, denn es gab fast keinen Besuch, bei dem er nicht ebenfalls seine Kamera zückte. Samy fotografierte Leonie schlafend, hellwach, nach dem Baden oder entspannt an der Schulter der Mama liegend.

»Was für Spitzenmotive!«, lobte er. »Und ein Modell ganz ohne Make-up oder Weichzeichner. Einfach naturschön! Da müssten sich viele Promis schwer anstrengen …«

Ihm gelangen stimmungsvolle Fotos, fernab vom üblichen Babykitsch – eine Wange, ein Füßchen, ein nachdenklicher Ausdruck auf dem kleinen Gesicht, die Hände in Bewegung festgehalten, Wimpern in Großaufnahme, auf der sie plötzlich abstrakt wirkten.

»Das ist Fotokunst, Samy«, befand Adrienne Riehl, als sie diese Aufnahmen zu Gesicht bekam. »Kannst stolz auf dich sein!«

Sie selbst verstand sich als festes Mitglied des Feen-Trios, das sich während der Hochzeitsfeier formiert hatte und seitdem in liebevoller Weiber-Patenschaft über Leonie wachte. Ella Weiss gehörte ebenfalls dazu, ebenso wie Roxy, deren *Fly-Me-To-The-Moon*-Interpretation die beiden Journalistinnen sehr beeindruckt hatte. Malou hatte anfangs Bedenken gehabt, wie Ella auf die Namensgebung der Kleinen reagieren würde, die sie ganz spontan und ohne Rücksprache mit ihr vorgenommen hatte, doch ihre Sorgen erwiesen sich als haltlos.

»Ich freue mich, dass deine Kleine so heißt. Damit ist auch wieder ein Stück von ihm in der Welt«, hatte Ella sichtlich gerührt erklärt. »Leo und Leonie – unsere geliebten Löwenkinder!«

So unterschiedlich die drei Frauen auch waren – die kapriziöse Adrienne, die besonnene Ella und die temperamentvolle Roxy – so erstaunlich harmonierten sie untereinander. Joe Rosen hatte alle Hebel in Bewegung gesetzt und geradezu Erstaunliches zustande gebracht: Roxy durfte als talentierte Newcomerin bei der deutschen Vorentscheidung zum Grand Prix Eurovision de la Chanson Européenne mit ihrem Lied *Geh nicht fort* im Fernsehen auftreten und machte ihre Sache fantastisch, wie Malou, Adrienne und Ella einhellig fanden, die gemeinsam vor dem Bildschirm die Daumen drückten. Leider fiel die Entscheidung im letzten Moment doch gegen Roxy aus, und die leicht altbacken wirkende Margot Eskens machte mit *Die Zeiger der Uhr* das Rennen.

»Dich hätten sie für Deutschland antreten lassen sollen«, sagte Adrienne, als Eskens ein paar Wochen später beim Grand Prix nur auf den zehnten Rang kam, während Udo Jürgens mit *Merci Chérie* für Österreich einen überragend quotierten ersten Platz holte. »Du hättest eine echte Chance gehabt, zu gewinnen. Normalerweise fliehe ich bei deutschen Schlagern augenblicklich, so sehr nervt mich dieses Heile-Welt-Liebesgesäusel. Mit deiner tollen Stimme jedoch kann ich es mir anhören. Verschwendung ist es in meinen Augen trotzdem. Du solltest Blues singen oder wenigstens anständige Chansons.«

»Sei nicht so streng«, wandte Roxy ein. »Die Menschen sehnen sich eben nach Entspannung und Unterhaltung. Eigentlich müssten die Texte gar nicht so flach sein, wenn man sich nur ein bisschen anstrengen würde. Ella hat mir da neulich einen Gedichtband geliehen, den fand ich als Inspiration richtig anregend …«

Roxy und Lyrik?

Malou verstand die Welt nicht mehr. Aber ihre alte Freundin beschritt entschlossen neue Wege, das war unübersehbar. Dieser Joe, mit dem sie intensiv im Studio zusammenarbeitete, schien doch kein solcher Windhund zu sein, wie zunächst von ihr befürchtet, sondern jemand, der ernsthaft an Roxys Zukunft als Sängerin glaubte. Er hatte eine erfahrene Gesangslehrerin engagiert, von der Roxy in den allerhöchsten Tönen schwärmte, um Atemtechnik und Stimmlage weiter zu optimieren.

»Irgendwann noch in diesem Jahr ist dann auch seine Scheidung endlich durch. Dann will er mir einen Antrag machen. Roxy Rosen – klingt das nicht einfach nur fantastisch? Hört sich doch ganz anders an als das biedere Rosemarie Bertram, findest du nicht auch?«

Malou konnte ihr nur zustimmen, auch wenn sie noch immer nicht vollständig überzeugt war.

»Musst du ihn denn gleich heiraten?«, fragte sie, während sie Leonie an die zweite Brust anlegte, weil ihr Hunger offenbar noch nicht gestillt war.

»Das sagt eine, die ihr Glück bereits gefunden hat! Willst du das nicht auch mir gönnen?«

»Natürlich, Roxy«, versicherte Malou. »Und ob ich das will! Aber du …« Sie brach ab.

»Ich bin flatterhaft und unzuverlässig. Ein durch und durch verrücktes Huhn. Ist es das, was du gerade sagen wolltest? Das war vielleicht einmal so. Weil ich ständig auf der Suche war und teilweise nicht einmal wusste, wonach eigentlich. Doch jetzt bin ich angekommen. Die Musik ist mein Leben – heute, morgen und für alle Zeiten. Und Joe ebenfalls. Der gehört untrennbar dazu. Menschen können sich ändern, Malou. Und ich habe mich geändert!«

Wie um ihre Worte zu unterstreichen, drückte Roxy auf die Taste des kleinen Tonbandgeräts, ihrem Feengeschenk zu Leonies Geburt, und legte eine neue Kassette ein.

»Frisch aufgenommen«, sagte sie. »Das Beste aus den amerikanischen und englischen Charts, speziell für mein Patenkind. Adrienne und Joe haben mir da die Augen geöffnet, jeder auf seine Weise, seitdem kann ich gar nicht genug davon hören. Scheint Leonie ähnlich zu gehen. Unsere Prinzessin schläft bei Hits nämlich am schnellsten ein. Ist eben ein ganz modernes kleines Mädchen! Dieses *Monday, Monday* von The Mamas & the Papas bewirkt sicher Wunder, wirst du gleich erleben!«

Leonie hörte auf zu trinken, als die ersten Töne erklangen. Bald schon begannen ihre Lider zu flattern.

Ein letzter kleiner Seufzer.

Und schon war sie eingepennt.

»Wirkt«, sagte Roxy befriedigt. »Und wie! Wusste ich's doch …«

*

Am liebsten hätte Malou ihre kuschelige Familienblase kaum noch verlassen, doch das Leben draußen ging weiter. Da Leonie eine Frühgeburt war, hatte die junge Mutter ihre Rückkehr in die Redaktion ohnehin schon drei Wochen nach hinten verschoben. Die waren nun fast um; Entscheidungen standen an.

»Von mir aus bleib gern noch länger zu Hause und kümmere dich um unsere Kleine«, sagte Philipp. »Meine Ersparnisse reichen noch ein Weilchen, und ich kann zwischendrin jederzeit Fahrstunden geben, um sie aufzufüllen. Dein Verleger-Vater würde sicherlich Verständnis dafür aufbringen …«

»Bis wir uns nicht endlich ausgesprochen haben, bleibt er für mich erst einmal der Chef«, entgegnete Malou. »Und Winkler wird langsam ungeduldig. Das weiß ich von Samy.«

»Hat er das direkt gesagt?«, erkundigte sich Philipp.

»Nur zwischen den Zeilen. Klare Worte sind nicht seine Stärke, wie wir alle inzwischen wissen. Doch wer ihm genau zuhört, merkt sehr schnell, was er wirklich meint.«

»Da scheint ihr euch ja ziemlich ähnlich zu sein«, fuhr Philipp nachdenklich fort, während er mit dem Fuß das neue fahrbare Babybettchen, das das Feen-Trio in der vergangenen Woche als Überraschung angeschleppt hatte, zart zum Schwingen brachte. Modern und traditionell in einem: Von einem gebogenen Rohr baumelte eine weich ausgeschlagene Korbschale, in der sich Leonie offenbar sehr wohl fühlte. Praktisch zudem, dass sich die ganze Konstruktion auf Rollen befand, die sich je nach Bedarf feststellen oder herumfahren ließen. »Wie lange willst du diese längst überfällige Aussprache eigentlich noch hinausschieben? Bis unsere Kleine eingeschult wird?«

»Jetzt übertreibst du aber maßlos!«, protestierte Malou.

»Tue ich das? Dir fällt doch immer etwas ein, warum es gerade nicht so günstig ist.«

Ich warte, bis Chris wieder zurück ist, dachte Malou. Dann erledige ich das alles in einem Rutsch.

Chris war das einzige Geheimnis, von dem ihr Mann bis heute nichts wusste. Und Malou war fest entschlossen, es auch dabei zu belassen.

Von Samy, dem Chris regelmäßig knallbunte Postkarten schrieb, wusste sie, dass ihr Bruder sich derzeit in der Türkei aufhielt, bereits auf der Rückreise von seinem monatelangen Trip durch Asien. In »absehbarer Zeit« sei er wieder zurück in München, hatte auf seiner letzten Karte gestanden. Ziemlich unverbindlich, wie es eben seine Art war. Und wenn sie ehrlich zu sich selbst war, musste Malou sich eingestehen, dass sie dankbar über jeden noch so kleinen Aufschub war.

»Ich rede mit Winkler, sobald der richtige Augenblick gekommen ist«, sagte sie. »Und der könnte sich schon bald ergeben, wenn ich wieder öfter im Verlag bin.«

Philipp stand vom Sofa auf und nahm sie zärtlich in die Arme.

»Jetzt siehst du auf einmal richtig zerquält aus, Liebes. Das wollte ich nicht. Man darf seine Meinung ruhig ändern«, sagte er zärtlich. »Ohne das Gesicht zu verlieren, wie es so bescheuert heißt. Manchmal muss man das sogar. Und behält dadurch sein Gesicht erst recht. Denk nach, was du wirklich willst, und lass dir Zeit dabei! Das Gleiche werde auch ich tun …«

»Was soll das denn heißen?« Sie schob ihn weg und sah ihn überrascht an.

»Dass ich noch einmal in die Luft gehen werde«, erklärte Philipp. »Von oben ist die Sicht manchmal klarer.«

»Also war es doch nur die übliche Winterpause?«, fragte Malou entgeistert. »Aber du wolltest doch gar nicht mehr fliegen. Weil ich – weil *wir* – dir wichtiger sind als alle Flugzeuge der Welt.« Ihre Stimme war plötzlich ganz dünn geworden, weil die alte Angst mit einem Schlag zurückgekehrt war.

»Dazu stehe ich nach wie vor uneingeschränkt«, erwiderte Philipp nachdrücklich. »Aber es gab keinen richtigen Abschied, verstehst du? Die Maschine und ich wurden im vergangenen Herbst vom Strudel der Ereignisse sozusagen von jetzt auf gleich auseinandergerissen. Ich muss der Fliegerei richtig Adieu sagen, und das möchte ich nun nachholen. Mach bitte nicht gleich so ein verzweifeltes Gesicht, Malou! Es geht nur um ein einziges Mal. Wiederholungen wird es keine geben. Dieser Abschied ist für immer, das verspreche ich dir.«

Einem Eisending Adieu sagen?

Oder gab es da vielleicht doch jemanden am Flughafen, der oder vielmehr die ihm wichtiger war, als er zugeben mochte?

Es kostete Malou einiges an Selbstüberwindung, doch sie sagte nichts weiter. Schließlich war Philipp immer für sie und die Kleine da, Tag für Tag, jedes Mal, wenn sie ihn brauchten. Er hatte es verdient, Angelegenheiten, die ihm außerhalb der Familie wichtig waren, auf seine Weise zu regeln.

»Und wann soll das sein?«, fragte sie schließlich und brachte tatsächlich das Kunststück fertig, gelassen zu klingen.

»Angedacht ist bislang der Gründonnerstag. Jetzt muss bloß noch das Wetter einigermaßen mitspielen.«

Malou nickte, innerlich trotz allem aufgewühlt. Das bekam auch Adrienne zu spüren, die sie ein paar Stunden später besuchte.

»Will ja nicht drängen«, sagte die. »Aber so ganz allmählich würde ich doch gern wissen, was du vorhast, liebe Malou. Ja, ich ackere mich tapfer durch deine Promi-Interviews, und was ich anschließend schreibe, liest sich offenbar gar nicht so übel …«

»Prima liest sich das!«, unterbrach Malou sie. »Und so sophisticated, wie ich es garantiert niemals schaffen werde!«

Adrienne legte die Stirn in Falten.

»Exakt da liegt die Krux: Ich bin den meisten offenbar zu

elitär. Und sie sind mir zu schlicht. Keiner redet darüber, aber es steht immer im Raum, und es gab wohl schon eine ganze Reihe von Beschwerdeanrufen bei Winkler. Andere Promis, die sich nicht trauen, offen zu mosern, lassen zumindest anfragen, wann denn endlich mit deiner Rückkehr zu rechnen sei. Ach, dieses hemmungslose Menscheln! Für mich schon immer schwer zu ertragen«, stöhnte Adrienne und schielte sehnsüchtig zu ihrer Zigarettenpackung auf dem Couchtisch, die sie wegen Leonie bislang noch nicht angerührt hatte. »Was glaubst du, wie ich mich nach meinen Filmkritiken sehne? Nur den Streifen anschauen und dann losschreiben, ohne auf irgendwelche Befindlichkeiten Rücksicht nehmen zu müssen – wie sehr fehlt mir das!«

Sie trank ihren Espresso aus.

»Bist du denn mit deinem Ersatzkollegen nicht zufrieden?«, wollte Malou wissen.

»Was soll ich sagen? Der junge Typ ist eigentlich gar nicht so übel. Als Lover vermutlich sogar ein echtes Praliné …« Adrienne lächelte vielsagend. »Und auch als Journalist kann er was, wenngleich er natürlich noch jede Menge zu lernen hat. Titus Meixner – ein Name, den man sich merken sollte. Er weiß allerdings, dass seine Tage beim *Tag* gezählt sind. Sonst würde er vermutlich noch mehr Gas geben. Das sind sie doch, oder Malou?«

Waren sie das tatsächlich?

Konnte sie sich wirklich von Leonie trennen, wo ihre Kleine doch erst vier Monate alt wurde?

Nicht mitzuerleben, wie sie nach der Rassel griff?

Wie sie zum ersten Mal lachte?

Oder schon bald aktiv nach der mütterlichen Hand patschen würde?

Malou blieb so lange stumm, bis Adrienne sie sanft am Arm berührte.

»Da kämpft eine wohl noch ganz ordentlich mit sich und den richtigen Entscheidungen«, sagte sie. »Habe ich recht?«

Malou nickte.

»Sie werden so schnell groß«, erwiderte sie. »Du kannst alles auf Fotos festhalten, um es dir später anzusehen, aber das ist nicht dasselbe. Auf der anderen Seite liebe ich meinen Job. Er ist das, wovon ich immer geträumt habe …«

»*Live* bleibt *live*«, bekräftigte Adrienne. »So ist es nun mal mit besonders schönen Erlebnissen. Und leider auch mit besonders scheußlichen. Manchmal erlebt man allerdings auch eher Erstaunliches, und davon erzähle ich dir nun, um dich ein bisschen abzulenken.«

Sie setzte sich in Position.

»Unser Heribert Klein hatte doch in der Redaktionskonferenz rumgemosert, weil es in *Blitzlicht* keine anständige Story über Zarah Leander gibt, du erinnerst dich?«

Malou nickte.

»Also hab ich mit ihr einen Termin gemacht, als sie zu einem Minikonzert in München weilte, dem übrigens weitere in größerem Rahmen folgen sollen, denn ihr Beliebtheitsgrad ist erstaunlicherweise immer noch enorm. Meine persönlichen Vorbehalte gegen sie waren immens: Nazi-Ikone, abgewrackter UFA-Star, eine der Ewiggestrigen und so weiter. Ich war ehrlich gesagt so gar nicht erpicht auf diese Begegnung. Wen ich jedoch tatsächlich vorfand, war eine muntere Dame in den allerbesten Jahren voller Witz und Selbstironie, die mit ihrer berühmten Stimme über die Welt und sich selbst hergezogen ist, dass es die reinste Freude war. Sie ist belesen, hat einen guten Musikgeschmack und liebt Billy-Wilder-

Filme – lauter interessante Anknüpfungspunkte. Stell dir vor, wir haben uns so gut verstanden, dass sie mich zum Abschied fragte, ob ich denn nicht ihre Biografie schreiben wolle. ›Wird Zeit, dass die Welt endlich erfährt, wer diese Sara Stina Hedberg wirklich ist, die die ganze Welt nur als Zarah Leander kennt‹, so ihre Abschiedsworte.«

»Und willst du?«, fragte Malou.

»Bist du verrückt? Dazu müsste ich ja für Monate in Klausur gehen, ohne Theater, ohne Film, ohne meine abendlichen Bars – und vor allem ohne meine Männer.« Sie hüstelte. »Nein, mein Leben passt nicht zu solch einem klösterlichen Mammutprogramm! Allein schon die Vorstellung, wie viele Seiten ich da täglich zusammenbekommen müsste, lähmt mich. Aber ich habe ihr versprochen, mich nach passenden Kandidaten umzuhören. Zwei interessierte Buchverlage hat sie übrigens bereits an der Angel und pokert offensichtlich gerade ordentlich, um das Honorar weiter in die Höhe zu treiben. Was ihr gelingen wird, da bin ich mir ganz sicher!«

Sie richtete ihre eisblauen Augen auf Malou.

»Und die junge Mama hört gar nicht mehr richtig zu, sondern ist schon wieder schwer am Grübeln, das sehe ich doch ganz genau! Denk nach, Malou, aber komm bitte bald zu einem Entschluss. Ich muss wissen, wann ich deine Promis wieder loswerde. Darum bitte ich dich sowohl kollegial als auch freundschaftlich.«

»Versprochen«, sagte Malou, während Adrienne sich über den Wiegenkorb beugte und Abschied von Leonie nahm, die gerade aufgewacht war und hungrig zu krähen begonnen hatte. »Gleich nach Ostern komme ich in den Verlag und gebe Bescheid.«

*

Die Ostertage verliefen ruhig und harmonisch. Nach einer eisigen Karwoche, die Philipp nicht an seinem Flugvorhaben gehindert hatte, riss am Ostersamstag der Himmel auf, die Sonne kam heraus, und das Thermometer stieg am Tag darauf sogar auf stattliche fünfzehn Grad. Genau das richtige Wetter für einen kleinen Familienausflug ins Grüne – doch Philipp fühlte sich müde und schlapp und wollte lieber zu Hause bleiben.

»Zieht ihr beide ruhig mit Ella los und genießt die Frühlingssonne«, sagte er. »Ich ruh mich einstweilen mit viel Tee und Zitrone gemütlich zu Hause aus.«

Seine Stimme klang heiser. Vermutlich hatte er sich in der ungeheizten Maschine eine Erkältung zugezogen. Malou ließ derartige Vermutungen lieber ungesagt.

Sein letzter Flug, so hatte Philipp es ihr versprochen.

Und es gab keinen Grund für sie, darauf herumzureiten.

Für den klappbaren Kindersportwagen, ein Ostergeschenk der Großeltern Graf, die über die Feiertage mit einem Busunternehmen nach Wien gereist waren, war Leonie fast noch ein wenig jung. Weil sie darin aber nicht nur sitzen, sondern auch bequem liegen konnte, wagte Malou den Versuch. Außerdem passte er in den Kofferraum von Ellas neuem Auto, einem seegrünen Citroën DS-19, den sie erst seit wenigen Tagen besaß.

»Hast du reich geerbt?«, fragte Malou verblüfft, als sie mit der Babytragetasche davorstand. »Das ist ja ein flotter Schlitten! Muss ganz schön teuer gewesen sein.«

»Halb so wild«, erwiderte Ella. »Das Schätzchen ist schon vier Jahre alt und hat mehr als 40 000 Kilometer auf dem Buckel. Sein früherer Besitzer ist an Demenz erkrankt und darf nicht mehr ans Steuer. So hat dessen Sohn den Wagen annonciert und sich unter vielen Interessenten schließlich für mich entschieden.« Sie strahlte. »Wenn ich dann ums Einsteigen bitten dürfte? Wir wollen doch am See sein, solange es noch warm ist!«

Sie fuhr einfach göttlich – zügig, aber kein bisschen aggressiv, ein ruhiges, sicheres Dahingleiten auf der Straße, bei dem man sich auch noch unterhalten konnte.

»So wie du möchte ich auch Auto fahren können«, sagte Malou, während die Kleine in der Tragetasche neben ihr an ihrem Schnuller nuckelte.

»Aber du bist doch direkt an der Quelle«, erwiderte Ella. »Oder mag dein Mann in der Freizeit nichts mehr vom Autofahren hören?«

»So ähnlich ist es«, antwortete Malou. »Als Fahrlehrer war Philipp wirklich klasse, aber jetzt, wo ich den Führerschein habe, sitzt eigentlich immer nur er am Steuer. Hatte ich mir irgendwie anders vorgestellt …« Sie seufzte. »Wenigstens hört er jetzt endgültig mit dem Fliegen auf, und ich muss nicht jedes Mal wieder tausend Tode sterben, wenn er startet. Ganz matt ist er von seiner Abschiedsrunde zurückgekommen. Wie ein müder Krieger aus der Schlacht …«

»Guter Mann«, sagte Ella. »Ich mag Philipp wirklich gern. Bin froh, dass ihr euch wieder vertragen habt. Sah ja schon mal anders aus.«

»Wir sind sehr glücklich zusammen, trotz seiner und auch meiner Macken«, sagte Malou. »Läuft alles harmonisch zwischen uns. Manchmal hab ich Angst, dass sich das ändern könnte, wenn ich wieder im Verlag arbeite. Dabei sehne ich mich gleichzeitig danach, meinen Job zu machen. Ganz schön verrückt, oder?«

»Ganz und gar nicht verrückt«, erwiderte Ella. »In unserer Gesellschaft wird es uns Frauen aufgebürdet, sich für das eine und damit gegen das andere zu entscheiden. Männer dagegen können Kinder haben *und* arbeiten gehen, weil sich ja in der Regel ihre Frauen um Nachwuchs und Haushalt kümmern. Du bist privilegiert, einen Mann an deiner Seite zu haben, der bereit ist, dir viel abzunehmen.« Sie räusperte sich. »Könnte allerdings *sehr* viel werden, was da auf dich zukommt, wenn man Winkler so zuhört.«

»Wie meinst du das?«

»Jedes Mal, sobald dein Name fällt, gerät er irgendwie in Wallung. Man könnte fast meinen, er habe Sehnsucht nach dir. Dabei vertritt Adrienne dich wirklich grandios, auch wenn sie die Arbeit unterkühlter angeht als du, so wie es eben ihr Naturell ist.«

Malou wurde leicht schwindelig.

Sollte sie Ella einweihen?

Sie kam sich gerade richtig schäbig vor, es nicht zu tun.

Ob ihre Freundin es ihr später einmal übel nehmen würde? Und wie würden die anderen reagieren, wenn sie die Wahrheit erfuhren – Samy, Adrienne, vor allen Dingen aber Roxy?

Aber hatte sie sich nicht vorgenommen, die Sache zuerst mit ihrem Vater ins Reine zu bringen – und mit Chris?

Weil sie nicht wusste, was sie sagen sollte, schwieg Malou.

»Es geht heute übrigens nicht an den Starnberger See«, erklärte Ella nach einer Weile. »Wir fahren an die Osterseen. Warst du da schon mal?«

»Als ich klein war. Hintendrauf auf Papas Moped. Ich weiß nur noch, dass es dort sehr blau war. Unheimlich heiß. Und dass es Millionen von Mücken gab, die uns attackiert haben. Als wir total zerstochen waren, sind wir geflohen, und als Trost gab es ein großes Eis. An mehr erinnere ich mich nicht.«

Ella lachte.

»Zu heiß wird es heute garantiert nicht, und Mücken sind noch keine unterwegs. Blau wird es allerdings. Manche behaupten sogar, karibikblau.«

Auf dem Parkplatz vor dem großen Ostersee angekommen, gab Malou Leonie noch im Auto ihr Fläschchen, dann wurde sie in den neuen Kinderwagen gepackt, und los ging's. Natur im Frühlingsfieber, wohin man auch schaute: Weidenkätzchen, Narzissen, wilde Orchideen, ein breiter, sanft wogender Schilfgürtel – und schließlich das leuchtende Blau des Wassers, das sich wohltuend auf die Netzhäute legte. Plötzlich war unweit von ihnen ein scharfes *Tiet-Tiet* zu hören. Im gleichen Moment flog ein Vogel auf, dessen Rücken kobaltblau schimmerte.

»Ein Eisvogelmännchen«, sagte Ella. »Um diese Zeit beginnt ihre Balz. Eigentlich sind sie monogam, aber in Jahren hoher Population kann ein Männchen auch schon mal zum Bigamisten werden und zwei Nester gleichzeitig durchfüttern.«

»Was du alles weißt, Ella, immer wieder bewundernswert«, sagte Malou voller Anerkennung. »Und diese herrliche Luft! Hier bin ich bestimmt nicht zum letzten Mal gewesen.«

»Einer meiner Lieblingsorte«, erklärte Ella. »Wenn ich nicht mehr weiterweiß, komme ich gern hierher. Und als Lehrmeister hatte ich einen guten Naturführer.«

»Riechst du das würzige Waldaroma?« Malou schnupperte. »Meine Lunge freut sich gerade. Ist etwas ganz anderes als der Stadtmief, den wir sonst immer einatmen. Ich wünschte, unsere Kleine könnte mehr in der Natur leben! Siehst du, wie friedlich sie gerade aussieht? Ich wette, Leonie spürt es auch!«

»Ich gönn mir das ab und zu. Ein Freund hat ganz in der

Nähe einen alten Bauernhof geerbt. Dort habe ich schon die schönsten Ferien mit mir selbst verbracht.«

»Dein Freund lebt hier?«

»Nur zeitweise. Er ist Biologe und mittlerweile in der ganzen Welt zu Hause. In der Zwischenzeit regelt seine Schwester die Vermietungen. Aber es führt ihn immer wieder zurück an die Osterseen.« Ella lächelte versonnen. Dann erklärte sie: »Und jetzt hab ich Kuchenhunger! Du auch, Malou?«

»Und ob! Seitdem ich stille, könnte ich manchmal eine ganze Torte auf einmal verputzen.«

Sie fuhren die kurze Strecke nach Iffeldorf, dessen Zwiebelkirchturm sich anmutig von der bläulichen Bergsilhouette abhob.

»Was für ein nettes Dorf«, lobte Malou, als sie sich in der Sonne mit koffeinfreiem Kaffee und Käsekuchen stärkten. »Und so gemütlich. Fast, als sei die Zeit hier stehen geblieben.«

»Ist sie aber leider ganz und gar nicht«, erwiderte Ella. »Noch gibt es diese Idylle, aber immer mehr Münchner entdecken sie, und im Sommer ist hier an den Wochenenden jede Menge los. Dann fahr ich antizyklisch zum Schwimmen her: ganz frühmorgens oder abends, wenn alle schon wieder auf dem Heimweg sind.«

Auf der Rückfahrt nach München hatte sich Leonie in einen ihrer Weinkrämpfe hineingesteigert, was zum Glück immer seltener vorkam, heute jedoch noch einmal besonders massiv ausfiel. Sie schrie noch immer aus Leibeskräften, als Malou den Kinderwagen in den Lift hievte, und erst recht, als sie die Wohnungstür aufschloss. Normalerweise wäre Philipp längst im Flur gestanden, um ihr das weinende Kind abzunehmen, doch die Wohnung war dunkel und still.

»Philipp?«, rief sie. »Wo bist du denn?«

»Hier. Im Bett«, drang schließlich eine schwächliche Stimme aus dem Schlafzimmer. »Muss irgendwie eingeschlafen sein.«

»Bist du krank?«, fragte Malou besorgt. »Wie lange liegst du denn schon?«

»Ach wo, bisschen verschnupft, das ist alles.« Er räusperte sich mehrmals und hörte sich danach fast wieder an wie immer. »Dann mal her mit dem kleinen Schreihals. Wär doch gelacht, wenn wir den nicht wieder ruhig bekämen …«

Sie schafften es, aber es dauerte Stunden, und danach war auch Malou erschöpft.

Den Ostermontag verbrachten sie zu Hause, schmusten mit dem Baby, hörten Musik, lasen, tranken Tee und kuschelten zusammen mit dem roten Kater auf der Couch, der sich dabei allerdings ordentlich breitmachte. Philipp hatte zwei LPs von Ella Fitzgerald gekauft, die sie immer wieder auflegten. Bei ihrer fantastischen Interpretation von *Summertime* mit Louis Armstrong an der Trompete summte er jedes Mal mit.

»Fühlst dich ganz schön warm an«, sagte Malou, als sie sich abends schlafen legten. »Sollen wir nicht lieber mal Fieber messen?«

»Unsinn. Bin ein großer, starker Kerl, den nichts so schnell umhaut – eben ein heißer Typ. Immer schon. Weißt du doch, oder?«

In der Nacht stillte Malou die Kleine und pumpte später vorsorglich Milch für den nächsten Tag ab, denn dann würde sie wie versprochen in den Verlag fahren, um zu klären, wie es weitergehen sollte. Das Stillen und Abpumpen war eine mühsame Angelegenheit, manchmal dicht an der Schmerzgrenze. Sie genoss zwar die innigen Momente mit dem Kind an der

Brust, aber sie würde auch nicht böse sein, wenn sie demnächst ausschließlich zur Fläschchennahrung und damit wieder zu größerer Unabhängigkeit für sich selbst übergehen konnte.

Sollte sie Leonie vielleicht mit in den Verlag nehmen?

Winkler hatte sein Enkelkind noch nie zu Gesicht bekommen. Eine förmliche Glückwunschkarte zur Geburt, mehr hatte sie von ihm nicht erhalten. Einen Moment lang war Malou unschlüssig, dann jedoch entschied sie sich dagegen.

Am nächsten Morgen fühlte Philipp sich noch immer viel zu warm an, als sie sich von ihm verabschiedete, er behauptete jedoch, wieder fit zu sein.

»Du weißt, wo alles ist?«, fragte sie.

»Weiß ich«, sagte er. »Mama-Milch steht ganz oben im Kühlschrank. Hoffentlich nicht zu viel – damit du schnell wieder zu uns zurückkommst.« Er küsste sie. »Und lass dich nicht gleich mit Arbeit zuschütten, sondern geh es langsam an. *Der Tag* hat auch ohne dich überlebt, vergiss das nicht.«

Sie löste sich schmunzelnd von ihm.

»Heißt das, ich sollte mich bloß nicht zu wichtig nehmen?«

»Du *bist* wichtig, Malou. Vor allem für uns, deine kleine Familie. Übrigens siehst du heute hinreißend aus in diesem mintgrünen Pulli und dem neuen kurzen Rock. Ich finde, du solltest nur noch Grün tragen.«

»Ich gebe mein Bestes«, sagte sie.

Wieder zurück im Verlagshaus, fühlte sich Malou, als sei sie niemals weg gewesen. Ihr Schreibtisch, die Kollegen, der Weg hinauf zum Konferenzsaal – all das war ihr unendlich vertraut.

Ja, das war ihre Welt, hier gehörte sie hin. In diesem Moment entschloss sie sich definitiv, wieder fest ins Team einzusteigen.

Eins jedoch war anders als sonst: die allgemeine Neugierde auf die kleine Leonie. Da Malou schon damit gerechnet hatte, hatte sie einen Stapel der schönsten Fotos mitgebracht, die jetzt von Hand zu Hand wanderten und verschiedentlich kommentiert wurden. Ella und Adrienne, die die Kleine ja schon seit Monaten kannten, hielten sich dabei absichtlich zurück. Nicht unbedingt nötig, dass alle Kollegen erfuhren, wie nah sie Malou auch privat standen.

Schenk und Klein hatten es ziemlich eilig, die Fotos weiterzureichen. Der semmelblonde Willem Bautz gab lustige Anekdoten über seine zwei ebenfalls semmelblonden Jungs zum Besten, während Titus Meixner eher verhalten reagierte, vielleicht weil Babys noch nicht zu seinen Lebenserfahrungen zählten.

Chefredakteur Hornberg dagegen konnte seine Begeisterung kaum zügeln.

»So etwas Goldiges«, wiederholte er mehrmals. »Und ganz die hübsche Frau Mama! Die Kleine ist ja geradezu Ihr Ebenbild, Frau Prinz … oder Graf …« Er hielt inne. »Wie wollen Sie denn eigentlich genannt werden, da Sie nicht nur Ehefrau, sondern nun auch Mutter sind?«

»Privat bin ich Frau Prinz, im Verlag belassen wir es gern bei Graf«, sagte Malou lächelnd. »Und mit der Ähnlichkeit liegen Sie leider ziemlich daneben, Herr Hornberg.«

»Wo sie recht hat, hat sie recht«, schaltete sich Samy ein. »Die Kleine sieht genauso aus wie ihr Papa. Die Stirn, die Augen, die dunklen Haare – einfach alles. Muss ich ja schließlich wissen, hab sie ja so viele Male mit Genuss fotografiert.«

Malou sandte ihm einen dankbaren Blick.

Inzwischen hatte auch Hans Wolfgang Winkler den Konferenzsaal betreten. Sie hatte sich um einen frühen Termin bei ihm bemüht, um ihm ihre Entscheidung vorab persönlich mitzuteilen, von Frau Noelle jedoch eine Absage erhalten. Natürlich fielen ihm sofort die Babyfotos auf dem Tisch ins Auge.

»Kleine private Fotoausstellung?«, fragte er. »Reizend, aber lassen Sie uns jetzt bitte zum Tagesgeschäft kommen.«

Malou hätte ihm in diesem Moment an die Gurgel gehen können, so daneben fand sie seine Bemerkung, aber es gelang ihr, die Contenance zu bewahren.

Im Mittelpunkt der Diskussion stand Münchens Bewerbung für die Sommerspiele 1972.

»Nur noch ein paar Tage, dann wissen wir definitiv Bescheid«, sagte Willem Bautz vom Sportressort aufgeregt. »Mein Gewährsmann hat versprochen, mich augenblicklich in Kenntnis zu setzen. WIR SIND OLYMPIA – was halten Sie von diesem Aufmacher?«

Er strahlte erwartungsfroh in die Runde.

»Mir leider zu billig, sorry, Willem«, kommentierte Adrienne. »Die Spiele haben schließlich schon ein paarmal zuvor an anderen Orten stattgefunden. Da fällt uns sicherlich noch was Besseres ein.«

»In diesem Fall muss ich Ihnen leider widersprechen, verehrte Adrienne«, sagte Winkler. »*Der Tag* ist ein Boulevardblatt, nicht weniger, aber auch nicht mehr. Ihre Versuche, das zu ändern, haben zu einigem Missmut unter dem Prominentenvolk geführt. Aber jetzt ist ja Malou Graf zurück an Bord, die glücklicherweise weniger Berührungsängste hat. Somit gehe ich davon aus, dass diese Beschwerden ein Ende haben werden. Sie arbeiten doch ab sofort wieder in Ihrem Ressort, liebe Malou?«

Leicht überrumpelt nickte sie.

»Gut. Sehr gut sogar.« Er wandte sich dem Sportreporter zu. »Bleiben Sie weiterhin am Ball, Herr Bautz. Und heben Sie sich diese Headline gut auf – die bringen wir so, falls es tatsächlich mit der Zusage klappt.«

Malous Herz begann schneller zu schlagen, aber sie würde jetzt nicht schweigen, sondern sagen, was sie zu sagen hatte.

»Ich bin Adrienne mehr als dankbar, dass sie so freundschaftlich-kollegial für mich in die Bresche gesprungen ist«, erklärte sie. »Ja, ich sitze heute wieder hier, aber ich kann noch nicht wieder ganz in Vollzeit arbeiten, Herr Winkler. Sie hatten mir damals zugesagt, mich in meiner neuen Rolle zu unterstützen. Stehen Sie nach wie vor dazu?«

Jetzt war es mucksmäuschenstill im Konferenzraum.

Ihre Blicke trafen sich wie in einem Duell, aber Malou hielt ihm tapfer stand.

Was du kannst, kann ich schon lange, dachte sie. Schließlich bin ich ja deine Tochter.

Winkler räusperte sich.

»Natürlich stehe ich zu meinen Zusagen«, sagte er schließlich. »Allerdings stellt sich die Situation nun doch ein wenig anders dar als erwartet. Kommen Sie nach der Konferenz in mein Büro, dann besprechen wir das weitere Prozedere. Einverstanden?«

»Sehr gern«, erwiderte Malou – und die Fotos deiner süßen Enkelin bringe ich mit.

»Eines möchte ich aber jetzt schon anmerken: Es stehen zwei große Interviews mit Stars aus dem Schlagerbereich an. Nummer eins ist selbstredend Udo Jürgens, den Frau Riehl nach seinem grandiosen Sieg beim diesjährigen Grand Prix in einem kleinen Kasten abgefrühstückt hat. Da geht definitiv noch mehr. Nummer zwei ist dieser erstaunliche junge Augsburger Roy Black, der aktuell mit seinem *Ganz in Weiß* die deutschen Charts stürmt. Mehr als zwei Millionen verkaufte Singles! Wer hätte das dieser Schmachtnummer zugetraut? Aber die Leute lieben es – und *Der Tag* ist selbstredend ganz vorn mit dabei.«

Er blickte von Adrienne zu Malou.

»Wer von Ihnen beiden sich nun welchen Künstlers annimmt, ist mir ehrlich gesagt egal. Aber gut geschrieben muss es sein, und fix erscheinen soll es auch. Natürlich mit starken Fotos, alles klar, Herr Samtner?«

»Selbstredend«, erwiderte Samy knapp und fügte deutlich leiser hinzu: »Als ob es schon jemals anders gewesen wäre.«

»Ich erwarte also zwei fesselnde Porträts deutscher Interpreten, die ein breites Publikum erreichen«, fuhr Winkler fort. »Wer sind diese Männer? Was lieben sie, was hassen sie? Und vor allem: Was haben sie, das andere in der Branche nicht haben? Das alles will ich lieber heute als morgen in *Blitzlicht* lesen – und unsere Leser wollen es auch!«

»Und?«, fragte Philipp beim Abendessen ungeduldig, während Malou den letzten Rest ihres Nachtischs, eines köstlichen Schokosoufflés, von ihrem Teller kratzte. »Wie ist es heute mit deinem Vater gelaufen? Habt ihr endlich euer Verhältnis geklärt?«

»Ach wo.« Malou schielte zum Wiegenkorb, doch aus dem kam kein Laut. »Er war so formell, so spürbar auf Abstand bedacht, dass mich schnell der Mut verlassen hat. Einzig und allein das *Blitzlicht* war ihm wichtig. Und die neuen Interviews mit Udo Jürgens und Roy Black, die ins Blatt sollen. Am besten schon gestern. Die Zusagen, die er mir vor Leonies

Geburt gemacht hat, würde er am liebsten wieder rückgängig machen, so mein Eindruck. Mein Kind interessiert ihn nicht die Bohne, und ich selbst ebenso wenig. Das Einzige, was für Hans Wolfgang Winkler zählt, ist Auflage, Auflage und noch einmal Auflage – menschlich ist das ganz schwach in meinen Augen!«

»Also will er, dass du ganztägig im Verlag arbeitest?«

»Diesen Zahn hab ich ihm ganz schnell gezogen«, sagte Malou. »Hab das goldigste Foto von Leonie auf seinen Schreibtisch gelegt, da ist er verstummt. Aber wie es genau ablaufen soll, ist noch immer unklar. Er will überlegen, hat er gesagt, und das werde ich auch tun.«

Sie schob ihren Teller weg und streckte die Beine aus.

»Morgen steht ein Treffen mit Roy Black auf meiner Agenda, aber heute Abend will ich bitte von diesem ganzen Verlagszeug keinen Ton mehr hören.« Sie lächelte ihn an. »Du hast ganz fantastisch gekocht, lieber Schatz! Dein Zürcher Geschnetzeltes ist Weltklasse.«

»Danke«, sagte Philipp und verzog dabei das Gesicht.

»Was ist los?«, fragte Malou besorgt. »Hast du Schmerzen? Du sitzt ja ganz schief auf deinem Stuhl. Gegessen hat du auch nur wie ein Vöglein.«

»Mir ist nicht gut. Es brennt beim Wasserlassen. Und ich muss ständig zum Klo rennen …«

»Hört sich für mich nach einer Blasenentzündung an, Philipp. Das können auch Männer kriegen, und damit ist nicht zu spaßen. Morgen gehst du zum Arzt, versprochen?«

»Und unser Sonnenschein? Mit ins Wartezimmer? Zu Herrn Black wirst du sie ja wohl kaum mitnehmen wollen.«

»Eher nicht. Ich werde Mama bitten, zu uns zu kommen. Sie lauert doch nur darauf einzuspringen.« Ihr Tonfall wurde dringlich. »Nimm nicht immer alles auf die leichte Schulter! Verschleppte Krankheiten können manchmal ganz schön ausufern …«

»Ich bin nicht krank«, versicherte er. »Bloß ein bisschen angeschlagen. Und ja, ich beuge mich und gehe zum Arzt. Karin soll inzwischen unsere Kleine hüten.«

Mitten in der Nacht wurde Malou wach.

Doch es war nicht Leonie, die sie geweckt hatte, sondern Philipps lautes Schnarchen. Als sie ihn zart anstupste, damit er sich auf die Seite drehte, erschrak sie, wie heiß er war.

»Liebling«, sagte sie leise. »Du glühst ja. Jetzt muss ich doch wissen, wie hoch deine Temperatur ist.«

39,8 verriet das Fieberthermometer, das sie aus dem Bad geholt hatte.

»Gefällt mir gar nicht«, murmelte Malou, während Philipp sie aus glasigen Augen anstierte. »Ich versuche es jetzt mit kalten Essigwickeln. Hat Mama auch immer bei mir gemacht, als ich klein war.«

Sie tränkte zwei Geschirrtücher in Essig, wickelte sie ihm um die Waden und schlug Handtücher darüber.

»Ganz schön scheußlich«, murmelte Philipp, am ganzen Körper bibbernd.

»Musst du jetzt leider aushalten«, erklärte Malou und wiederholte die Prozedur nach zehn Minuten. Zwischendrin stillte sie Leonie, die ihre innere Unruhe zu spüren schien und ebenfalls aufgewacht war.

Als sie zwei Stunden später erneut seine Temperatur überprüfte, war diese nicht gesunken, sondern sogar weiter gestiegen.

»41,0 – um Himmels willen! Ich rufe jetzt den Notarzt«, sagte Malou. »Du gehörst ins Krankenhaus, Philipp!«

Zwei Sanitäter und ein älterer Arzt mit Brille und Kugelbauch, der sich als Dr. Steiner vorstellte, waren schnell zur Stelle. Er untersuchte Philipp, der zu wimmern begann, als er ihm auf die Flanken klopfte, kontrollierte abermals die Temperatur und stellte ihm ein paar gezielte Fragen.

»Blut im Urin?«, fragte er.

»Seit gestern«, gestand Philipp.

Malou riss erschrocken die Augen auf. Davon hatte er ihr kein Wort gesagt!

»Und Übelkeit?«

»Ja. Ebenfalls.«

»Starker Verdacht auf Pyelonephritis«, sagte Dr. Steiner. »Kommt häufiger vor, als man denkt.«

»Was ist das?«, fragte Malou angstvoll.

»Nierenbeckenentzündung. Muss so schnell wie möglich mit Antibiotika behandelt werden, sonst können die Nieren schwer geschädigt werden – bis hin zum totalen Versagen.« Er beugte sich über Philipp. »Diese Beschwerden haben Sie nicht erst seit gestern, oder?«

Philipp schüttelte den Kopf.

»Und nichts dagegen unternommen?«

Abermals Kopfschütteln.

»Sehr unvernünftig.« Dr. Steiner bedachte ihn mit einem strengen Blick. »Typisch männlich unvernünftig, wenn ich das so sagen darf. Wir nehmen Sie jetzt mit, hängen Sie in der Klinik gleich an den Tropf und bereiten dort den Bakterien mit einer ganzen Antibiotika-Kompanie den Garaus. Können Sie noch sitzen, Herr Prinz? Ich fürchte, in den engen Lift bekommen wir unsere Tragbahre nämlich nicht rein.«

Philipp nickte, schrie aber vor Schmerzen auf, als die Sanitäter ihn in den tragbaren Transportstuhl hievten. Malou hatte in Windeseile eine kleine Tasche mit dem Allernötigsten gepackt.

»Den Rest bekommst du später nachgetragen, lieber Schatz«, sagte sie. »Ich komm dich besuchen, sobald ich kann. Wo bringen Sie meinen Mann denn hin?«, wandte sie sich an Dr. Steiner.

»Ins Schwabinger Krankenhaus. Es sollte jetzt möglichst schnell gehen.«

Dann waren sie weg, und Malou war mit der Kleinen allein. Leonie schlummerte entspannt in ihrer Wiege, während Malou aufgewühlt umherlief.

Es wollte einfach nicht hell werden.

Wie eine Ewigkeit kam es ihr vor, bis der Zeiger auf sieben vorgerückt war und sie endlich ihre Mutter anrufen konnte.

»Mama?«

»Was ist los, Marie? Ist etwas passiert?«

»Philipp hat plötzlich hohes Fieber bekommen. Ich hab den Notarzt gerufen, und die haben ihn mitten in der Nacht ins Krankenhaus gebracht. Verdacht auf Nierenbeckenentzündung. Er hat große Schmerzen und muss starke Antibiotika bekommen, sonst droht Gefahr, dass seine Nieren versagen …« Sie konnte nicht weiterreden.

»Der Ärmste! Reg dich bitte nicht zu sehr auf. Das kriegen die Spezialisten dort bestimmt wieder hin.«

»Das hoffe ich auch. Aber ich bin mittags mit Roy Black verabredet, und …«

»Wann soll ich kommen, Marie?«, unterbrach ihre Mutter sie.

»Geht es gegen neun? Denn ich muss vor dem Interview noch in den Verlag. Könnte allerdings dauern, bis ich wieder zu Hause bin. Denn zu Philipp will ich ja später auch noch.«

»Ist doch selbstverständlich. Ich frühstücke nur noch schnell, und dann komme ich. Nein, anders, ich komme sofort. Essen kann ich bei dir.«

Mit zitternden Fingern rief Malou im Krankenhaus an, wurde dort aber erst einmal endlos durchgestellt, bis sie schließlich einen übermüdeten Assistenzarzt in der Leitung hatte.

»Die Nacht war unauffällig«, bekam sie als Auskunft.

»Und das Fieber? Konnten Sie es senken?«

»Wir arbeiten daran, Frau Prinz. Bitte haben Sie Geduld. Wunder können auch Antibiotika nicht bewirken …«

»Bring ihn zum Reden«, hatte Samy gesagt, als er und Malou ein paar Stunden später mit seinem Austin Morris auf dem Weg zum Café Luitpold waren. »Und dann schalt einfach dein Tonband ein. Bei Typen wie ihm, die noch berauscht von ihrem ersten Erfolg sind, genügt das meistens.« Sein Blick wirkte besorgt. »Du siehst richtig hundig aus, Malou, wenn du mir diesen Ausdruck verzeihst. Bleich, dunkle Augenringe, die Lippen zerbissen. So kenne ich dich gar nicht.«

Und genauso fühlte sie sich: übermüdet, fahrig, unkonzentriert.

Gerhard Höllerich, der nun als Roy Black Karriere machte, erwies sich zum Glück als freundlicher Gesprächspartner. Malous Plan jedoch, ihn zum Reden zu bringen und dabei ungestört ihren Sorgen nachzuhängen, ging nicht auf.

»Was ist mit Ihnen, Frau Graf?«, fragte er schon nach den ersten Sätzen. »Sie wirken so … abwesend.«

»Tut mir leid«, erwiderte sie. »Mein Mann ist heute Nacht ins Krankenhaus eingewiesen worden. Ich hatte also deutlich zu wenig Schlaf. Aber jetzt bin ich wieder ganz bei Ihnen, entschuldigen Sie. Und greifen Sie doch bitte ungeniert zu! Die Torten hier sind wirklich phänomenal.«

Samy hatte sich am Nebentisch platziert und mit seiner Fotosession begonnen.

»Würde ich liebend gern, darf ich aber nicht. So was wandert bei mir alles gleich auf die Hüften. Ich bleib lieber bei schwarzem Kaffee, das geht immer. Sagen Sie, sollten wir uns nicht lieber für ein anderes Mal verabreden?« Roy Black ließ nicht locker. »Könnte gut verstehen, wenn Sie jetzt den Kopf mit ganz anderen Dingen voll hätten.«

Malou gelang ein winziges Lächeln.

»Ich rühre mich nicht vom Fleck, bevor Sie nicht meine Fragen beantwortet haben«, erklärte sie. »Ihre Fans – unsere Leserinnen – warten schon sehnsüchtig darauf. Also?«

Er lachte. »Na, dann schießen Sie los!«

»Woher der Künstlername?«

Roy Black lehnte sich in seinem Stuhl zurück. »Na ja, mit Gerhard Höllerich als Sängername ist kein Hund hinter dem Ofen hervorzulocken, das war mir rasch klar. Also musste etwas Publikumswirksameres her. Roy kommt von Roy Orbison, den ich sehr verehre. *Pretty Woman*, kennen Sie diesen Song? Einfach zum Niederknien! Und das Black?« Er fuhr durch seine dichte schwarze Haarpracht. »Ziemlich naheliegend, oder? Blacky, so haben sie mich schon in der Schule genannt.«

»Sie haben mit Rock ’n’ Roll begonnen …«

»… und hätte das auch gern weitergespielt«, ergänzte er, »aber zu wenige wollten unsere Band hören. Roy Black and the Cannons, das ging einfach nicht auf. Jedenfalls nicht als Berufsplan.«

»Ebenso wenig wie das Studium der Betriebswirtschaft, das Sie im vorletzten Jahr abgebrochen haben?«

»Gut informiert, Frau Graf.« Er grinste. »Ja, das war eindeutig zu trocken für mich. Zumal im Hintergrund immer die Musik war, die mich viel mehr gereizt hat. Und muss man nicht einfach springen und alles riskieren, wenn man einen großen Traum hat? Ich bin gesprungen.«

»Und weich gelandet, wie es aussieht. Gerade stürmt ihr Schlager *Ganz in Weiß* die Charts und segelt kühn an den Songs der Beatles und der Rolling Stones vorbei. Wie erklären Sie sich diesen enormen Erfolg?«

»Ich finde die Beatles großartig und höre privat gern die Rolling Stones und andere Rockbands. So von gestern, wie manche mir andichten wollen, bin ich nämlich gar nicht.« Er lachte und sah plötzlich aus wie ein großer Junge. »Ich tanze für mein Leben gern. Und wissen Sie, was? Die Schauspielerei würde mich auch reizen. Am liebsten würde ich gern einmal einen ganz harten Typen darstellen, so wie Marlon Brando, ultracool und oberlässig. So vielleicht?« Aus dem lächelnden Sänger wurde ein finster dreinblickender Macho.

Samys Kamera klickte ununterbrochen.

»Woher auf einmal der Erfolg, wollen Sie wissen?«, fuhr Roy Black fort. »Vielleicht weil viele im Herzen doch sehr romantisch sind, da will ich mich persönlich gar nicht ausschließen. Ich fühle, was ich singe. Und ich glaube, das spürt auch mein Publikum. Die große Liebe, die für immer währt – Hand aufs Herz: Wer von uns träumt nicht heimlich davon?«

»Das wäre dann meine nächste Frage gewesen, Herr Black: Was bedeutet Liebe für Sie? Das Gleiche hab ich übrigens auch schon Mick Jagger gefragt.«

Natürlich musste sie dabei sofort wieder an Philipp denken, der so armselig im Krankenhaus lag. Und an die kleine Leonie, die zum Glück von alldem nichts ahnte.

Aber Malou wollte, *musste* jetzt professionell sein, deshalb schob sie diese Gedanken so gut es eben ging wieder weg.

»Man kann sie nicht suchen, sondern nur einladen«, antwortete Roy Black ihr. »Die Liebe kommt, wann sie will, und wenn man nicht aufpasst, fliegt sie auch wieder davon, wann sie will. Für mich ist Liebe ein Geheimnis, abgesehen vom Tod vielleicht das größte von allen …«

»Beachtlich«, kommentierte Samy, der nach dem Abschied von Roy Black darauf bestanden hatte, Malou zum Krankenhaus zu fahren. »Hätte ich diesem Schmalzheini so gar nicht zugetraut. Gut sieht er ja aus, das muss man ihm lassen. Aber denken kann er auch, und das war eher überraschend für mich.«

»Vielleicht sattelt er ja noch einmal um«, sagte Malou nachdenklich.

»Glaube ich nicht. Der reitet die Romantik-Welle weiter bis zum bitteren Ende. Wollen wir wetten?«

Doch Malou hatte gar nicht richtig zugehört.

»Lass mich hier raus«, bat sie. »Muss noch ein bisschen Luft schnappen. Krankenhäuser setzen mir immer so zu.«

Samy bremste und hielt an.

»Soll ich hier auf dich warten?«, fragte er. »Langsam mache ich mir richtig Sorgen um dich …«

»Danke dir, ist aber nicht nötig. Kümmere du dich um die Fotos. Damit hilfst du mir am allermeisten.«

Mit einem zunehmend mulmigen Gefühl betrat Malou das Krankenhaus. Der Pförtner, bei dem sie nachfragte, schrieb Philipps Station auf einen Zettel, den sie fest umklammert hielt. Philipps Reisetasche baumelte von ihrer anderen Schulter. Ihre Brüste schmerzten, ihr Kopf hämmerte, und sie war so müde, dass ihr das Laufen durch die Endlosgänge schwerfiel. Von der offiziellen Besuchszeit war bloß noch eine Viertelstunde übrig; Malou konnte nur hoffen, dass sie eine Ausnahme machen würden.

Als sie endlich vor der richtigen Tür stand, klopfte sie leise an und ging hinein. Das Bett am Fenster war leer; in dem daneben schnarchte ein bärtiger Mann.

War sie vielleicht im verkehrten Zimmer?

Irritiert ging sie wieder hinaus und sprach die erste Krankenschwester an, die ihr begegnete.

»Ich suche meinen Mann. Er heißt Philipp Prinz und wurde heute Nacht mit Verdacht auf …«

»… die Pyelonephritis?« Sie sprach das schwere Wort flüssig aus. »Liegt hier nicht mehr.«

»Was soll das heißen?«

»Der Patient wurde auf die Intensivstation verlegt.«

Malous Herz fing an, wie wild zu schlagen. »Geht es ihm schlechter?«

»Reine Vorsichtsmaßnahme. Dort kann er besser überwacht werden.«

»Und wo finde ich die Intensivstation?«

»Hier in Haus 13, dritter Stock. Aber da dürfen Sie jetzt ohnehin nicht mehr rein. Besuchszeit für die Intensiv ist nur von 14 bis 15 Uhr. Kommen Sie bitte morgen wieder.«

Malou ließ die Schwester einfach stehen und rannte die Treppen hinauf. Wieder ein langer Gang, bis sie endlich die richtige Tür gefunden hatte.

Sie klopfte an. Keinerlei Reaktion.

Sie klopfte erneut.

Die Tür öffnete sich einen winzigen Spalt. Eine Krankenschwester lugte heraus.

»Ich möchte zu meinem Mann«, sagte Malou. »Philipp Prinz. Er wurde hierher…«

»Herr Prinz darf keinerlei Besuch bekommen.«

»Weshalb? Was ist denn mit ihm?« Sie tastete nach einem Halt.

»Bislang war keines der verabreichten Antibiotika wirksam. Er fiebert noch immer stark.«

»Ich möchte sofort den leitenden Arzt sprechen«, erklärte Malou bestimmt.

»Professor Wimmer ist leider nicht mehr im Haus.«

»Dann den Stationsarzt.« Jetzt schrie sie. »Sofort!«

Die Schwester musterte Malou einen Moment lang schweigend. Dann seufzte sie. »Warten Sie bitte hier. Ich will versuchen, Dr. Koch zu finden.« Sie schloss die Tür und verschwand.

Nach einer kleinen Ewigkeit kam ein junger Mann im weißen Kittel auf Malou zugeeilt.

»Sie sind die Ehefrau von Herrn Prinz?«

»Allerdings. Und ich will jetzt sofort wissen, was passiert ist …«

»Ihr Mann wurde nach der Einlieferung umgehend mit einem Breitbandantibiotikum versorgt, das allerdings leider nicht so angeschlagen hat wie erhofft. Wir haben daraufhin Urinkulturen angelegt, um präziser arbeiten zu können; diese Auswertungen dauern noch an. Leider ist es bei dem Patienten in der Nierengegend zu Abszessen mit Eiteransammlungen gekommen. Dieser Eiter und andere Bakterien sind offenbar in die Blutbahn gelangt …«

Seine Stimme verschwamm.

»Dann droht ihm also eine Blutvergiftung …«, flüsterte Malou.

»Wir tun alles, was in unserer Macht steht, Frau Prinz«, versicherte ihr Dr. Koch. »Bitte gehen Sie nach Hause und versuchen Sie, Ruhe zu bewahren. Und die braucht Ihr Mann jetzt auch – absolute Ruhe.«

»Kann ich ihn denn nicht sehen? Nur eine Minute? Bitte!«

Er seufzte. »Also gut. Aber wirklich nur ganz kurz.«

Er ging voraus, und Malou folgte ihm.

Gedämpftes Licht. Plastikvorhänge umgaben die einzelnen Betten. Jemand röchelte, sonst war nur das leise Sirren der Maschinen zu hören.

Er sah so klein aus in dem weißen Bett!

Links war die Infusion angeschlossen, aus der es langsam tröpfelte. Die rechte Hand lag schlaff auf der Bettdecke.

»Philipp«, murmelte Malou, überschwemmt von einer riesigen Woge aus Liebe und Mitgefühl. »Mein Liebling! Wie geht es dir?«

Seine Augen gingen auf, aber er schien sie nicht zu erkennen.

»Halten Sie seine Hand«, sagte Dr. Koch. »Das hilft manchmal.«

»Philipp?«, wiederholte sie, seine Hand nun in ihrer.

»Malou?« Jetzt war er da. »Wo ist … Leonie?«

»Zu Hause. Mama passt auf sie auf.« Am liebsten hätte sie sich auf das Bett geworfen, ihn gedrückt und geherzt, aber das durfte sie ja nicht.

»Grüß sie von ihrem Papa. Ich hab sie sehr lieb, sag ihr das. Und dich au…« Seine Lider fielen wieder zu.

»Er braucht Ruhe, Frau Prinz. Bitte gehen Sie jetzt«, drängte Dr. Koch. »Kommen Sie morgen zur Besuchszeit wieder. Dann sieht es vielleicht besser aus.«

»Hier sind seine Sachen.« Sie überreichte ihm die mitgebrachte Tasche, die der Arzt zunächst gar nicht annehmen wollte.

»Der Patient bekommt hier alles, was er braucht«, sagte er. »Aber gut, wenn Sie unbedingt wollen, gebe ich das an die Schwestern weiter.«

»Sie haben ja unsere Telefonnummer. Falls etwas sein …«

»Haben wir. Versuchen Sie bitte, sich zu entspannen, Frau Prinz. Entspannte Besucher – entspannte Patienten.«

Sein Satz ging daneben. Er spürte es selbst und verabschiedete Malou eher hastig.

Wie in Trance lief sie durch die endlosen Flure und war froh, als sie vor der Klinik endlich wieder durchatmen konnte.

Wohin nun?

Der Weg nach Hause erschien ihr plötzlich unendlich weit.

Aber dort warteten ihr Baby, ihre Kleine, die sie den ganzen Tag nicht gesehen hatte, und ihre Mutter, während Philipp hilflos dort drüben lag …

Jetzt rannen ihre Tränen ohne Unterlass.

Dezentes Hupen schreckte sie hoch. Samys dunkelgrüner Austin Morris hielt neben ihr.

»Einsteigen, junge Frau«, sagte er. »Und nein, ich mach nicht immer, was du sagst …«

»Du wunderbarer Sturkopf.« Malou lächelte unter Tränen. »Was würde ich ohne dich nur tun?«

Kaum saß sie neben ihm im Auto, sprudelte sie hervor, was sie gerade erlebt hatte.

»Ich hab so eine Riesenangst! Wenn du gesehen hättest, wie klein er auf einmal aussah, dieser große Kerl!«, schluchzte sie.

»Jetzt geht es ihm offenbar gerade schwer an die Nieren, und das leider im wörtlichsten Sinn, aber dein Mann, der schafft das, Malou. Sie kriegen Philipp wieder hin. Ich glaube ganz fest daran«, tröstete Samy sie. »Wohin soll ich dich fahren?«

»Fahr mich nach Hause, Samy. Ich möchte mein Kind sehen.« Malou lächelte dankbar.

Vor dem Haus angekommen, warf sie ihm eine Kusshand zu und lief hinein. Die Liftfahrt nach oben kam ihr mindestens doppelt so lang vor wie sonst, und oben konnte sie den Schlüssel in der Handtasche nicht finden und musste klingeln.

»Marie-Louise, da bist du ja endlich!« Ihr Papa öffnete ihr mit Leonie auf dem Arm, die ganz zufrieden wirkte.

»Ach, Papa! Du bist auch gekommen ...«

Sie umarmte ihn und küsste dabei das Babyköpfchen.

»Aber natürlich«, sagte er. »Ich lass meine drei Schätze doch nicht hängen, wenn es brennt. Agnes Federl kriegt das in der Drogerie auch ganz prima allein hin.«

»Wie geht es Philipp?«, fragte Malous Mutter sofort.

Sie gingen zurück ins Wohnzimmer, wo die Kleine in ihren Wiegenkorb gebettet wurde. Bald würde sie krähend nach Nahrung verlangen. Malou freute sich schon darauf, den warmen Babykörper beim Anlegen zu spüren.

Die drei setzten sich an den Tisch, doch keiner rührte die vorbereiteten Schnittchen an, mit denen Karin sich viel Mühe gegeben hatte, so gebannt lauschten Malous Eltern ihrem Bericht.

»Die Klinik hat einen guten Ruf«, sagte ihr Papa schließlich. »Du solltest den Ärzten vertrauen. Schau mal, mich alten Knochen haben sie schließlich auch wieder hinbekommen.«

»Du bist Rechts der Isar gelegen, Theo«, korrigierte seine Frau. »Und hattest Knochenbrüche, keine Nierenbeckenentzündung. Aber ich finde auch, wir sollten optimistisch sein. Philipp ist jung und war doch bis vor Kurzem kerngesund. Der kommt wieder auf die Beine.« Sie sah ihre Tochter an. »Sollen wir heute bei dir übernachten? Ich hab kein gutes Gefühl, dich jetzt allein zu lassen.«

»Nein, Mama, geht ruhig nach Hause. Ich bin ja nicht allein. Ich hab doch Leonie und meinen roten Monsieur Filou. Die passen beide auf mich auf.«

Ihr Lächeln fiel ein wenig gequält aus, weil das Tapfersein so anstrengend war.

»Und wie geht es morgen weiter?«, fragte ihre Mutter. »Wann musst du in den Verlag?«

»Ich schreibe zu Hause. Aber am Nachmittag möchte ich gern zu Philipp. Die Besuchszeit beginnt um 14 Uhr.«

»Dann bin ich gegen eins bei euch. Und falls zuvor etwas sein sollte – melde dich, Marie.«

»Versprochen, Mama. Und danke für alles.«

*

Es war noch dunkel, als der Anruf kam.

Malou hatte nicht richtig geschlafen, sondern war nur irgendwann vor Erschöpfung auf der Couch eingedöst.

»Klinikum Schwabing, Dr. Koch. Spreche ich mit Frau Prinz?«

»Am Apparat.« Malous Zunge klebte plötzlich an ihrem Gaumen.

Mehrfaches Räuspern am anderen Ende der Leitung.

»Ich habe leider keine guten Nachrichten, Frau Prinz, und ich bedaure unendlich, Ihnen das am Telefon mitteilen zu müssen. Aber ich wollte, dass Sie es gleich erfahren …«

Er hielt inne, schien sich erst wieder fassen zu müssen.

»Philipp«, flüsterte Malou, die bei den Worten des Arztes an einen dunklen Wintermorgen vor zwei Jahren zurückdenken musste, an dem sie im selben Zimmer schon einmal eine schreckliche Botschaft erhalten hatte. »Er ist doch nicht …«

»Leider ja. Ihr Mann ist vor einer Viertelstunde verstorben. Unser gesamtes Team hat alles Menschenmögliche versucht, um ihn zu retten, darauf gebe ich Ihnen mein Wort. Aber die Sepsis war schon zu weit fortgeschritten. Mein herzliches Beileid – und das meiner Kollegen.«

Malou legte auf.

Ging zur Balkontür, riss sie auf, weil sie plötzlich Angst hatte, zu ersticken.

Und begann laut zu schreien.

*

Alles war noch ganz frisch.

Der Schock über Philipps plötzlichen Tod.

Die bodenlose Trauer, als Malou sich von ihm in der Krankenhauskapelle, wo man ihn aufgebahrt hatte, verabschieden musste. Die Begräbnisvorbereitungen, die sie nur mithilfe des Feen-Trios überhaupt durchgestanden hatte.

Und dann schließlich der rabenschwarze Tag seiner Beisetzung auf jenem Friedhof, auf dem auch Freddy lag …

Doch wie anders war alles bei Philipp!

Keine eisige Kälte, sondern ein sonniger Frühlingstag, der fast schon sommerlich wirkte. Die Luft war lau, Vögel zwitscherten, und Malou hatte, so schwer es ihr persönlich auch fiel, die Trauergemeinde gebeten, farbig gekleidet zu erscheinen, weil Philipp Schwarz nicht gemocht hatte.

Alle hatten sich daran gehalten, selbst ihre Eltern, die sich als Kompromiss für ein schlichtes Dunkelblau entschieden hatten. Sie selbst trug Grün, jenes helle, fröhliche Mint, das Philipp so an ihr geliebt hatte. So war es eine für diesen Ort ungewohnt bunte Schar, die sich in der Aussegnungshalle versammelt hatte, um Abschied von Philipp Prinz zu nehmen. Onkel Julius, zutiefst entsetzt über Philipps plötzlichen Tod, hatte trotz seines angegriffenen Allgemeinzustands darauf bestanden, an der Beisetzung teilzunehmen, doch jeder sah an seiner Blässe und den zitternden Händen, wie viel ihn das kostete. Agnes Federl, die seinen Rollstuhl schob, flüsterte ihm immer wieder aufmunternd zu, ebenso wie Malous Eltern, sonst hätte er den Vormittag möglicherweise gar nicht durchgestanden. Die *Tag*-Redaktion war geschlossen erschienen, mit Ausnahme des Verlegers, der schriftlich kondoliert hatte. Eine Erleichterung für Malou. Winkler und ihre Eltern zusammen beim Begräbnis – das wäre einfach zu viel gewesen …

Kein Pfarrer mit salbungsvollen Sprüchen trat ans Pult, sondern es war Samy, der in kurzen, liebevoll-prägnanten Sätzen den Toten würdigte, der ihm ein lieber Freund geworden war.

»Ich durfte anwesend sein, als deine Frau euer Kind zur Welt gebracht hat«, endete er seine Rede, »und gelobe hiermit, Leonie als Pate ein Leben lang beizustehen.«

Alle weinten. Malou konnte kaum noch atmen, so heftig flossen ihre Tränen.

Vom Band lief *Crying Time* von Ray Charles, den Philipp sehr geschätzt hatte. Dann trat Ella ans Pult.

»Warst ein verdammt feiner Kerl, Philipp Prinz«, sagte sie. »Das wusste ich vom ersten Moment an, als ich dich im

Verlag gesehen habe. Die schwarze Titelseite unserer Sonderausgabe anlässlich des Attentats auf J. F. Kennedy, die dem *Tag* im November 1963 nah und fern so großes Renommee eingebracht hat, verdanken wir dir. Unser Verleger hatte dir angeboten, für unser Blatt zu arbeiten – doch du hast dich dagegen entschieden und bist eigene Wege gegangen. Wie bei allem in deinem Leben. Zum Glück haben sie dich zu Malou geführt, deiner Frau und Gefährtin, die dir ein wunderbares Kind geschenkt hat: unsere kleine Leonie. Ich sage ausdrücklich *unsere*, weil sie nach deinem Tod zwar keinen Papa mehr hat, aber nicht allein sein wird. Adrienne, Roxy und meine Wenigkeit bewachen und beschützen dieses Kind in deinem Namen, darauf kannst du dich verlassen, lieber Philipp!«

Noch mehr Taschentücher wurden gezückt. Malou nickte der Rednerin voller Rührung zu.

Dann trat Adrienne, ganz in Weiß, ans Pult.

»Es gibt nur wenige Künstlerinnen, die ich so schätze und verehre wie die Mexikanerin Frida Kahlo«, begann sie. »Eine Eisenstange hat sie bei einem Unfall gepfählt, als sie ein Teenager war. Aus diesem Schmerz heraus erwuchs ihre sagenhafte Kreativität. Ich weiß nicht, ob du ihr Schaffen auch verfolgt und geliebt hast, lieber Philipp, aber frei sein, das wolltest auch du. So möchte ich dir auf deiner letzten Reise diesen Spruch mitgeben, den man Frida Kahlo zuschreibt: *Füße, wofür brauche ich euch, wenn ich Flügel zum Fliegen habe?*«

Der nächste Song hob an – *Summertime*, interpretiert von Louis Armstrongs Trompete, gesungen von Ella Fitzgerald.

Sein Lied. *Ihr* Lied.

Bei der dritten Strophe setzte Armstrongs unverwechselbare Stimme ein.

Du wirst die Flügel ausbreiten und zum Himmel fliegen, sang er auf Englisch. *Und nichts wird dich mehr aufhalten …*

Malou umklammerte den Griff des Kinderwagens, sonst hätte der Schmerz sie weggespült.

Zwei junge Musiker setzten mit ihren Saxofonen den Song fort, während die Türen der Aussegnungshalle sich öffneten, und begleiteten damit die Trauergemeinde auf dem Weg zum Grab.

»Jetzt fliegt er«, sagte Samy, der als liebevoller Wächter neben Malou ging, falls die Kräfte sie plötzlich verlassen sollten. »Philipp ist frei …«

VIER

Frühling/Sommer 1966

Das Haus in der Dorfmitte mit der dunkelrot gestrichenen Frontseite war Malou schon beim Vorbeifahren aufgefallen. Im Vorgarten standen zahlreiche Tonskulpturen und farbenprächtige Rosenkugeln, die auf Käufer warteten. Hier lebte die Töpferin Anna Hohenleitner zusammen mit ihrem zweijährigen Söhnchen Ludwig. Anna war die Erste gewesen, die Malou in Iffeldorf willkommen geheißen hatte. Freundlich und ganz selbstverständlich hatte sie ihnen in dem alten Bauernhof, der für die nächsten Monate ihr Zuhause sein würde, einen kurzen Besuch abgestattet. Da waren die Kisten noch nicht ausgepackt, die Schwiegervater Norbert Prinz mit einem Kleintransporter von München hierher transportiert hatte.

»Ihr zwei zieht hier ein?«, fragte Anna, nachdem sie sich vorgestellt hatte, und ihr Blick glitt von Malou zum Kinderwagen, in dem Leonie schlief. »Nur ihr zwei?«

»Ja. Mein Mann ist vor Kurzem gestorben.« Sie konnte es niemals sagen, ohne dass ihre Augen dabei nass wurden.

»Mein allerherzlichstes Beileid!«, sagte Anna sofort. »Ludwig und ich sind auch zu zweit, aber das hat andere Gründe. Ein feiner Pinkel aus München ist sein Papa, dem ich zum Amüsieren gut genug war, zu mehr allerdings hat's dann nicht gereicht.« Sie streichelte den weißblonden Schopf ihres

Sohnes. »Wir kommen auch so zurecht. Und das werdet ihr sicherlich auch. Aber zupackende Hilfe kann niemals schaden. Falls ihr welche braucht, mal aufs Kind aufpassen zum Beispiel – im roten Haus findet ihr uns«, erklärte sie. »Wir Mütter müssen doch zusammenhalten!«

»Das hört sich sehr gut an«, erwiderte Malou erfreut.

Der kleine Ludwig war zum Kinderwagen gelaufen und patschte nach Leonies Füßchen.

»Sanft, Ludwig, ganz vorsichtig«, mahnte seine Mutter. »Sei lieb zu ihr!«

»Baby«, rief er entzückt. »Baby!«

»Er ist ganz verrückt nach Babys«, erklärte Anna. »Manche will er so stürmisch liebhaben, dass die Bäuerinnen Angst bekommen und ihn wegscheuchen. Für die ist mein Bub nichts als ein bedauernswerter Bastard. Unehelich – allein das zählt. Die Leute hier sind ganz schön verbohrt und glauben nur, was man ihnen von der Kanzel predigt. Da beten sie in der Dorfkirche zum heiligen Vitus, dem siedendes Öl nichts anhaben konnte, und behandeln eine junge Mutter und ihr Kind wie Aussätzige, nur weil ein Trauring fehlt! Aber wir zwei werden es dieser Bagage schon noch zeigen, Ludwig. Denn für deine Mama bist du das Schönste und Allerliebste auf der ganzen Welt!«

Malou nickte zustimmend.

Die junge Frau gefiel ihr, und langsam war sie auch wieder in der Lage, die Unterstützung anderer nicht nur anzunehmen, sondern auch zu würdigen. So viele hatten sich zusammengetan, damit sie mit Leonie möglichst weich in Iffeldorf landen konnte: Onkel Julius, der seit Philipps Tod jeden Morgen anrief, um sie aufzumuntern. Das Feen-Trio, allen voran Ella, von der der Tipp mit dem Bauernhof stammte, den ihr

Biologenfreund Malou gern überlassen hatte. Ihre Eltern, die beim Packen geholfen hatten, selbstredend Samy, der Joker für alle Fälle, und sogar Schwiegervater Norbert, der plötzlich erstaunlich nette Seiten zeigte. Er war so lange mit ihr durch München gekurvt, bis sie sich endlich sicher am Steuer der Borgward Isabella fühlte, die hier auf dem Land als Transportmittel dringend nötig war.

Hier in Iffeldorf wollte Malou ein wenig Ruhe finden und die Zarah-Leander-Biografie schreiben, die Adrienne ihr vermittelt hatte.

Sie hatten sich gerade ein wenig eingelebt, als es plötzlich abends an der Tür klopfte.

Sicherlich Anna, dachte Malou. Mit den frischen Eiern, die sie mir heute Mittag versprochen hat.

Als sie öffnete, sah sie unvermutet Hans Wolfgang Winkler in lässiger Freizeitgarderobe vor sich stehen. Sie betrachtete ihn überrascht, und dabei fiel ihr zum ersten Mal auf, wie ähnlich er seinem Sohn Chris sah – Augen, Haare, sogar die Nasenform, alles nur eben ein Vierteljahrhundert älter.

Wieso hatte sie das nicht schon früher bemerkt?

Hätte ihr viele Albträume erspart …

Winkler räusperte sich. »Ich wollte unbedingt noch persönlich Beileid aussprechen, obwohl seit dem Todesfall schon fast vier Wochen vergangen sind. Das tut mir alles so unendlich leid, Frau Graf«, sagte er. »Darf ich näher treten?«

»Bitte sehr.«

Malou ging voraus, und er folgte ihr in die Bauernküche, die sie bis auf den Kühlschrank und einen neuen Telefonanschluss gänzlich unverändert gelassen hatte. Dort hatte sie gerade mit mäßigem Erfolg versucht, ein Käsebrot zu essen, aber wieder einmal nur die Hälfte davon geschafft. Seitdem Philipp tot war, schmeckte für sie alles nur noch nach Pappe. Eine geöffnete Rotweinflasche stand ebenfalls auf dem Tisch. Die Trauer hatte ihre Muttermilch versiegen lassen. Jetzt konnte Malou ab und zu wieder ein Glas Wein trinken, ohne ein schlechtes Gewissen haben zu müssen.

»Wie geht es Ihnen?«, fragte Winkler. »Müssen entsetzliche Wochen für Sie gewesen sein nach diesem Verlust. Ich habe Philipp Prinz ja leider kaum gekannt, doch mein Eindruck von ihm war hervorragend. Was für ein kreativer Kopf! Ich hätte ihn zu gern für unsere Redaktion gewonnen.«

»Ich habe überlebt«, sagte Malou knapp und schaute zu Leonies Wiegenkorb hinüber. »Ich weiß ja, wofür. Und ich hatte viele liebevolle Unterstützer, das hat sehr geholfen. Wenn Sie gekommen sind, um über den Verlag zu reden ….«

»Nein, nein«, unterbrach er sie. »Nichts Berufliches. Mein Besuch ist gänzlich privater Natur. Allerdings weiß ich plötzlich gar nicht mehr, wo ich anfangen soll«, sagte er, nachdem er auf der Eckbank Platz genommen hatte.

Was hatte ihn wohl zum Kommen bewogen, unangekündigt noch dazu, wie es eigentlich so gar nicht seine Art war?

Malou entschloss sich, endlich Klartext zu reden. Von seinem Ausweichen und Vertuschen hatte sie die Nase längst gründlich voll.

»In Schlesien vielleicht?«, ermunterte sie ihn, den Blick fest auf ihn gerichtet. Heute würde er ihr nicht entkommen. »Im Städtchen Brieg, bei einem jungen, unendlich verliebten Mädchen namens Karin Bednarz?«

»Karin«, sagte er, und es klang wie ein sehnsüchtiger Seufzer. »Was für ein wundervolles Mädchen. Ich habe sie wirklich sehr geliebt.«

»Eine andere aber offenbar mehr. Oder war es eher deren

Reichtum, der den Ausschlag gegeben hat, Ihr Versprechen zu brechen?«, fragte Malou herausfordernd.

»Aber so war es nicht!«, protestierte er. »Geld hat dabei keine Rolle gespielt.«

»Wie war es dann?«, fragte Malou.

Winkler senkte den Blick und schwieg lange. Erst nach einer ganzen Weile sagte er: »Ich war in Breslau auf einem Offizierslehrgang. Dort habe ich Eva kennengelernt. Erst war es nur ein unverbindlicher Flirt, nichts Ernstes, reiner Spaß und jugendliche Tändelei. Mein Herz war nach wie vor ganz bei Karin. Dann gab es einen Tanzabend, jemand hatte ein ganzes Fuderfass Moselwein aufgetan, wir haben gefeiert und getrunken – reichlich getrunken. Alle wurden immer ausgelassener und betrunkener. Dabei kamen Eva und ich uns näher …« Er klang, als sei er mit seinen Gedanken weit, weit weg. »Ich hatte alles schon fast wieder vergessen und war wie vom Donner gerührt, als sie mir ein paar Wochen später schrieb, dass sie von mir schwanger sei. Was sollte ich tun? Sie mit einem Kind sitzen lassen? Als angehender Offizier für mich zu jener Zeit unvorstellbar. Also habe ich in die Hochzeit eingewilligt …«

Seine Stimme klang plötzlich so rau, dass Malou ihm ein Glas Wasser hinschob.

Er dankte ihr mit einem stummen Nicken und leerte es durstig.

»Meine Mutter war ebenfalls schwanger«, sagte Malou nach einer Weile. »Mit mir.«

»Ja.« Er nickte. »Aber woher hätte ich das denn wissen sollen? Karin hat mir nie ein Wort davon gesagt«, fuhr er fort. »Und plötzlich war sie weg. Keiner wusste, wohin.«

»Wie hätte sie denn sonst reagieren sollen, nachdem sie das angeschlagene Aufgebot entdeckt hatte?« Malou war jetzt aufgesprungen. »Todunglücklich war sie, so verzweifelt, dass sie sogar Selbstmord in Erwägung gezogen hat. Zum Glück aber hat sie sich anders entschieden: für das Leben, für mich und für ihren Mann Theo, meinen wunderbaren Vater.«

Beim Letzteren war er leicht zusammengezuckt, worüber sie sich heimlich freute.

»Ich habe oft an Karin gedacht«, fuhr er fort. »An der Front, nach dem Krieg, als unsere Ehe immer schwieriger wurde, und auch als Eva dann so krank wurde und starb. Stets voller Sehnsucht und mit großen Schuldgefühlen. Ich hatte sie verlassen und damit unwiederbringlich verloren. Vielleicht habe ich mich später sogar in Camilla verliebt, weil sie mich vom Typ her in gewisser Weise an Karin erinnert hat. Wenn ich unserer Tochter Nathalie beim Aufwachsen zusehe, habe ich manchmal das Bild der blutjungen Karin vor mir, ganz schön verrückt, oder? Und als ich dann den Namen Bednarz in deinen Bewerbungsunterlagen gelesen habe, dachte ich, das Schicksal gibt mir vielleicht noch einmal die Chance, wenigstens etwas wiedergutzumachen. So eine große, kluge Tochter wie dich hatte ich mir immer gewünscht.«

»Aber da gibt es ja auch noch den Sohn«, sagte Malou. »Chris.« Ihre Stimme zitterte. Er hatte sie geduzt. Doch so weit war sie noch nicht.

»Ja und nein.« Jetzt hob er den Blick und sah ihr in die Augen. »Alles ist leider wesentlich komplizierter …«

»Was soll das heißen?«, bohrte Malou nach und ließ sich wieder auf ihren Stuhl sinken.

Kamen jetzt neue Ausflüchte?

»Lass es mich erklären.« Er legte die Hände auf den Tisch und holte tief Luft, bevor er weitersprach. »Christopher ist nicht mein leibliches Kind – doch das weiß niemand, nicht einmal er. All die Jahre habe ich ihn als Sohn großgezogen und liebe ihn trotz seiner Kapriolen von ganzem Herzen. Ich habe zwar an jenem feuchtfröhlichen Tanzabend damals in Breslau mit Eva geschlafen, aber wie sich später herausstellte, war sie gar nicht von mir schwanger. Dass sie sich mit mir eingelassen hat, hatte andere Gründe. Felix von der Gröben, so hieß der Mann, mit dem sie seit Monaten eine leidenschaftliche Affäre pflegte. Und er war mir im Aussehen zufällig ziemlich ähnlich. Manchmal wurden wir sogar für Brüder gehalten. Seine Eltern allerdings wollten von seiner ›Mesalliance‹, wie sie es nannten, mit einer Bürgerlichen nichts wissen. Zum Poussieren ja, zum Heiraten nein. Also brauchte Eva dringend einen anderen Vater für ihr Kind. Sie hat mich gezielt verführt. Wohl schon eine ganze Weile hatte sie mich beobachtet und war sich sicher, dass ich ein Mädchen in Schwierigkeiten nicht hängen lassen würde.«

»Und das ist wirklich wahr?« Malou starrte ihn ungläubig an.

»So wahr mir Gott helfe«, erwiderte er tiefernst.

In ihr arbeitete es.

Chris hatte keine Muttermale. Wenn es stimmte, was ihr Vater gerade erzählt hatte, *konnte* er gar keine haben. Sie waren nicht verwandt und hatten daher auch nichts Verbotenes getan – *falls* sie überhaupt etwas getan hatten …

»Eva hat es mir erst am Totenbett gestanden«, fuhr er fort. »Und mir gleichzeitig den Schwur abgenommen, es Chris niemals zu erzählen. Manchmal denke ich, diese Lüge hat ihr ganzes Leben vergiftet. Vielleicht ist sie deshalb krank geworden und so früh gestorben.«

Er sagte die Wahrheit. Sie fühlte es mit jeder Faser ihres Herzens. Wortlos schob sie ihm die Rotweinflasche hin.

Er goss sich ein und schob sie danach wieder zu ihr zurück.

»Dass du Karins Tochter sein musst, war mir bald klar. Aber woher sollte ich wissen, dass ich dein Vater bin? Gut, die Haarfarbe, der helle Teint, die Augen, deine Liebe zum Schreiben, das waren Indizien, die darauf hindeuteten, aber es konnte ja alles auch ebenso Zufall sein.«

»Zufall? Wohl kaum.«

Malou stand wieder auf, drehte sich langsam um und knöpfte ihre beige Strickjacke auf. Darunter trug sie nur ein Unterhemd, am Rücken weit genug ausgeschnitten, dass er alles zu sehen bekam, was notwendig war.

»Die Muttermale«, sagte sie. »Der Sternenschweif. Du hast sie mir vererbt. Ich habe sie auf deinem Rücken gesehen, als Nathalie dich auf der Party nass gespritzt hat und du das Hemd wechseln wolltest.« Jetzt duzte sie ihn auch. »Zuvor hatte ich bloß einen Verdacht, aber an jenem Tag ist es für mich zur Gewissheit geworden.« Sie knöpfte die Jacke zu und drehte sich wieder zu ihm um.

Jetzt war es an ihm, sie anzustarren.

»Deshalb bist du damals so schnell verschwunden! Aber du hast kein Wort gesagt. Die ganze Zeit über nicht.«

»Was hätte ich denn sagen sollen – vor allen Kollegen? Sind Sie mein Vater, Herr Winkler? Ich weiß es jetzt, aber Sie müssen nach einem Vierteljahrhundert auch endlich dazu stehen? Und was meint wohl Ihre Frau dazu? Ihre Tochter? Oder Ihr Sohn?« Beim letzten Wort hätte sie sich beinahe verschluckt.

Sie nahm erneut am Tisch Platz.

»Aber du *bist* meine Tochter, Malou, ganz eindeutig! Ich habe nun also drei Kinder – und eine kleine Enkelin …«

Wie auf Knopfdruck begann Leonie in ihrem Wiegenkorb loszukrähen. Hunger konnte es nicht sein, denn sie hatte gerade erst getrunken. Vielleicht hatte sie die angespannten Schwingungen zwischen den beiden Erwachsenen gespürt.

»Mein ganzes Leben lang war Theo Graf mein Vater«, sagte Malou, während sie zu Leonie ging, die Kleine aus dem Bettchen hob und auf den Arm nahm, um sie zu beruhigen. »Ich kenne keinen nobleren Mann als meinen Papa und war stets stolz darauf, sein Kind zu sein. Daran wird sich für mich nichts ändern – auch jetzt nicht.«

»Natürlich nicht!«, rief er. »Ich will doch nicht in eure Familie eingreifen – nichts läge mir ferner. Aber ich darf meine Tochter, die gerade ihren Mann verloren hat, doch väterlich unterstützen? Ich möchte nicht, dass du dir finanzielle Sorgen machen musst, Malou. Sag mir, wenn ich helfen kann. Ich bin jederzeit dazu bereit.«

»Nicht nötig«, erwiderte sie. »Ich komme ganz gut klar. Bis Ende Oktober habe ich wie abgesprochen unbezahlten Urlaub. In dieser Zeit lebe ich in Iffeldorf und schreibe die Zarah-Leander-Biografie, die Adrienne mir freundlicherweise vermittelt hat. Das Honorar ernährt uns in dieser Zeit, und was für mich das Wichtigste ist: Ich muss mein kleines Kind nicht viele Stunden lang in eine Krippe stecken, um arbeiten zu können.«

»Es wird auch so nicht ganz einfach sein«, sagte er. »Babys brauchen sehr viel Aufmerksamkeit. Was ist mit Karin? Könnte nicht sie die Kleine nehmen? Ich meine, als Großmutter …«

Malous Blick verriet, dass er sich auf gefährliches Terrain begeben hatte.

»Vielleicht später einmal. Jetzt ist Leonie dafür noch zu klein. Meine Eltern führen gemeinsam ein Geschäft und unterstützen mich, wo immer sie können, aber ich habe mein Kind nicht bekommen, um es nur abends beim Einschlafen zu küssen.« Ihr Tonfall wurde wieder sanfter. »Außerdem freue ich mich auf diese Arbeit. Bislang habe ich mit der Diva lediglich schriftlich verkehrt und ausführliche Telefonate geführt; übermorgen treffe ich sie endlich persönlich. Dann legen wir los.«

»Sie kommt hierher? Zarah Leander kommt nach Iffeldorf?«

»Das hat sie vor. Sie liebt das bayerische Voralpenland, ist bereits im Hotel Alte Post in Seeshaupt abgestiegen und wird mich zu einigen intensiven Arbeitssitzungen treffen.«

Leonie war wieder eingeschlafen, und Malou legte sie behutsam zurück in den Wiegenkorb.

»Meine Wohnung übernimmt in der Zwischenzeit Adrienne«, fuhr sie fort. »Sie wird es genießen, wie sie gesagt hat, eine Weile häuslich zu sein. Auch um unseren roten Kater kümmert sie sich. Monsieur Filou ist an seine Routen über die Schwabinger Dächer gewöhnt.«

»Die unstete Adrienne Riehl?«, fragte er nach. »Welch erstaunliche Wandlung! Sie muss dich sehr schätzen, um solch ein Opfer zu bringen …«

»Das ist kein Opfer für Adrienne. Sehr wohl aber ihr Angebot, bis Ende Oktober weiterhin die *Blitzlicht*-Seite zu betreuen. Wenn ich mir von dir etwas wünschen darf, dann das: Fall ihr dabei nicht in den Rücken, weil sie sich angeblich zu wenig bei den Promis anbiedert. Ich könnte mir keine würdigere Vertretung vorstellen, bis ich wieder zum *Tag* zurückkomme. Denn das möchte ich – falls mein Arbeitsplatz dann noch für mich bereitsteht.«

»Natürlich wird er das, zerbrich dir darüber bitte nicht den Kopf«, versicherte er.

»Dann bedanke ich mich schon mal im Voraus«, sagte sie. »Und bin sehr erleichtert.«

»Jede andere an deiner Stelle hätte sich jetzt Privilegien

herausgehandelt, du aber versuchst nichts davon. Weißt du, dass du mich immer wieder erstaunst, Malou? Alles bis ins Kleinste durchgeplant.«

»Das muss man doch auch, wenn man die alleinige Verantwortung für ein Kind trägt«, erwiderte sie ernst. »Leonie hat wunderbare Paten, für die ich sehr dankbar bin, aber nur noch einen Elternteil – mich.«

»Immerhin hat sie jetzt einen Großvater mehr …«

»Stopp!«, unterbrach sie ihn. »Das geht mir zu schnell. Über zwanzig Jahre hatte ich nicht die geringste Ahnung von deiner Existenz. Dass du nicht nur mein Chef, sondern auch mein leiblicher Vater bist – an diese Vorstellung muss ich mich erst noch gewöhnen.«

»Dann lassen wir im Verlag vorerst alles beim Alten?«

»Ich werde Samy, Adrienne und Ella informieren, meine Freunde«, sagte Malou. »Wie du es offiziell handhaben willst, ist deine Sache.«

»Wann sagst du es ihnen?«

»Sobald ich mich hier ein wenig eingelebt habe, werde ich ein Dankeschön-Essen für sie kochen.«

»Gibst du mir Bescheid, sobald der Termin fix ist, damit ich meine Ankündigung zeitlich anpassen kann?«

»Wenn du willst. Vor allem aber erwarte ich von dir, dass du ein ehrliches Gespräch mit meiner Mutter führst. Sie hat deinetwegen so sehr gelitten. Mama hat es verdient, endlich die Wahrheit zu erfahren.«

»Aber das mit Chris kann ich ihr nicht sagen. Das habe ich Eva geschworen. Du bist die Einzige, die es wissen darf.«

»Musst du auch nicht. Aber dass du Eva damals nur wegen ihrer Schwangerschaft geheiratet hast, sollte sie unbedingt erfahren – und zwar von dir.«

»Karin wird mich gar nicht anhören, so verletzt, wie sie ist. Was ich übrigens gut verstehen kann«, sagte er bedrückt. »Stolz, das war sie schon immer.«

»Höre ich da etwa neue Ausflüchte?« Plötzlich fühlte sich Malou wieder stark. »Dann musst du dir eben Mühe geben! Dir als Mann des Wortes wird schon was einfallen.«

Ihr Abschied fiel kurz aus.

Nach einer Umarmung stand Malou nicht der Sinn, obwohl sie in seinen Augen las, wie sehr er sich das gewünscht hätte. Und so gaben sie sich nur die Hand, einen Augenblick länger als üblich.

Als die Rücklichter seines Wagens in der Dunkelheit verschwunden waren, zog es Malou unwillkürlich in Richtung Telefon. Doch kurz davor hielt sie inne.

Endlich habe ich es hinter mir, dachte sie nicht ohne Stolz. Kein feiges Herumeiern mehr, sondern die Tatsachen klar auf den Tisch gebracht. Am liebsten hätte sie sofort Philipp angerufen und ihm alles erzählt.

Aber das konnte sie jetzt ja nicht mehr.

*

Es gab einiges Aufsehen, als der nachtblaue Mercedes S durch die Dorfstraße fuhr, den Kirchplatz hinter sich ließ und schließlich vor dem Bauernhof hielt, der ein Stück entfernt am Ortsrand lag.

Malou erwartete ihren Gast vor der Tür.

Zu Ehren von Zarah Leander hatte sie sich mit Rock, Bluse und passendem Westchen, alles in verschiedenen Blautönen, feiner gemacht als seit vielen Wochen.

Keine schlechte Idee, wie sie feststellte, als die Diva aus

dem Wagen stieg, stattlich gebaut und größer, als in Malous Vorstellungen. Zarah Leander trug ein tannengrünes Kleid mit üppigen Chiffonvolants, das auch für den Besuch einer noblen Cocktailbar nicht verkehrt gewesen wäre, und dazu eine dunkle Brille. Die Haare – noch immer tizianrot – waren zu einem beachtlichen Gebilde aufgetürmt, ob echt oder Perücke, ließ sich nicht so einfach feststellen.

Als sie zu lächeln begann, wirkte sie um Jahre jünger.

»Da sind Sie ja!«, rief sie, nahm die Brille ab und begann, temperamentvoll mit ihr zu wedeln. »Und so jung und hübsch – das gefällt mir!«

»Willkommen in Iffeldorf«, sagte Malou ebenfalls lächelnd. »Es ist mir eine große Ehre, mit Ihnen arbeiten zu dürfen, liebe Frau Leander!«

»Warten Sie ab, meine Liebe.« Ein schelmisches Grinsen. »Ich gelte nämlich nicht gerade als unkompliziert.« Sie sah sich nach dem grau melierten Mann um, der am Steuer gesessen hatte und nun ebenfalls ausgestiegen war. »Hast du die Platten, Arne? Sie soll doch hören, mit wem sie es zu tun hat!«

»Natürlich, Liebling.« Er streckte Malou eine große Plastiktüte entgegen. »Nur eine kleine Auswahl des umfangreichen Schaffens meiner Gattin. Bei Bedarf liefern wir nach. Aber wir wollten Sie nicht gleich überschütten …«

»Arne Hülphers, mein dritter und bester Ehemann«, stellte Zarah Leander ihn vor.

Malou hatte sich bereits mit dessen Biografie beschäftigt. Musikdirektor, Jazzmusiker, Swing-Interpret, 1955 geschieden von der Sängerin Greta Wassberg, Heirat mit Zarah Leander im Jahr darauf.

»Sehr erfreut, Herr Hülphers«, sagte Malou. »Dürfte ich Sie vielleicht auf eine Tasse Kaffee hereinbitten?«

»*Nej, nej* – ich möchte die Damen nicht stören und bin quasi schon wieder weg.« Sein Deutsch hörte sich leicht sperrig an. »Du rufst an, wenn ich dich wieder abholen soll?«

»Okay, mach ich. Hab einen feinen Nachmittag!« Zarah Leander wandte sich an Malou. »Und jetzt will ich als Erstes Ihre Kleine sehen. Ich liebe nämlich Kinder!«

Kaum drinnen angekommen, beugte sie sich über die Korbwiege.

»Was für ein bezaubernder Schatz! Sie sind doch das größte Glück auf Erden«, erklärte sie, sich rasch wieder aufrichtend. »Meinen Kindern zuliebe habe ich sogar auf eine Karriere in Hollywood verzichtet, obwohl Metro-Goldwyn-Mayer mich damals unbedingt haben wollte. Sechstausend Dollar pro Woche, das war wirklich kein Pappenstiel! Doch ein weiteres Land mit einer neuen Fremdsprache wollte ich ihnen nicht zumuten. Aber sicher sollten sie sein. Deshalb hab ich sie 1939 bei Kriegsausbruch auch nach Schweden gebracht – in unsere Heimat.«

Malou wusste, dass Göran und dessen Schwester Boel dort teure Internate besucht hatten, während ihre Mutter in Nazi-Deutschland weiterhin Filme drehte. Die beiden entstammten einer Muss-Ehe der damals gerade Zwanzigjährigen mit dem ebenfalls sehr jungen Schauspieler Nils Leander, die bereits nach fünf Jahren wieder geschieden worden war. Zarahs zweiter Ehemann war der Journalist Vidar Forsell, der auch als ihr Agent tätig war und die Kinder adoptierte.

»Sie haben doch die besprochenen Kassetten abgehört, die ich Ihnen vorab geschickt habe?«, fragte Zarah Leander, während sie auf der Eckbank, die Malou eigens für diesen Besuch mit Sitzkissen ausgestattet hatte, hin und her rutschte.

»Natürlich«, sagte Malou. »Und mir schon jede Menge

Notizen gemacht.« Sie warf ihrem Gast einen besorgten Blick zu, weil sie deren innere Unruhe spürte. »Sitzen Sie denn einigermaßen bequem? Ist halt alles sehr einfach hier …«

»Kein Problem. Ich bin bescheiden aufgewachsen, müssen Sie wissen. Rote Haare, Sommersprossen, riesengroß und dann auch noch kurzsichtig – potthässlich habe ich mich als Kind gefühlt. Wer hätte damals gedacht, dass jemals etwas aus mir werden würde?«

Das wusste Malou natürlich längst, die sich als Vorbereitung mit allen Informationen eingedeckt hatte, die über die Diva zu bekommen gewesen waren.

»Außerdem lieben wir Schweden die einfachen Dinge«, erklärte die Sängerin mit einer theaterreifen, ausschweifenden Geste. »Kaffee haben wir, ein Plattenspieler steht bereit, ein Kind schläft nebenan in der Wiege – was braucht der Mensch schon mehr?«

Die Diva war Malou sympathisch, das war schon einmal positiv. Auch wenn sie schon jetzt ahnte, dass Zarahs Wahrheit sich in einigem von dem unterscheiden würde, was man objektive Wahrheit nannte. Selbst wenn sie mehrmals betonte, keine Diva zu sein, war sie es eben doch – mit jedem Satz, mit jeder Geste. Malou fand es jedoch faszinierend, dass sie dabei nicht in das glatte, maskenhaft schöne Gesicht der UFA-Zeit schaute, sondern in eines, in das das Leben seine Spuren geschrieben hatte.

»Eine Garbo war ich übrigens nie«, trompetete Zarah Leander gerade mit ihrer tiefen Altstimme, als hätte sie Malous Gedanken erraten. »Alle waren sie damals wie verrückt auf der Suche nach einer neuen Garbo, dabei gab es die doch nur ein einziges Mal. Jeder Versuch, sie zu kopieren, musste einfach fehlschlagen. Nicht einmal mit der Dietrich haben sie das zustande gebracht, und wenn sie noch so raffiniert ausgeleuchtet wurde. Ich war immer die Leander – nicht mehr, aber auch nicht weniger.«

»*Yes, Sir!*«, sagte Malou spontan. »Eines Ihrer Lieder, das ich am liebsten mag. Ich finde, so sollte auch Ihre Biografie heißen.«

»Warum nicht?« Ihr Gegenüber schien ins Grübeln zu kommen. »Ja, gar keine schlechte Idee! Sie müssen wissen, ich war nämlich nie gut als Schauspielerin, konnte immer nur mich selbst darstellen, sonst ging es gewaltig in die Hose – wie bei diesem grauenhaften Streifen *Das Lied der Wüste*, den gedreht zu haben ich heute bitter bereue. Aber als Sängerin, da war und da bin ich einzigartig. So eine Stimme wie ich hat sonst keine: Alt, und das auch noch ausdrucksstark, nicht so ein kindlich piepsiger Sopran. Darum wollen mich die Menschen ja noch immer hören, und sie kaufen nach wie vor meine Schallplatten. Von denen leben wir – und nicht von den Millionen, die mir die UFA angeblich gezahlt hat.«

Sie fingerte Zigaretten und ein Feuerzeug aus der Handtasche. Eine edle silberne Zigarettenspitze folgte.

»Ich darf doch?«

Malous Blick glitt zur Korbwiege.

»Nicht so gern«, sagte sie dann mutig. »Ginge es meinem Baby zuliebe auch ohne?«

»Gut, dann legen wir eben kurze Rauchpausen im Freien ein.« Auf der Divenstirn standen plötzlich strenge Falten, und die Antwort hatte missmutig geklungen. »Wissen Sie, früher hat man um Kinder nicht so viel Tamtam gemacht. So habe ich es von meiner Mutter gelernt. Mathilda, so hieß sie, war das größte Rätsel meines Lebens: streng und starr, als ob sie ein Korsett trüge. Bloß keine Emotionen zeigen. Wahrscheinlich war es deshalb anfangs auch nicht ganz einfach für mich, mit meinen eigenen Kindern gut zurechtzukommen …«

Eine Pause entstand.

Dabei konnte Malou sie gut verstehen. Ihre eigene Mutter hatte auch ihr zeitlebens mehr als ein Rätsel aufgegeben, doch nun war nicht der richtige Zeitpunkt, um darüber nachzudenken. Jetzt ging es um die Diva und ihre noch ungeschriebene Biografie. Wenn sie sie nun vergrätzt hatte, würde sich die Leander womöglich sperren …

»Ich wollte wirklich nicht ungastlich sein«, sagte Malou deshalb freundlich. »Aber Leonie ist ein Frühchen, und in einigem spüre ich das noch immer. Deshalb passe ich auch ganz besonders gut auf sie auf.«

»Schon in Ordnung.« Die drohenden Wogen des Unmuts schienen sich wieder zu glätten. »Aber Cognac haben Sie, oder?«

Den hatte Malou. Sie hatte ihn sich von Adrienne, die über die Vorlieben und Gewohnheiten der Diva bestens informiert war, in einem teuren Feinkostladen besorgen lassen.

»Natürlich.«

Sie stand auf, holte die Flasche und zwei Gläser. Eines goss sie großzügig voll, das zweite bekam bloß ein Rinnsal ab.

»Dann *skål!* Auf gute Zusammenarbeit«, sagte die Leander. »Mögen die Musen uns gewogen sein.«

Sie prosteten sich zu.

Zarah Leander leerte ihr Glas in einem Zug, während Malou an ihrem nur nippte.

Danach begannen die Augen der Diva zu funkeln.

»Ich möchte, dass Sie einen Bestseller schreiben«, erklärte sie. »Das werden Sie doch. Versprochen?«

Der erste Nachmittag war gut gelaufen, besser als zunächst befürchtet, doch nachdem Arne Hülphers seine leicht schwankende Gattin wieder in den nachtblauen Mercedes verfrachtet hatte, brummte Malou der Schädel. Leonie hatte prima mitgespielt, nur einmal zwischendrin ihr Fläschchen und eine frische Windel erhalten, doch nun stand sie ganz im Mittelpunkt, bevor Malou sich später an die Schreibmaschine setzen würde, um sich an die ersten Sätze zu wagen.

Sie legte die Kleine in den Kinderwagen und schob sie hinaus ins Freie.

Diese herrlichen Maiabende, die scheinbar nicht enden wollten! Malou liebt sie noch mehr als den Sommer selbst, weil sie schon warm, aber eben noch nicht heiß waren, voller Versprechungen auf das, was noch kommen würde.

Bis zum großen Ostersee war es ihr heute zu weit, also lenkte sie ihre Schritte zunächst in Richtung Ortsmitte.

Vor ihrem roten Haus stand Anna, ins Gespräch mit einem bärtigen Mann vertieft.

»Und?«, fragte sie neugierig, als sie Malou erblickte. »Du kriegst vielleicht noblen Besuch! Das war doch eindeutig die Leander, oder? Meine Mama kennt alle ihre Filme!«

Malou lächelte.

»Gut erkannt. Und sie wird sogar wiederkommen, stell dir vor. Ich schreibe nämlich gerade die Geschichte ihres Lebens auf. Jedenfalls hoffe ich, dass mir das gelingt.«

»Hört sich spannend an«, sagte der Bärtige. »Dann sind Sie eine Schriftstellerin?«

»Journalistin«, erwiderte Malou. »Derzeit allerdings gerade gewissermaßen außer Dienst.« Sie deutete auf Leonie. »Der allerbeste Grund, um ein paar Monate aus der Verlagstretmühle auszusteigen.«

»Allerdings«, erwiderte er. »Aber ist so ein komplettes Buch nicht eigentlich die größere Herausforderung?«

»Jagen Sie mir jetzt bloß nicht noch mehr Angst ein – die habe ich nämlich bereits zur Genüge«, sagte Malou und lachte. »In der wundervollen Abgeschiedenheit meines neuen Domizils muss es einfach gelingen.«

»Willst du ihr nicht endlich verraten, wer du bist, Matthias?«, wandte sich Anna an den Mann neben ihr. Sie konnte sich das Lachen kaum noch verkneifen.

Doch der lächelte nur und schwieg.

»Kein anderer als dein Vermieter, Malou!«, erklärte die Töpferin nun an seiner Stelle. »Mein alter Freund Matthias Krieger, seines Zeichens Biologe, gerade frisch zurück aus den USA.«

»Aber ich habe doch mit Josephine Grandauer verhandelt«, sagte Malou. »Und das war definitiv eine Frau. Gerade kapiere ich gar nichts mehr!«

»Das ist seine Schwester, die Fini. Die übernimmt das immer, wenn ihr Bruder unterwegs ist. Hatte ich dir schon einmal erzählt. Hast du wahrscheinlich vergessen.«

»Dann sind Sie der Freund, den Ella Weiss erwähnt hat?« Jetzt sah sich Malou den Mann genauer an.

»Ganz genau.« Er grinste sie freundlich an. »Ella hat schon mehrmals Ferien auf meinem Hof gemacht. Eigentlich wollte ich ja erst im Winter zurückkommen, aber dann kam von der Münchner Universität ein Angebot, das ich einfach nicht ablehnen konnte.«

Blaue Augen, dachte Malou. Sehr blaue Augen, umgeben von jeder Menge sympathischer Lachfältchen. Ohne den dunklen Vollbart, in den sich schon eine Spur Silber mischte, hätte er sicherlich jünger ausgesehen.

»Aber wo wohnen Sie denn jetzt, wenn wir sozusagen Ihr Haus besetzt haben?«, fragte sie. »Oder wollen Sie, dass wir wieder ausziehen?«

»Keine Angst, er wohnt bei mir«, antwortete Anna. »Ich hab über den Winter die Räume über der Werkstatt ausbauen lassen. Absolut fremdenverkehrstauglich. Matthias ist sozusagen mein allererster Gast.«

Matthias lehnte sich kurz an Anna. »Und darauf freu ich mich«, sagte er. »Mit Mitte dreißig hat man definitiv nichts mehr im ehemaligen Elternhaus verloren.«

Waren die beiden ein Paar?

Er hatte sich jetzt wieder von Anna gelöst und stand lässig und selbstbewusst im warmen Licht der sinkenden Sonne.

Erst vor ein paar Tagen hatte Malou zu Anna gesagt, dass man die Hoffnung niemals aufgeben solle. War Anna vielleicht gerade dabei, diesen Rat in die Praxis umzusetzen?

»Außerdem hatte ich Sehnsucht nach diesem schönen Fleckchen Erde«, fuhr Matthias fort. »Im Sommer sind die Osterseen einfach umwerfend – das werden Sie auch noch erleben.« Das hatte Malou gegolten. »Vorausgesetzt, Sie schaffen es vor lauter Schreiberei überhaupt aus dem Haus.«

»Das werde ich«, versprach Malou. »Allein schon wegen Leonie. Immer wenn sie an der frischen Luft war, hat sie mehr Appetit. Sie ist noch so ein zarter kleiner Spatz und darf ruhig einiges an Gewicht zulegen.«

Er schmunzelte. »Falls Sie dabei einen Naturführer brauchen sollten – fragen Sie mich einfach.«

»Fiegen, Thias«, quengelte Ludwig. »Fiegen!«

Matthias Krieger sah lächelnd auf den kleinen Ludwig hinunter. Dann packte er eine Kinderhand und einen Kinderfuß, und ab ging die Post. Ludwig quietschte vor Vergnügen, während er sanft durch die Luft segelte, bis er schließlich wieder behutsam auf seine nackten Füßchen gestellt wurde.

»Wieda!«, forderte er ungeduldig.

»Nix da, für heute ist Schluss, du Schlingel«, sagte Anna resolut. »Sonst kommt am Ende noch dein ganzes Abendessen wieder raus.« Sie wandte sich an Malou. »An deiner Stelle würde ich mir sein Angebot nicht entgehen lassen. Matthias kennt hier jede Pflanze und jedes Getier. Mit ihm lernt man erst richtig sehen. Kann wirklich aufregend sein.«

Schwang da etwa noch Ungesagtes mit?

Warum auch nicht. Die junge Töpferin hätte garantiert nichts gegen einen sympathischen Wissenschaftler an ihrer Seite einzuwenden, der auch noch die Vaterrolle für den kleinen Ludwig übernehmen würde. Jetzt wirkten die beiden zwar wieder ganz entspannt, wie »alte Freunde« eben, doch Malou nahm sich vor, trotzdem besonders vorsichtig im Umgang mit dem Biologen zu sein.

Nicht dass Anna noch eifersüchtig wurde!

»Mal sehen«, sagte sie. »Aber jetzt steht erst einmal die Arbeit am Text für mich an allererster Stelle. Also, dann noch einen schönen Abend!«

Der Himmel färbte sich schon rötlich, als sie den kleinen Fohnsee erreichten. Schilf wogte im Abendwind; ein paar Enten zogen auf dem Wasser ihre ruhigen Bahnen. Alles war so friedlich, dass auch Malou innerlich ganz ruhig wurde. Wäre sie jetzt mit Philipp unterwegs, hätten sie vermutlich zusammen auf der Terrasse der Waldwirtschaft Campari Orange getrunken und dabei zugesehen, wie die Sonne hinter den Bäumen verschwand.

So aber kniete sich Malou spontan neben den Kinderwagen.

»Wir werden es diesen Sommer ganz schön hier haben, du

und ich«, sagte sie, während Leonie sie aufmerksam mit den großen graugrünen Augen ansah, die sie von ihrem Vater geerbt hatte. Selbst Philipps leicht skeptischen Ausdruck glaubte Malou manchmal bereits in dem kindlichen Blick zu erkennen. »Das verspreche ich dir, mein Schatz. Schließlich haben wir ja uns. Und das ist sehr, sehr viel.«

Leonie gluckste. Malou stand wieder auf und klaubte sich die Kiefernadeln von ihren nackten Knien.

Auf dem Rückweg schob sie den Kinderwagen ein wenig schneller, weil sie es plötzlich eilig hatte, nach Hause zu kommen. Sie musste mit der Biografie beginnen. Je besser sie damit vorankam, desto mehr Zeit würde ihr für Leonie bleiben.

Vor dem roten Haus im Ortskern stand seit ein paar Tagen eine Holzbank, und die war heute Abend plötzlich nicht mehr leer. Anna saß darauf, und neben ihr Matthias Krieger. Beide lachten und schienen bester Stimmung. Er hielt seinen rechten Arm lässig auf der Lehne ausgestreckt – oder hatte er ihn nicht vielmehr dezent um Annas Schultern gelegt?

Es war schon zu dämmrig, um es genau erkennen zu können.

»Abend!«, rief Anna fröhlich, als Malou an ihnen vorbeikam, und auch Matthias echote: »Abend.«

Malou nickte und lächelte zurück, fühlte sich aber plötzlich sehr allein.

Es wurde besser, nachdem sie Leonie gefüttert, gewickelt und für die Nacht fertig gemacht hatte. Danach setzte sie sich an die Schreibmaschine, neben sich eine Tasse Earl Grey.

Auf dem Plattenteller drehte sich die neueste LP der Künstlerin. *The Best of Zarah Leander*, so lautete der Titel. Evergreens, die das Publikum bis heute liebte.

Natürlich war Malou mit *Yes, Sir!,* ihrem Lieblingslied gestartet. Sie legte die Finger auf die Tasten und sah noch einmal zur Korbwiege, wo alles ruhig war. Die Kleine schlief. Die tiefe, selbstbewusste Altstimme, die den kleinen Raum erfüllte, schien sie nicht zu stören.

Und dann begann Malou zu schreiben.

> Ihre Mutter Mathilda war das größte Rätsel ihres Lebens. Vielleicht lag es daran, dass sie eine Frau vom alten Schlag war, eine Frau, die sich stark machen musste, die Kraft mit Schroffheit verwechselte und diese Kraft wie ein hochgeschlossenes Korsett trug ...

*

Die Besucher aus München hatten sich keinen ganz idealen Termin für ihr Kommen ausgesucht. Die letzten Tage waren strahlend und wolkenlos gewesen, heute jedoch fiel schon seit den Morgenstunden Landregen, und über den Osterseen lag weißer Nebel. Eigentlich hatte Malou die Freunde draußen im Gärtchen bewirten wollen, unter dem alten Zwetschgenbaum, wo man so gemütlich saß. Sie hatte sich extra einen Campingtisch von Anna geborgt; Stühle fanden sich im Haus genug, wenngleich jeder anders ausfiel.

Und nun draußen nichts als Nässe, wohin sie auch schaute!

Half nichts, dann musste sie eben ihren Arbeitsplatz für einen Abend räumen und Schreibmaschine sowie die ganzen Notizen in die Speisekammer verfrachten, von wo sie später wieder erlöst werden würden.

Sie deckte den Tisch in der Bauernküche mit dem derben bräunlichen Tongeschirr ein, das sie dort vorgefunden hatte. Nur die Weingläser stammten aus München – ein

Hochzeitsgeschenk von Agnes Federl und dementsprechend geschmackvoll gewählt. Dazu kam ein duftiger Sommerblumenstrauß in die Tischmitte.

Eine Zauberin am Herd war Malou noch immer nicht, ihr bunter Salat mit einer Kräutermischung aus den hauseigenen Tontöpfen konnte sich jedoch sehen lassen. Sie hoffte, dass ihr das Hauptgericht ebenfalls halbwegs gelingen würde, ein Rezept von Philipp, das er quasi im Schlaf beherrscht hatte. Für alle Fälle gab es zum Dessert Erdbeerschaum, der hoffentlich alle Gaumen wieder versöhnte.

Eigentlich war das Essen ja gar nicht so wichtig, versuchte sie sich zu beruhigen. Kam doch viel mehr auf ihren guten Willen an, und darauf, wieder einmal gemütlich zusammenzusitzen. Allerdings konnte es bei den Eröffnungen, die sie heute vorhatte, sicherlich nicht schaden, wenn ihre Gäste etwas im Magen hatten …

Jetzt wurde sie langsam doch nervös.

Am Vormittag hatte sie ihren Vater – inzwischen konnte sie ihn für sich so nennen, wenngleich sie noch nicht bereit war, ihn auch so anzusprechen – im Verlag angerufen.

»Heute also kommen sie schon zu dir«, hatte er gemurmelt, als sie ihm den abendlichen Besuch angekündigt hatte. »Dann weiß ich ja, was ich morgen in der Redaktionskonferenz zu tun habe.« Er räusperte sich. »Das mit Chris behältst du aber bitte für dich. Versprochen?«

»Versprochen«, erwiderte Malou, obwohl sie spürte, wie schwer ihr gerade das fiel. »Mit deiner Familie hast du noch nicht geredet?«

»Das steht dann ebenfalls für heute Abend auf dem Programm. Eigentlich wollte ich ja abwarten, bis auch Chris wieder zurück ist. Er hat sich gestern aus Sizilien gemeldet;

offenbar hat er noch eine ausführliche Foto-Tour den italienischen Stiefel hinauf vor, es kann also dauern, bis er wieder in München einläuft. Aber wenn die Redaktion informiert ist, muss es eben früher sein.«

»Und was ist mit meiner Mutter?«

Malou kannte die Antwort, sonst hätte ihre Mutter ihr garantiert davon erzählt.

»Ich habe Karin mehrmals angerufen und um ein Gespräch gebeten, aber sie hat jedes Mal ganz schnell wieder aufgelegt, ohne mich richtig ausreden zu lassen. Ob du nicht vielleicht einmal bei ihr um gut Wetter für mich bit…«

»Nein«, unterbrach ihn Malou. »Das ist eine Angelegenheit zwischen dir und ihr, in die ich mich nicht einmische. Wenn sie dich partout nicht sprechen will, dann schreib ihr doch. Aber die Wahrheit muss sie endlich erfahren …«

Leonie schien Malous Unruhe zu spüren, denn sie strampelte und brabbelte vor sich hin, anstatt wie sonst zu dieser Zeit zu schlafen. Noch war sie gut gelaunt, doch das konnte jeden Moment kippen. Also nahm Malou die Kleine aus der Korbwiege und ging mit ihr in der Küche auf und ab.

»Gäste kommen«, sang sie leise dabei. »Lauter nette Paten, die dich alle so liebhaben …«

Ein Klopfen rief sie an die Tür.

Samy grinste ihr entgegen, nachdem sie geöffnet hatte, einen Karton mit Rotweinflaschen unter dem Arm. Neben ihm stand Roxy in einem pinkfarbenen Regenmantel.

»Dieser Kerl fährt ja mindestens so tollkühn wie Jochen Rindt«, sagte sie. »Dass du das bisher überlebt hast, Malou!«

»Und ganz gut noch dazu, stell dir vor.« Malou küsste erst Roxy zur Begrüßung, danach ihn. »Unsere gemeinsamen Fahrten fehlen mir, lieber Samy!«

»Frag mich mal«, erwiderte er seufzend, stellte seinen Karton ab und streckte die Hände nach Leonie aus. »Adrienne ist eine prima Kollegin – aber keine Malou. Ja, wo ist sie denn, unsere kleine Prinzessin?«

Die Kleine lachte ihn an und ließ sich ohne Protest sanft hin und her wiegen.

»Und richtig groß ist sie geworden!«, fuhr Samy sichtlich hingerissen fort. »Und immer noch hübscher ...«

»Und immer noch munterer.« Malou lächelte leicht gequält. »Wer hat eigentlich das Märchen aufgebracht, dass Babys ständig schlafen? Meine Tochter tut es jedenfalls nicht.«

»Sie wird bald die ersten Zähnchen kriegen«, sagte Roxy. »Das kann ganz schön wehtun. Aber nicht, wenn du ihr das hier umhängst.«

Sie reichte Malou eine Kette aus gelben und braunen Perlen, an der ein Schnuller befestigt war.

»Was ist das?«, fragte Malou.

»Siehst du das denn nicht?« Inzwischen hatte Samy Leonie an Roxy übergeben, die sich auch in diesen Armen wohlzufühlen schien. »Bernstein, selbstredend echter! Seine Säure dringt in die Blutbahn ein und sorgt dafür, dass sich die Schmerzen beim Zahnen enorm verringern ...«

»In die Blutbahn?« Malou schüttelte sich. »Das hört sich ja richtig widerlich an!«

»Mein Bernstein ist kein bisschen widerlich, du Ignorantin, sondern im Gegenteil äußerst hilfreich!«, ereiferte sich Roxy. »Ein altes Zaubermittel. Damit haben schon die Menschen des Mittelalters ihre Kinder unterstützt. Probier es aus, dann wirst du schon sehen, wie schlau sie waren. Leonie darf sie natürlich nur tragen, wenn sie wach ist. Reinigen kannst du die Kette übrigens ganz einfach mit warmem Wasser.«

»Mal sehen«, sagte Malou, noch immer reichlich skeptisch. »Woher hast du das denn mit dem Bernstein? Aus einem Frauenjournal?«

»Nein, das hat Joe mir empfohlen«, erwiderte Roxy. »Bei seinem großen Sohn hat es damals sehr geholfen.« Die Kleine trug die Kette inzwischen um den Hals. »Und schau doch nur, wie hübsch sie damit aussieht!«

»Ach, Kinder hat er also plötzlich auch noch?«, setzte Malou nach. »Nimm es mir bitte nicht übel, aber bei deinen Kerlen bin ich irgendwie immer skeptisch.«

»Das ist doch wirklich Schnee von gestern!« Roxy reckte sich und wirkte plötzlich größer. »Wann begreifst du endlich, dass mein Leben nun anders aussieht? Es gibt zwei Söhne, zweiundzwanzig und neunzehn Jahre alt. Joe hat mir gleich beim zweiten Date von ihnen erzählt. Die beiden leben bei ihrer Mutter in L. A., besuchen dort die Uni und müssen ganz prima Jungs sein. Auf unserer Hochzeitsreise werden wir sie besuchen.«

»Du heiratest?«, fragte Malou überrascht.

»Hättest du nicht gedacht, was? Ja, wir heiraten. Nächstes Jahr im August ist es so weit. Muss ja nicht unbedingt immer schneien, wenn ein Paar die Ringe tauscht, oder?« Sie grinste schelmisch.

»Seitenhieb angekommen.« Malou grinste zurück. »Dann gratuliere ich schon mal vorab herzlichst! Und kennenlernen will ich deinen Liebsten endlich auch. Findest du nicht, dass das langsam überfällig ist?

»Stimmt«, sagte Roxy. »Nicht ganz einfach allerdings, wo du jetzt so weit ab vom Schuss wohnst und Joe immer bis tief in die Nacht im Studio arbeitet. Aber wir werden schon eine Gelegenheit finden.« Sie reichte ihr Leonie zurück. »Untenrum fühlt sie sich plötzlich ziemlich feucht an. Ich fürchte, du musst sie schnell mal trockenlegen.«

»In Ordnung, werden wir gleich haben. Samy, machst du inzwischen bitte schon mal den Wein auf?«, bat Malou.

Eine halbe Stunde später kamen auch Ella und Adrienne an. Letztere spazierte schwer beladen in die Bauernküche und zog zwei Cognacflaschen aus ihrer riesigen Beuteltasche.

»Nachschub«, erklärte sie mit ihrem unverwechselbar spitzbübischen Lächeln. »Ein gut informiertes Vögelchen hat mir gezwitschert, dass unsere Diva ganz schön durstig ist. Kommt ihr beide gut voran?«

»Das tun wir«, versicherte Malou. »Die ersten fünfzig Seiten stehen. Aber Cognac wird beim Weiterkommen definitiv helfen. Frau Leander hatte sich schon beschwert, dass ich nur noch so geizig einschenke.« Sie äugte zu dem anderen Korb, den ein Tuch verdeckte. »Das ist doch nicht etwa …«

»Doch«, sagte Adrienne, zog das Tuch weg und öffnete die Klappe. »Er wollte es so.«

Der rote Kater sprang mit einem Satz heraus, rannte zu Malou und schmiegte sich an ihr Knie. Danach stolzierte er zum Wiegenkorb, in den sie gerade Leonie zurückgelegt hatte, und sprang mit einem kühnen Satz hinein.

»Darf er das denn?« Samy, sein Weinglas in der Hand, wirkte leicht entsetzt.

»Das hat er von Leonies ersten Tagen an getan«, versicherte Malou. »Ganz vorsichtig, als wüsste er genau, wie zart sie noch war. Und jetzt schaut doch nur mal!« Alle beugten sich über den Wiegenkorb. Leonie lag vergnügt glucksend auf dem Rücken und betatschte mit ihren Fingerchen das rote Fell. Der Kater neben ihr schnurrte behaglich. »Die reinste Minne! Da haben sich zwei offenbar schwer vermisst.«

»Ich habe alles versucht, aber Monsieur Filou wurde von Tag zu Tag immer trauriger«, sagte Adrienne. »Zum Schluss konnte ich ihn nicht einmal mehr mit seinem Lieblingsfutter locken. Bevor er mir noch aus Kummer eingeht, habe ich ihn lieber hergebracht. Ich besitze wohl doch eher kein Talent als Tiersitterin, sorry, liebe Malou. Dafür hege und pflege ich deine *Blitzlicht*-Seite, dass es eine wahre Freude ist …«

»Darüber will ich gleich alles erfahren«, sagte Malou. »Aber zuerst setzt ihr euch an den Tisch. Fangt bitte schon mal mit dem Salat an. Der Rest folgt gleich. Ich hab mir da nämlich was Spezielles für euch ausgedacht: Spaghetti Carbonara …«

Sie scheiterte leider auf der ganzen Linie.

Die Nudeln, bei Philipp stets *al dente,* waren bei ihr total zerkocht. Den Speck, mittlerweile so dunkel wie Autoreifen, hatte sie zu lange in der Pfanne brutzeln lassen. Aus den verquirlten Dottern hatte sich eine Art festes Rührei gebildet. Und als Malou zuletzt den geriebenen Käse unterheben wollte, erstarrte alles zu einer gelblichen, betonharten Masse.

»Das kann niemand essen. Beim besten Willen nicht.« Malou war den Tränen nah. »Was setze ich euch denn nun vor? Ich hab nur noch Bauernbrot und Griebenschmalz im Haus …«

»Großartig!«, rief Samy, und die anderen stimmten ein. »Die beste Grundlage für rassigen Rotwein!«

»Ich muss dir noch kurz von meinen letzten Interviews erzählen«, sagte Adrienne, nachdem sie mit sichtlichem Genuss eine riesengroße Schmalzschnitte verzehrt hatte. »Das mit den Beatles kam schon mal nicht zustande. Brian Epstein, der Manager, hatte derart unverschämte Forderungen, da hab ich Nein gesagt. Aber bei ihrem Konzert im Circus Krone war ich natürlich.«

»Und?«, fragte Malou. »War es so gut wie das von den Rolling Stones?«

»Soweit ich hören konnte – ja. Aber anders. Die spielen viel melodischer und wirken irgendwie netter. Fast wie die Schwiegersöhne von nebenan. Viel allerdings war es nicht, was ich von der Musik mitbekommen habe, so hysterisch haben die weiblichen Fans gekreischt. Ich hatte noch Tage danach Ohrensausen.«

Samy grinste.

»Ich fand die Songs toll. Und nett – na ja. Ich glaube, die Pilzfrisuren, die adretten Anzüge, das ist alles nur Show. Das sind knallharte Jungs, die genau wissen, was man tun muss, um bei den Teenagern anzukommen. Ich hab ein paar gute Fotos geschossen – man weiß ja nie, wofür das mal gut sein kann.«

»Mit Udo Jürgens hat es dann ja nach zahllosen Anläufen auch endlich geklappt«, erzählte Adrienne weiter. »Der Mann ist Musik pur, vom Scheitel bis zur Sohle, äußerst begabt, aber total unsicher. Er hat während unseres Gesprächs so herumgehampelt, dass auch ich ganz nervös geworden bin.«

»Wo sie recht hat, hat sie recht«, lautete Samys Kommentar. »Ich musste mich richtig konzentrieren, um nicht alle Fotos zu verwackeln. Erst als diese beiden Teenager durch die Hotelhalle geschlendert sind – wie alt mochten sie wohl gewesen sein? Sechzehn, maximal siebzehn –, bekam er wieder Boden unter den Füßen. Man konnte richtig dabei zusehen, wie sein Jagdtrieb erwachte. Wurde dann sicherlich noch ein äußerst geselliger Abend. Dabei warten auf ihn zu Hause eine bildhübsche Frau und ein kleiner Sohn …«

»Wir sind Journalisten, Samy«, mahnte Adrienne, »und keine Moralwächter. Das sollen bitte andere Herrschaften übernehmen. Jürgens hat so hart auf seinen Erfolg hingearbeitet. Lass ihn jetzt doch die Früchte des Ruhms ein wenig genießen.«

»Ich weiß, du praktizierst dein Beziehungsleben anders, liebe Adrienne, aber ein gewisser Bodensatz an Moral könnte auch im Showbiz ganz nützlich sein«, kommentierte Ella. »Viele Stars nutzen diese sogenannten ›modernen Zeiten‹, um endlich das auszuleben, wovon sie schon immer heimlich geträumt haben. Ob das auf Dauer gut gehen wird? Ich habe da so meine Zweifel …«

»Streitet euch nicht«, sagte Samy. »Erzähl Malou lieber von diesem Drafi Deutscher. Der ist ja vielleicht ein putziges Kerlchen!«

»Und ein erfolgreiches noch dazu«, ergänzte Adrienne. »Nach eigenen Angaben entstammt er der Musikerfamilie Kálmán, will ein Großneffe des berühmten Operettenkomponisten Emmerich Kálmán sein. Er tritt auf, seitdem er elf ist, hat unter anderem Cliff Richard gecovert und mit *Marmor, Stein und Eisen bricht* nicht nur die Charts gestürmt, sondern offenbar auch das Herz des Chefs erobert. Niemals im Leben hätte ich gedacht, dass der Drafi Deutscher hört, aber er tut es offenbar.«

Malou atmete noch einmal tief aus.

»Das Herz meines Vaters«, sagte sie dann.

»Nein, jetzt hast du mich offenbar missverstanden«, erwiderte Adrienne. »Ich habe von Hans Wolfgang Winkler gesprochen.«

»Ich auch«, sagte Malou.

Eine lange Pause.

Alle am Tisch starrten sie an.

»Dein Verleger ist dein Vater?«, fragte Roxy schließlich, die als Erste wieder Worte fand. »Ich glaub es nicht!«

»Glaub es nur«, sagte Malou. »Hans Wolfgang Winkler ist mein leiblicher Vater.«

»Aber was ist dann mit deinem netten Papa, den ich seit Jahren kenne?« Roxy schüttelte den Kopf, dass die blonden Locken flogen. »So ein Kuddelmuddel! Und mir, deiner allerbesten Freundin, hast du kein einziges Sterbenswort davon gesagt …«

»Ich weiß es doch selbst erst seit Kurzem und habe mich noch immer nicht daran gewöhnt. Aber eins steht fest: Theo Graf bleibt mein Papa, auch wenn er nicht mein genetischer Erzeuger ist. Daran wird sich niemals etwas ändern.«

»Der Alte – dein Vater! Das haut mich ehrlich gesagt ganz schön um.« Samy trank einen kräftigen Schluck von seinem Wein.

»Was für eine überraschende Wendung«, sagte jetzt auch Adrienne mit hochgezogenen Brauen. »Ziemlich pikant, wie ich finde. Schätze mal, Camilla Winkler wird nicht gerade begeistert darüber sein. Aber wie kam es dazu? Ich meine, Winkler und deine Mutter? Stammt sie nicht ursprünglich aus Schlesien?«

»So wie er auch. Mama hat sich in ihrem Heimatstädtchen als junges Mädchen unsterblich in Hans Wolfgang Winkler verliebt und er sich in sie. Sie haben von einer gemeinsamen Zukunft geträumt, doch daraus wurde leider nichts. Denn als sie feststellte, dass sie von ihm schwanger war, war bereits seine Hochzeit mit einer anderen angekündigt. Da ist sie Hals über Kopf nach München zu Onkel Julius geflohen, wo sie kurz darauf Papa kennen und lieben lernte …«

»Was für ein Schweinekerl, dieser Winkler!«, rief Samy. »Ein schwangeres Mädchen sitzen zu lassen. So etwas macht man einfach nicht!«

»Er wusste nichts von Mamas Schwangerschaft«, wandte Malou ein. »Das hatte sie für sich behalten. Die andere Frau war ebenfalls schwanger, davon wusste er und hat sie aus Anstand geheiratet.«

»Und du, Malou?«, fragte Ella, die sich bislang mit Kommentaren zurückgehalten hatte. »Wie ist das alles jetzt für dich?«

»Ich hatte von alldem nicht die geringste Ahnung. Papa war für mich mein Vater, und ich war glücklich darüber. Doch als er vorletzten Winter diesen schweren Unfall hatte und ich ihm Blut spenden wollte, war das nicht möglich. Bei dieser Gelegenheit hat mich ein Arzt aufgeklärt, dass er mich nicht gezeugt haben konnte. Natürlich habe ich sofort meine Mutter bestürmt, mir die Wahrheit zu sagen. Damals hat sie noch behauptet, mein Erzeuger sei tot. Gefallen im Krieg.«

»Aber auf der Gartenparty ist dir etwas gedämmert«, sagte Ella. »Deshalb wurde dir auch so urplötzlich übel. Das war nicht nur die Schwangerschaft, habe ich recht? Ich hatte gleich so ein merkwürdiges Gefühl …«

»Kluge Ella.« Malou lächelte. »Und danke noch einmal dafür, dass du mich damals nicht gelöchert hast. Es waren die Muttermale auf seinem Rücken, als er das Hemd ausgezogen hat. Ich habe dieselben auffälligen Male an gleicher Stelle.«

»Dann bist du jetzt ja plötzlich eine stinkreiche Erbin«, schwärmte Roxy. »Und kannst die ganze Schufterei sofort an den Nagel hängen.«

»Gar nichts werde ich«, widersprach Malou. »Alles bleibt wie bisher. Ich liebe meinen Beruf und werde weiterhin als Journalistin arbeiten.«

»Gesetzlich ist sie ja nicht einmal mit Winkler verwandt«, gab Ella zu bedenken. »Das Bürgerliche Gesetzbuch verfährt sehr hart mit den Rechten unehelicher Kinder. Höchste Zeit, dass sich da etwas ändert, wie auch bei vielen anderen längst überholten Gesetzestexten.«

»Und was macht jetzt dein armer Papa?«, wollte Roxy wissen. »Für den muss doch eine Welt zusammengebrochen sein.«

»Mach dir um den mal keine Sorgen. Papas Welt ist stabil wie eh und je«, erwiderte Malou. »Der war nämlich von Anfang an in alles eingeweiht und hat mir gegenüber den Mund gehalten, weil Mama sich das so gewünscht hat. Eine unbeschwerte Kindheit sollte ich haben, meinte sie, deshalb auch dieses Versteckspiel. Na ja, meine Kindheit wäre sicherlich auch weiterhin unbeschwert geblieben, wenn sie etwas früher mit der Wahrheit herausgerückt wären.«

»Das müssen wir jetzt alle erst mal verdauen«, sagte Roxy. »Ich finde, dazu brauchen wir Musik. Darf ich euch vorsingen, woran Joe und ich gerade arbeiten? Es ist ein bisschen traurig, aber gleichzeitig auch irgendwie tröstlich. Und du, liebe Adrienne, hast mich dazu inspiriert.«

»Unbedingt«, sagte Malou, und alle anderen nickten. »Bitte Roxy, sing!«

»Musiker haben wir jetzt allerdings keine zur Verfügung, dann singe ich es eben in Kapelle …«

»Meinst du vielleicht *a cappella*?«, fragte Ella lächelnd.

»Ganz genau.« Roxy grinste. Dann stellte sie sich in Positur.

Der Kater sprang mit einem eleganten Satz aus dem Wiegenkorb, als wollte er sich bloß nichts entgehen lassen.

»Du wolltest ein Chanson?«, sagte Roxy, an Adrienne gewandt. »Hier kommt dein Chanson!«

Weil deine Augen so voll Trauer sind,
Und deine Stirn so schwer ist von Gedanken,
Laß mich dich trösten, so wie man ein Kind
In Schlaf einsingt, wenn letzte Sterne sanken.

Die Sonne ruf ich an, das Meer, den Wind,
Dir ihren hellsten Sommertag zu schenken,
Den schönsten Traum auf dich herabzusenken,
Weil deine Nächte so voll Wolken sind.

Und wenn dein Mund ein neues Lied beginnt,
Dann will ichs Meer und Wind und Sonne danken,
Weil deine Augen so voll Trauer sind,
Und deine Stirn so schwer ist von Gedanken …

Für einen Moment blieb es totenstill in der Bauernküche. Dann applaudierten alle begeistert.

»Mascha Kaléko, oder?« Ellas Gesicht leuchtete. »So schön hab ich ihr Gedicht noch nie gehört.«

»Du bist einfach Spitze, Roxy«, sagte Malou. »Großartig!«

»Formidable«, kommentierte Adrienne beeindruckt. »Ich wusste doch, dass du das Zeug dazu hast. Ja, genau das wünsche ich mir von dir! Solche Texte, und dazu deine Stimme, die unter die Haut geht. Du hast dich gerade angehört wie eine junge Hildegard Knef.«

»Weit gefehlt, meine Liebe«, widersprach die Sängerin lächelnd. »Ich höre mich an wie Roxy Rosen!«

FÜNF

Spätsommer 1966

»Was er schrieb, waren die Gassenhauer jener Zeit«, sagte Julius. »Seine Texte, die alle mitsangen, machten schmissige Weisen damals erst zum Hit. So einige Schauspieler haben ihm ihre Popularität zu verdanken. Denk nur mal an Heinz Rühmann und den Schlager *Ich brech die Herzen der stolzesten Frau'n!* Damit wurde das Image des schüchternen Helden so richtig begründet. Und was wäre deine Zarah Leander ohne *Kann denn Liebe Sünde sein?* Über tausend Liedtexte stammen aus seiner Feder. In meinen Augen war Bruno Balz ein echtes Genie – und ein sehr mutiger Mann.«

Malou sah ihren Großonkel fragend an.

»Balz hat schon in den Zwanzigerjahren Texte über Liebe unter Männern geschrieben«, erklärte der. »Er war als junger Mann unter anderem mit dem Arzt Magnus Hirschfeld liiert, dem Pionier der Homosexuellenbewegung, der auch das Institut für Sexualwissenschaft in Berlin gegründet hat. 1933 wurde es von einem aufgewiegelten studentischen Nazi-Mob geplündert und zerstört. Hirschfeld musste ins Exil fliehen und ist 1935 in Nizza gestorben. Balz blieb zurück.«

»Kennst du Balz denn persönlich, Onkel Julius?«

»Leider nicht. Ich habe ihn nur immer aus der Ferne verehrt. Aber mein Gustl hat mit ihm in den Dreißigerjahren im berüchtigten Berliner Groschenkeller Bier getrunken.« Onkel Julius' Augen wurden feucht. »Verzauberte, wie wir Homosexuelle uns damals nannten, haben sich immer sofort erkannt.«

»Wieso galt das Lokal als berüchtigt?«, fragte Malou neugierig und goss ihm eine zweite Tasse Kaffee ein.

Sie saßen unter dem Zwetschgenbaum im Bauerngarten. Von diesem stammten auch die saftigen Früchte auf dem Blechkuchen, den beide gerade mit Genuss aßen – Malous erster Backversuch, der dank Annas Unterstützung sogar erfolgreich gewesen war. Schwiegervater Nobert, der nach dem Tod seines Sohnes deutlich weicher und zugänglicher geworden war, hatte Julius in seinem schicken Mercedes nach Iffeldorf kutschiert und würde ihn später auch wieder zurück ins Seniorenheim bringen.

Es war ein friedlicher Sonntagnachmittag im August: Leonie spielte auf ihrer neuen Elefantendecke mit ihrer Lieblingsrassel und stieß dabei immer wieder kleine Juchzer aus. Inzwischen klappte das Sitzen oft schon ohne Hilfe, und wenn sie doch umfiel, war Malou sofort zur Stelle und richtete sie wieder auf. Ebenfalls stets in ihrer Nähe war der rote Kater Monsieur Filou, der seine kleine Freundin nicht aus den Augen ließ.

»Der Groschenkeller war der Treffpunkt für gesellschaftliche Außenseiter wie Prostituierte, Homosexuelle, Transvestiten und Drogenhändler«, erklärte Onkel Julius weiter. »Aber auch Künstler wie Klaus Mann oder Christopher Isherwood verkehrten dort. Und im Fall einer Razzia konnten Stammgäste den geheimen Notausgang benutzen, das hat so manchen in letzter Minute vor den braunen Schlägertrupps gerettet.«

»Zarah Leander wird jedes Mal richtig melancholisch, wenn sie auf Bruno Balz zu sprechen kommt«, sagte Malou. »Da schwingt ganz viel Ungesagtes mit im Raum.«

»Das glaub ich gern«, sagte Julius. »Dieser Mann hat ihr ja auch die größten Erfolge geschrieben. Die Musik dazu lieferte Michael Jary, zusammen mit Balz das kongeniale Duo für große Hits. Manche davon sind allerdings unter entsetzlichen Umständen zustande gekommen. Um zu überleben, hatte Balz 1936 sogar in eine Scheinehe einwilligen müssen, da hatte ihn die Gestapo nämlich auch schon mal inhaftiert. Hat dir das deine Ex-Diva nicht erzählt?«

Malou schüttelte den Kopf. »Frau Leander wird ausgesprochen schmallippig und leider ziemlich unpräzise, wenn es um jene Jahre geht«, antwortete sie. »Erfolge und endlose Plattenverkäufe, davon berichtet sie gerne ausführlich. Von vielen anderen Dingen aber will sie nichts gewusst haben. ›Ich bin eine politische Idiotin‹, sagt sie. ›Ich wollte die Menschen unterhalten und habe deshalb Liebesfilme gedreht. Für den Rest waren andere zuständig.‹ Leider kann ich es in ihrer Biografie nicht dabei belassen. Sie war nun mal *das* Gesicht der UFA, mehr als jede andere Schauspielerin dieser Zeit. Und ihre Filme, von Goebbels genehmigt, manchmal sogar befohlen, dienten eindeutig Propagandazwecken: Kuschen sollten die Deutschen, wegsehen von dem Unrecht und den Gräueln, die Juden angetan wurden, und vor allen Dingen den Krieg ohne Murren ertragen.«

»Das will ich wohl meinen! Diese Dame macht es sich ganz schön einfach.« Julius geriet langsam in Rage. »Ganz ähnlich wie Johannes Heesters, der Stein und Bein schwört, niemals vor der SS im KZ Dachau aufgetreten zu sein, und sich wundert, warum er heutzutage in Holland unerwünscht ist.

Schon sie nicht, Malou! Deine Leser haben Ehrlichkeit verdient. Heesters wie auch Leander haben während des braunen Terrors Ruhm und Ansehen genossen und dabei auch noch gut verdient. Heute wollen sie alle von nichts gewusst und eine blütenweiße Weste haben. Gibt ja auch wieder lohnende Auftritte im schönen Nachkriegsdeutschland! Andere hatten da leider sehr viel weniger Glück.«

Malou hing an seinen Lippen. Ihr Großonkel sprach nicht oft über diese Jahre, die für ihn mit jenem entsetzlichen Verlust geendet hatten, den er bis heute nicht verschmerzt hatte – dem Tod seines Geliebten Gustl 1942 im KZ Dachau. Doch jedes Mal, wenn er dazu bereit war, erstaunten Malou die Fülle und die Präzision seiner Erinnerungen.

»Balz wurde 1941 zum zweiten Mal von der Gestapo verhaftet«, fuhr Julius fort. »Man hat ihn mit einem jungen Mann erwischt. Nach tagelanger Folter im Gestapo-Hauptquartier in der Prinz-Albrecht-Straße drohte ihm eine Inhaftierung im KZ. Er kam erst frei, nachdem Jary Propagandaminister Dr. Joseph Goebbels versichert hatte, ohne ihn die Lieder für den Film *Die große Liebe* nicht liefern zu können. Noch in der Haft schrieb er zwei seiner größten Erfolge: *Davon geht die Welt nicht unter* und *Ich weiß, es wird einmal ein Wunder gescheh'n* – selbstredend, ohne dass sein Name im Vor- oder Abspann des Films jemals aufgeführt worden wäre.«

»Zwei echte Ohrwürmer«, sagte Malou. »Bis heute.«

»Und von den Nazis in ihren Propagandafilmen als ›Durchhalteschlager‹ verwendet. Ihren Schöpfer haben sie allerdings nach Kriegsende in große Schwierigkeiten gebracht. Ihretwegen wurde Balz von den Alliierten angeklagt. Er geriet in Beweisnot, musste seine Homosexualität wie auch seine Scheinehe offenbaren, obwohl er beides lieber geheim gehalten hätte, und wurde schließlich 1946 von der amerikanischen Alliiertenbehörde freigesprochen. Heute lebt er zurückgezogen in Bad Wiessee. Einer meiner Bekannten begegnet ihm dort manchmal beim Spazierengehen.«

»Das wäre ein interessanter Prominenter für *Blitzlicht*«, sagte Malou. »Vielleicht gleich, wenn ich im Herbst wieder im Dienst bin. Ein Doppelporträt über Michael Jary und ihn würde meine Leser sicherlich interessieren.« Sie legte den Kopf schief und seufzte. »Manchmal vermisse ich die Tretmühle im Verlag ganz schön, weißt du das? Natürlich lese ich auch hier den *Tag*, und besonders das, was Adrienne aus meiner *Blitzlicht*-Seite macht, aber das ist eben lange nicht dasselbe.«

»Vergiss es«, sagte Julius. »Du kennst doch den Schlager *Wir wollen niemals auseinander geh'n?*«

»Natürlich. Heidi Brühls großer Erfolg. Die wunderbare Dalli aus *Ferien auf Immenhof*.«

»Balz hatte den Text ursprünglich für seine Freundin Zarah Leander geschrieben, um ihr Comeback mit einem Hit zu befeuern. Aber Jary wollte lieber eine junge Interpretin und hat ihn an die Brühl weitergereicht. Seitdem sollen die beiden über Kreuz sein, heißt es. Aber die Leute reden ja immer so viel, und beileibe nicht alles davon ist wahr …«

Er lächelte Malou schelmisch an.

»Jetzt könnte ich einen Klaren vertragen«, erklärte er. »Nur zur Verdauung. Diese Nazi-Geschichten schlagen mir immer so auf den Magen.«

»Hole ich dir gern.« Malou ging ins Haus und kam mit einer etikettlosen Flasche und zwei Gläsern zurück. »Der ist von meinem Vermieter. Mirabellenschnaps. Selbst gebrannt.«

Julius schnüffelte genüsslich an seinem Glas.

»Ich kann die reifen Früchte riechen.« Er kostete. »Wunderbar, so weich auf der Zunge! Scheint ein kleines Genie am Brennkessel zu sein, dein Vermieter …«

»Für mich ist er eher ein komischer Kauz«, antwortete Malou. »Seit Wochen hängt er an den Osterseen rum, ja, ich weiß, er forscht da, aber wenn man ihn fragt, wonach genau, bekommt man nur bruchstückhafte Antworten. Manchmal rast er wie ein Verrückter mit dem Fahrrad durchs Dorf, dann wieder schlendert er so gemächlich einher, als habe er alle Zeit der Welt.«

»Was ist er denn von Beruf?«, wollte Julius wissen.

»Biologe. Das weiß ich von Anna, bei der wohnt er nämlich. Sonst hält er sich mit persönlichen Informationen reichlich bedeckt.«

»Also, Schnaps brennen kann er jedenfalls«, sagte Julius. »Und wie heißt er?«

»Matthias Krieger. Kam neulich mit der Flasche vorbei und hat sie mir auf den Tisch gestellt, einfach so. Bleiben wollte er nicht. Den Tee, den ich ihm angeboten habe, hat er kalt werden lassen, dafür aber mit Leonie herumgealbert, bis sie vor Lachen gekiekst hat. Danach ist er grußlos wieder verschwunden.«

»Er mag Kinder«, sagte Julius. »Das spricht schon mal für ihn.«

»Gut für Anna und ihren kleinen Ludwig«, entgegnete Malou. »Der ist nämlich jedes Mal ganz selig in Kriegers Nähe. Vielleicht klappt es ja mit den dreien. Würde ich ihnen wünschen.«

»Und du, Malou? Immer nur in alten UFA-Kisten wühlen und abends dann mit der Kleinen vor dem Haus sitzen – ist das denn ein Leben für eine schöne junge Frau wie dich?« Er nahm ihre Hand. »Es tut noch immer höllisch weh, habe ich recht?«

»Ja, das tut es«, erwiderte sie nach einem tiefen Seufzer. »Ich vermisse Philipp jeden Tag, und über die Nächte will ich erst gar nicht reden. Zudem sieht Leonie ihrem Papa so ähnlich, das macht es nicht gerade leichter. Mittlerweile glaube ich, der Spruch, dass die Zeit alle Wunden heilt, ist ebenso ein Märchen wie die Behauptung, Babys würden viel schlafen.«

»Wunden vermag die Zeit nicht zu heilen, doch seltsamerweise schließen sie sich irgendwann doch. Ich selbst bin allerdings kein gutes Beispiel, Malou, weil ich mich in meinem romantischen Gedächtnismausoleum eingerichtet habe und nach Gustl nie mehr den Mut für eine neue Liebe aufbringen konnte. Aber du bist jung, du hast ein bezauberndes Kind, für dich kann das Leben noch sehr viel Schönes bereithalten – wenn du nur offen genug dafür bist.«

Selten zuvor hatte er so eindringlich mit ihr gesprochen. Es schien ihrem Großonkel sehr am Herzen zu liegen, dass sie nicht allein blieb, doch Malou fühlte sich noch nicht bereit, diesen Gedanken an sich heranzulassen.

»Im Moment ist alles gut so, wie es ist«, sagte sie mit fester Stimme. »Mit meiner Arbeit an der Biografie komme ich voran, auch wenn ich nicht alles schreibe, was Frau Leander sich wünscht, dafür aber garantiert einiges, was sie lieber verschwiegen hätte. Ein paarmal sind wir deshalb schon richtig aneinandergeraten, aber das gehört vielleicht dazu, und wir haben immer wieder einen Weg gefunden, um doch weiterzumachen. Allerdings liegen jetzt noch ein paar kritische Passagen vor mir – bin schon neugierig, wie sie auf meine Sichtweise reagieren wird. Aber da hat der Verlag, der mein Honorar bezahlt, schließlich auch noch mitzureden.«

Sie schaute immer wieder zu Leonies Decke; die Kleine spielte friedlich mit ihren Fingerchen.

»Frau Leander ist inzwischen wieder nach Schweden abgereist«, fuhr Malou fort. »Aber unser telefonischer Kontakt klappt meistens ganz vorzüglich. Der Verlag bekommt die Ergebnisse häppchenweise geliefert, scheint ebenfalls mit dem Bisherigen einverstanden zu sein und hat für die Weiterführung grünes Licht gegeben. Jetzt muss mir noch der Rest gelingen, aber da bin ich ganz zuversichtlich. Mit der Kleinen läuft es auch. Inzwischen haben Leonie und ich unseren Rhythmus gefunden, wenngleich mir ein wenig mehr Schlaf sicherlich nicht schaden könnte.«

Sie spielte mit ihrem Schnapsglas.

»Anna, die hiesige Töpferin, ist mir dabei eine große Hilfe. Sie hütet Leonie, wenn ich in meinem Zeitplan hinterherhinke, unterstützt mich ab und zu im Haushalt und lässt mich – und das ist das Beste von allem – ihre neue Waschmaschine mitbenutzen. Neckermann macht's möglich! Ein brodelnder Wassertopf mit schmutzigen Windeln auf dem Herd ist nämlich wahrlich keine Freude …«

Malou zog die Nase kraus. Beide lachten.

»Unsere armen Mütter, was die alles mitmachen mussten! Manchmal fragt man sich, wie wir alle überhaupt groß geworden sind«, sagte Julius. »Da wären wir auch gleich beim nächsten Thema. Wie geht es Karin? Deine Mutter hat mich schon länger nicht mehr besucht …«

»Ich glaube, sie kaut noch immer heftig an der Sache mit ihrer Jugendliebe«, sagte Malou. »Lange hat sie jedes Treffen mit meinem leiblichen Vater strikt verweigert. Doch nun scheinen sie endlich einen Schritt weiter zu sein.«

»Sie haben sich getroffen und ausgesprochen?«

»Getroffen, ja. Ausgesprochen? Na ja«, sagte Malou. »Mama glaubt ihm einfach nicht, das ist das Problem. Alles, was er vorbringt, gleitet an ihr ab. Wenn sie wüsste, wie es wirklich …«

Sie brach ab.

Ihr Großonkel konnte zwar schweigen, aber ihr Vater, der Verleger, hatte ihr das Versprechen abgenommen, niemandem etwas über Chris zu verraten.

»In der Redaktion muss die Information, dass ich seine Tochter bin, jedenfalls wie eine Bombe eingeschlagen haben«, wechselte Malou rasch das Thema, bevor Onkel Julius weiter nachfragen konnte. »Meine Freunde waren ja bereits vorab informiert und haben mir alles haarklein berichtet. Manche der Kollegen haben sich gefreut, einige jedoch fühlen sich offenbar schwer hintergangen. Schätze, da habe ich nach meiner Rückkehr zu den alten noch ein paar neue Feinde dazugewonnen.«

»Und wenn schon, Malou«, erwiderte Julius. »Hunde, die bellen … du weißt schon. Bis du dort wieder täglich antrittst, haben sich die Wogen sicherlich geglättet. Was mich viel mehr interessieren würde: Wie hat denn Familie Winkler auf dich als Neuzugang reagiert?«

»Mein Vater behauptet, sie hätten es positiv aufgenommen. Aber ob das auch wirklich stimmt? Nach dem nächsten Wochenende kann ich dir mehr dazu sagen. Sie haben nämlich ihren Besuch bei uns angekündigt.«

»Alle vier? Ist der Sohn, der so gern in der Weltgeschichte herumgondelt, denn inzwischen wieder zurück?«, wollte Julius wissen.

Nein, Chris war noch nicht wieder zurück, und nachdem ihr Großonkel in den Mercedes gestiegen war, um von

Schwiegervater Norbert nach München gebracht zu werden, wanderten Malous Gedanken wie so oft zu ihm nach Italien.

Chris hatte dort vor mehr als einem Monat einen schweren Unfall gebaut. Malou war äußerst bestürzt gewesen, als sie von Samy davon erfahren hatte. Sein geliebter bunter Bus war mit einem Laster kollidiert. Totalschrott. Chris, nicht ganz nüchtern am Steuer, hatte noch Glück im Unglück gehabt, zwar zahlreiche Knochenbrüche davongetragen, zum Glück jedoch keine lebensgefährlichen Verletzungen. Seine Genesung machte nur langsame Fortschritte; zudem hatte er offenbar am römischen Leben Gefallen gefunden, und es gab scheinbar nichts, das ihn nach der Entlassung aus der Klinik rasch wieder nach Hause zog.

Hätte sie ihm schreiben sollen? Ein erster Impuls hatte Malou dazu gedrängt.

Aber in welcher Rolle?

Als seine Schwester, von der er noch nichts ahnte, und die sie genau genommen ja auch gar nicht war?

Als Beinahe-Liebhaberin, die ein Kind von einem anderen Mann hatte und nun dessen Witwe war?

Lauter Signale, die in falsche Richtungen führen konnten, also hatte Malou es bleiben lassen – allerdings mit schlechtem Gewissen.

Kannte Camilla eigentlich die wahre Abstammung ihres Stiefsohns? Ihre Beziehung zu ihm schien nicht die allerbeste zu sein. Bei Malous erster Begegnung hatte Chris sich kritisch über seine Stiefmutter geäußert, daran erinnerte sie sich noch genau.

Christopher ist nicht mein leibliches Kind, doch das weiß niemand, nicht einmal er.

Sie hatte diese Worte noch genau im Ohr.

Die Lügen und Ausflüchte in dieser Familie nahmen einfach kein Ende.

Und allmählich hatte Malou genug davon.

*

Hans Wolfgang, Camilla und Nathalie Winkler entstiegen einem cremeweißen Opel Kapitän mit schwarzem Dach.

Malou empfing sie vor dem Haus mit der kleinen Leonie auf dem Arm, um einiges aufgeregter, als es ihr lieb war. Sie hatte frisch gewaschene Haare und trug ein kurzes grünes Kleid, das es natürlich nicht einmal annähernd mit Camillas topmodischem zitronengelbem Hosenanzug aus Leinen aufnehmen konnte, der ihre schwarze Mähne perfekt in Szene setzte. Nathalie kam unbeschwert mit Pferdeschwanz in einem bunten Sommerkleidchen.

»Willkommen bei uns auf dem Dorf«, überbrückte Malou die erste Verlegenheit. »Ich habe im Garten gedeckt und kann nur hoffen, dass das Wetter hält!«

Nathalie jedoch wollte unbedingt zuerst ins Haus. Sie stürmte regelrecht in die Bauernküche und sah sich dort nach allen Seiten um. Neugierig begutachtete sie Malous Arbeitsplatz mit der Schreibmaschine, den Notizbüchern und den beiden Papierstapeln.

»So also entsteht ein Buch«, kommentierte sie. »Wie aufregend!«

»Keine Ahnung, wie andere vorgehen. Ich mache es jedenfalls so. Links neben meinen handschriftlichen Notizen liegt der getippte Entwurf«, erklärte Malou. »Da wird noch tüchtig reinkorrigiert. Das rechts ist dann die fertige Version mit zwei Durchschlägen – obwohl ich ehrlich gesagt während der Reinschrift oft noch weitere Kleinigkeiten verbessere. Das Original bekommt der Verlag, einen Durchschlag bekommt die Künstlerin, der zweite bleibt bei mir.«

»So viele Seiten!« Nathalie war sichtlich beeindruckt. »Ich bewundere dich. Mir tut die Hand schon weh, wenn ich vier Seiten Aufsatz schreiben soll.«

»Meine Hände spüre ich manchmal auch«, erwiderte Malou lächelnd. »Trotz elektrischer Schreibmaschine. Und das mit dem Korrigieren könnte ebenfalls einfacher sein. Das Korrekturband funktioniert mehr schlecht als recht. Vielleicht erfindet da ein schlauer Kopf ja noch etwas Besseres.«

Nathalie blieb direkt vor ihr stehen.

»Ich hab dich immer schon gemocht«, sagte sie. »Bereits damals auf der Gartenparty. Und dann bei deiner Hochzeit – du warst so eine hübsche Braut! Ohne zu wissen, dass du …« Sie errötete. »Und diese süße kleine Maus hier mag ich auch.«

Sie streichelte Leonies nackte Beinchen, die auf Malous Arm fröhlich zu strampeln begannen.

»Ich mag dich auch«, erwiderte Malou herzlich. »Vom ersten Moment an. Was für eine tolle Schneekutscherin du warst, wirklich eindrucksvoll. Ich habe mich sehr über deine Idee gefreut, das wollte ich dir schon lange mal sagen.«

Sie sahen sich lächelnd an, voller Zuneigung.

»Lass uns zu den anderen gehen«, sagte Malou. »Die warten bestimmt schon.«

Ihr Vater und dessen Frau waren in den kleinen Garten vorausgegangen, wo Malou wie bei Julius' Besuch den Tisch gedeckt hatte. Plötzlich jedoch sah sie die bescheidene Kaffeetafel durch Camillas kritische Augen: Nichts vom Geschirr passte so richtig zusammen; es gab kein Tafelsilber, sondern nur Alltagsbesteck und dazu bunte Papierservietten, und der

Zwetschgenkuchen, dieses Mal ohne Annas helfende Hand gebacken, war zu lange im Rohr geblieben und am Rand leicht schwärzlich verfärbt.

»Tut mir leid.« Malou zog die Schultern hoch, als die Teller nicht ganz leer wurden. »Aus mir wird bestimmt nie eine perfekte Hausfrau.«

»Dafür schreibst du sehr gute Artikel«, erwiderte ihr Vater. »Und bringst prominente Menschen dazu, sich dir vertrauensvoll zu öffnen. Davon profitieren wir alle.«

»Ich kann Hans nur zustimmen«, bestätigte Camilla, die am Kuchen lediglich gepickt hatte. »Und finde es ganz wunderbar, dass sein großes Mädchen nun auch zu unserer Familie gefunden hat.«

War ihre Freude wirklich echt?

Oder hatte sie in Wahrheit Angst um das Familienvermögen, obwohl Malou als unehelicher Tochter davon gesetzlich ja gar nichts zustand. Es sei denn, Hans Wolfgang Winkler würde sein Testament ändern …

Malou betrachtete das glatte, perfekt geschminkte Frauengesicht, doch es verriet nichts.

»Meine Ursprungsfamilie heißt Graf«, erwiderte sie mit fester Stimme. »Und so wird es auch bleiben. Und was weiterhin geschieht … ich denke, wir alle müssen uns erst einmal langsam mit der neuen Situation anfreunden.«

Am Tisch entstand eine kleine Pause.

»Das hast du sehr schön gesagt«, erwiderte Camilla schließlich sichtlich erleichtert. »Ich darf doch du sagen?«

Malou nickte.

»Danke«, fuhr Camilla fort. »Also lass uns die neue Verwandtschaft im Sinne aller ganz behutsam angehen …«

Nathalie war aufgesprungen und lief mit drei großen

Schritten zu der Decke, auf der Leonie spielte. Sie legte sich neben sie ins Gras und erklärte: »Ich muss da nicht erst lange abwarten, sondern freue mich wie doof. Ich bin nicht nur die Tante dieser goldigen Nichte« – sie kitzelte die Kleine, bis diese fröhlich losgiggelte –, »sondern habe auch noch eine große Schwester bekommen, und das finde ich einfach nur toll! Chris sieht es garantiert genauso. Unser Bruder ist nämlich besonders, Malou, das wirst du auch noch merken, wenn du ihn erst mal besser kennst. Er hatte in Rom diesen bösen Unfall, der uns alle in Angst und Schrecken versetzt hat, aber inzwischen geht es ihm schon wieder besser – zum Glück! So lange war er fort. Ich kann es kaum erwarten, bis er endlich wieder in München ist …«

Malou nickte leicht beklommen.

Himmel noch einmal – was sollte sie dazu nun sagen?

Sie war erleichtert, als der Besuch bald darauf wieder aufbrach, weil sie noch weiter an den Starnberger See wollten.

»Wir vermissen dich, Malou«, sagte ihr Vater, bevor er sich ans Steuer setzte. »Das gilt für deine Kollegen, aber speziell für mich. Wird langsam Zeit, dass du wieder zurückkommst. Die Redaktion ist ärmer ohne dich.«

»Sobald die Biografie abgeschlossen ist«, erwiderte sie. »Ich genieße den Sommer hier draußen. Endlich habe ich mal Gelegenheit, über vieles ganz in Ruhe nachzudenken. Du glaubst ja nicht, wie gut das tut!«

»Das glaube ich dir sofort. Und ich beneide dich darum.« Er legte die Hand an Malous Wange. Es war das erste Mal, dass er sie – abgesehen vom üblichen Händedruck – berührte, und sie war erstaunt, wie wohl sie sich dabei fühlte. »Pass bitte gut auf dich auf. Und auf die kleine Leonie. Ihr beide seid mir sehr wichtig.«

Als sie abgefahren waren, war Malou zu unruhig, um sich sofort an die Schreibmaschine zu setzen. Zudem war Leonie noch so munter, dass es mit ihrer Konzentration ohnehin nichts werden würde. Also packte sie die vorbehandelten Windeln in einen großen Sack, hing den an den Kinderwagen und fuhr mit Baby und Wäsche zu Anna.

»Ich weiß, es ist Samstag, und es geht bald auf den Abend zu«, sagte sie entschuldigend. »Ob ich vielleicht trotzdem eine Maschine anwerfen dürfte?«

»Aber immer«, sagte Anna und ging voraus in die ehemalige Scheune, wo die Waschmaschine stand. Dabei warf sie Malou einen kritischen Seitenblick zu. »Ist etwas passiert? Du siehst irgendwie aufgewühlt aus.«

»Gut möglich«, sagte Malou, während sie die Trommel befüllte, Pulver dazugab – wenigstens etwas, das sie Anna bezahlen durfte – und den Waschgang wählte. »Ich hatte gerade ziemlich aufregenden Besuch. Mein Erzeuger mit seiner Familie war da. Ich habe mich noch immer nicht ganz daran gewöhnt, dass ich auf einmal zwei Väter habe.«

»Zwei Väter? Das hört sich wirklich aufregend an. Magst du mehr darüber erzählen?«, fragte Anna. »Ich kenne mich ziemlich gut aus mit verworrenen Familienverhältnissen.«

»Ein anderes Mal gern. Heute muss ich erst selbst einigermaßen damit klarkommen. Dauert eine knappe Stunde, oder?«

Anna nickte.

»Sehr gut. Dann gehen wir noch ein kleines Stück«, sagte Malou.

»Magst du Leonie einstweilen hierlassen? Nachdenken geht allein meistens besser als mit Kind, und mein Bub hängt ohnehin schon wieder begeistert über ihrem Kinderwagen. Hörst du ihn singen?«

»Leo, Leo, Leo …«, gurgelte Ludwig. »Leo und Lu …«

»Ich hab vorhin Karottenbrei zubereitet. Den kann sie dann gleich mitessen«, fuhr Anna fort.

»Wenn du meinst …« Malou zögerte.

»Wir fressen sie schon nicht, versprochen«, scherzte Anna. »Obwohl – bei meinem stürmischen Ludwig lege ich meine Hand besser nicht ins Feuer.«

Beide lachten.

»Dann nehme ich dein Angebot gerne an«, sagte Malou. »Bis gleich!«

Kurz bewunderte sie die neuen Tonarbeiten, die in Annas Vorgarten standen, dann jedoch ging sie, einem spontanen Impuls folgend, nicht in Richtung See, sondern betrat die Kirche, die schräg gegenüber dem Töpferhaus lag.

Zum ersten Mal seit ihrem Umzug ins Dorf.

Das Gotteshaus war hell, mit feinem Stuck und goldenen Verzierungen geschmückt. Zum Deckenfresko mit dem heiligen Vitus, der unversehrt siedendem Öl entstieg, schaute Malou nur kurz hinauf. Lieber genoss sie die Strahlen der tief stehenden Sonne, die durch die Glasfenster fielen und den Kirchenraum in warmes Licht tauchten.

Keine anderen Menschen. Sie war hier ganz allein.

Irgendwann schloss sie die Augen, war ganz bei sich, wie schon seit Langem nicht mehr.

Das Orgelspiel, das zunächst so leise eingesetzt hatte, dass sie es kaum vernommen hatte, wurde langsam lauter. Malou kannte sich mit Kirchenmusik nicht aus, aber was sie da hörte, klang in ihren Ohren nicht gerade sakral. Es wirkte auch nicht wie ein fertiges Stück, das der Organist vom Papier ablas, sondern wie eine Improvisation, die gerade aus dem Moment heraus entstand. Immer weiter schwoll die Musik an, wurde reicher und voller, bis sie schließlich in einem starken Crescendo endete.

»Ich hoffe, ich habe jetzt nicht bei der Andacht gestört«, hörte Malou nach einer Weile eine bekannte Männerstimme hinter sich sagen. »Aber ich brauche das von Zeit zu Zeit. Dann ist Pfarrer Balthasar so freundlich und lässt mich an die Orgel.«

»Sie waren das!«, sagte Malou erstaunt.

Matthias Krieger nickte und setzte sich an das äußerste Ende der Kirchenbank.

»Nein, die Musik hat mich nicht gestört, ganz im Gegenteil. Ich fand sie sehr schön«, fuhr Malou fort. »Beneidenswert, wenn man so musikalisch ist.«

Sein Blick wurde nachdenklich.

»Meine Eltern wollten unbedingt einen Geistlichen in der Familie haben, und weil ich als Kind gut singen konnte, haben sie mich zu den Regensburger Domspatzen gesteckt. Das Singen dort habe ich gemocht, den Unterricht an der Orgel erst recht, der Rest jedoch war der reinste Horror. Wir bekamen Prügel, wenn wir falsch sangen oder spielten, und von Pädagogik oder gar christlicher Nächstenliebe hatten unsere Lehrer noch nie etwas gehört. Zur Strafe wurde man eingesperrt, bei schlimmeren Vergehen sogar tagelang. Vor Heimweh bin ich zunächst fast eingegangen, später dann habe ich rebelliert und, als auch das nichts half, irgendwann das Essen verweigert, so lange, bis ich wieder ganz nach Hause durfte.«

»Und sind kein Geistlicher geworden«, fügte Malou hinzu.

»Nein, zum großen Leidwesen meiner Eltern nicht. Gehen halt nicht immer alle Wünsche in Erfüllung.« Er lächelte. »Ist doch nichts Schlimmes mit der Kleinen, weil ich dich heute zum ersten Mal hier sehe?«

Er duzte sie, und es fühlte sich ganz selbstverständlich an.

»Mit Leonie ist alles in Ordnung«, erwiderte Malou. »Nur mein armer Kopf fährt gerade ordentlich Karussell. Familie, du verstehst?«

»Und ob. Manches klärt sich nicht einmal, wenn sie tot sind. Selbst dann trägt man es noch immer als Last mit sich herum …«

Das hörte sich jetzt nicht so an, als könne sich Anna baldige Hoffnung auf Familienglück machen.

»Ich glaube, aus dieser Zeit stammt auch meine innere Unruhe«, fuhr er fort, als redete er zu sich selbst. »Nirgendwo hält es mich lange. Da gibt es so eine Art Motor in mir, so hat Ella es einmal genannt, und wenn der anspringt und zu rattern beginnt, dann muss ich wieder los.«

»Woher kennt ihr beide euch eigentlich?«

Das hatte Malou schon lange fragen wollen, sich bislang aber nicht getraut.

»Ich habe einen Sommer lang als Naturführer an den Osterseen gearbeitet. Ist schon eine Weile her. Damals dachte ich, das wäre vielleicht etwas, um recht entspannt mein Auskommen zu finden, aber die leeren Fragen der Teilnehmer haben mich bald nur noch genervt. Einfach nur blind und taub durch die Gegend latschen und dabei dumm daherschwätzen, ohne irgendetwas zu bemerken, das war auf Dauer nicht auszuhalten! Ella war anders, sie ist mir gleich aufgefallen. Die Anziehung war spontan und beiderseits.« Er fuhr sich über den Bart. »Wir dachten, das mit uns könnte funktionieren, hat es aber leider nicht. Dabei ging es nicht um die zehn Jahre, die uns trennen, das hätte für mich keine Rolle gespielt. Ältere Frauen fand ich schon immer interessant. Aber die Last, die Ella mit sich trägt, ist so unendlich schwer und hat mich fast erschlagen. Sie wollte endlich ankommen – und zwar für immer. Ich dagegen musste weg, damals noch dringlicher als heute. Ich fürchte, dabei hab ich ihr ziemlich wehgetan, dabei war es das Allerletzte, was ich wollte. Ella ist eine so außergewöhnliche Frau.«

»Das ist sie«, bestätigte Malou. »Ich mag und schätze sie sehr.«

»Musst ihr ja vielleicht nicht gleich auf die Nase binden, dass ich dir von uns erzählt habe«, sagte Matthias. »Ella und ich sind nach unserer Trennung Freunde geblieben, was mir viel bedeutet. Ich weiß aber, sie kann sehr eigen sein, wenn man ihr mit etwas zu nahe rückt.« Er schüttelte den Kopf. »Keine Ahnung, was da gerade in mich gefahren ist. Normalerweise bin ich nämlich alles andere als ein Schwätzer.«

»Ist mir schon aufgefallen, stell dir vor.« Malou grinste. »Und keine Angst, ich kann Geheimnisse für mich behalten.«

»Dann ist es ja gut.«

Sie spürte, dass er innerlich erneut auf Distanz ging, und stand auf.

»Die Wäsche muss fertig sein. Ich geh jetzt bei Anna mein Kind holen, und dann nichts wie ab mit Leonie ins Bettchen!«

Matthias schloss sich ihr wie selbstverständlich an, und so erreichten sie nach wenigen Schritten Seite an Seite das rote Töpferhaus.

»Na, genug nachgedacht?« Annas Begrüßung klang leicht spitz.

»Ich war in mein Orgelspiel vertieft und hab sie erst gar nicht bemerkt«, erwiderte Matthias, dem das auch aufgefallen zu sein schien. »Zum Glück hat es ihr gefallen.«

»Der Tisch ist gedeckt«, sagte Anna, ohne darauf einzugehen. »Gibt noch von dem kalten Schweinsbraten, den du so magst, Matthias. Und frisch gebackenes Brot, ofenwarm.«

Ein schmelzendes Lächeln in seine Richtung.

So viel Ungesagtes …

»Dann lasst euch von mir bitte nicht weiter stören«, sagte Malou schnell, die spürte, wie überflüssig sie hier war. »Danke für die Waschmaschine, Anna, und vor allem fürs Babyhüten. Lasst es euch schmecken!«

Sie sammelte ihre nasse Wäsche ein, hing die schwere Tasche an den Kinderwagen und steuerte eilig den Heimweg an. Leonie war nach dem Besuch bei Ludwig so aufgekratzt, dass es eine ganze Weile dauerte, bis Malou sie zum Einschlafen bewegen konnte.

Nachdem sie die Wäsche aufgehängt hatte, legte sie eine Leander-Platte auf, um sich auf die Biografie einzustimmen, stellte den Ton aber leise.

Kann denn Liebe Sünde sein …

Malou bekam diesen Schlager nicht mehr aus dem Ohr, auch, als der Plattenspieler schon lange wieder schwieg. Er war ebenfalls von Michael Jary komponiert worden, dem Zarah Leander offenbar nicht nur musikalisch verbunden gewesen war. Der Text stammte von Bruno Balz. Der Film von 1938, für den er geschrieben worden war, zählte trotz prominenter Kollegen wie Paul Hörbiger und Willy Birgel eher zu Zarah Leanders Flops. Doch selten sonst hatte die Diva so kokett gesungen, war sie so komödiantisch-verschmitzt aufgetreten wie in diesem Streifen.

Lag es etwa an dem Thema Liebe, das schon den ganzen Abend in Malous Kopf herumspukte?

Unsinn!, ermahnte sie sich stumm. Liebe – was soll das bitte schön? Die zwischen Ella und Matthias ist vorbei, die zwischen Anna und ihm hat noch nicht mal richtig angefangen, und beides geht dich überhaupt nichts an! Reiß dich endlich zusammen, es warten noch so viele ungeschriebene Seiten auf dich, bevor das Manuskript komplett ist.

Die strenge Ansprache zeigte Früchte.

Plötzlich fiel Malou die Überschrift für das nächste Kapitel ein, nach der sie so lange vergeblich gesucht hatte: *Flops und Pleiten.*

Sie begann zu schreiben …

*

Roxy sollte nach zahlreichen Absagen und Verschiebungen endlich für zwei Tage nach Iffeldorf kommen. Da sie sich bei einer Bühnenprobe den Fuß verstaucht hatte, holte Malou sie mit ihrem Auto in München ab und nutzte die Gelegenheit, Leonie über Nacht bei ihren Eltern zu lassen – eine Probe für die Zukunft, wenn sie wieder mit ihr in München leben und im Verlag arbeiten würde.

Ihr Abschied von der Kleinen verlief schnell und überraschend friedlich. Leonie schien sich in den Armen ihres Opas wohlzufühlen und freute sich über die bunten Klötzchen, die er eigens für sie angeschafft hatte.

»Hättest du ruhig schon früher mal machen können.« Malous Mutter konnte die günstige Gelegenheit für Kritik einfach nicht ungenutzt lassen. »Dafür sind Großeltern schließlich da.«

»Machen wir ja jetzt, Mama«, erwiderte Malou, bestrebt, sich bloß nicht wieder zu ärgern. »Und es werden sich noch reichlich weitere Gelegenheiten ergeben. Ich hol sie dann am Sonntagnachmittag wieder ab, wenn ich Roxy zurückbringe.«

»Ganz schöner Fahrservice für deine Freundin«, folgte der spitze Kommentar. »Du musst doch eigentlich schreiben. Hat die denn keinen Freund, der das übernehmen kann?«

»Hat sie, Mama, hat sie. Aber der ist gerade in Gütersloh bei der Firma Ariola. Und ab und zu brauche selbst ich eine kleine Pause vom Mamasein.«

»Was macht er denn da?«, fragte Karin Graf neugierig.

»Handelt einen neuen Plattenvertrag für Roxy aus.«

Das hatte gesessen. Nun kamen keine weiteren Fragen mehr, und Malou konnte endlich losfahren.

»Sie bringt dich immer wieder auf die Palme«, sagte Roxy, als sie auf die Autobahn fuhren. »Ich dachte, deine Mutter wird vielleicht milder, jetzt, wo ihre alte Jugendliebe wieder aufgetaucht ist.«

»Es fällt ihr sehr schwer, mit der Vergangenheit abzuschließen. Manchmal glaube ich fast, dass sie jetzt zwischen Papa und ihm heimlich Vergleiche anstellt. Und ich bin mir nicht ganz sicher, ob Papa dabei immer besser abschneidet.«

»Dieses Herz von einem Menschen? Ich wünschte, ich hätte so einen Vater gehabt! Meiner war oft betrunken und nicht besonders nett zu meiner Mutter und mir. Ich hab ihm keine Träne nachgeweint, als er abgehauen ist, obwohl ich damals erst zehn war – ganz im Gegenteil. Meine Mutter dagegen sehr wohl. Sie hat ihn geliebt, trotz allem.«

»Papa ist goldig, aber er ist kriegsversehrt und hat nur seine Drogerie. Hans Wolfgang Winkler dagegen besitzt eine Zeitung, eine Villa, hat Reputation und alles, was dazugehört. So ein Leben, wie er es mit seiner Frau führt, auch wenn der Großteil des Vermögens offenbar von ihr stammt, das hätte meine Mutter sich auch gewünscht.«

»Meinst du wirklich? Deine Eltern sind mir immer so

glücklich vorgekommen«, sagte Roxy. Sie hatten die Autobahn verlassen und waren auf der Landstraße angekommen. »Wie schön es hier ist! Richtig idyllisch. Hat man gar nicht so gesehen, als wir damals im Regen bei dir waren.«

»Warte ab, es wird gleich noch besser«, versprach Malou. »Den Hochsommer mit seinem emailleblauen Himmel hast du leider verpasst. Aber diese letzten warmen Tage hier im Seenland sind auch noch herrlich. Spazierengehen kannst du ja leider nicht …«

»Nein, da hast du recht. Mein Fuß muss heilen, damit ich ganz schnell wieder in anständiges Schuhwerk passe. Eine Sängerin in Turnschuhen will nämlich keiner sehen.«

Sie erreichten Iffeldorf.

Malou hielt vor dem roten Töpferhaus und stellte die beiden Frauen einander kurz vor. Falls Matthias auch in der Nähe war, so ließ er sich nicht blicken. Seit seinem überraschenden Geständnis in der Kirche hatte sie ihn nur einmal von hinten auf dem Fahrrad gesehen.

Vor dem Bauernhaus angekommen, humpelte Roxy auf ihren Krücken langsam hinein.

»Das alles hast du schon geschrieben?«, fragte sie beeindruckt.

Der rechte Stapel war deutlich gewachsen.

»Zum Glück«, erwiderte Malou. »Langsam geht es auf die Zielgerade zu. Allmählich hab ich die Nase voll von UFA und Einsamkeit, so schön es hier auch sein mag. Ich will zurück ins pralle Leben!«

»Gefällt mir«, sagte Roxy. »So mag ich meine Freundin. Greif doch bitte mal in meine Tasche, darin steckt unter anderem eine herrliche Flasche Sekt, und die köpfen wir jetzt!«

Es war noch dunkel, als Malou ein Klopfen hörte. Schlaftrunken fuhr sie hoch.

Die Kleine!

Aber Leonie war ja sicher bei ihren Eltern in München untergebracht und konnte noch nicht laufen, geschweige denn vor dem Haus herumgeistern.

Als sie das Fenster öffnete, stand Matthias davor.

»Wenn du den Wandel vom Sommer zum Herbst erleben willst, wäre jetzt die allerbeste Gelegenheit dazu«, sagte er. »Bald sind die Zugvögel nämlich alle weg.«

»Im Dunkeln?«

»Die Sonne geht bald auf. Da sollten wir bereits am Fohnsee sein.«

Es klang verlockend, aber würde sie sich dabei nicht blamieren, so wie alle anderen? Bis auf die kluge Ella hatte ja offenbar keiner seiner Begleiter Gnade vor Matthias' kritischen Augen gefunden.

»Ich weiß von Anna, dass du Besuch hast«, setzte er nach. »Aber bis der wach ist, sind wir längst wieder zurück.«

In diesem Dorf blieb nichts unbemerkt. Ein Grund mehr, weshalb Malou sich wieder nach der Stadt sehnte.

Aber war das nicht eine Gelegenheit, die niemals wiederkehrte?

»Ich komme«, flüsterte sie. »Warte einen Moment!«

Wasser ins Gesicht geschüttet, mit den Fingern durch die Haare gefahren, hinein in Jeans und Bluse, einen Pullover um die Schultern geworfen, Turnschuhe angezogen – so stand sie schließlich vor ihm.

»Wir nehmen meinen Wagen zum See«, sagte Matthias. »Dann sind wir schneller da.«

Es war nicht mehr ganz dunkel, das bekam Malou trotz

des Holperns und Klapperns ihres Gefährts durch die leicht verschmierten Fenster mit.

»Ein uralter Pritschenwagen«, erklärte Matthias. »Hat schon meinem Onkel gehört. Vielleicht hänge ich deshalb so an ihm. Und zum Transportieren ist er nahezu ideal.«

Natürlich waren sie die Einzigen am Parkplatz. Sie stiegen aus und liefen zum Wasser.

Inzwischen hatte der Himmel zu leuchten begonnen und wurde unaufhaltsam heller. Kaum eine Farbe, die nicht wie ein zarter Schleier über den Horizont wanderte. Unwillkürlich griff Malou nach Matthias' Hand, weil sie irgendetwas brauchte, um sich festzuhalten, und er ließ es zu, drückte sogar kurz zurück. Dann verschmolzen Orange, Blau und Violett zu Gold, und die Sonne ging auf.

Sie hatte seine Hand wieder losgelassen, schämte sich ein wenig für ihre Ergriffenheit.

»Diese Seen sind gegen Ende der letzten Eiszeit entstanden«, erklärte Matthias, als sei nichts gewesen. »Vor circa 17 000 Jahren, als Eisblöcke von der Hauptzunge des Isar-Loisach-Gletschers abgeschnitten wurden. Darauf kamen Sand und Geröll aus dem Schmelzwasser, und als das Eis abgeschmolzen war, blieben trichterförmige Becken zurück, die sich mit Schmelz- und Regenwasser, hauptsächlich aber mit Grundwasser füllten – die Osterseen, wie wir sie heute kennen.«

Langsam stieg die Sonne empor.

»Straußgras wächst hier«, sagte Matthias. »Binsen, der Wasserknöterich, das Pfeilkraut, sowie Schneidried und Fieberklee. Ich aber bin hinter den Algen her. Algen sind für mich die Pflanzen der Zukunft.«

Algen – damit verband Malou etwas Glitschiges, eher

Widerliches, aber vermutlich hatte sie einfach nur keine Ahnung.

Also nickte sie stumm.

Matthias schien zu spüren, wie wenig sie damit anfangen konnte, und wechselte feinfühlig das Thema.

»Wenn es wärmer wird, wimmelt es hier übrigens von Schmetterlingen«, fuhr er fort. »Es gibt hier aber auch über fünfzig Arten von Wasserkäfern. Und leider auch viele Kreuzottern. Gut, dass du geschlossene Schuhe anhast, aber pass bitte trotzdem auf, wohin du trittst.«

»Dann ist das hier ja ganz schön gefährlich«, murmelte Malou.

»Ein Biotop und eben kein Badetümpel.« Jetzt klang er plötzlich streng. »Die Stadtleute wollen sich mit Macht alles zu eigen machen und sind dann enttäuscht, wenn die Idylle kippt.«

Neben ihnen flog ein Vogel auf.

»Ein Grünspecht, schau an«, sagte Matthias. »Da vorn auf dem Wasser siehst du übrigens Haubentaucher, die überwintern hier.« Er reichte Malou ein Fernglas. »Die Blässhühner dort drüben dagegen verabschieden sich schon bald Richtung Mittelmeer und kommen erst im Frühling wieder zurück.«

»Und was ist das, dieses Zwitschern und Keckern?«

Matthias lachte.

»Gut gehört«, sagte er. »Das sind Schilfrohrsänger. Zarte braun-beige Vögel mit großem Stimmvolumen. Sie waren schon fast ausgerottet. Aber neue Populationen machen wieder Hoffnung.«

»Und dieses *Du-Du*?«, fragte sie weiter. »Welcher Vogel flötet so?«

»Das ist der bunte Gimpel, auch Dompfaff genannt. Eine

Art Stimmungsruf, den er gerade absetzt. Beim Abflug der Jungvögel hört sich das dann ganz anders an.« Matthias spitzte die Lippen. »*Büt-Büt*. Dann wissen die Kleinen Bescheid.«

»Richtig spannend, was du erzählst. Ich könnte dir stundenlang zuhören. Gleichzeitig kommt man sich neben dir aber auch ziemlich dumm vor«, sagte Malou. »Du weißt alles hier – und ich selbst weiß gar nichts. Das ist irgendwie deprimierend. Vielleicht haben deine Schüler deshalb so viel geplappert, um sich nicht ganz so verloren zu fühlen.«

»Interessanter Gedanke«, sagte er. »Dem sollte ich vielleicht einmal nachgehen.« Seine Stimme wurde weicher. »Dabei musst du gar nichts wissen. Mach die Augen auf und die Ohren, wenn du in der Natur bist. Sieh, höre, spüre. Mehr ist eigentlich gar nicht nötig.«

»Werde ich versuchen«, sagte Malou. »Etwas Zeit in diesem Paradies bleibt mir ja noch.« Sie fröstelte plötzlich, obwohl sie ihren Pullover trug. »Man merkt, dass der Herbst bald kommt«, fuhr sie fort und nahm all ihren Mut zusammen. »Ist schon ganz schön frisch, findest du nicht auch? Hättest du vielleicht Lust, dich bei einem Frühstück aufzuwärmen? Meine Freundin Roxy hat feine Leckereien aus München mitgebracht.«

»Nett gemeint, aber danke. Passt leider nicht in meinen Zeitplan.«

Malou sah ihn fragend an.

»Mein Flieger geht heute Mittag, und ich habe noch nicht ganz fertig gepackt. Dieser Ausflug heute war gewissermaßen ein Abschied.«

»Und wohin geht die Reise, wenn ich fragen darf?« Ihre Kehle war plötzlich ganz eng geworden.

»In die USA …« Er zögerte. »Nach Massachusetts. Zu

einem amerikanischen Kollegen, der auf einem ganz ähnlichen Sektor forscht wie ich. Boston ist eine spannende Stadt mit einem faszinierenden Umland, aber dort auf Dauer zu leben, ohne all das hier« – er machte eine weite Geste, die Himmel und See einschloss –, »könnte ich mir nur schwerlich vorstellen.«

»Du kommst also wieder zurück?«, fragte Malou.

»Ich komme immer zurück«, antwortete Matthias.

»Wo hast du denn gesteckt?« Roxys blonde Mähne stand nach allen Seiten ab. In ihrem rosa Babydoll sah sie aus, als wäre sie gerade einem Doris-Day-Film entsprungen. »Da wacht man auf und ist morgens auf einmal mutterseelenallein im Haus!«

»Am See.«

»Schon so früh?«

»Das musst du, wenn du erleben willst, wie die Sonne dort aufgeht.«

»Und war es schön?«, wollte Roxy wissen.

»Wunderschön, und auch ein bisschen traurig«, erwiderte Malou.

»Das muss ich jetzt aber nicht verstehen, oder?«

»Nein«, sagte Malou sehr nachdenklich. »Musst du nicht. Ich verstehe es ja selbst nicht so ganz.«

SECHS

Herbst/Winter 1966

»Wir kommen zu spät, Samy, wir kommen garantiert zu spät! Und ich habe gehört, dieser Schönherr kann ganz schön sauer werden, wenn ihm etwas nicht passt.«

»Beruhige dich, Malou. Es wird knapp, wie so oft, aber wir schaffen es«, erwiderte er. »Ist eben U-Bahn-Bau, da ist die Ludwigstraße nur einspurig befahrbar. Kann man nichts machen.«

»Ich habe dieses Olympia 1972 jetzt schon über, und wenn unser Sportreporter noch so sehr davon schwärmt«, entgegnete Malou aufgebracht. »Die ganze Stadt sieht immer mehr aus wie ein gestürmter Maulwurfsbau. Wie soll das alles denn jemals fertig werden? Jetzt wollen sie auch noch eine Holzbrücke über den Stachus bauen! Auf dem noch vor Kurzem verkehrsreichsten Platz in ganz Europa …«

»Hey«, sagte Samy liebevoll und hielt rechts in einer Parklücke an. »Was ist wirklich los? Irgendetwas liegt dir doch schwer auf der Seele.«

Malou senkte den Kopf.

Kaum jemand, der sie so gut kannte wie er.

»Ich habe es mir nicht so schwierig vorgestellt«, gestand sie ihm bedrückt. »Ich dachte, ich geh morgens beschwingt aus dem Haus, dann ist meine Mutter schon da und übernimmt die Kleine, oder ich bringe sie ganz entspannt zu meinen Eltern, und danach kann ich mich ganz auf meine Arbeit konzentrieren …«

»Aber so ist es nicht.«

Keine Frage, sondern eine Feststellung.

»Nein, so ist es ganz und gar nicht. Denn jeden zweiten Tag klappt etwas nicht. Wir verschlafen, oder Leonie und ich sind zu langsam, weil sie so lange für das Frühstück braucht, das sie mir im schlimmsten Fall dann auch noch auf die frische Bluse spuckt, meine Mutter verspätet sich, weil sie den Bus verpasst hat, ich stecke im Stau, wenn ich die Kleine zu Mama und Papa nach Neuhausen bringen will … Und dabei immer dieser Druck im Nacken, bloß nicht zu spät zur Redaktionskonferenz zu kommen.«

»Und wenn es doch passiert, was dann?« Samy klang ziemlich gelassen. »Die Welt wird deshalb nicht gleich untergehen, meinst du nicht auch?«

»Dann denken die Kollegen doch, jetzt macht sie auf Verlegertochter, die sich plötzlich alles erlauben kann! Aber das will ich nicht. Für mich hat sich in der Arbeit nichts geändert. Ich bin die Malou, die ich immer schon war, und …«

»… die jetzt allerdings eine kleine Tochter hat, die gut versorgt sein will. Lass sie doch denken, was sie wollen, Malou. Das tun sie ohnehin. Du machst deinen Job, und du machst ihn so gut wie eh und je.«

»Lieb von dir, dass du das sagst, mir selbst jedoch kommt es oft gar nicht so vor. Ich hadere mit allem und jedem – mit meinen Fragen, meinem Text, vor allem aber mit meiner Zeit. Diese Welt ist wirklich noch nicht auf alleinstehende, berufstätige Mütter vorbereitet«, erwiderte Malou. »Wieso gibt es bei uns nur diese deprimierenden Krippen, vor denen man wegrennen möchte, und keine ansprechenden Einrichtungen, in denen auch Kleinkinder unter drei Jahren liebevoll betreut werden? Leonie hat den Sommer in Iffeldorf mit ihrem Freund Ludwig so genossen. Ich glaube, sie vermisst ihn richtig. Kinder wollen zu Kindern, ganz egal, wie jung sie noch sind.«

»Ich denke, du musst Geduld haben. Es wird sich einspielen. Ihr braucht einfach noch ein wenig Zeit. Und nun will ich ein heiteres Gesicht sehen.«

Malou grinste übertrieben.

»So?«, fragte sie. »Sag bloß schnell Ja, mir tut nämlich schon der Mund weh.«

»Schon sehr viel besser«, antwortete Samy. »So fahren wir jetzt weiter zu Herrn Schönherr.«

Der Schauspieler hatte als Treffpunkt das Restaurant Bei Mario in der Maxvorstadt vorgeschlagen, das die beiden tatsächlich zwanzig Minuten später als vereinbart erreichten. Dietmar Schönherr erhob sich sichtlich genervt, als Malou hereingestürmt kam, gefolgt von Samy, der bei ihrem Tempo kaum mithalten konnte.

»Ich bin untröstlich«, sagte sie, als sie seine verdrießliche Miene bemerkte. »Nichts als tausend Umleitungen – bitte verzeihen Sie. Ich habe einige Monate auf dem Land gelebt und bin an diese aufgebuddelte Stadt einfach noch nicht wieder gewöhnt.«

Er nickte knapp. Ein freundliches Gesicht sah allerdings anders aus.

»Da wollen meine Frau und ich gerade hin. Weg aus der Stadt. Raus aufs Land – und dort in Frieden zusammen auf einem schönen Bauernhof leben.«

Jetzt versuchte sie es noch einmal frontal.

»Dabei habe ich mich so auf Sie gefreut.« Malou streckte ihm mit ihrem freundlichsten Lächeln die Hand entgegen. »Malou Graf vom *Tag,* und das ist mein Kollege Siegfried Samtner, unser Fotograf.«

»Etwa der von *Sündiges München*?« Schönherrs Züge wirkten plötzlich sehr viel entspannter.

»Genau der.« Samy strahlte. »Sie kennen unser Buch? Mein wunderbarer Textautor Viktor Bárthoy hat das Erscheinen ja leider nicht mehr erlebt.«

»Und ob ich es kenne! Und ich schätze es sehr. Viermal habe ich es bereits verschenkt. Tut ja so gut, München endlich mal aus einer ganz anderen Perspektive zu erleben. Diese aufgesetzte Biederkeit üblicher Publikationen ist ja kaum zu ertragen! Als ich neulich direkt beim Verlag nachbestellen wollte, erhielt ich dort die Auskunft, es sei sogar schon ein zweiter Band in Planung. Ich darf also hoffen?«

»Ich bin dran«, bestätigte Samy. »Tut sich in dieser Richtung gerade so einiges in der Stadt. Manche der alten Lasterhöhlen verschwinden für immer, dafür machen neue auf. Das sollte unbedingt fotografisch dokumentiert werden.«

»Einen Käufer für diesen neuen Band haben Sie schon.« Jetzt lächelte Dietmar Schönherr sogar. »Nein, zwei! Meine Frau mag Ihre Arbeiten nämlich auch.«

Sie bestellten Wasser und Rotwein. Der Schauspieler schwärmte von der Pizza, die man hier unbedingt probieren müsse, also entschieden sie sich alle für die von ihm vorgeschlagene Variante Pizza Margherita.

Malou fragte Dietmar Schönherr, ob sie eine Tonbandaufnahme des Gesprächs machen dürfe.

Kurzes Nicken. Schien ihm egal zu sein.

Sie kam sofort zum Thema. »›Was heute noch wie ein Märchen klingt, kann morgen Wirklichkeit sein … Es gibt keine Nationalstaaten mehr‹«, sagte sie. »Mit diesem spannenden Satz beginnt der Straßenfeger *Raumpatrouille – die fantastischen Abenteuer des Raumschiffs Orion,* der nun jeden zweiten Samstagabend nahezu die gesamte Nation vor den Bildschirm zieht. Wie passt das für Sie zusammen: eine politische Vision und Science Fiction?«

Schönherr runzelte die Stirn. »Wäre es nicht schön, wenn die Menschheit tatsächlich eines Tages klüger würde und dieses nationale Klein-Klein aus dem 19. Jahrhundert endlich hinter sich lassen könnte?«, sagte er. »Wie viel Leid könnte sie sich damit ersparen! Betrachten Sie nur einmal die aktuelle Weltpolitik. Bomben über Vietnam, Kalter Krieg der Supermächte, keinerlei Annäherung zwischen Ost und West. Die einen Staaten werden immer reicher, die anderen immer ärmer – ist das nicht alles ein einziges Trauerspiel?« Er wurde lauter. »Ja, ich bin und bleibe ein politisch denkender Kopf. Aber sagen Sie doch selbst: Kann man anders überhaupt leben?«

»Im Jahr 3000, in dem Ihre Serie spielt, ist das alles überwunden«, fuhr Malou fort, ohne seine Frage zu beantworten, weil sie nicht zu weit vom Thema abkommen wollte. »Da droht der Erde dann allerdings Gefahr von ganz anderer Seite: Die außerirdischen Frogs bereiten eine Invasion vor, die Sie, Commander Cliff Allister McLane natürlich verhindern. Sie spielen einen rebellischen, eigenwilligen Charakter, so gar nicht von der Stange …«

»Rebellion liegt mir im Blut«, unterbrach sie Schönherr. »Und als eigenwillig galt ich schon als Junge. Das passt also ganz gut. Immerhin küsst McLane am Schluss die gestrenge Tamara Jagellovsk, ihres Zeichens Leutnant, die für die Ge-

genseite gearbeitet hat – natürlich nur im Dienst einer großen gemeinsamen Sache. Wenn Sie so wollen, eine Versöhnung zwischen Ost und West. So weit ist die Realpolitik leider noch lange nicht.«

Beide lachten.

»Ich liebe die Ausstattung der Serie«, sagte Malou. »Alles wirkt so … futuristisch!«

»Dabei mussten wir beim Drehen in den Bavaria Filmstudios mit den einfachsten Mitteln zurechtkommen: silberne Föhns, Gabeln und Badewanneneinläufe in Großaufnahme … Aber es funktionierte irgendwie trotzdem. Um einen Planeten explodieren zu lassen, wurde eine Gipskugel mit Reis, Rosinen, Kaffeepulver und Mehl gefüllt, und anschließend mit Pressluft alles herausgeblasen – kostet fast gar nichts, bringt aber einen Rieseneffekt! Spannung passiert eben vor allem im Kopf.«

Malou nickte enthusiastisch. »Aber zurück zu Ihren Wurzeln, Herr Schönherr: Sie stammen aus adeligem Hause, Großvater wie auch Vater waren hohe Militärs. Sie sind gewissermaßen diesen Fußstapfen gefolgt, wenngleich als Schauspieler. Hatte die Familie nicht eigentlich ganz andere Pläne für Sie?«

»Der Adel wurde in Österreich 1919 abgeschafft, seitdem sind wir ganz normale Bürgerliche«, erklärte er. »Mein Vater war ein musisch interessierter Oberst im österreichischen Generalstab und später dann Generalleutnant in der deutschen Wehrmacht. Zum Glück hat er auch mit Widerständlern sympathisiert. Und in seinem Nachlass haben wir Antikriegsgedichte gefunden.«

Die Pizzen wurden serviert. Schönherr zerschnitt seine fast grimmig.

»Ich, dessen Sohn, hab trotzdem die typischen Dummheiten meiner Generation begangen«, fuhr er dabei fort. »Als Sechzehnjähriger zum Beispiel die Hauptrolle im UFA-Film *Junge Adler* gespielt, weil mich die Gage gereizt hat, die über dem Jahressold meines Vaters lag, und mich noch 1944 freiwillig bei den Gebirgsjägern gemeldet. Kurz vor Kriegsende bin ich dann allerdings desertiert und hab mich bei einem Bauern versteckt, bis der Spuk endlich vorbei war. Seitdem bin ich Pazifist aus Überzeugung.«

»Nach einem kurzen Intermezzo als Architekturstudent haben Sie als Sprecher, Schauspieler, Regisseur und Reporter beim ORF gearbeitet, haben Schlager gesungen, wurden Hörfunkdramaturg beim WDR, sind auf vielen Bühnen gestanden und seit den Fünfzigerjahren im Fernsehen zu sehen. Seit *Raumschiff Orion* aber kennt und liebt Sie nun definitiv ganz Deutschland. Männer bewundern und beneiden Sie, viele Frauen sind in Sie verliebt. Man hat mir von Körben voller Fanpost berichtet, die Sie erreicht. Wie erklären Sie sich diesen Erfolg?«

Schönherr zuckte mit den Achseln. »Keine Ahnung. Sagen Sie es mir.«

»Jetzt bitte genauso bleiben!«, rief Samy, der aufgesprungen war und eine ganze Serie von Fotos schoss. »So habe ich Ihren Charakterkopf bestens im Bild!«

»Vielleicht weil viele Männer sich wünschen, im realen Leben auch so clever zu sein wie Sie in dieser Serie«, unternahm Malou einen Erklärungsversuch. »So männlich, so stark, jeder Situation überlegen, so …«

»… machohaft?«, ergänzte Schönherr. »Sprechen Sie es ruhig aus. Vivi liebt diese Seite an mir, aber nur weil sie weiß, dass es auch die andere, sanftere gibt.«

»Dietmar Schönherr und Vivi Bach, ein österreichischer Schauspieler und eine dänische Sängerin, die beide von der Gunst des Publikums leben: Gibt es da nicht doch manchmal so etwas wie Eifersucht oder sogar Neidgefühle, wenn es bei einem beruflich besser läuft als beim anderen?«

Die Frage gefiel ihm nicht. Sein Gesicht wurde fast wieder so grantig wie anfangs.

»So etwas kennen meine Vivi und ich nicht. Jedenfalls nicht auf den jeweils anderen bezogen. Dazu stehen wir uns viel zu nah. Wer richtig liebt, neidet nicht. Für mich schließt sich das aus. Und werden Sie jetzt bitte bloß nicht zu persönlich.«

Dietmar Schönherr gestikulierte lebhaft mit seiner Gabel.

Offenkundig hatte Malou einen wunden Punkt getroffen. Sie ließ sich nicht abschrecken. Er war bereits zum zweiten Mal verheiratet, redete in der Regel aber nicht darüber.

»Das wäre dann meine weitere Frage gewesen, Herr Schönherr: Wie halten Sie es mit der Liebe? Ist man in der zweiten Ehe klüger?«

Jetzt spielte ein Lächeln um seine Lippen.

»Die Liebe habe ich gefunden. Endlich. Fast vierzig Jahre alt musste ich dafür werden, aber nun lasse ich sie nie wieder los. Meine erste Ehe war in vielerlei Hinsicht ein Kompromiss, diese zweite empfinde ich als ein einziges Wunder. Vivi und ich haben letztes Jahr geheiratet, und jetzt planen wir einen ganzen Stall voller Kinder. Am besten lauter Jungs. So jedenfalls wünscht sie es sich. Soll mir recht sein, ich nehme sie alle mit Freude. Wir sind schon eifrig am Üben …«

Er grinste.

Malou lächelte.

»Kleine Mädchen können ebenfalls ziemlich überzeugend sein.« Sie holte Leonies Foto, eines von Samys stimmungsvollen Babyporträts, aus ihrer Brieftasche und legte es auf den Tisch. »Allerdings bisweilen auch ganz schön anstrengend, das kann ich Ihnen verraten!«

»Ihre Tochter?«, fragte er interessiert. »Wie alt ist sie?«

Malou nickte. »Im Januar wird sie eins. Sie kam übrigens in Kitzbühel auf die Welt, weil sie es ganz besonders eilig hatte.«

»Hinreißend. Was für ein perfektes kleines Persönchen! Ich beneide Sie, Frau Graf.« Jetzt lächelte Schönherr. »Mir persönlich wäre das Geschlecht übrigens vollkommen schnuppe. Hauptsache, alles ist dran, was dran sein soll. Freude im Leben sollten sie haben, und selbstständig zu denken sollten sie lernen, egal ob Junge oder Mädchen. Aber dafür sind ja schließlich vor allem die Eltern zuständig.«

»Darf ich Sie noch fragen, wohin Ihre berufliche Reise nach dem Weltall gehen wird?«, fragte Malou zum Abschied.

»Es gibt da ein paar interessante Theaterprojekte, denn Commander McLane werde ich garantiert nicht bis an mein Lebensende bleiben, Erfolg hin, Fanpost her«, antwortete er. »Was mich wirklich reizen würde, wäre eine eigene Fernsehshow. Nicht dieses Großvaterprogramm im Stil von Peter Frankenfeld und Hans-Joachim Kulenkampff, das sollen die beiden ruhig ohne mich weitermachen. Und bloß kein *Goldener Schuß* Nummer zwei, obwohl die interaktive Idee daran im Grunde gar nicht so verkehrt ist. Läuft wahrscheinlich deshalb schon seit Jahren. Aber wer soll dieses holländische Gesülze eines Lou van Burg denn noch lange aushalten? Die Zeiten ändern sich gerade in der Musik, der Literatur, der Mode. Alles wird frecher, kühner, moderner. Warum also nicht auch im Fernsehen?«

Er kam immer mehr in Fahrt. Seine Augen strahlten, so beseelt wirkte er auf einmal, und Malou hörte interessiert zu.

»Gibt es da denn schon Konkreteres?«, fragte sie. »Das würde unsere Leser sicherlich sehr interessieren!«

»Ein paar wilde Ideen, das ja, aber noch nichts Spruchreifes. Ich denke da an etwas Spannendes, Aufregendes, etwas ganz Neues. Durchaus geeignet für die ganze Familie. Etwas, das die Leute baff macht, über ihre Grenzen führt und sie gleichzeitig zum Nachdenken anregt. So etwas wünsche ich mir!«

*

»Deinen Schönherr-Artikel von vorgestern mochte ich«, sagte Adrienne, während sie nach der Konferenz Seite an Seite die Treppe hinabstiegen. »Du hast definitiv den Dreh raus, Menschen zum Reden zu bringen. Dir vertrauen sie Dinge an, die sie anderen nicht verraten würden. Das kann *Der Tag* dringend brauchen. Gerade jetzt. Denn allmählich bekommen auch wir die Rezession deutlich zu spüren. Unser Blatt wird dünner. Wichtige Anzeigenkunden brechen weg. Da hilft so eine Headline wie WELTALL-HELD TRÄUMT VON KINDERSEGEN auf deiner *Blitzlicht*-Seite. Deinen Bericht über diesen smarten Raumschiff-Commander, der sich mit seiner Vivi lauter kleine McLanes wünscht, wollten offensichtlich sehr viele lesen. Ist er im wahren Leben auch so sexy wie auf dem Bildschirm?«

»Einfach ist er jedenfalls nicht. Ziemlich barsch, und dann im nächsten Moment wieder hypersensibel«, sagte Malou. »Ich glaube, er kann richtig jähzornig werden, wenn ihm etwas gegen den Strich geht. Streit mit ihm möchte ich jedenfalls keinen. Und sexy? Mir wäre er als Mann zu anstrengend.«

»Dein Verleger-Vater hält größte Stücke auf dich. Wie liebevoll er dich während der Konferenz immer mustert«, wechselte Adrienne abrupt das Thema. »Wahrscheinlich, weil du ihm keinen Ärger machst – im Gegenteil zu seiner Gattin Camilla, die angeblich total sauer über diese wirtschaftliche Flaute sein soll. Ella hat die beiden in seinem Büro aufgebracht streiten hören. Am liebsten würde er seinen neuen Familienanschluss wohl auf Händen tragen.«

»Jetzt übertreibst du aber maßlos«, entgegnete Malou. »Familienanschluss? Da lache ich ja! Es gab bisher genau zwei Einladungen zum Kaffeetrinken in seiner Villa, die ich allerdings leider absagen musste, weil die Kleine jedes Mal gekränkelt hat. Camilla schien reichlich erleichtert darüber zu sein. Mit Nathalie telefoniere ich regelmäßig. Sie hat uns in Schwabing besucht und mit Leonie herumgealbert. Inzwischen vertraut sie mir sogar ein paar ihrer Teenagergeheimnisse an, richtig goldig. Von einer beruflichen Sonderbehandlung merke ich nichts. Neulich hat mein Vater mich sogar ordentlich angeraunzt, als ich zu spät zur Konferenz gekommen bin, dabei hatte Leonie Fieber, und das musste doch erst abgeklärt werden, bevor ich sie mit Mama allein lassen konnte.«

»Heribert Klein und der unsägliche Schenk machen hinter den Kulissen übrigens ordentlich Stimmung gegen dich. Und der Neue, der seit ein paar Wochen die Lokalredaktion ergänzt, hat sich ihnen freudig angeschlossen.«

Das verriet Adrienne Malou allerdings erst, nachdem sie in Malous kleinem Büro angekommen waren, das früher einmal Viktor Bárthoy gehört hatte. Knappe acht Quadratmeter, Tisch, Schreibmaschine, Telefon, ihr Hängearchiv, ein paar Regale. Klein und schlicht, aber immerhin ein Raum, der ihr allein gehörte. Und natürlich hing eins von Samys grandiosen Babyfotos als Vergrößerung an der Wand. Wann immer

Malou aufschaute, lächelte ihr Leonie mit den ersten beiden Zähnchen entgegen.

»Kurt Maschke?«, fragte Malou überrascht. »Mir gegenüber tut er immer ganz freundlich. Chefredakteur Hornberg scheint größte Stücke auf ihn zu halten.«

»Eben drum.« Adrienne hatte es sich auf der Fensterbank bequem gemacht. »Sei auf der Hut, dieser Maschke ist eine ganz linke Socke. Mr. Neunmalklug würde alles tun, um zu beweisen, dass er der große Zampano ist, und eigentlich viel zu schade für den Lokalteil. Ella hat er schon zweimal in ausgesprochen blöde Situationen gebracht. Erst hat er behauptet, zum Thema Ränkespiele im Münchner Stadtrat gäbe es aktuell nichts Verwertbares, und dann, nachdem sie unseren Chefredakteur dementsprechend informiert hatte, lag prompt sein fertiger Artikel dazu auf Hornbergs Tisch.«

Ella. Seit dem Sommer an den Osterseen war Malous Beziehung zu ihr schwieriger geworden. Malou hatte ihr zunächst nichts über Matthias Krieger erzählen wollen, aber als Ella nachgebohrt hatte, rückte sie doch mit dem gemeinsamen Morgen am See heraus. Zum Glück hatte sie die Begegnung in der Kirche mit all seinen Geständnissen nicht erwähnt, aber scheinbar reichte das Ella bereits aus, um sich ihr gegenüber zu verschließen. Zwar erkundigte sie sich nach wie vor nach Leonie und hatte letztens ein reizendes gelbes Wolljäckchen als Geschenk für die Kleine auf Malous Schreibtisch gelegt – und dennoch spürte diese genau, dass ihre Freundin sich innerlich von ihr entfernt hatte.

Alte Eifersucht?

Aber worauf eigentlich?

Zwischen Malou und dem Biologen aus Iffeldorf war doch überhaupt nichts passiert!

Oder etwa doch?

»Wo bist du gerade, Malou?«, hörte sie Adrienne fragen. »Das klappt doch heute Abend mit uns? Diesen schwarzen Gitarrengott namens Jimi Hendrix solltest du dir keinesfalls entgehen lassen. Ein ganz großes Talent, wie man hört, womöglich auf dem Sprung zur Weltkarriere. Samy wird natürlich vor Ort sein und tolle Bilder liefern. Ihr wollt ja schließlich auch die ganz jungen Leser ansprechen …«

Das Konzert. Wie schwierig war es gewesen, für den heutigen Abend einen Babysitter für Leonie zu organisieren! Ihre Mutter hatte sie nicht fragen wollen, bei der war die Kleine ohnehin tagsüber viele Stunden. Ella fiel aus, seitdem sie auf Distanz gegangen war, blieb also nur Roxy übrig, die zwei Termine hatte hin- und herschieben müssen, bevor sie schließlich zusagen konnte.

Und dann blieb immer noch das schlechte Gewissen, das Malou jedes Mal überfiel, wenn sie nicht bei ihrem Kind sein konnte …

»Ja, ich werde da sein«, erwiderte sie. »Aber ich glaube, ich brauche bald so etwas wie ein Kindermädchen. So wie in den guten alten Zeiten, obwohl ich leider alles andere als ein hochherrschaftlicher Haushalt bin.«

»Warum suchst du dir kein Au-pair-Mädchen?«, schlug Adrienne vor. »Eine sympathische junge Französin, Engländerin oder Italienerin, die freie Kost und Logis erhält, ein anständiges Taschengeld bekommt und dein Kind hütet? Hast du daran schon mal gedacht?«

Malou schüttelte den Kopf. »In London, Paris oder Rom vielleicht – aber in unserem konservativen München? Da gilt man doch sofort als Rabenmutter, die mit ihrem Baby allein nicht klarkommt!«

»Wenn du dich da mal nicht gewaltig täuschst«, widersprach ihre Freundin. »Das machen immer mehr Familien, wird nur nicht öffentlich darüber geredet. Und was die Leute denken – pfeif drauf! Viele Sprachstudentinnen wollen hier Deutsch lernen. Ihr müsstet euch mit den Zeiten abstimmen, aber das wäre hinzubekommen, und deine Mutter könnte dich ja trotzdem weiterhin unterstützen.«

»Und wo soll ich sie unterbringen?«, fragte Malou. »Bei mir im Doppelbett?«

Adrienne grinste anzüglich.

»Käme im Einzelfall ganz darauf an … Nein, im Ernst: Du hast doch noch die Kammer, da räumst du alles, was sich dort angesammelt hat, in den Keller. Den Schrank lässt du drin, stellst ein Bett, einen Tisch und einen Stuhl dazu – fertig! Ja, es ist eng, aber wenn du sie den Rest der Wohnung mitbenutzen lässt, müsste es gehen. Ist ja nicht für ewig. In zwei Jahren kommt Leonie in den Kindergarten, dann sieht alles schon wieder ganz anders aus.«

Keine schlechte Idee. Manchmal konnte Adrienne ausgesprochen praktisch denken.

Auf dem Nachhauseweg grübelte Malou darüber nach.

Ihre Mutter sah blass aus und wirkte angestrengt, als sie ihr Leonie übergab. Die Kleine robbte inzwischen mit erstaunlicher Geschwindigkeit durch die Wohnung, der rote Kater oft hinterher. Sie ständig zu beobachten und aufzupassen, dass sie sich dabei nicht irgendwo anstieß, war mehr als anstrengend.

Wie würde das erst werden, wenn Leonie zu laufen begann?

Sie zog sich bereits am Tisch hoch, wann immer sie Gelegenheit dazu hatte.

War also bloß noch eine Frage der Zeit …

»Mein Rücken«, stöhnte Malous Mutter. Ihr Make-up war

zerlaufen, und die himmelblaue Batistbluse hatte ein paar hässliche orange-braune Flecken vom Karottenbrei, gemischt mit passiertem Rindfleisch, abbekommen, was sie jedoch tapfer überging. »Dieses ständige Auf und Nieder macht mir zu schaffen. Und ganz schön schwer ist unser kleiner Sonnenschein geworden! Da merkt man dann eben doch, dass die Fünfzig nicht mehr allzu fern ist. Dazu noch dieses temperamentvolle Tier, das ihr wie ein Schatten folgt …«

Hieß das, sie sehnte sich nach den Tagen in der Drogerie zurück, wo sie perfekt zurechtgemacht im blütenweißen Kittel hinter dem Verkaufstresen Kunden bedient hatte?

»Achtunddreißig, Mama«, schmeichelte Malou, um die Stimmung zu heben. »Allerhöchstens!«

Leider verpuffte das Kompliment wirkungslos. Stattdessen nahm Karin Graf ihre Tochter kritisch in Augenschein.

»Du siehst auch ganz schön fertig aus, Marie. Blass und richtig müde. Nimmt dein Vater« – sie spuckte das Wort aus wie eine verfaulte Frucht – »denn kein bisschen Rücksicht auf dich? Er weiß doch, dass du eine junge Mutter bist – und Witwe dazu!«

Also noch immer keine Anzeichen für eine Versöhnung von ihrer Seite. Der alte Schmerz saß offenbar zu tief.

»Der war heute gar nicht im Verlag, Mama«, sagte Malou. »Es ist nur der ganz normale Alltagswahnsinn. In einer Redaktion geht es immer rund, da gibt es keine Sonderbehandlungen. Aber genau so will ich es ja auch.«

Wollte sie es wirklich so?

Während sie Leonie zu Hause badete, wickelte und anschließend zum Schlafen fertig machte, gingen Malou tausend verschiedene Gedanken durch den Kopf. Ja, sie hatte sich in der Stille von Iffeldorf öfters nach den Kollegen und der Betriebsamkeit der Redaktion zurückgesehnt – jetzt aber wurde ihr der ganze Trubel manchmal trotzdem zu viel. Ein Buch zu schreiben, war wie ein Marathon, für den man sich Zeit und Kraft gut einteilen musste, um ans Ziel zu gelangen. Das war ihr gelungen. Nun aber war sie wieder bei den 100-Meter-Sprints angelangt, bei denen sie täglich alles geben musste, um mitzuhalten.

Sie küsste das duftende Köpfchen ihrer Kleinen.

Die feinen Haare waren nicht mehr ganz so dunkel wie anfangs, doch Leonie würde vermutlich brünett bleiben – ein reizvoller Kontrast zu den hellen graugrünen Augen ihres Vaters. Allerdings schimmerten die Strähnen im Sonnenlicht beinahe rötlich. Eine Prise Malou steckte eben doch auch in der Kleinen …

Ach, Philipp, wie gern hättest du dein Kind aufwachsen sehen!

Die Sehnsucht nach ihm überfiel Malou wie ein Fieberschub.

Mit feuchten Augen blieb sie neben der Kleinen sitzen, bis diese eingeschlafen war.

Erst danach zog sie sich rasch um und legte frisches Make-up auf, eine Spur kräftiger als üblich.

»He, hab ich da etwa was verpasst?«, fragte Roxy beeindruckt, als sie wenig später zum Babyhüten eintraf. »Du siehst ja aus wie eine ganz heiße Braut!«

»Ist doch nix Besonderes«, erwiderte Malou. »Neue Jeans und Philipps altes schwarzes Hemd. Dazu meine großen Silberohrringe. In einen Beatschuppen kann ich ja schlecht im Kostümchen gehen.«

»Dazu knallroter Lippenstift. Echt sündig.« Roxy lugte zum Wiegenkorb. »Unsere Prinzessin schläft schon?«

»Ja. Mama hat sie müde gespielt, und andersrum. Und ich bin es ehrlich gesagt auch. Deshalb werde ich auch nicht lange weg sein. Du bist also bald wieder erlöst.«

»Als ob dein goldiges Kind eine Strafe wäre! Ich bin gern bei der Kleinen, und heute habe ich ohnehin die allerbeste Laune. Stell dir vor, Ariola bringt tatsächlich meine neue Scheibe raus!«

Sie lächelte strahlend.

»Das Chanson mit dem Text von Mascha Kaléko?«, fragte Malou überrascht.

Für einen Moment sanken Roxys Mundwinkel nach unten, dann jedoch lächelte sie wieder, jetzt allerdings bemühter.

»Ganz so weit sind wir noch nicht«, gestand sie. »Ich muss erst einem breiteren Publikum bekannt sein, bevor ich mir solche Extravaganzen leisten kann, das meint auch Joe. Aber wir arbeiten weiterhin daran. In der Zwischenzeit singe ich Schlager. Auch nicht schlecht, oder? Wir müssen eben alle Abstriche von unseren Träumen machen.«

»Und wie heißt dein Schlager?«, fragte Malou.

»*Und ein Zug fährt durch die Nacht.* Das englische Original stammt aus dem Jahr 1924.« Jetzt grinste Roxy. »Schätze, da wird sich kaum jemand daran erinnern. Es gab schon mal eine deutsche Version, gesungen von Peter Beil, und nun folgt eben die weibliche Coverversion von Roxy Rosen.« Sie klopfte Malou spielerisch auf den Popo. »Und jetzt ab mit dir! Fräulein Leonie und ich wollen schließlich auch mal ungestört sein!«

Das Big Apple war bereits gut gefüllt, als Malou dort eintraf. Sie war zu Fuß durch den regnerischen Novemberabend bis zur Leopoldstraße gegangen, tief in Gedanken und Erinnerungen an diesen Ort versunken. Mit Freddy hatte sie den Club mehrmals besucht, kurz nachdem er aufgemacht hatte, und mit Chris dort eine unvergessliche Tanznacht verbracht. Samy winkte ihr aufgeregt entgegen, sobald sie auf den steilen Stufen ins Kellergeschoss gelangt war. Die Tanzfläche war voll und wirkte noch enger als sonst, da auf ihr zusätzlich eine provisorische Bühne aufgebaut war. Aber auch in den Nischen mit den geschwungenen Tischen und den lederbezogenen Sitzbänken war kein Platz mehr frei.

»Der Typ ist der blanke Wahnsinn«, sagte Samy. »Goldenes Hemd, knallenge Lederhose und ein Afro zum Niederknien. Die ersten Fotos sind zum Glück im Kasten.« Er klopfte auf seine umgehängte Kamera. »Leider ist es hier unten so verdammt dunkel, dass ich mit Blitz arbeiten muss. Aber ich kann durchaus verstehen, dass die Fans ihn göttlich finden – besonders die weiblichen!«

»Hat er denn schon gespielt?«, fragte Malou, weil auf dem Plattenteller gerade *Yellow Submarine* von den Beatles lief, so laut, dass sie dagegen anschreien musste.

»Die erste Show muss sensationell gewesen sein.« Das kam von Adrienne, die in ihrem üblichen weißen Outfit unter den anderen Besuchern herausstach. »Und hat mit einem echten Paukenschlag geendet. Als die Fans Jimi mit aller Macht auf die Tanzfläche ziehen wollten, ist er vollkommen ausgerastet und hat aus Wut seine Gitarre zerschmettert.«

»Und das hast du alles fotografiert?«, fragte Malou Samy. »Das wäre ja ein Knaller für die *Blitzlicht*-Seite!«

»Leider nicht. Da war ich gerade kurz draußen, frische Luft schnappen. In dem Zigarettenqualm hier unten wäre ich nämlich sonst erstickt. Im Nachhinein könnte ich mich dafür natürlich ohrfeigen …«

Er wirkte zerknirscht.

»Danach war Jimi Hendrix offenbar nicht einmal mehr in Stimmung für einen besonders aufdringlichen Groupie«, sagte Adrienne. »Witzig, so eine geplatzte Rockstar-Anmache live zu erleben!«

»Vielleicht war sie nicht sein Typ«, bemerkte Malou.

Samy grinste.

»Schmollmund, wilde Mähne, durchsichtige Bluse und Beine bis zum Himmel. So einen knappen Mini, wie sie ihn trägt, hab ich selten gesehen. Diese Uschi Obermeier, die hier Stammgast ist, würde garantiert kein Kerl von der Bettkante stoßen.«

»Ich möchte ihn unbedingt nach der Show interviewen«, sagte Malou. »Und wenn es nur ein paar Fragen sind. Hoffentlich klappt das, weil …«

Der Rest ihres Satzes ging im Schlagzeugwirbel unter.

»Ladies and gentlemen – The Jimi Hendrix Experience Band!«, kündigte der Discjockey an.

Jetzt trug Jimi Hendrix zu einer bunt gestreiften Samthose ein Blütenhemd, was an jedem anderen Mann vollkommen danebengewirkt hätte; er jedoch sah in dieser ungewöhnlichen Kombination beneidenswert sexy aus.

Jimi hielt eine unversehrte Gitarre in der Hand. Nachschub schien also vorhanden zu sein. Und seine gute Laune schien er inzwischen auch wiedergefunden zu haben.

»An old song in a new version«, hauchte er ins Mikrofon. *»I hope you'll like it.«*

War er schüchtern? Es wirkte fast so.

Hey Joe, where you goin' with that gun in your hand – mit diesem Song begann er und spielte dazu linkshändig Gitarre, das fiel Malou als Erstes auf.

Und wie er sie spielte!

Auf dem Rücken, die Gitarre zwischen den Beinen haltend, als würde er Sex mit ihr treiben, sie über dem Kopf balancierend, mit der Zunge im Stehen die Seiten zupfend, dann wieder breitbeinig hockend …

Das wechselhafte Stroboskoplicht ließ sein Gesicht dabei mal weich, mal wie eine Fratze erscheinen.

Nach einem schier endlosen Gitarrensolo explodierte frenetischer Beifall.

The Wind Cries Mary folgte als nächster Song. Seine Stimme war nicht groß, aber unverwechselbar und das Gitarrenspiel erneut überragend.

Dann kündigte Jimi Hendrix die nächste Nummer an. *Foxy Lady.* Das Licht wurde ruhiger.

Rötliche Farben überwogen.

Foxy. So hatte Chris sie wegen ihrer rötlichen Haare einmal zärtlich genannt, in jener verzauberten Nacht, in der sie sich aus Versehen gefährlich nah gekommen waren …

Für einen Moment schloss Malou die Augen, verlor sich kurz in ihren Erinnerungen.

Als sie die Augen wieder öffnete, sah sie am Rand der Tanzfläche eine schmale schwarz gekleidete Gestalt auf Krücken, die unverwandt zu ihr herüberstarrte.

Eindeutig männlich.

Eindeutig Chris?

Die schwarze Kapuze verbarg seine Haare, doch eine helle Strähne lugte aus dem Stoff hervor.

War er zurück in München? Und niemand hatte ihr etwas davon gesagt, er selbst eingeschlossen?

Nun starrte sie ebenfalls zu ihm hinüber, ihrem Halbbruder, der genau genommen nicht einmal das war.

Wie sollten sie sich nun begegnen?

Wie viel durfte sie sagen, um die Situation zu klären, ohne ihrem Vater und seinem Versprechen dabei in den Rücken zu fallen?

Noch einmal blickte Malou zu der Gestalt hinüber, von der sie durch die Menge wogender Leiber getrennt wurde. Zu ihm durchzukommen, um sich wirklich zu überzeugen, war ein Ding der Unmöglichkeit.

Sie musste abwarten, bis das Konzert zu Ende war.

Wild Thing wurde angestimmt, der aktuelle Hit der Troggs, eigentlich das, was man einen »Bumms-Beat« nannte, nun allerdings in ganz anderem Gewand. Jimi Hendrix zelebrierte ihn lang, laut und wild auf der Bühne umherstampfend. Dabei trat er eine der Bassdrums um.

Absicht? Versehen?

Das wusste nur er allein.

Ein Aufschrei aus dem Publikum schien ihn nur noch mehr anzustacheln. Er packte seine Gitarre und rammte sie mit voller Wucht in die Verstärkerbox.

Der Gitarrenhals brach. Die Saiten klangen nach. Es hörte sich fast wie zorniges Weinen an.

Ein letzter Schlagzeugwirbel. Kurz wurde es stockdunkel im Big Apple.

Schließlich ging das Licht wieder an.

Die Bühne war leer, Hendrix und seine Bandmitglieder waren verschwunden, ebenso wie das misshandelte Instrument.

Gleiches galt für den Mann mit den Krücken auf der anderen Seite der Tanzfläche, zu dem Malous Blick nun wieder wandern wollte.

»Ich hab alles auf dem Film.« Schwer atmend drängte sich

Samy zu Malou durch. »Das werden Bilder – ich kann kaum abwarten, sie zu entwickeln!«

»Ich würde Hendrix gern noch kurz sprechen. Wo ist hier die Künstlergarderobe, weißt du das?«, fragte Malou.

»Dort hinten.« Samy deutete auf eine schwarz bemalte Tür. »Ich komm mit.«

Doch sie hatten kein Glück.

Ein magerer Mann mit gegelter Igelfrisur verwehrte ihnen den Eintritt.

»*No interviews*«, sagte er. »Jimi braucht Ruhe. Morgen geht es ja schließlich mit den Konzerten weiter.«

Aber so schnell gab sie nicht auf.

»Ich bin Malou Graf vom *Tag* und möchte ihn gerne …«

»Hören Sie schlecht? Keine Journalisten, kapiert?«, raunzte der Igelkopf zurück und verschwand in der Garderobe.

»Wir warten«, entschied Malou. »Vielleicht kommt er ja raus, und ich kann ihn doch noch abfangen. Und wenn nicht, versuche ich es morgen im Hotel. Muss ja rauszubekommen sein, wo er abgestiegen ist.«

Minuten vergingen, die Tür blieb geschlossen.

Plötzlich begann Malou zu schnuppern.

Wieso roch es hier auf einmal durchdringend nach diesem schweren, süßlichen Duft, diesem …

»Patchouli«, soufflierte Uschi Obermeier, die von hinten unbemerkt zu ihnen getreten war. Um ihre Schultern hing ein übergroßer weißer, mit Schaffell gefütterter Mantel, der sie noch fragiler wirken ließ. »Das bringt es, oder? Macht die Männer total verrückt.« Sie warf die Haare zurück und lächelte breit. »Wenn ich dann freundlicherweise vorbeidürfte? Ich glaub nämlich, der Jimi wartet schon ganz ungeduldig auf mich.«

Sie klopfte, die schwarze Tür ging wieder auf, und sie wurde eingelassen.

»Manche sind eben gleicher«, seufzte Samy.

*

Am nächsten Morgen machte Malou sich auf den Weg zum Hotel Leopold, wo Jimi Hendrix und seine Band untergebracht waren. Nicht gerade eine Fünf-Sterne-Unterkunft, aber ein ordentliches Familienunternehmen der Mittelklasse. All ihre vorherigen Bemühungen, ihn ans Telefon zu bekommen, waren ins Leere gelaufen. Deshalb versuchten sie es nun vor Ort. Seit einer Stunde hockten sie mittlerweile in der Lobby und warteten. Samy, der sich ihr gegenüber auf einem unbequemen Sessel lümmelte, wurde langsam ungeduldig. Aber egal wie oft Malou auch von der Rezeption aus anrief, niemand hob in Hendrix' Zimmer ab.

»Da war heute Nacht ordentlich was los«, sagte die junge Empfangsdame. »Gab jede Menge Beschwerden aus den benachbarten Zimmern, so laut waren die. Und junge Frauen haben sie auch mit raufgenommen, obwohl das ja strengstens verboten ist. Aber diese Musiker machen einfach, was sie wollen! In unserem Haus sind sie beim nächsten Besuch allerdings nicht mehr willkommen, das hat die Geschäftsleitung heute früh entschieden. Und ausziehen müssen sie auch schon heute. Das Traditionshotel Leopold duldet kein Sodom und Gomorra auf den Zimmern.«

»Welche Mädchen?«, fragte Samy. »Auch so eine Schlanke, im knappen Mini mit Schaffellmantel?«

»Keine Ahnung. Mein Dienst hat erst um sechs Uhr begonnen. Aber sehen die alle nicht irgendwie gleich aus?«

»Träum weiter, Samy«, kommentierte Malou amüsiert. »Hoffen bringt da allerdings wenig, fürchte ich. Diese Uschi Obermaier, die du im Kopf hast, weiß offenbar ziemlich genau, was sie will.«

»Und wir?« Er war tatsächlich leicht errötet.

»Wir fahren zurück in den Verlag«, entschied Malou. »Ich schreibe meinen Artikel, und wir suchen gemeinsam die Bilder aus. Wenn es sein muss, geht es auch ohne Originalton von Jimi Hendrix.«

Doch dann zögerte sie.

»Sag mal, hast du gestern im Big Apple eigentlich auch Chris gesehen?«, fragte sie Samy. »Mir war so, als sei er eine Weile auf der anderen Seite der Tanzfläche gestanden.«

»Chris?« Samy überlegte. Dann schüttelte er den Kopf. »Und jetzt komm. Gibt sicherlich schon wieder neue Umleitungen …«

*

WENN GITARREN WEINEN lautete die Headline, für die Malou sich entschieden hatte, und Samys Fotos lieferten die passende Untermalung.

Headline und Artikel kamen bei den meisten Kollegen gut an, ebenso wie auch ihre verhaltene, aber doch unmissverständliche Kritik an Hendrix' aufsehenerregender Aktion im Big Apple.

»Leider war der sympathische Künstler nicht bereit, sich selbst zur Zerstörung seiner Gitarre zu äußern«, schrieb Malou. »Nun bleibt es an anderen, über seine Motive zu spekulieren, was leider immer mit einem Nachgeschmack verbunden ist. Doch wir dürfen gespannt bleiben: Von diesem Jimi Hendrix ist sicherlich noch mehr Spektakuläres zu erwarten …«

Nur aus dem Lager Stein/Schenk/Maschke kam Kritik. Die drei Herren warfen Malou unverblümt vor, zu viel von »diesem neuen Zeug« zu bringen, anstatt sich auf beliebte, bewährte Künstler zu konzentrieren, die auch ein älteres Publikum ansprachen.

Hatten sie womöglich recht?

Die Leserschaft des *Tags* spaltete der Jimi-Hendrix-Artikel jedenfalls in zwei Lager, das zeigten die Leserbriefe, die reichlich eintrudelten: Die einen ereiferten sich über einen jugendlichen Tunichtgut, der mit Zerstörung auf sich aufmerksam machen wollte, die anderen standen ganz auf seiner Seite und feierten ihn als begnadeten musikalischen Aktionskünstler.

Zu Letzteren zählte eindeutig Nathalie.

»*Das* ist meine Musik, und nicht dieses langweilige Operngedudel, das bei uns daheim immer läuft. Ich wäre ja sooo gern mit dabei gewesen«, sagte sie, als sie Malou und Leonie ein paar Tage später besuchte.

Malou hatte den Vormittag genutzt, um in häuslicher Ruhe die nächsten Interviews zu planen. Dabei war ihr wieder einmal Viktor Bárthoys Vermächtnis in die Hände gefallen, seine penibIen Aufzeichnungen über die Vorlieben und Abneigungen vieler Stars und Sternchen aus Sport, Showbiz, Kino und Theater. Inzwischen konnte sie allerdings leider nur noch einen Bruchteil davon nutzen, denn viele Stars und Sternchen aus seiner Zeit waren mittlerweile entweder verstorben oder von der großen Bühne verschwunden. Das Promi-Karussell drehte sich immer schneller.

»Paps hätte mich natürlich niemals gelassen!«, beklagte sich Nathalie, die ihr Thema für heute gefunden zu haben schien. »Ist Jimi denn wirklich so toll wie auf den Fotos?«

»Du wirst erst fünfzehn«, entgegnete Malou lächelnd. »Aber in einem guten Jahr steht das Big Apple auch dir offen – allerdings nur bis zweiundzwanzig Uhr. Mit dem Jugendschutz sind sie dort ziemlich streng, weil sie ihre Konzession nicht verlieren wollen. Und ja, Jimi Hendrix ist ein faszinierender junger Musiker. Fast ein wenig schüchtern kam er mir zunächst vor. Aber das ändert sich, sobald er seine Gitarre zur Hand nimmt.«

Nathalie sah sie begeistert an.

»Und du warst ganz in seiner Nähe – wie aufregend! Ich beneide dich um deinen Beruf, weißt du das? Du kommst mit den interessantesten Menschen zusammen. Das will ich später auch machen!«

»Das hört dein« – Malou verbesserte sich – »unser Vater sicherlich gern. Die nächste Tochter, die ins Zeitungsgeschäft einsteigen möchte.«

»Wenn du dich da mal nicht täuschst.« Nathalie verzog das Gesicht. »Wenn es nach ihm geht, soll ich so etwas Ödes wie Betriebswirtschaft studieren. Und dafür muss ich erst Abi machen in dieser Bonzenschule, wo sie alle nur Klamotten und Schminke im Kopf haben. Ich hasse dieses doofe Harlaching! Weit und breit nichts als Protzautos, Pelzmäntel und Rosenrabatten! Und wenn man mal mit einer Freundin in der Innenstadt bummeln oder ins Kino gehen möchte, braucht man mit der Straßenbahn eine halbe Ewigkeit.«

Sie beugte sich hinunter zu Leonie, die auf dem Boden mit ihren Klötzchen spielte, und hob sie auf ihren Schoß. Die Kleine lachte und griff nach den langen Haaren. Nathalie kreischte übertrieben laut auf, was Leonie noch mehr zu belustigen schien.

»Kann ich denn nicht bei euch wohnen und in Schwabing

die Schule besuchen? Das würde mir sehr viel besser gefallen! Ihr seid doch schließlich auch meine Familie!«

»Sind wir«, bestätigte Malou, die sich über die offen gezeigte Zuneigung ihrer kleinen Schwester freute.

»Dann könnte ich auch Leonie hüten, wenn du Termine hast. Bei der eigenen Tante ist sie nun mal am allerbesten aufgehoben«, fuhr Nathalie altklug fort.

»Diese junge Tante sitzt allerdings vormittags in der Schule, wenn ich in der Redaktion arbeite«, entgegnete Malou. »Und nachmittags hat sie mit ihren Hausaufgaben zu tun. Außerdem hätten deine Eltern da sicherlich so einiges dagegen …«

»Ach die! Chris konnte in meinem Alter machen, was er wollte, und bei mir sind sie immer so streng. Ist doch total ungerecht!«

Ein Stichwort für Malou.

»Ist Chris denn wieder zurück in München?«, fragte sie.

»Keine Ahnung.« Nathalie zuckte mit den Achseln. »Bei uns war er jedenfalls noch nicht. Könnte sogar sein, dass er gar nicht mehr zu uns zurückkommt nach dem Zoff, den er mit Mama vor seiner Reise hatte …«

»Was ist denn passiert?«, fragte Malou.

»Ich weiß nur, was *sie* mir erzählt hat«, erwiderte Nathalie. »Sie scheint seine lasche Lebensplanung sattzuhaben und hat ihn offenbar aufgefordert, endlich einen vernünftigen Beruf zu ergreifen, weil es sonst keine finanzielle Unterstützung mehr von zu Hause gibt. Sie meint, dass er prompt unverschämt geworden sei. Sogar angebrüllt soll er sie haben. ›Halt dich da gefälligst raus, Camilla! *Du* hast mir gar nichts zu sagen!‹ So ungefähr.« Jetzt kicherte Nathalie. »Sie hasst es, wenn er sie Camilla nennt, aber ›Mama‹ hat er trotzdem noch nie zu ihr gesagt. Die beiden haben sich immer mal in der

Wolle. Geht schon seit Jahren so.« Sie schwieg. Dann sagte sie: »Mir fehlt Chris sehr. Obwohl er immer alles darf, hab ich meinen Bruder unheimlich gern. Ganz schön *crazy*, oder?«

»Gar nicht *crazy*«, erwiderte Malou. »Ich mag ihn auch.«

»Dabei weiß Chris noch gar nicht, dass wir eine neue Schwester haben. Papa wollte es ihm unbedingt persönlich mitteilen. Aber wenn er jetzt einfach nicht nach Hause kommt …« Nathalie zuckte mit den Achseln. »Irgendwann wird ihm das Geld ausgehen. Spätestens dann trudelt er bestimmt wieder ein. Bisher jedenfalls war es immer so …«

»Warte mal«, sagte Malou plötzlich und drehte das Radio lauter. »Da singt doch gerade meine Freundin Roxy …«

Und ein Zug fährt durch die Nacht …

»Roxy Rosen – das ist deine Freundin?«, fragte Nathalie beeindruckt. »Das Lied ist zwar eine Schnulze, aber singen kann sie! Ich mag ihre rauchige Stimme.«

»Ja, macht sie das nicht ganz wunderbar?«, bestätigte Malou euphorisch. »Also, ich glaube ihr jedes Wort. So viel Herz, so viel Gefühl! Roxy könnte noch ganz anders, wenn man sie nur ließe. Du kennst sie übrigens persönlich. Sie war damals mit auf unserer Hochzeit. Die mit den blondierten Haaren und dem frechen Lachen. Ist dir garantiert aufgefallen.«

»Ja, ich erinnere mich! Kann sie denn auch was Rockiges singen?«

»Das vielleicht nicht unbedingt, aber sehr wohl Chansons mit anspruchsvollen Texten. Aber dafür muss sie erst noch bekannter werden, hat man ihr gesagt. Schnulzen verkaufen sich eben besser. Ist ein hartes Geschäft, das Musikbusiness. Der Markt entscheidet, und der Produzent befiehlt.«

*

Zwei Wochen später hörte Malou im Aufnahmestudio etwas ganz Ähnliches von Esther und Abi Ofarim, jenem israelischen Ehepaar, das als Duo gerade seinen Siegeszug durch die deutschen Unterhaltungsshows antrat. Joe Rosen hatte diesen Termin ermöglicht, und Malou war erstaunt, wie sympathisch sie den großen ruhigen Mann mit den graublonden Haaren und der Bassstimme, der nun die erste Geige im Leben ihrer Freundin Roxy spielte, auf Anhieb fand.

»Esther wollte wieder mal kneifen«, sagte Abi Ofarim grinsend, als sie zusammen in einem Nebenraum des Studios Nescafé aus Pappbechern tranken, alles unter Zeitdruck, weil die Aufnahmen gleich weitergehen sollten. »Ginge es nach ihr, dann wäre sie die meiste Zeit im Bett, so viel Angst hat sie, sich irgendwo zu blamieren. Aber wir brauchen doch die PR, nicht wahr, Darling?« Er kniff sie in die Wange, und es wirkte nicht gerade liebevoll. »Sonst wird das nämlich nichts mit der internationalen Karriere.«

»Mein Mann scherzt.«

Der zarten jungen Frau mit den im Kleopatra-Stil umrandeten Rehaugen waren seine Äußerungen ganz offensichtlich unangenehm. Wenn man sie ansah, war die Wahl des Künstlernamens Ofarim – auf Deutsch Rehkitz – mehr als passend. Er dagegen wirkte eher wie ein Bär – ein reizvoller Gegensatz, den Samy gerade eifrig mit seiner Kamera festhielt.

»Ich liebe es aufzutreten«, erklärte die Sängerin. »Nur bei Interviews, und dann noch auf Deutsch …« Sie verstummte.

»Dabei sprechen Sie beide so perfekt Deutsch«, versicherte Malou. »Wenn ich nur halb so gut in Hebräisch wäre …«

Alle lachten. Die Stimmung wurde lockerer.

»Ganz Deutschland liebt Sie«, fuhr Malou fort. »Und das quer durch alle Altersgruppen. Ihr Album *Songs der Welt* wurde erst jüngst mit der Goldenen Schallplatte ausgezeichnet. Sie singen Chansons in verschiedenen Sprachen sowie Coverversionen international bekannter Folksongs. Und nun erschien *Noch einen Tanz*, ein freches, modernes Stück in deutscher Sprache. Was hat Sie dazu bewogen?«

»Wir treten in Deutschland auf. Wir singen auf Deutsch. Für uns ist das ganz selbstverständlich. Oder kommt jetzt wieder diese leidige Judenfrage? Wir sind israelische Staatsbürger – und sehr stolz darauf!« Abi Ofarim hatte die Fäuste geballt. Er klang aggressiv.

Esther sandte ihm einen warnenden Blick.

»Mir gefällt an dem Lied, dass man es wie ein kleines Theaterstück aufführen kann«, sagte sie. »Es steckt viel Schalk darin – und eine bittere Wahrheit. Ich habe ja auch schon als Schauspielerin gearbeitet. Bei diesem Lied packe ich meine Erfahrungen wieder aus.«

So einfach ließ Malou sich jedoch nicht abspeisen.

»Dann fühlen Sie sich also wohl im ›Land der Mörder‹, wie manche Deutschland nennen? Die Herrschaft der Nazis ist seit 1945 besiegt, aber es leben noch immer genügend Menschen hier, die mittelbar oder unmittelbar damit zu tun hatten, das Heer der braunen Unbelehrbaren sozusagen. Macht Ihnen das gar nichts aus? Oder anders gefragt: Hatten Sie in Deutschland schon einmal unter antisemitischen Vorfällen oder Beleidigungen zu leiden?«

Esther senkte stumm den Kopf.

»Eher unter der Vorliebe weiblicher deutscher Fans für meinen Mann«, sagte sie nach einer Weile. »Offenbar stellen sie es sich ungeheuer aufregend vor, von einem Juden verführt zu werden, zumal wenn dieser ganz und gar nicht abgeneigt scheint …«

»Hältst du jetzt bitte mal den Mund?«, herrschte Abi Ofarim sie an. »Das tut hier doch wirklich nichts zur Sache.«

Eine peinliche Pause entstand.

Schließlich funkelte der Sänger Malou provozierend an.

»Das haben Sie jetzt von Ihren komischen Fragen. Wir können unsere Unterhaltung auch sofort beenden. Liegt ganz bei Ihnen. Sind Sie gekommen, um mit Künstlern zu reden – oder mit Juden? Wir stehen zu unserem Glauben und zu unserem Land, aber wir hassen dieses deutsche Betroffenheitsgetue, das meistens ja doch nur vorgespielt ist. Punkt.«

Malou wurde ganz unbehaglich zumute. In welches Wespennest hatte sie da gestochen?

Sie war durch Ellas Erzählungen sensibilisiert, aber dass das Thema heute eine solche Rolle spielen würde, darauf war sie leider nicht vorbereitet gewesen.

Dieses Interview konnte noch ordentlich schiefgehen.

Und was dann?

»Warum lasst Ihr Frau Graf nicht mal in die neueste Produktion reinhören?«, ergriff nun Joe Rosen, der bislang nur zugehört hatte, diplomatisch das Wort und rettete damit die Situation. Er wandte sich an Malou. »Was da gerade entsteht, wird wirklich sensationell. Eine blutjunge Band aus Australien hat den Song geschrieben. Doch nur mit diesen beiden Interpreten bekommt er den Glanz, den er verdient.«

»Sehr gerne«, sagte Malou, die spürte, dass sie mit ihren vorbereiteten Fragen gerade nicht mehr weiterkam. Zum Glück lief das Tonband. Am Schreibtisch konnte sie dann alles noch einmal nacharbeiten und verwerten.

»Aber das Tonband muss vorher aus sein«, befahl Abi Ofarim.

Malou kam der Aufforderung nach und lehnte sich im Stuhl zurück. Joe Rosen gab seinem Tonmeister ein Zeichen.

Ein paar sanfte Töne, dann setzte Esthers glockenreiner Sopran ein, der beim Refrain von Abis tiefer Zweitstimme begleitet wurde.

»In the morning when the moon is at its rest …«

Malou hatte Tränen in den Augen, als der Song mit *It is the morning of my life* … ausgeblendet wurde, so bewegt war sie.

»Das ist das Schönste, was ich seit Langem gehört habe«, sagte sie. »Eine Ode an die Jugend. Und an das Leben. Einfach wunderbar von Ihnen beiden interpretiert – ich gratuliere!«

»Ja, die Brüder Gibb, besser bekannt als die Bee Gees, können es einfach.« Abi Ofarim wirkte wieder zufrieden. »Und wir können es auch. Besser als viele andere. Mit diesem Song stürmen wir die internationalen Charts, wetten?«

»Gute Chancen haben sie«, sagte Joe Rosen zu Malou. »Mein kleiner Finger juckt ganz heftig, wenn ich den Song höre, das ist immer ein sicheres Zeichen für Erfolg. Ein paar Feinheiten müssen noch poliert werden, aber das meiste steht. Für mich ist der Song auch eine Ode an die Zukunft. Wir können sie gemeinsam gestalten. Wir müssen nur daran glauben.«

Malou hatte seine Worte noch im Ohr, als sie Leonie bei den Eltern abholte. Heute war die Kleine knatschig und übermüdet. Sie weinte, als Malou sie in der Tragetasche ins Auto stellte, und auch auf dem gesamten Nachhauseweg, sodass es Malou schwerfiel, sich auf den dichten Feierabendverkehr zu konzentrieren.

Wie langsam heute alles wieder einmal voranging!

Dabei brannte sie darauf, sich sofort an die häusliche Schreibmaschine zu setzen, um die Eindrücke dieses Nachmittags in Sätze zu gießen. Leider durfte sie den Songtitel noch nicht verraten, aber sie konnte Andeutungen machen, die die Neugierde der Leserschaft weckten.

EIN REH UND EIN BÄR STARTEN DURCH – war das eine Headline, die möglichst viele Leser fesseln und zum Weiterlesen anregen würde?

Es erschien Malou wie eine kleine Ewigkeit, bis die Kleine zu Hause endlich eingeschlafen war. Auch Monsieur Filou hatte sich als Katzenbrezel zu Leonies Füßen eingerollt. Mittlerweile war Malou selbst so müde, dass sie sich am liebsten dazugelegt hätte, wenn das möglich gewesen wäre, aber sie durfte ihrer Müdigkeit noch nicht nachgeben.

Also kochte sie sich in der Küche einen starken Tee und ging mit ihrer Tasse zum Schreibtisch.

EIN REH UND EIN BÄR STARTEN DURCH. Las sich eigentlich gar nicht so übel.

»Ein faszinierendes Paar, auf der Bühne wie auch im Leben. Ich hatte Gelegenheit, die beiden heute …«

Weiter war sie noch nicht gekommen, als es klingelte – zweimal, dreimal, als könne der Besuch es kaum erwarten, eingelassen zu werden.

Malou öffnete.

Chris stand vor ihr, ganz in Schwarz wie an jenem Abend im Big Apple.

»Hallo, Schwesterchen«, sagte er ohne sein gewohntes Grinsen und hob spielerisch zum Gruß die rechte Krücke. »Wir sollten reden. Höchste Zeit. Findest du nicht auch?«

SIEBEN

Frühling/Sommer 1967

Die Buchpräsentation von Malous Zarah-Leander-Biografie *Yes, Sir!* sollte in der Woche nach Ostern im Künstlerhaus am Lenbachplatz stattfinden. Anfangs kam Malou die Zeit bis dahin schier endlos vor, denn seit der Abnahme ihrer Endfassung durch den Verlag waren mittlerweile Monate vergangen. Dann jedoch stand eines Morgens der Paketbote vor ihrer Wohnungstür.

Was für ein erhebendes Gefühl, als sie das fertige Buch zum ersten Mal in der Hand halten konnte! Gedruckt las es sich noch einmal ganz anders als im Manuskript und in den Fahnen, die sie in zwei Durchgängen penibel nach Fehlern durchforstet hatte. Der kleine, aber feine Anja Waldmann Verlag, in dem es erschien, hatte sich mit der Ausstattung ganz besondere Mühe gegeben: Das Papier war dick und wirkte wertig, und die Fotos des Bildteils waren von exzellenter Qualität. Dazu kam als Extra noch ein dunkelrotes Lesebändchen, das insbesondere Onkel Julius entzückte, der prompt sein Exemplar von Malou ins Seniorenheim geliefert bekam.

»Ja, so müssen Bücher aussehen und sich auch anfühlen«, sagte er begeistert. »Obwohl ich persönlich ja niemals ein Fan dieser Dame gewesen bin. Mein Herz gehörte und gehört den

Texten von Bruno Balz. Den habt ihr nicht zur Präsentation geladen, oder?«

»Natürlich wurde er eingeladen«, erwiderte Malou. »Aber Bruno Balz hat leider abgesagt. Zu schade! Wie gerne hätte ich einmal persönlich mit ihm gesprochen. Michael Jary kann auch nicht anwesend sein. Der Urlaub mit Frau und Tochter ist ihm wichtiger. Das wird Frau Leander hart treffen. Immerhin hat sie Arne Hülphers als Unterstützung an ihrer Seite. Ohne ihren Mann tut sie offenbar keinen Schritt.«

»Und du, Malou?« Sein Blick wurde weich. »Wie geht es dir? Ich meine, weil sich doch jetzt bald Philipps Todestag jährt ...«

»Ich versuche, nicht daran zu denken, und muss es doch ununterbrochen«, antwortete sie leise. »Manchmal spüre ich ihn neben mir, obwohl ich weiß, dass es reine Einbildung ist. Oder ich höre plötzlich seine Stimme. Als Leonie vor einem Monat zum ersten Mal ohne Hilfe gelaufen ist, hab ich spontan ›Philipp, das musst du sehen!‹ gerufen, stell dir vor! So nah ist er mir, ist er *uns* noch immer.«

»Ist doch eigentlich sehr schön«, erwiderte Julius bewegt. »In deiner liebevollen Erinnerung bleibt er lebendig. So kannst du auch die Verbindung zwischen Vater und Tochter knüpfen, sobald Leonie ein bisschen älter ist.«

Malou hatte plötzlich Tränen in den Augen.

»Mam-mam-mam übt sie schon ganz fleißig«, sagte sie. »Aber was wird sein, wenn Pap-Pap-Pap an die Reihe kommt?«

»Dann lässt du sie plappern und lobst sie dafür, was sonst? Fotos von Philipp kannst du ihr schon bald zeigen, so aufgeweckt, wie deine Kleine ist. Du musst sie ganz bald wieder mitbringen, wenn du mich besuchst. Ich vermisse unsere süße Leonie!«

Malou umarmte ihn.

»Versprochen«, sagte sie. »Was täte ich nur, wenn ich dich nicht hätte, Onkel Julius?«

»Und ich euch«, erwiderte er, ebenfalls sichtlich gerührt. »Wie gut, dass deine Mutter damals zu mir nach München geflüchtet ist. Ihr seid meine geliebte Familie …«

»Mama steht nun einiges bevor«, sagte Malou. »Natürlich wollen Papa und sie bei der Präsentation im Künstlerhaus mit dabei sein. Aber auch mein leiblicher Vater hat sich angekündigt. Ella soll im Lokalteil über die Veranstaltung berichten, und Adrienne wird zudem eine Buchkritik verfassen. Da kann ich ihn ja schlecht ausladen.«

»Kannst du natürlich nicht«, bekräftigte Julius. »Denn er ist immer noch dein Chef. Und ehrlich gesagt wird es auch endlich Zeit, dass die beiden sich begegnen. Wahrscheinlich ist es gar keine so schlechte Idee, dies unter fremden Leuten stattfinden zu lassen. Da wird Karin auf jeden Fall Contenance bewahren.«

»Oder sie haut wieder heimlich ab wie damals in der Oper«, antwortete Malou. »Bei Mama muss man immer mit Überraschungen rechnen.«

Beide schmunzelten.

»Tut mir sooo leid, dass du morgen nicht kommst«, sagte Malou. »Willst du es dir nicht doch noch einmal überlegen? Ich könnte Norbert fragen, ob er dich kutschiert. Das würde er bestimmt sehr gern übernehmen. Seitdem er seine neue Freundin Helga hat, die vom Alter her viel besser zu ihm passt, wird er immer anhänglicher.«

»Lieb von dir, mein Mädchen, aber das wird mir alles zu viel. Wenn Agnes an meiner Seite sein könnte, käme es vielleicht noch eher für mich infrage. Aber die hütet ja an dem

Abend dein Kind, und das ist auch gut so. Schade, dass dein Versuch mit dem englischen Au-pair-Mädchen so in die Hose gegangen ist.«

»Kann man wohl sagen.« Malou zog die Stirn kraus. Die junge Janet aus Birmingham hatte nicht nur reichlich verschrobene Vorstellungen über die nötige Sauberkeit bei Kleinkindern gehabt, sondern auch noch einen ausgeprägten Modefimmel – und das auf Malous Kosten. Als der dritte große Schein spurlos aus ihrem Geldbeutel verschwunden war, blieb ihr nichts anderes übrig, als dem Mädchen fristlos zu kündigen. »Jetzt muss leider erst mal Mama wieder ran«, sagte Malou seufzend. »Aber wir sind bereits fleißig auf der Suche nach Ersatz. Eine Julie aus Rouen hat sich gestern telefonisch gemeldet, und die klang auf Anhieb schon mal ziemlich sympathisch. In ein paar Tagen will sie sich persönlich vorstellen, dann wissen wir mehr.«

»*Bonne chance*«, sagte Julius lächelnd. »Dafür – und für alles andere, *chère Malou*.«

War der türkisfarbene Hosenanzug mit den feinen weißen Streifen nicht doch zu aufgedonnert für die Veranstaltung?

Noch vor wenigen Jahren war Frauen in solch einer »maskulinen Aufmachung« das Betreten von Bars verwehrt worden, aber das gehörte zum Glück inzwischen der Vergangenheit an. Malou fühlte sich ausgesprochen wohl darin, zumal sie dazu ihre hellen Mokassins tragen konnte und keine unbequemen Pumps anziehen musste. Trotzdem drehte sie sich vor dem großen Spiegel, der neuerdings ihren Flur schmückte, noch eine Weile unschlüssig hin und her.

»Du siehst fabelhaft aus.« Agnes Federls kundiges Urteil überzeugte sie schließlich vollständig. »Die kräftige Farbe unterstreicht deinen Typ. Und auffallen darfst du ruhig. Schließlich bist du doch neben der Diva heute die Hauptperson. Finde ich gut, dass ihr jungen Frauen euch heutzutage so sportlich-schick kleidet. Wir damals in diesen unbequemen Hüfthaltern – wie in einem Panzer waren wir gefangen! Nur dass einige besonders Emanzipierte nun plötzlich nicht mal mehr Büstenhalter tragen wollen, finde ich ja maßlos übertrieben. Wenn alles lose unter der Kleidung hin und her baumelt, schön ist das in meinen Augen wirklich nicht.« Sie schüttelte missbilligend den Kopf.

Malou war sich nicht sicher gewesen, wie ihre Kleine auf die ältere Dame reagieren würde, die sie noch nicht sehr oft gesehen hatte, doch alle Befürchtungen, Leonie könnte womöglich fremdeln und losbrüllen, erwiesen sich als haltlos. Sichtlich angetan ließ sie sich anfassen und füttern und zerrte voller Begeisterung an der Perlenkette, die Agnes dann vorsichtshalber lieber ablegte.

»Genieß deinen Abend«, sagte sie, als Samy unten klingelte. »Wir beiden Ladys kommen prima miteinander klar.«

»Aufgeregt?«, fragte Samy, nachdem Malou neben ihm im Austin Morris Platz genommen hatte. »Ich hatte damals bei meiner Premiere auf der Leipziger Buchmesse ganz nasse Hände, so aufgeregt war ich.«

»Geht eigentlich«, erwiderte sie. »Bisschen natürlich schon, aber mehr wegen Zarah Leander. Dass Jary und Balz abgesagt haben, hat sie schwer getroffen. Dann hat ihr Mann, der sie immer am Klavier begleitet, sich auch noch beim Rosenschneiden an der Hand verletzt und fällt für heute aus. Jetzt muss sie zusehen, wie sie mit einem unbekannten Pianisten zurechtkommt.«

»Die Leander ist ein altes Zirkuspferd«, beschwichtigte

Samy sie. »Die ist schon in so vielen Manegen aufgetreten, wirst sehen, die schafft das. Und ein richtiger Liederabend soll es doch auch gar nicht werden, oder?«

»Nein. Eine Buchpräsentation mit musikalischer Untermalung, wie es in der Einladung steht. Aber singen muss sie natürlich. Sonst wären die Gäste sicherlich enttäuscht.«

»Natürlich muss sie das! Und ich werde alles mit meinen Fotos dokumentieren: den altbekannten Star – und dich, Malou, den neu aufgehenden Stern am Bücherhimmel!«

Samy musste scharf bremsen, weil ihnen ein anderer Autofahrer die Vorfahrt genommen hatte, den er wütend als Idiot beschimpfte.

»Chris lässt sich übrigens entschuldigen«, sagte er, als er sich wieder beruhigt hatte. »Für UFA-Größen hat er beim besten Willen nichts übrig, soll ich dir von ihm ausrichten. Nicht einmal, wenn seine Schwester deren Lügen niederschreibt.«

Damit hatte Malou schon gerechnet. Und sie wusste auch, dass es nicht die ganze Wahrheit war.

Chris ging ihr nach wie vor aus dem Weg, daran hatte auch sein überraschendes Auftauchen nach dem Hendrix-Konzert nichts geändert.

»Dass du nun auf einmal meine Schwester sein sollst, macht mich ganz schön wütend«, hatte er in jener Nacht gesagt. »Nicht auf dich, du kannst ja schließlich nichts dafür. Ebenso wenig wie ich. Aber dass der Alte all die Jahre kein Wort über deine Existenz verraten hat und uns mit seiner Lügerei derart in die Falle laufen lässt …« Sein Blick war fast flehentlich geworden.

»Meine Mutter hat es auch für sich behalten«, sagte Malou.

»Aber ich muss doch wissen, wenn ich eine Frau schwängere!«, rief Chris. »Es sei denn, mir ist alles egal. Was für ein Vater soll das denn bitte schön sein? Wir beide sind ahnungslos in der Kiste gelandet. Ist ja zum Glück noch einmal gut gegangen, Whiskey sei Dank! Was aber, wenn ich nun ganz aus Versehen deine Leonie gezeugt hätte?«

»Hast du ihm denn von uns erzählt?«, hatte Malou ihn bange gefragt.

»Bin ich vielleicht bescheuert? Natürlich nicht! Unser lieber Daddy hat es ja nicht einmal für nötig gehalten, mich jetzt davon zu unterrichten, dass du seine Tochter bist. Samy war es, der mich über die wahren Verhältnisse aufgeklärt hat. Er hat mir übrigens angeboten, vorübergehend bei ihm zu wohnen, was ich dankend angenommen habe. In diese Lügen-Villa kriegen mich so schnell keine zehn Pferde mehr …«

Inzwischen waren Samy und Malou am Lenbachplatz angelangt. Samy ließ sie vor dem Künstlerhaus aussteigen und machte sich auf die Suche nach einem Parkplatz.

Plötzlich bekam Malou ganz weiche Knie.

Nie zuvor war sie öffentlich so sehr im Mittelpunkt gestanden. Allein schon die Vorstellung war beunruhigend.

Mit klopfendem Herzen betrat sie das Gebäude, das im Stil der Neorenaissance errichtet, im Zweiten Weltkrieg jedoch durch Bombenangriffe schwer beschädigt worden war und erst vor sechs Jahren nach einem kostenintensiven Wiederaufbau hatte neu eröffnet werden können. Von innen präsentierte es sich nicht minder pompös als von außen. Viel Rot, viel Gold und riesige Kristalllüster, unter denen Malou sich klein und unbedeutend vorkam.

Es wurde besser, als Roxy ganz in Rot auf sie zugestürmt kam, gefolgt von Adrienne, die in ihrem knöchellangen Abendkleid mit Federbesatz wie ein schöner weißer Schwan wirkte.

Die beiden hakten sie unter und betraten mit ihr den Festsaal. Es war schon reichlich Publikum anwesend, das sich an den aufgestellten Tischen verteilt hatte. Auf der Bühne am Piano saß ein gertenschlanker junger Mann mit markanten Zügen und lackschwarzer Mähne, der in seinem schäbigen Smoking wie ein gefallener Engel aussah.

»Sie sind die Verfasserin dieses grandiosen Werks?«, fragte er, als Malou zu ihm hinaufgestiegen war. »Kompliment! Mein Name ist Gabriel Lau, und ich habe es heute Nacht von der ersten bis zur letzten Zeile inhaliert.«

»Freut mich, dass Sie es mochten«, erwiderte Malou. »Sie sorgen also heute für den richtigen Ton?«

Er lächelte auf eine Weise, die Herzen zum Schmelzen bringen konnte.

»Ich werde mir alle Mühe geben.«

»Und Frau Leander? Haben Sie die auch schon irgendwo gesehen?«, fragte sie weiter.

»Nicht mehr, seitdem sie heute Nachmittag mit fliegenden Röcken unsere Probe verlassen hat.« Jetzt grinste er vielsagend.

»Was ist passiert? Gab es etwa musikalische Differenzen?«, fragte Malou besorgt.

Wenn die Diva schmollte, konnte es dauern, bis sie sich wieder beruhigt hatte!

»Musikalisch würde ich es nicht unbedingt nennen. Ich habe ihr lediglich erzählt, dass mein Liebster und ich ab und zu gerne einen speziellen Hausmusikabend veranstalten. Ich spiele Klavier, er zieht ein opulentes Abendkleid an, schminkt sich als Diva und singt Leander-Schlager. Diese Abende enden stets sehr vergnüglich.« Sein Grinsen wurde noch eine Spur anzüglicher. »Frau Leander dagegen schien diese Vorstellung irgendwie erbost zu haben. ›Ich habe nichts gegen Schwule‹, hat sie gezetert. ›Ein paar meiner besten Freunde lieben Männer, das war und ist mir alles ganz egal. Aber meine Kunst ist mir heilig. Veräppeln lasse ich mich nicht – von niemandem!‹«

»Sie müssen sich unbedingt bei ihr entschuldigen«, sagte Malou erschrocken. »Sonst tritt sie womöglich gar nicht auf, und das wäre fatal.«

»Aber sie *ist* bereits für viele Schwule eine Ikone«, beharrte er. »Wer sonst sitzt denn bei ihr im Publikum? Die Ewiggestrigen, und eben solche wie wir, die Zarahs Kontra-Alt einfach zum Niederknien finden!«

»Wo ist denn hier die Künstlergarderobe?«, fragte Malou, ohne weiter darauf einzugehen. »Genau da gehen wir beide nämlich jetzt hin.«

Sichtlich genervt erhob er sich, ging aber immerhin voraus. Doch weit waren sie noch nicht gekommen, als Zarah ihnen bereits entgegenrauschte. Die Haare tizianröter denn je, war sie ganz in Nachtblau gewandet. Ihr wadenlanges, dezent geschlitztes Kleid erinnerte an die Königin der Nacht in Mozarts *Zauberflöte* und war über und über mit Strassapplikationen besetzt, die bei jeder Bewegung funkelten.

»Da ist er ja, der unartige Bub!« Sie nahm ihre unvermeidliche dunkel getönte Brille ab und drohte Lau spielerisch mit dem erhobenen Zeigefinger, schien inzwischen aber wieder bester Laune zu sein. Vielleicht hatte ihr beherzter Cognackonsum dazu beigetragen, denn die Fahne, die Malou entgegenwehte, war beachtlich. »Dann stemmen wir das Spektakel heute gemeinsam, oder?« Sie kicherte wie ein Teenager. »Allerdings werde ich mir vorher noch einmal ganz schnell die Nase pudern gehen.«

Sie stolzierte wieder davon – ziemlich wacklig, wie Malou fand.

»Jetzt nimmt sie sicherlich noch einen letzten kräftigen Schluck«, kommentierte Lau ungerührt. »Aber keine Angst, die verträgt offenbar jede Menge. ›Cognac schmiert die Kehle‹, hat sie heute Nachmittag mehrmals gesagt. Wovon ich mich anschließend mit eigenen Ohren überzeugen konnte.«

»Mir wäre sie nüchterner trotzdem lieber«, murmelte Malou. »Der Saal ist voll, einige Journalisten von der Konkurrenz haben sich angesagt, und wenn die Hauptperson bedudelt wirkt, macht das doch einen ganz merkwürdigen Eindruck. EINE BIOGRAFIE IM RAUSCH – ich sehe die Schlagzeile schon vor mir!«

Lau strich ihr kurz über den Arm.

»Nur die Ruhe. Beim Auftritt werden Sie nichts davon merken«, sagte er. »Vertrauen Sie ihr – und mir. Routine haben wir nämlich alle beide.«

Und genauso war es auch.

Bald darauf stand Malou mit immer noch leicht zittrigen Knien neben der jungen Verlegerin Anja Waldmann, die eine entspannte Rede hielt, in der sie sie als Autorin lobte.

»Malou Graf war für uns ein großer Glücksgriff. Ich mag ihren Stil, ich mag, wie sie das Buch gegliedert hat, nicht streng nach Jahreszahlen, sondern nach wichtigen Lebensereignissen – nicht nur des Stars, sondern auch des Menschen Zarah Leander. Alles liest sich frisch und lebendig, manchmal sogar spannender als so mancher Krimi, denn sie spart dabei auch Krisen und Niederlagen, die zu jedem Leben gehören, nicht aus.«

Jetzt lag ihr warmer Blick auf der Diva.

»Und natürlich danke ich Zarah Leander, dass sie uns ihr

Leben anvertraut hat! Eine international bekannte Künstlerin, bewundert und geliebt vor dem Krieg, aber nicht minder beliebt auch in unserer modernen Zeit. Heute beehrt sie uns mit ihrer persönlichen Anwesenheit. Sehr geehrte Damen und Herren, heißen Sie sie mit Ihrem Applaus herzlich willkommen!«

Und das taten die Anwesenden. Lang und ausgiebig.

Danach gab Gabriel Lau am Flügel sein Bestes, Zarah sang voller Inbrunst vier ihrer Gassenhauer und überraschte die versammelten Zuhörer zudem noch mit ihrer Version des Swingstücks *Bei mir bistu shein,* das sie auf Jiddisch vortrug.

»Hätten Sie mir gar nicht zugetraut, was?«, rief sie ins Publikum, als der Applaus gar kein Ende mehr nehmen wollte. »Nach all den Jahren kennen Sie mich eben leider noch immer nicht! Ich war niemals ein Nazi.«

Ihr Gatte Arne Hülphers, der ganz vorn an der Bühne stand, nickte eifrig.

»Und ich bin es so unendlich leid, wieder und wieder danach gefragt zu werden«, fuhr sie fort. »Ich weiß von vielen, die aus Opportunismus oder Begeisterung Nazis waren, aber ihre Ansichten rechtzeitig gewechselt haben und nun als untadelig gelten. Ich dagegen konnte meine politische Farbe nicht wechseln, weil ich niemals eine gehabt habe!«

Unwillkürlich suchte Malou in der Menge Ellas Blick. Die nickte ihr kurz zu, doch ihre Miene blieb stoisch. Frau Leander mit ihrer Karriere im Nazi-Film war definitiv bei ihr durch.

»Und Ihre Durchhalte-Filme, Frau Leander?«, wandte der bärtige Journalist ein, den die SZ geschickt hatte. »Wie steht es damit? *Heimat, Der Weg ins Freie*, *Damals*, um nur einige zu nennen. Vor allem aber der Streifen *Die große Liebe* – wenn das keine Nazi-Propaganda ist, dann weiß ich auch nicht mehr weiter!«

Die Diva wurde allmählich ungehalten.

»Ich habe in Liebesfilmen mitgespielt«, raunzte sie zurück. »Denn ich hatte ganz nebenbei eine Familie zu ernähren, die seit 1939 in Schweden lebte. Zwischen den Dreharbeiten bin ich stets nach Hause zurückgekehrt, und das war und ist für mich Schweden, mein Heimatland. Mehrfache Angebote, zur Staatsschauspielerin ernannt und Deutsche zu werden, habe ich abgelehnt, obwohl mir beides viele Vorteile gebracht hätte. So sieht es aus!«

Doch der Journalist ließ nicht locker.

»Goebbels schrieb über Sie: ›Die Geschäftserfolge mit ihr sind enorm.‹ Und auch Hitler mochte Sie offenbar sehr …«

»Kann ich denn etwas dafür?«, unterbrach sie ihn grollend. »Ich habe nur meine Arbeit gemacht – und offenbar gar nicht so schlecht. Die Deutschen haben mich eben geliebt, und ich liebe Deutschland bis heute. Was wäre ohne Deutschland aus mir geworden? Irgendeine unbekannte Schauspielerin in Amerika? Daran war ich niemals interessiert. Deshalb habe ich auch zahlreiche lukrative amerikanische Filmangebote ausgeschlagen, nicht zuletzt im Interesse meiner Kinder, die ich nicht entwurzeln wollte. Sie können sich gar nicht vorstellen, was ich in Deutschland alles gelernt habe, nicht nur als Künstlerin, sondern auch als Mensch. Und dafür bin ich diesem Land unendlich dankbar.«

»Und was in Deutschland damals so vor sich ging, vor allem die Ausgrenzung, die Verfolgung und Vernichtung der Juden, das hat Sie nicht weiter gekümmert?«, fragte Ella mit ruhiger, klarer Stimme.

»Natürlich hat es das! Ich habe mich sehr wohl für jüdische

Kollegen eingesetzt, soweit es mir möglich war, das ist belegt! Aber was konnte ich allein schon gegen das übermächtige Regime ausrichten – ich, eine Sängerin und Schauspielerin? Ich war politisch eine Idiotin, das gebe ich frank und frei zu, doch meine Fans haben mir das niemals übel genommen und tun es auch heute nicht, zwanzig Jahre nach Kriegsende.«

Sie breitete die Arme aus, als wollte sie den ganzen Saal umarmen. Dabei funkelten die Strasssteine auf ihrem Kleid im Licht der Kronleuchter wie echte Diamanten.

»Danke, liebes Publikum! Danke, dass Sie heute so zahlreich gekommen sind. Danke auch, dass Sie unser schönes Buch kaufen und lesen werden!« Sie lächelte Malou breit an. »Die Zusammenarbeit mit dieser klugen jungen Frau war für mich ein großes Vergnügen. Auch wenn sie mich dabei bisweilen ganz schön gepiesackt hat. Die Wahrheit, das wollte sie von mir, und sie hat mich tief in die Erinnerungen an mein aufregendes Leben gehetzt. Ich habe mir die allergrößte Mühe gegeben, sie nicht zu enttäuschen. Aber sagen Sie selbst: Gibt es wirklich nur eine einzige Wahrheit?«

Sie nickte Gabriel Lau zu, der erneut zu spielen begann.

So bin ich und so bleibe ich. Yes, Sir!, endete sie.

Tiefe Verbeugung. Beim Wiederaufrichten ächzte Zarah Leander leise.

Anschließend gab es noch eine kurze Lesung von Malou, nur einen »Probehappen«, wie sie selbst lächelnd sagte, glücklich darüber, dass ihre Stimme dabei fest und kein bisschen zittrig klang. Sie begann mit Zarah Leanders Jugend, wo der Satz gefallen war: »Aus der wird sicherlich noch etwas werden.«

»Alles Weitere können Sie ja selbst in meiner Biografie nachlesen«, kommentierte Zarah Leander, als Malou geendet hatte. »Denn jetzt habe ich einen Bärenhunger!«, rief sie ins Publikum. »Und Sie alle doch sicherlich auch!«

Anja Waldmann hatte Häppchen von Feinkost Käfer anliefern lassen, die zwar appetitlich aussahen, aber sehr winzig ausgefallen waren. Die Platten leerten sich daher zügig. Gleiches galt für die umhergereichten Sektgläser.

Samy fotografierte Zarah Leander ohne Unterlass in verschiedenen Positionen, schoss aber auch zahlreiche Fotos von Malou. Ihre Freundinnen umringten sie – Roxy, Adrienne und zu ihrer Überraschung schließlich auch Ella, die sich plötzlich wieder zugänglicher zeigte.

»Gut gemacht«, lobte sie. »In deinem Text hast du sie nicht ganz davonkommen lassen. Hat sie sicherlich probiert.«

»Hat sie«, bekräftigte Malou. »Ein paarmal wollte sie abfahren und niemals wiederkommen, aber dann hat sie es sich doch noch anders überlegt.«

»Dass du es überhaupt mit dieser kapriziösen Dame ausgehalten hast«, setzte Roxy leiser hinzu. »Ich weiß nicht, ob ich das geschafft hätte.«

Malou lächelte vielsagend.

»War nicht immer leicht«, erwiderte sie und sah zur Tür, wo eine Bewegung ihre Aufmerksamkeit erregt hatte. »Aber da ist ja … Ich glaub es nicht!«

Anna, die Töpferin aus Iffeldorf, kam lächelnd auf sie zu. Sie hatte sich für den Stadtbesuch fein gemacht und trug ein kurzes blaues Kleid, das gut zu ihren dunklen Haaren passte.

»Da staunst du, was?«, sagte sie. »Aber den *Tag* kann man neuerdings auch auf dem Land abonnieren. Und als ich las, dass heute das Buch vorgestellt wird, das du in unserem Dorf geschrieben hast, da musste ich einfach kommen!«

»Und dein Söhnchen?«, fragte Malou.

»Fini passt auf Ludwig auf.« Annas Augen leuchteten. »Weißt du, dass er noch immer von Leonie redet? ›Leo is weg‹, sagt er dann und sieht dabei ganz traurig aus. Er scheint sie wirklich zu vermissen. Ihr müsst unbedingt wieder einmal zu uns herauskommen. Jetzt, im Frühling, wo alles zu blühen beginnt …«

»Machen wir«, versprach Malou. »Ich glaube, Leonie weiß auch noch ganz genau, wer Ludwig ist. Und du?«, fragte sie weiter. »Wie geht es dir? So wie du aussiehst, muss es dir eigentlich fantastisch gehen!«

Eine zarte Röte flog über Annas Gesicht.

»Ja, ich kann momentan nicht klagen. Es gibt da seit ein paar Wochen wieder einen Mann in meinem Leben. Valentin heißt er, und er ist aus Murnau, wo seine Eltern ein Gasthaus betreiben.« Sie senkte die Stimme. »Ständig auf Post aus Amerika zu warten, die dann doch nicht ankommt, hatte ich irgendwann über. Hat er dir denn geschrieben?«

Malou durchzuckte ein kleiner Stich, der sie selbst erstaunte. Ein bisschen darauf gehofft hatte sie also insgeheim doch.

»Hat er nicht.« Sie schüttelte den Kopf.

»Typisch Matthias. Jetzt hat er wieder nichts als seine Algen im Kopf. Er meint es vermutlich nicht so, aber er merkt gar nicht, wie er die Menschen damit verletzt, wenn er alles um sich herum ausblendet. Eines Tages wird er noch als Eremit enden.«

Anna verstummte, als Malous Eltern zu ihnen traten.

Von der anderen Seite näherte sich Hans Wolfgang Winkler, gefolgt von Zarah Leander, die beherzt an ihm vorbeizog.

»Sie müssen sehr stolz auf Ihre Tochter sein«, sagte die Diva hoheitsvoll, als sie bei ihnen angekommen war.

»Bin ich auch«, erwiderten Theo Graf und Hans Wolfgang Winkler wie aus einem Mund.

»Uih – gleich zwei Väter, wie spannend«, gurrte Zarah Leander. »Findet man nicht alle Tage. Aber glauben Sie mir, für uns Leute aus dem Showgeschäft gibt es nichts, was es nicht gibt!«

Eine elegante Handbewegung, dann stöckelte sie eilig davon.

»Guten Abend, Karin«, sagte Hans Wolfgang Winkler. »Wie schön, dich wiederzusehen.« Er machte eine kleine verlegene Pause. »Du siehst großartig aus. Beinahe, als ob dir die vielen Jahre gar nichts anhaben könnten …«

»Kann ich von dir leider nicht behaupten«, erwiderte sie spitz. »Du hast dich sehr verändert, Hans. Von dem jungen Mann aus Brieg, den ich so mochte, ist nicht mehr viel vorhanden. Und falls du glaubst, mit ein paar billigen Komplimenten sei alles wieder gut, dann hast du dich getäuscht. Der Mann an meiner Seite ist übrigens Theo Graf, mein Gatte und Maries heiß geliebter Papa.«

Sie wandte sich an ihn, der ein wenig verloren neben ihr stand.

»Theo, das ist Maries Chef, der Verleger Hans Wolfgang Winkler.«

»Und wohl noch ein bisschen mehr, oder?«, ergänzte der mit einem feinen Lächeln. »Sehr erfreut, Herr Graf. Ich habe schon so viel von Ihnen gehört.«

Theo verzog keine Miene.

»Deine zweite Frau hast du nicht mitgebracht? Und deine Kinder auch nicht?«, fuhr Malous Mutter fort.

»Camilla hätte dich gern kennengelernt, aber unsere Tochter Nathalie schreibt morgen die alles entscheidende Matheklausur und musste noch mit der Mama pauken. Und Chris, unser Großer, macht ohnehin, was er will. Immerhin wird er in München nun endlich sein Studium abschließen. Womöglich jobbt er bald zusätzlich als Werkstudent im Verlag.«

»Hört sich ja ganz nach einer großen glücklichen Familie an«, kommentierte sie spöttisch. »Ich gratuliere.«

»Und sie ist vor Kurzem ja sogar noch größer geworden, liebe Karin«, erwiderte er, ohne auf ihren ironischen Tonfall einzugehen. »Was immer auch geschehen sein mag: Wir drei sind nun Leonies Großeltern. Daran gibt es nichts zu rütteln. Der Kleinen zuliebe sollten wir uns vertragen, meinst du nicht auch?«

Damit hatte Malous Mutter nicht gerechnet. Sie öffnete den Mund, als wolle sie etwas sagen, schloss ihn dann aber wieder unverrichteter Dinge.

»Gute Idee«, antwortete Malou an ihrer Stelle. »Und zwar im Interesse aller Beteiligten.«

»Zwingen lasse ich mich zu gar nichts«, fuhr ihre Mutter auf. »Von niemandem! Das ist für alle Zeiten vorbei …«

»Aber gegen eine kleine Kaffeetafel bei uns zu Hause wäre doch nichts einzuwenden«, fuhr Malous Vater fort. »Dabei ließe sich in entspannter Runde so einiges besprechen. Was meinst du, Karin? Vielleicht gleich am nächsten Wochenende? Samstag? Sonntag? Wir richten uns ganz nach euch. Malou bringt die Kleine mit, und für den Kuchen sorgen wir.«

»Am nächsten Wochenende sind wir bereits verplant«, erklärte sie.

»Dann die Woche darauf?«, setzte er nach.

»Weiß ich noch nicht. Und überhaupt muss ich darüber

erst in Ruhe nachdenken«, fauchte Malous Mutter. »Das geht mir alles viel zu schnell. Und jetzt komm, Theo. Ich möchte Samy noch etwas fragen.«

*

Es brodelte in der Stadt, es brodelte in der Redaktion. Auslöser war der anstehende Besuch des persischen Schahs, begleitet von seiner Gemahlin Farah Diba. Nach langem diplomatischem Hin und Her sollten die kaiserlichen Hoheiten nun endlich am 27. Mai in Köln/Bonn landen, nachdem sie zunächst Prag besucht hatten. Ein Affront gegenüber der BRD, unterhielt diese doch zur Tschechoslowakei keine diplomatischen Beziehungen. Und dennoch würde die Bundesregierung das Kaiserpaar willkommen heißen, zu sehr war man darauf bedacht, dass der Iran auch weiterhin bei seiner Entscheidung blieb, die DDR nicht als Staat anzuerkennen.

»Von mir aus müssten sie gar nicht anreisen«, stöhnte Chefredakteur Hornberg in der Konferenz. »Wir haben doch nichts als Scherereien mit diesem hochbrisanten Staatsbesuch! Wenn nur irgendetwas schiefgeht, ist natürlich wieder die bundesdeutsche Presse daran schuld.«

»So gemütlich wie 1955, als Soraya dem Schah ihr Deutschland zeigen wollte, wird es garantiert nicht werden«, steuerte Ella bei. »Jetzt geht es um weitere Millionen für die Entwicklungshilfe, deshalb kommen die beiden eigentlich nach Deutschland. Allerdings gibt es viele persische Studenten in Deutschland, die ganz und gar nicht damit einverstanden sind, dass der Monarch das Parlament fast vollständig ausgehebelt hat und das Land wie ein Diktator regiert. Diese

Menschen werden den Schah garantiert nicht frenetisch begrüßen, das steht fest.«

Soraya – der Name ließ in Malou sofort wieder eine ihrer peinlichsten beruflichen Pleiten lebendig werden. Samy und sie waren damals wegen einer Autopanne zu spät im Kurhotel der Ex-Kaiserin angelangt und hatten deren geballten Zorn zu spüren bekommen. Kein Interview. Die Konkurrenz hatte damals den Sieg davongetragen.

Mittlerweile hatte der Schah Soraya längst durch die junge Farah Diba ersetzt, die ihm nicht nur den ersehnten Thronfolger, sondern noch eine Tochter und einen weiteren Sohn geschenkt hatte. Und dieses Mal hatten sich knapp dreißig Illustrierte als Berichterstatter des kaiserlichen Deutschlandtrips akkreditiert, nicht zuletzt weil Farah Diba den Ruf einer internationalen Modeikone erworben hatte. Es gab eine winzige Chance für Malou, sie in München nach dem Besuch der Alten Pinakothek kurz persönlich zu treffen, doch die definitive Zusage stand leider noch immer aus.

Es blieb also weiterhin spannend.

»Da hat eine aber brav ihren Bahman Nirumand inhaliert«, spottete Kurt Maschke, und sein schmaler Mund geriet dabei zum Strich. »*Persien – Modell eines Entwicklungslandes oder Die Diktatur der Freien Welt.* Geistert schon seit ein paar Monaten als Geheimtipp durch die bundesdeutsche Studentenschaft. Allerdings beruft sich der Autor in seinem Buch auf veraltete Zahlen und vergisst die Weiße Revolution von 1961 zu würdigen, die die dortigen Bauern …«

»… noch ärmer gemacht hat, weil das ihnen zugeteilte Land viel zu klein war, um davon zu leben, und ihnen zudem die Gerätschaften fehlten, um es zu bestellen«, unterbrach ihn Ella. »Das war keine Revolution, sondern bloße Augenwischerei, um vor dem Westen gut dazustehen und noch mehr Entwicklungshilfe abzuräumen.«

»Als ob Sie da so genau Bescheid wüssten«, spottete Maschke.

»Besser als Sie vermutlich«, gab Ella beißend zurück. »Über Recherche müssen Sie mir nichts erzählen.«

»Herrschaften«, unterbrach Hornberg den erregten Disput. »Ich bitte um Mäßigung! Frau Weiss und Herr Maschke, Sie werden über den Staatsbesuch in München im Lokalteil berichten. Für die Politik sind Herr Schenk und seine Mitarbeiter zuständig.«

Schenk nickte selbstgefällig.

»Wir bringen einen fundierten Abriss über die deutsch-iranischen Beziehungen seit 1919«, sagte er. »Zudem kommt ein längerer Artikel über die Alphabetisierungskampagne von Farah Diba. Für Waisenkinder setzt sie sich übrigens auch ein.«

»Ich werde über den Besuch in München berichten, und zwar auf professionelle Weise«, meldete sich nun wieder Ella zu Wort, die mittlerweile einen ganz roten Kopf bekommen hatte, so ärgerlich war sie. »Aber ich weigere mich, Hofberichterstattung für einen Diktator abzuliefern, und wenn seine Frau noch so hübsch frisiert ist. Dazu ist die Presse in einer Demokratie nicht da, das wissen Sie, das wisst ihr alle.« Zustimmung heischend blickte sie in die Redaktionsrunde. »Was auf den Tisch kommen muss, wird auch im *Tag* stehen – oder sollte ich mich etwa über die Qualität unserer Zeitung getäuscht haben?«

Hans Wolfgang Winkler, der bislang geschwiegen hatte, räusperte sich.

»Aus gut informierten Kreisen weiß ich, wie viel der Bundesregierung am reibungslosen Ablauf dieses Staatsbesuchs gelegen ist. Sollten wir da als Presse nicht auch unseren Beitrag leisten – speziell in Zeiten der aktuellen Rezession, in der wir mehr denn je auf unsere Kunden angewiesen sind?« Er sah Malou durchdringend an. »Unsere Leser, die es wirtschaftlich gerade oftmals schwerhaben, träumen von Märchen. Wer wollte ihnen das verübeln? Wir haben einen fortschrittlichen, dem Westen wohlgesonnenen Schah und eine attraktive Shabanou …«

»So darf sich Farah Diba erst nennen, nachdem er sie gekrönt hat. Also nicht vor Oktober«, unterbrach ihn Malou.

»Dann eben meinetwegen Schahgattin,« korrigierte er sich, sichtlich missmutig wegen ihres Zwischenrufs, »die Station in unserer schönen Stadt machen. Beim Staatsbesuch der Queen haben wir im *Tag* schon einmal Hervorragendes zustande gebracht. Ähnliches wünsche ich mir nun auch von dir, von Ihnen« – nun umfasste sein Blick die ganze Runde – »für das Monarchenpaar aus dem Iran. Nur eben mit orientalischem Flair. Lassen Sie uns gemeinsam an einem Strick ziehen. Wir können das, das weiß ich!«

»Iran, das bedeutet ›Land der Arier‹«, grummelte Ella, als sie den Konferenzsaal verließen. »Hat sich der Vater des Schahs 1935 ausgedacht, nachdem er sich schon Jahre zuvor mithilfe des Militärs an die Macht geputscht hatte. Als Analphabet, wohlgemerkt! Zugleich stieg die Pahlavi-Familie binnen Kurzem zum größten Großgrundbesitzer des Landes auf. Für die Ideologie der Nazis hat es trotzdem nicht gereicht. Für die war nur der ein Arier, der nordeuropäische Vorfahren vorweisen konnte.«

Malou blieb stumm.

So wie heute hatte sie ihren leiblichen Vater erst einmal in der Konferenz erlebt, damals, als er ihrem Widersacher Egon

Kühn fristlos gekündigt hatte. Was brachte ihn heute dazu, sich derart in Redaktionsangelegenheiten einzumischen?

Stand es um den *Tag* finanziell so schlecht?

Vielleicht hätte sie mehr über die wahren Hintergründe erfahren können, wäre es tatsächlich zur von ihm vorgeschlagenen Kaffeetafel in der Verlegervilla gekommen. Doch ihre Mutter hatte hundertundeine Ausrede gehabt, und auch Camilla Winkler schien nicht wirklich daran interessiert zu sein, die Jugendliebe ihres Mannes bei sich zu bewirten. Auch Malou gegenüber verhielt sie sich bei ihren seltener gewordenen Besuchen im Verlag unterkühlt. Die unvermutet aufgetauchte Tochter ihres Gatten schien sie mehr und mehr zu irritieren, auch wenn sie sich nach wie vor pflichtschuldig nach der kleinen Leonie erkundigte.

»Mama hat eine fette Krise«, petzte Nathalie, als sie Malou und die Kleine besuchte. »Sie hat nämlich Angst davor, alt zu werden. Schließlich feiert sie in ein paar Wochen ihren vierzigsten Geburtstag. Und das *ist* schon ganz schön alt!«

»Unsinn!« Malou gab ihr einen spielerischen Nasenstüber. »Diese Zeiten sind längst vorbei. Heutzutage bleiben die Leute länger jung. Und deine Mutter sieht doch fantastisch aus!«

»Ja, aber nur weil sie ständig zur Kosmetikerin und zum Friseur rennt. Neuerdings redet sie sogar davon, dass sie sich die Nase operieren lassen will. Und weißt du auch seit wann? Sie hat alte Fotos von Paps und deiner Mutter gefunden, beide ganz jung, fast noch Teenager. Jetzt will sie auch so aussehen!«

Vielleicht habe ich mich später sogar in Camilla verliebt, weil sie mich vom Typ her in gewisser Weise an Karin erinnert hat …

Die Worte ihres leiblichen Vaters, die er damals bei seinem

überraschenden Besuch in Iffeldorf geäußert hatte, hallten in Malous Kopf wider.

Was, wenn er sich erneut in ihre Mutter verguckt hatte, obwohl sie nach der Buchpräsentation so unfreundlich zu ihm gewesen war?

Konnte es sein, dass ihr Papa Ähnliches befürchtete?

Malou spürte, dass seit jenem Abend ein Schatten auf Theo lag, auch wenn er sich große Mühe gab, es sich nicht anmerken zu lassen. Doch sein Lachen wirkte oftmals aufgesetzt, und wenn er sich unbeobachtet fühlte, sah sein Gesicht bekümmert aus. Verglich er sich etwa heimlich mit dem gesunden, erfolgreichen Verleger, der es im Leben weit gebracht hatte und nicht wie er als Kriegsversehrter in Onkel Julius' Drogerie untergeschlüpft war?

Zweimal hatte Malou bereits behutsam versucht, das Thema anzusprechen, doch er war ihr jedes Mal ausgewichen. War er nicht oder noch nicht bereit, sich dazu zu äußern?

Sie sah ihn jetzt seltener, weil sich die Tagesroutine mit Julie, ihrem neuen Au-Pair, erfreulich anließ und die Kleine nicht mehr so oft bei ihren Großeltern war. Das junge Mädchen aus Rouen erwies sich als freundlich, zuverlässig und ordentlich. Außerdem liebte sie Leonie, alles beste Voraussetzungen. Allerdings war Julie so bildhübsch, dass sie Männer jeden Alters unwiderstehlich anzog. Wo immer sie sich mit Leonie aufhielt, war sie in kürzester Zeit von Verehrern umringt. Einige besonders Hartnäckige verfolgten sie sogar bis zur Haustür und klingelten dann Sturm, um doch noch bei ihrer Angebeteten zu landen. Julie schien sich köstlich darüber zu amüsieren, Malou jedoch fand das alles andere als komisch.

»Eigentlich müsste ich dich nur noch verschleiert auf den Spielplatz schicken«, stöhnte sie. »Sonst rennen uns diese

Typen noch die Bude ein. Wie stellst du das nur an, dass du allen so schnell den Kopf verdrehst?«

Ratlos zuckte Julie mit den schmalen Schultern.

»*Je ne sais pas*«, sagte sie. »Eigentlich mache ich gar nichts. Ich bin nur einfach ich.«

Dann brach er an, der erste Tag des Schah-Besuchs in München. In Köln, seiner vorherigen Station, war seine Fahrzeugkolonne von mehr als zweihundert maskierten iranischen Studenten mit Schmährufen und regimekritischen Transparenten empfangen worden. Auch in München waren am Vorabend mehr als tausend deutsche und iranische Demonstranten durch die Innenstadt gezogen, um gegen den anstehenden Besuch zu demonstrieren. Keine guten Voraussetzungen für einen reibungslose Ablauf.

Dazu kam das trostlose Wetter. Es goss in Strömen, als der Schah und seine Gattin morgens aus Rothenburg ob der Tauber am Münchner Hauptbahnhof ankamen. Samy und Malou waren natürlich vor Ort, als sie fröstelnd aus dem Zug stiegen und von Demonstranten mit Pfiffen und Buhrufen empfangen wurden. Der Schah hatte eine steinerne Miene aufgesetzt; Farah Diba dagegen sah in ihrem knielangen lachsfarbenen Complet-Mantel richtig elend aus. Sogar ihre berühmte Hochfrisur, millionenfach von Frauen jeder nur denkbaren Nation kopiert, wirkte nicht ganz so perfekt wie in den Illustrierten.

»Dic wäre jetzt garantiert lieber zu Hause«, sagte Samy zu Malou, während er blitzschnell den Film wechselte. »Deutschland hat sie sich bestimmt anders vorgestellt.«

Keine Chance, dem Schah-Konvoi bis zur Staatskanzlei zu folgen, denn die Polizei hatte vorsorglich die meisten Straßen abgesperrt. So gab es auch so gut wie kein winkendes Münchner Volk am Straßenrand, keine Fähnchen und Jubelrufe wie damals beim Besuch der Queen. Als der Schah sich zwei Stunden später im Rathaus in das Goldene Buch der Stadt eintrug, drangen von draußen laute Protestrufe in den Saal.

Seine Miene wurde noch eisiger. Farah Diba starrte ununterbrochen auf den Boden.

»Siehst du, wie unser Oberbürgermeister vor Nervosität zu schwitzen beginnt?«, raunte Malou Samy zu. »An solche Szenen ist Hans-Jochen Vogel nicht gewöhnt.«

»Bleiben wir ihnen auf den Fersen?«, fragte Samy.

»Nach dem Protokoll ziehen sich die Staatsgäste nun zum Ausruhen ins Hotel zurück. Der Bayerische Hof gleicht in diesen Tagen garantiert einer Festung, so viel Sicherheitspersonal wurde aktiviert. Glaube nicht, dass wir da große Chancen haben«, erwiderte Malou. »Aber versuchen können wir es natürlich …«

Sie wurden abgewiesen, wie nicht anders zu erwarten.

Samy schoss ein paar Fotos von der Außenfront des Hotels, mehr war für den Moment nicht drin.

»Ich möchte gleich nach Hause, schnell den ersten Artikel fertig machen«, sagte Malou.

»In Ordnung. Ich kümmere mich einstweilen um die Fotos und komme nachmittags mit einer Auswahl vorbei.« Er grinste. »Und vergiss nicht: Dein Vater möchte es staatstragend orientalisch – du hast ihn gehört.«

Das Schreiben fiel Malou schwerer als sonst, denn sie bekam Samys flapsige Worte einfach nicht aus dem Kopf. Und unter sie mischten sich zudem Ellas ernste Argumente, die Malou ebenso wenig vergessen hatte. Die Freundin war historisch bestens bewandert und wusste in der Regel, was sie sagte – aber

Malou war für den Klatsch zuständig. Was zum Himmel sollte sie nur schreiben, um allen möglichst gerecht zu werden?

Sehnsüchtig dachte sie an Viktor Bárthoy, ihren verehrten Mentor, der stets die richtigen Worte gefunden hatte – und plötzlich war die Headline geboren.

KAISERPAAR IM REGEN – NASSER EMPFANG FÜR SCHAH MOHAMMAD REZA PAHLAVI UND SEINE FRAU FARAH DIBA …

Ihrem Vater war dieser Aufmacher garantiert zu wenig »märchenhaft«, ebenso wie der ganze Artikel, den Malou bewusst nüchtern hielt.

Doch seine Kritik daran konnte er ihr erst am Tag darauf vortragen, denn am nächsten Morgen standen Malou und Samy bereits ganz früh vor der Alten Pinakothek.

Allerdings nicht allein.

Neben Scharen anderer Pressevertreter hatten sich rund fünfhundert Demonstranten versammelt, einige davon mit Masken, die die Staatsgäste mit Pfiffen und Rufen wie »Freiheit, Freiheit« oder »Nieder mit dem Schah« begrüßten. Als das Karnevalslied *Wer soll das bezahlen, wer hat das bestellt, wer hat so viel Pinke, Pinke* angestimmt wurde, drohte die aggressive Stimmung zu kippen. Da drehten die Polizisten der Begleiteskorte die Motoren ihrer Krafträder voll auf, um die unerwünschten Rufe zu übertönen.

Das Herrscherpaar betrat die Pinakothek.

»Die war doch schon wieder ganz grün im Gesicht«, kommentierte Malou. »Ich an ihrer Stelle hätte lieber kein Weiß angezogen.«

»Wenn man unbedingt unschuldig wirken möch…« Samy hielt mitten im Wort inne und stierte plötzlich nach links.

Malou folgte seinem Blick und sah, was auch er gesehen

hatte: Chris, der ein großes Transparent mit der Aufschrift *Der Schah ist ein Mörder* schwenkte.

»Runter damit, Junge!«, rief Samy noch, da näherten sich schon zwei Polizisten und nahmen Chris fest.

Ohne Widerstand ließ er sich abführen.

»Wo bringen sie ihn hin?«, fragte Malou erschrocken.

»Sicherlich in die Ettstraße. Dort wird Chris morgen dem Haftrichter vorgeführt, und der entscheidet dann, ob es wegen Beleidigung eines ausländischen Staatsoberhaupts zu einer Anklage kommt. Leider sind die Richter da manchmal ganz schön streng. Bekommt er mehr als neunzig Tagessätze, beziehungsweise mehr als drei Monate Haft aufgebrummt, gilt er als vorbestraft. Das steht dann in seinem Führungszeugnis und gibt auf jeden Fall Ärger mit Daddy.«

»Klingt so, als würdest du dich gut damit auskennen.«

»Könnte man so sagen. Leider«, erwiderte Samy knapp.

»Fliegt er dann von der Uni?«, fragte Malou bang.

»Das nicht gerade, aber so ein Eintrag kann für manche Berufe das Aus bedeuten. Promovieren ist ebenfalls nicht mehr drin. Und bis man ihn wieder loswird, vergehen Jahre. Klebt an dir wie Pech und Schwefel.«

»Aber wie kann er denn nur so unvorsichtig sein?«, fuhr Malou fort, deren Besorgnis sich nach und nach in Zorn verwandelte. »Chris ist doch alles andere als ein Dummkopf! Er weiß, was für ihn auf dem Spiel steht.«

»Dumm ist er nicht, aber ein Sturkopf vor dem Herrn«, entgegnete Samy. »Und seitdem er aus Rom zurück ist, irgendwie seltsam kamikazeartig drauf. Hat das vielleicht irgendwas mit dir zu tun, Malou? Jedes Mal, wenn dein Name fällt, wird er ganz komisch. Dabei mag er dich. Sehr sogar. Das spüre ich ganz genau.«

Jetzt atmete sie nur ganz vorsichtig.

Wie gern hätte sie sich ihm anvertraut, aber das konnte, das durfte sie nicht.

»Ja, er mag mich, aber er fremdelt vielleicht trotzdem noch immer mit der Idee einer neuen Schwester in seinem Leben«, sagte sie. »Kommt ja schließlich nicht alle Tage vor, dass eine quasi aus dem Nichts auftaucht.«

Sie hörte selbst, wie matt sie klang.

»Jetzt kommen die Hoheiten wieder raus«, sagte Samy nach einer Weile. »Und sie sehen noch säuerlicher aus.« Er begann zu fotografieren. »Dass sie alle Staatsgäste mit diesen alten Schinken traktieren müssen! Vielleicht ist Farah Diba, die immerhin in Paris studiert hat, ja ein eingefleischter Picasso-Fan und hat sich gerade vor Dürer und Konsorten zu Tode gelangweilt. Willst du sie wirklich noch ansprechen?«

»Nein«, sagte Malou, die sich zwang, nicht mehr an Chris, sondern wieder an ihre Arbeit zu denken. »Ich denke, das lasse ich besser bleiben. Was nicht bedeutet, dass ich aufgebe. Du wirst mich heute Abend nämlich in die Staatsoper begleiten, mein Lieber. *Die Zaubergeige* von Werner Egk steht auf dem Programm.«

»Oper? Nicht dein Ernst!«, protestierte er. »Und dann so ein modernes Stück …«

»Mein voller Ernst. Und so modern ist *Die Zaubergeige* gar nicht, sie stammt aus dem Jahr 1935. Da musst du leider durch, Samy, auch wenn der Komponist als einer der wichtigsten Komponisten des NS-Staats auf der sogenannten ›Gottbegnadeten-Liste‹ stand, wie Ella natürlich schon wieder wusste. Hilft alles nichts: Was wir für den *Tag* brauchen, sind märchenhafte Bilder und Geschichten mit orientalischem Flair. Du hast unseren Chef doch gehört.«

»Deinen Vater«, verbesserte Samy, während das kaiserliche Paar in die Limousine stieg und begleitet von seiner Eskorte davonfuhr. »Gewöhn dich endlich daran, Mädchen.«

»An meinen Vater? Für mich war das Leben um einiges einfacher, als ich das noch nicht wusste«, sagte Malou nachdenklich. »Kannst du mir ruhig glauben.«

*

Den festlich-orientalischen Bericht über den zweiten Tag des Münchner Schah-Besuchs konnte Malou dann doch nicht so abliefern, wie ihn ihr Vater sich wohl gewünscht hatte. Grund war nicht nur die Festnahme von Chris und anderen Demonstranten vor der Pinakothek, auch vor und nach dem abendlichen Opernbesuch ertönten Rufe wie »Mörder, Mörder!« und »Scheiß Schah!« von einer großen aufgebrachten Menschengruppe, aus der ebenfalls zahlreiche Personen festgenommen wurden. Ella ging im Lokalteil detailliert darauf ein; Malou versuchte sich an einer Balance zwischen dem Glanz des Opernabends und dem Protest auf der Straße, mit der sie allerdings selbst nicht ganz zufrieden war.

Doch der folgende Abend in Berlin veränderte alles.

Dort kam während der Proteste gegen den Schah-Besuch ein junger Mann ums Leben, der sechsundzwanzigjährige Student Benno Ohnesorg. Er wurde von einer Polizeikugel in den Kopf getroffen. In der geteilten Stadt hatte das Münchner Modell polizeilicher Deeskalation, entwickelt nach den Schwabinger Krawallen, keine Nachahmer gefunden. Berliner Polizisten setzten Wasserwerfer ein und knüppelten viele der Demonstranten brutal nieder, die ihrerseits die Beamten mit Wurfgeschossen attackierten.

In der *Tag*-Redaktion redeten sich Malou und ihre Kollegen darüber die Köpfe heiß.

»Diese Gammler haben es doch nicht anders verdient!«, hetzte Heribert Klein, und Schenk pflichtete ihm bei. »Wieso lassen sie einen Staatsgast nicht in Ruhe seine Oper genießen?«

»Weil in seinem Land großes Unrecht herrscht und die Menschen dort verhungern?«, erwiderte Adrienne. »Und das alles, während er mit seiner Gattin im Ausland protzt.«

»Geht die jungen Typen hierzulande doch gar nichts an«, setzte Klein hinzu. »Studieren sollen sie, Leistungen erbringen oder noch besser: jeden Morgen an der Werkbank stehen, damit sie endlich einmal lernen, was Arbeit ist.«

»Die DDR reibt sich die Hände, weil wir mit solchen Existenzen nicht fertigwerden«, steuerte Maschke bei. »Ich wette, jetzt geht der Schah erst recht auf Ost-Kurs, nachdem wir hier im Westen so kläglich versagt haben.«

»Jetzt halten Sie aber mal gefälligst die Klappe.« Malous Stimme war schneidend. »Der Tote ist genauso jung wie ich und hatte noch sein ganzes Leben vor sich. Seine Frau bekommt bald ihr erstes Kind. Und er hat nichts anderes getan, als sein Recht auf freie Meinungsäußerung wahrzunehmen. Das ist in einer Demokratie erlaubt. Ihn dafür zu töten, ist in meinen Augen blanker Mord.«

»Weiß Ihr Vater eigentlich, dass Sie so links sind?«, bellte Maschke. »Der Sohn in Polizeigewahrsam, während die Tochter ganz offen mit diesen Chaoten sympathisiert – feine Kinderschar, muss ich schon sagen!«

»Möchten Sie mir das vielleicht noch einmal ganz persönlich erläutern, Herr Maschke?«

Während des hitzigen Disputs hatte Hans Wolfgang Winkler unbemerkt den Konferenzsaal betreten. Maschke sank kurz in sich zusammen, dann jedoch richtete er sich wieder auf.

»Als Journalist bin ich der Wahrheit verpflichtet«, erwiderte er trotzig. »Auch wenn sie manchmal wehtun mag.«

»Dann wollen wir uns der Wahrheit mal gemeinsam nähern, Herr Maschke. Mein Sohn ist längst wieder auf freiem Fuß, und meine Tochter hat mit ihrem ausgewogen-differenzierten Artikel großes journalistisches Feingefühl bewiesen. Außerdem ist München nicht Berlin. Wir können alle froh sein, hier zu leben.« Gemessenen Schritts ging er auf seinen Platz am Kopfende des großen Tisches zu. »Und jetzt lassen Sie uns gemeinsam das Tagesgeschäft angehen. Im Nahen Osten wird die Lage zwischen Israel und den arabischen Staaten Ägypten, Jordanien und Syrien immer brenzliger. Fast tausend Panzer und nahezu hunderttausend ägyptische Soldaten stehen an den Grenzen Israels. Aber der junge Staat wird sich mit Zähnen und Klauen zur Wehr setzen, so viel steht fest. Würde mich also nicht wundern, wenn es dort schon sehr bald zur Explosion käme …«

Malou brauchte eine Weile, bis sie den Kopf heben und ihm in die Augen sehen konnte. Doch als sie es schließlich tat, war ihr Blick sehr warm.

Ja, dieser Hans Wolfgang Winkler, den ihre Mutter als junge Frau verzweifelt geliebt hatte, war ein Patriarch, den wirtschaftliche Sorgen bisweilen auf seltsame Wege führten. Aber er war auch ein Vater, der zu seinen Kindern stand und auf den sie gerade sehr stolz war.

*

Brunos Anruf kam beim Abendessen.

Den ganzen Tag hatte Malou am Radio gehangen, um keine der spektakulären Nachrichten über den Ausgang des Sechstagekrieges zu versäumen, der mit einem Sieg Israels auf ganzer Linie geendet hatte. Israels Truppen hatten den Sinai, den Gazastreifen, das von Jordanien besetzte Westjordanland sowie Ostjerusalem erobert. Erstmals seit 1949 konnten Israelis wieder an der Klagemauer beten.

Dagegen verblasste sogar die Fernsehübertragung der pompösen Hochzeitsfeierlichkeiten der dänischen Kronprinzessin Margrethe, die ihren Traummann, den französischen Grafen Henri Marie Jean André de Laborde de Monpezat, heiratete. Allerdings war das Fest trotz aller Freude davon überschattet, dass die jüngste Schwester Margrethes nicht anwesend sein durfte. Anne-Marie, die Gemahlin des griechischen Königs Konstantin, lebte mit ihrem Mann seit dem diesjährigen Militärputsch im römischen Exil – was für ein packender neuer Stoff für Malous *Blitzlicht*-Seite …

»Ciao, Malou, come va?«

Seine Stimme hatte sich nicht verändert, war noch immer so schmelzend und weich wie damals. Vier Jahre lagen zwischen ihrem letzten Treffen, vier Jahre, in denen jede Menge passiert war.

»Gut«, erwiderte sie überrascht, weil sie mit diesem Anruf von Freddys einstigem Herzallerliebsten keinesfalls gerechnet hatte. »Besser gesagt, wieder einigermaßen gut. Leider ist Philipp gestorben, mein Mann …

»*Mi dispiace*! Tut mir sehr leid. *Sei sola*?«

»Allein? Ja und nein. Einen neuen Freund habe ich nicht, aber eine süße kleine Tochter, Leonie, sechzehn Monate alt, die lässt mir nicht viel Zeit zum Traurigsein.«

»*Una piccola bambina – fantastico!* Die musst du mitbringen – *prego*!«

»Wohin, Bruno?«, fragte Malou.

»*Senti*, ich will dich einladen. Roma war nichts zum Leben. Zu laut, zu wild, zu …« Er räusperte sich. »Nichts für einen romantischen Mann wie mich. Da bin ich in die Toskana gegangen, *nel cuore del vino* – ins Herz des Weines sozusagen.«

»Und hast dort dein Glück gefunden?«, fragte Malou lächelnd. »Hast du dich deshalb nie wieder gemeldet? Wie heißt er, Bruno?«

»*No, no, no*, du bist nicht richtig!«, wehrte er ab. »Nach Freddy ist mein Herz noch immer geschlossen. Ein Flirt ab und zu, *perché no*? Aber es gab viel zu tun, sehr viel! Und ich habe eine neue Familie gefunden. Die musst du kennenlernen, Malou!«

»Erzähl mir mehr davon«, bat sie.

»Wir sind eine Gemeinschaft, Männer, Frauen, Kinder, Alt und Jung, die ein altes Landgut gekauft und renoviert haben. Es liegt zwischen Siena und Arezzo, umgeben von Weinbergen und Olivenbäumen. *Molto lavoro*! Wird niemals enden, dachte ich manchmal. Aber jetzt ist alles so weit *finito*. Mit *bagno* und *cucina* und allem, was man braucht. Gäste können kommen, sich dort erholen – und Freunde wie du. Besuch uns, Malou, und bring deine *bambina* mit!«

Urlaub in Italien, bei Bruno, den sie vom ersten Moment an sehr gemocht hatte – was für eine wunderbare Idee!

»Du warst immer so lieb zu Freddy und mir, ohne dich als seine *fidanzata*, seine Verlobte, alles wäre noch schlimmer für uns gewesen«, sagte er. »Durch dich wir konnten zusammen sein. Und jetzt möchte ich etwas für dich tun.«

Malou war gerührt. »Ich könnte, wenn überhaupt, leider erst im September«, sagte sie.

»*Settembre? Meraviglioso*! Nicht mehr so heiß.«

»Aber wie komme ich dorthin? Es sind doch bestimmt mehr als siebenhundert Kilometer von München aus …«

»*Sì, circa*«, sagte Bruno. »Es gibt Autobahn. Aber nicht ganz billig.«

»Und das ist nicht das einzige Problem«, seufzte Malou. »Allein die weite Strecke im Auto mit einem Baby? Ich fürchte, das wird leider nicht klappen …«

»Nicht traurig sein«, tröstete Bruno sie. »Du bringst eine Freundin mit, ihr fahrt in *compagnia,* eine am Steuer, die andere bei der *bambina*. Viele Pausen. Ganz egal, wann ihr ankommt, wichtig nur: Ihr kommt! Ich möchte dich wiedersehen!«

Malou musste lachen.

Was für ein grundsympathischer Mann! Freddy hatte wirklich guten Geschmack bewiesen, sich für ihn zu entscheiden. Wie glücklich hätten die beiden zusammen sein können, wären die gesellschaftlichen Konventionen nicht noch immer so starr gewesen.

»Hör zu, Bruno«, sagte Malou nach einer Weile. »Ich denke ernsthaft darüber nach. Gib mir ein paar Tage Zeit. Und deine Telefonnummer. Dann sage ich dir Bescheid, okay?«

»*Va bene.*« Er gab ihr die Nummer durch. »Ich zähle mit dir, Malou!«

Ich zähle mit dir.

Sie musste noch immer schmunzeln, als es an der Tür klingelte. Wer kam sie denn so spät noch besuchen?

Julie hatte an diesem Abend frei und war ins Kino gegangen. *Blow Up,* der im Swinging London der Gegenwart spielte, galt als Kultfilm und hatte auch Malou beeindruckt. Allerdings bezweifelte sie stark, dass Julies Begleitung wirklich jene ominöse Freundin war, die sie noch nie zu Gesicht bekommen hatte. Sie tippte eher auf den jungen Mann namens Stefan, der seit zwei Wochen jeden Abend anrief …

Dem Aufzug entschwebte Agnes Federl, eine Flasche in der Hand. Im Gegensatz zu ihrer sonst so gepflegten Erscheinung wirkte sie ungewohnt derangiert. Die Bluse war aus dem Rockbund gerutscht, die Haare wirkten verstrubbelt, sie trug nicht einmal Nylons, und ihr übliches Rouge hatte sich in Nichts aufgelöst.

»Champagner!«, rief sie und schwenkte die Flasche. »Hab ich gleich mitgebracht. Es gibt nämlich etwas zu feiern, Malou!«

»Komm doch erst einmal rein.« Malou sah sie mit großen Augen an und trat zur Seite.

»Mach ich. Wo ist Leonie?«

»In ihrem Bettchen und schläft. Noch«, sagte Malou schmunzelnd.

»Ich versuche es leise«, versprach Agnes, »aber verkünden muss ich es dir gleich hier, sonst platze ich: Ich hab im Lotto gewonnen! Sechs Richtige! Kein Scherz, sondern wahr, wahr, wahr! Was sagst du nun?«

»Ich gratuliere!«, sagte Malou herzlich. »Dann bist du jetzt ja eine richtig gute Partie, Agnes!«

»Red doch keinen Unsinn.« Offenbar hatte Agnes bereits einiges intus. »Ich bin eine alte Schachtel, das weiß ich wohl, und der einzige Kerl, den ich haben wollte, hat nur Männer geliebt. Trotzdem ist mein Julius die einzige Familie, die ich jemals hatte, und weil er euch alle mitgebracht hat, seid ihr es auch.« Sie streckte ihr die Flasche entgegen. »Willst du das verdammte Ding nicht endlich aufmachen, oder sollen wir beide hier vielleicht verdursten?«

Malou folgte ihrer Aufforderung.

Der Korken schoss aus der Flasche, Champagner floss über ihre Hände.

»Schade um das gute Gesöff«, sagte Malou bedauernd, während sie sich rasch säuberte und zwei Gläser aus dem Regal holte. »Wir hätten den Schampus zuvor noch ein wenig ruhen lassen sollen.«

»Hier wird nicht mehr geruht!«, rief Agnes, nachdem Malou eingeschenkt hatte. »Hier wird nur noch gelebt. Prost, Malou!«

Sie stießen an und tranken.

»Ziemlich gut«, erklärte Agnes, nachdem sie fast das halbe Glas in einem Zug geleert hatte. »Daran werde ich mich jetzt gewöhnen. Und an so manch anderes auch. Ist bestimmt gar nicht schwer, verschwenderisch zu werden, auch wenn man bislang sein ganzes Leben sparsam gewirtschaftet hat.« Sie setzte sich in einen der Sessel und lächelte spitzbübisch. »Aber weil ich so eine alte Schachtel bin, die das ganze Geld gar nicht mehr verprassen kann, selbst wenn ich es wollte, mache ich dir jetzt einen Vorschlag.«

Sie schloss kurz die Augen, als müsse sie sich konzentrieren. Dann schlug sie die Lider wieder auf und sah Malou direkt an.

»Schluss mit diesen windigen Au-pairs«, sagte sie. »Die eine klaut, die andere kann sich vor Männern kaum retten, das ist doch nichts Halbes und nichts Ganzes. Und Karin macht sich hinter unserer Drogerietheke sehr viel besser als zwischen Brei und Bärchen. Leonie braucht eine richtige Kinderfrau mit Erfahrung und einem großen Herzen. Jemanden, dem du deine Kleine anvertrauen kannst, ohne dir Sorgen zu machen.«

»Klingt gut«, sagte Malou. »Aber wo finden? Und vor allem: wie bezahlen?«

»Ganz zufällig habe ich für beides eine Lösung: Lucia Moretti, die ich seit Jahren kenne, hat selbst drei Kinder großgezogen, die inzwischen alle wieder in Italien leben. Sie ist Witwe und sucht nach einer neuen Aufgabe. Übrigens kocht sie göttlich. Wirst also aufpassen müssen, dass aus deiner Leonie kein Pummelchen wird.«

»Und was kostet diese Signora Moretti im Monat?«, fragte Malou skeptisch. »Hört sich nicht gerade billig an.«

»Das, meine Liebe« – Agnes richtete sich im Sessel zu ganzer Größe auf – »lass bitte ab sofort meine Sorge sein. Ich übernehme das Gehalt, bis Leonie in den Kindergarten kommt. Und ich akzeptiere kein Nein, damit das schon mal klar ist.«

»Agnes, du bist und bleibst einfach eine Nummer«, stammelte Malou überwältigt. »Was soll ich dazu sagen?«

»Sag einfach, dass ich wunderbar bin«, kam als Antwort zurück. »Julius sagt es manchmal, aber ich kann es nie oft genug hören!«

ACHT

Herbst 1967

»Hast du schon jemals etwas so Schönes gesehen?« Malou klang fast andächtig, während sie nach oben schaute. »Dieses leuchtende, warme Dunkelblau, wie von Gold durchzogen, und dazu die unzähligen funkelnden Sterne am Firmament …«

»Erinnert mich an den Mantel der Madonna«, erwiderte Anna verträumt. »Echtes Marienblau!«

Malou wandte überrascht den Kopf.

»Ich dachte, du machst dir nicht viel aus Kirche«, sagte sie.

»Aus Maria schon. Die ist irgendwie anders, fast menschlich. Und an irgendjemanden muss man sich schließlich wenden, wenn man große Sorgen hat oder sehr traurig ist. Dann zünde ich ein Kerzlein an und unterhalte mich mit ihr. Schließlich hat sie ja auch einen Buben gehabt, mit dem es nicht immer ganz einfach war. Und ob ihr der Joseph dabei stets so eine große Hilfe war – ich weiß nicht so recht …«

Seite an Seite saßen sie auf der großen Wiese vor dem Haupthaus, in dem Brunos Kommune lebte, und schauten in den Nachthimmel. Zahlreiche Nebengebäude verteilten sich über das Gelände. Alles, was früher einmal Schweine-, Kuh- oder Ziegenstall gewesen war, war inzwischen renoviert und zu Ferienzimmern ausgebaut worden. In der großen Scheune, die frisch gedeckt war, konnten Seminare und Workshops stattfinden. Auf dem Hof gab es nur noch frei laufende Hühner und jede Menge Katzen, dazu Peperino, den frechen Mischling, der sich aufführte, als sei er hier der Chef. Malou und Anna waren mit ihren Kindern in der *Colombaia* untergebracht, dem einstigen von Jasmin umrankten Taubenhäuschen, das ein eigenes Bad bekommen hatte. Doch Leonie und Ludwig schliefen gerade nicht in ihren Betten, sondern lagen aneinandergekuschelt zwischen ihren Müttern.

Natürlich hatte Malou als Erstes an Roxy als Begleitung für ihre Italienreise gedacht, aber die flitterte nach ihrer Hochzeit mit Joe Rosen noch für ein paar Wochen in den USA. Adrienne lehnte freundlich ab, erbot sich jedoch, wieder bei Malou zu wohnen und sich in deren Abwesenheit erneut um Monsieur Filou zu kümmern. Der Gedanke, Anna mit nach Italien zu nehmen, kam Malou erst an dritter Stelle, und sie freute sich, als die junge Töpferin spontan zusagte.

Eine Wahl, die sich in vielerlei Hinsicht als Glücksgriff erwies.

Das galt nicht nur für die Autofahrt, die sie gemeinsam gemeistert und am Gardasee für eine Übernachtung unterbrochen hatten, damit die lange Strecke den kleinen Kindern nicht zu viel wurde, sondern auch für den Aufenthalt auf dem alten Gutshof. Die Mitglieder der Kommune nahmen nicht nur Malou, sondern auch Anna herzlich auf, allen voran Marta, die Matriarchin, eine üppige, temperamentvolle Florentinerin, die dort viele Jahre als Deutschlehrerin gearbeitet hatte. Zusammen mit Bruno war sie die Anführerin der bunten Truppe, die sich aus Italienern, Franzosen, Holländern und Amerikanern zusammensetzte. Dazu kamen sechs Kinder verschiedener Altersklassen, die im nahe gelegenen Ort Lucignano die Schule besuchten.

Anna schaute nicht weg, wenn es auf dem Gutshof etwas zu tun gab, sondern griff beherzt zu, Urlaub hin oder her.

»Müßiggang liegt mir einfach nicht«, sagte sie lachend, während sie einen ihrer aromatischen Blechkuchen in den Ofen schob. »Wenn ich meine Arbeit mag, kann ich mich dabei auch prima erholen.«

Sie stieg auf der Beliebtheitsskala noch weiter nach oben, als es ihr gelang, die alte Töpferscheibe wieder in Gang zu setzen, die die Kommune unter diversem Gerümpel in der Remise entdeckt hatte. Bruno trieb brauchbaren Ton in der Töpferstadt Impruneta auf, und einige seiner Kommunarden machten sich gleich mit Feuereifer ans Töpfern, so hingebungsvoll, dass Marta sie ermahnen musste, andere anfallende Arbeiten nicht zu vernachlässigen.

»Wein, Oliven, Honig, selbst gebackenes Brot – und jetzt bald auch noch eigene Töpferware«, schwärmte Anna. »Was will man mehr? Ludwig sieht mit seinem Kopftuch aus wie ein braun gebrannter Minipirat und lacht von früh bis spät. So glücklich hab ich mein Kind lange nicht mehr gesehen. Ich glaub, ich will gar nicht mehr nach Hause!«

»Und dein Valentin?«, fragte Malou. »Fehlt der dir denn gar nicht?«

»Und wie!«, sagte Anna. »Valentin ist auch der Grund, warum es hier für mich nur ein italienischer Traum bleiben wird. Denn endlich wieder Geborgenheit, Nähe und dazu auch Vergnügen im Bett zu erleben – das ist einfach umwerfend.«

Trotz der Dunkelheit schien sie zu spüren, wie Malou sich bei ihren Worten in sich zurückzog.

»Was bin ich manchmal nur für ein Trampel!« Jetzt klang Anna zerknirscht. »Ich gerate ins Schwärmen und vergesse dabei ganz, wie du dich fühlen musst. Tut mir leid, Malou.«

»Schon in Ordnung. Ja, Sehnsucht nach Nähe und Liebe habe ich manchmal auch. Aber mit Philipp habe ich mich einfach so rundum wohlgefühlt. Da wird es ein anderer Mann schwer haben. Und auf Kompromisse habe ich keine Lust. Schon allein wegen Leonie. Die kann keine Mama mit Liebeskummer gebrauchen, wenn es dann schiefgeht.«

»Nicht einmal auf ganz winzig kleine Kompromisse?«, fragte Anna. »Nur mal so zur Probe, damit du nicht ganz aus der Übung kommst?«

Sie stupste Malous Bein an.

»Du bist einfach unmöglich, Anna!« Malou lachte. »Eigentlich hatte ich dich für anständig und sogar fast ein wenig spießig gehalten, aber da habe ich mich wohl gründlich getäuscht!«

»Spießig? Vergiss es! Ich bin doch das, was man ein gefallenes Mädchen nennt, so hat die Frau des Bürgermeisters mich jedenfalls genannt, als mein süßer Ludwig zur Welt kam. Und gefallene Mädchen können tun und lassen, was sie wollen. Außerdem verfügen sie oft über den sechsten Sinn, und deshalb sage ich dir jetzt: Dieser Ben aus Amsterdam findet dich ziemlich attraktiv. Und Livia schaut dich an, als würde sie dich am liebsten auffressen.«

»Das mit Livia bildest du dir bloß ein«, widersprach Malou. »Livia mag mich eben, das ist alles. Und Ben ist ein netter Kerl, aber was soll ich mit einem Aussteiger, der in der Toskana Oliven pflückt? Für einen Urlaub ist es hier ganz wunderbar, aber danach sind für mich wieder München und meine Redaktion angesagt. Ich habe doch noch so viel vor. Und schon jetzt im Blut, dass uns ein heißer Herbst bevorsteht …«

»So wie du könnte ich nicht sein, so rational, immer vom Kopf beherrscht. Tut der dir nicht manchmal richtig weh von den vielen Worten, die in ihm stecken?«

Ein Satz, der Malou lange nachging, auch noch als sie am nächsten Tag mit Livia und David zum Wochenmarkt ins nahe gelegene Lucignano fuhr, weil noch letzte Einkäufe für das geplante Hoffest ausstanden. Leonie hatte sie inzwischen Annas Obhut anvertraut. Ihre Kleine buddelte sich gerade vor Vergnügen kreischend mit Ludwig durch den Sandkasten hinter der Scheune.

Ja, es stimmte, ihr brummte in letzter Zeit manchmal tatsächlich der Schädel, aber weniger wegen Arbeitsüberlastung, sondern weil so viele ganz unterschiedliche Dinge auf sie einströmten, die sich nur schwer miteinander vereinen ließen. Die Anfrage des Waldmann Verlags zum Beispiel, ob sie an einer zweiten Biografie, dieses Mal über Heinz Rühmann, interessiert sei.

Papas Melancholie, die sich immer weiter verschlimmert hatte. Nicht einmal sein geliebter Schrebergarten konnte ihn mehr aufheitern. Das Harlachinger Kaffeetrinken mit den Winklers stand noch immer aus, doch von Julius hatte Malou erfahren, dass ihre Mutter sich in den vergangenen Wochen mehrfach mit ihrem leiblichen Vater getroffen hatte, nur zu zweit, ohne den Rest der Familie. Zu Malou hatte sie darüber kein Wort verloren, und auch Papa schien nichts darüber zu wissen.

Oder doch?

War das der Grund, dass er immer stiller wurde?

Die Wahrheit im Hause Graf erwies sich wieder einmal als kostbares Gut …

Hinzu kam das Schicksal von Chris, der tatsächlich eine

Anklage wegen Majestätsbeleidigung erhalten hatte und nun auf seinen Prozess wartete. Wie hoch würde sein Strafmaß ausfallen? Die Kammer sei überlastet, hieß es, weil sehr viele Verfahren anstünden. Ihn selbst schien diese Frist nur noch mehr anzustacheln. Es gab so gut wie keine studentische Demonstration in München, an der er nicht teilnahm. Alle Warnungen, sich im Moment lieber bedeckt zu halten, schlug er lachend in den Wind.

»Man muss provokant sein und über die Stränge schlagen, damit hier endlich mal was passiert. Da bin ich doch lieber ein Wolf als ein gehorsames Schaf!«

Würde er sich mit dieser Haltung weitere Schwierigkeiten einhandeln?

Besonders jedoch setzten Malou die Rüpeleien gewisser Kollegen in der Redaktion zu. Klein, Schenk und Maschke hatten sich zu einer Art Trio infernale zusammengeschlossen, das inzwischen offen feindselig gegen sie agierte, ihre Texte heruntermachte, infrage stellte, wen sie als Nächstes interviewen wollte, und hämisch zu grinsen begann, sobald sie nur das Wort ergriff. Wollten sie herausfinden, wie weit sie gehen konnten, bevor sie ihren Vater zu Hilfe holte?

Darauf konnten sie lange warten!

Malou war fest entschlossen, ihnen bei der nächsten Attacke aus eigener Kraft Paroli zu bieten.

»*Siamo arrivati.*« Livias melodische Stimme riss Malou aus ihren Grübeleien. Die schlanke Dunkelhaarige mit dem langen Zopf, der beim Gehen auf ihrem Rücken tanzte, stammte aus Bozen und sprach gut Deutsch, aber auf Italienisch klang alles, was sie sagte, sehr viel schöner. »Und du sollst nicht immer so viel denken!« Ganz zart klopfte sie an Malous Stirn. »*Parole, parole, sempre parole* – das ist gar nicht gut für dich!«

Livia entspannte sich gern bei ausgedehnten Yogaübungen, zu denen sie auch Malou animiert hatte. Doch wie steif und ungelenkig fühlte die sich angesichts der geschmeidigen Verrenkungen ihrer Lehrerin, die ganz selbstverständlich wirkten!

»Hast ja recht«, räumte Malou ein und verbannte für eine Weile alle Gedanken an Zuhause.

Durch einen mächtigen Torbogen durchschritten sie die Stadtmauer aus dem 13. Jahrhundert, die den Ort noch immer umschloss. Schmale braune und ockerfarbene Häuser, dicht an dicht erbaut, die auf Malou wirkten wie aus der Zeit gefallen. Dunkelgrüne Fensterläden, alle geschlossen, um die Sonne draußen zu halten. Doch auf den engen gepflasterten Gassen davor wuselte es. Männer, Frauen, Kinder – sie alle strömten zum Corso delle Monache, wo die Marktstände aufgebaut waren.

Dort war es, als habe der Spätsommer noch einmal seine ganze Fülle ausgegossen: kistenweise Tomaten, rote und gelbe Paprika, Zitronen, Zwiebeln, Peperoni, Zucchini, Oliven, die ersten Trauben, dazu *porcini*, wie die Steinpilze hier hießen, die Malou in Martas aromatischen Pastagerichten zu lieben gelernt hatte. An einem Spieß drehte sich ein Spanferkel über der Glut, das mit aromatischen Kräutern gefüllt war und so gut roch, dass ihr das Wasser im Mund zusammenlief. Ein paar exotisch aussehende Frauen boten Batikshirts und bunte, knöchellange Wickelröcke an, und obwohl Malou sich ziemlich sicher war, dass sie beides in München nur höchst selten tragen würde, konnte sie doch nicht widerstehen. Ein lila Shirt nebst passendem Rock in allen Regenbogenfarben gehörten bald schon ihr, und Livia, die sie beim Kauf beraten hatte, nickte beifällig.

»Neues Kleid – neue Frau«, sagte sie. »*Mi piace*. Heute Abend wirst du darin tanzen wie eine Königin.«

Vor der Rückfahrt gönnten sie sich noch ein *gelato* in der örtlichen Eisdiele. Es schmeckte so gut, dass Malou es am liebsten gleich pfundweise genossen hätte.

»Was für eine begnadete Region«, sagte sie zu Livia. »Hier ist der Sommer wirklich zu Hause.«

»Nicht für immer.« Das hübsche ovale Gesicht verzog sich. »In der Toskana gibt es auch Winter. Dann wird es früh dunkel; die alten Türen und Fenster schließen nicht richtig, der Wind pfeift um die Ecken, es kann tagelang regnen und sehr kalt werden.« Ihr Lächeln kehrte zurück. »Aber ich kenne eine Insel, weit weg von hier, dort ist wirklich immer Sommer: Bali! Und vielleicht fliege ich schon bald wieder dorthin …«

Ob die anderen von ihren Plänen wussten?

Bruno hatte Malou erzählt, dass dieser Versuch eines gemeinsamen Lebens auf Jahre hin ausgelegt sei. Jeder in der Kommune trage seinen Teil dazu bei; jeder Einzelne sei wichtig für die anderen.

Was nun, wenn Livia so bald wieder ausscheren wollte?

Zerbrich dir bloß nicht schon wieder den Kopf über Probleme, die dich nichts angehen, ermahnte Malou sich selbst. Du bist schließlich hier, um Ferien zu machen!

Nachmittags begannen auf dem Hof die Vorbereitungen für das abendliche Fest. Da keiner der Bewohner es fertiggebracht hatte, die eigenen Hühner zu schlachten, hatten sie mit einem Nachbarn bereits zerlegtes Hühnerfleisch gegen ein paar Flaschen Wein getauscht, das nun mariniert wurde, bevor es abends auf den Grill kam. Marta und Anna kneteten den Teig für die Pasta – *sehr* viel Teig, denn der allgemeine Hunger war enorm. Livia machte sich an die Zubereitung der Cantuccini, eines regionalen Mandelgebäcks, das man zum Verzehr in süßen Vin Santo tauchte. Malou unterstützte Sam, Paolo und Bruno beim Gemüseschnippeln für den Sugo, allerdings eher halbherzig, weil ihr Blick zwischendurch immer wieder zu Leonie und Ludwig flog, die mit einem kleinen Ball die allergrößte Freude hatten.

Wie sehr ihre Kleine seine Gegenwart genoss!

»Lu, Lu, Lu«, plapperte sie den ganzen Tag, und selbst schon halb im Schlafen war »Lu« oft noch ihr allerletztes Wort. Lu bewachte seine Leo wie ein großer Bruder und schritt beherzt ein, wenn die älteren Kinder zu wild mit ihr spielten. Die Vorstellung, die beiden schon bald wieder voneinander zu trennen, tat richtig weh. Anna und sie mussten einen Weg finden, damit die Kinder sich auch zu Hause zumindest ab und zu sehen konnten.

»*Ti piace da noi?*«, fragte Bruno zufrieden. »Gefällt dir bei uns? Du bist ruhig geworden. Fast glücklich?«

»Ja, mir geht es gut, und es war eine wunderbare Idee von dir, uns einzuladen. Aber auf Dauer könnte ich nicht so leben wie ihr, zusammen mit einem Dutzend Erwachsenen, noch einmal halb so vielen Kindern und so vielen Meinungen!«

»Nicht immer einfach«, räumte er ein. »Viel *compagnia, molte discussioni.* Kostet Zeit. Manchmal auch Ärger. Aber du lernst. Jeden Tag neu.«

»Und die Liebe, Bruno?«, fragte Malou. »Was ist damit?«

Er zuckte mit den Achseln und wurde plötzlich ganz ernst.

»Liebe nur mit Körper ist nicht so schwer, aber mit Körper und Seele schon. Seele – Freddy – ist begraben in München«, sagte er schließlich. »Viele einsame Nächte. *E tu?*«

»Meine Nächte sind auch ganz schön einsam«, erwiderte Malou. »Selbst, wenn ich morgens um vier Leonies Windeln wechseln darf. Philipp fehlt mir so sehr! Manchmal habe ich Angst, dass ich nie wieder einen Mann richtig lieben kann. Kein schöner Gedanke. Ich bin ja noch nicht einmal dreißig.«

»Liebe du kannst nicht zwingen«, sagte Bruno. »Ist wie ein freier bunter Vogel, kommt und fliegt, wie er will. Du kannst Fenster öffnen, *basta.*«

»Schönes Bild, das mit dem Vogel«, erwiderte Malou. »Und sooo schade, dass du nur Männer liebst, Bruno. Sonst hätte ich mein Fenster gern für dich geöffnet.«

Er lächelte, und sie umarmten sich.

Später machte Malou sich in der *Colombaia* fein. Anna trug bereits ein buntes Gypsykleid, das Livia ihr geliehen hatte. Malou zog ihr neues Batikshirt mit dem Maxirock an und ergänzte beide mit ihren großen Silberohrringen. Auf leicht gebräunter Haut sah einfach alles besser aus. Sie mochte sich gerade selbst, und ihrer Kleinen sagte offenbar auch zu, was sie sah.

»Mama«, kommentierte Leonie lachend, während sie jede ihrer Bewegungen genau verfolgte. »Mama!«

»Mama gefällt dir?«, fragte Malou, nahm sie auf den Arm und drehte mit ihr ein paar übermütige Runden durch das Zimmer. »Das ist gut! Mama geht jetzt nämlich tanzen.«

Sie setzte Leonie wieder ab und griff nach ihren Sandalen.

»Schuhe?« sagte sie. »Brauchen wir die heute überhaupt? Nein, die brauchen wir nicht. Mama bleibt barfuß, so wie Sandie Shaw beim Grand Prix. Was die im Fernsehen können, kann deine Mama schon lange.«

Es wurde ein Abend der Superlative.

Das Festessen, das sie alle zusammen an der großen Tafel verspeisten, dauerte von der Vor- bis zur Nachspeise fast zwei

Stunden. Die Vollmondnacht war spätsommerlich warm, und in den Jasminbüschen links und rechts des Hauses leuchteten die Glühwürmchen um die Wette.

»Ich kann nicht mehr«, stöhnte Malou, als Marta ihr zum dritten Mal den Teller füllen wollte. »Sonst kann ich ja gleich keinen Schritt mehr tanzen!«

»Aber meine Cantuccini musst du später unbedingt noch probieren«, verlangte Livia. »Die ersten sind mir leider zu dunkel geraten, aber die zweiten werden *buonissimi!*«

David, der schweigsame Mathematiker aus Oregon, hatte bereits zur Gitarre gegriffen und spielte Klassiker wie *We Shall Overcome* oder *Sag mir, wo die Blumen sind.* Anna und die anderen lauschten hingerissen.

»*Bello*, David, aber jetzt brauchen wir mehr Action!«, rief Marta. »Bruno! Dein Tonband, *per favore*!«

Bruno ging ins Haus und schleppte ein großes Uher-Gerät nach draußen, das er auf den Tisch stellte.

Volle Lautstärke.

Die nächsten Nachbarn wohnten mehr als einen halben Kilometer entfernt und würden sich kaum beschweren.

»Das sind meine einsamen Nächte«, sagte Bruno zu Malou. »*La musica invece dell'amore.*«

Musik statt Liebe.

Wenn sie so mitreißend ausfiel wie die aufgenommenen Stücke auf seinem Tonband, sollte es ihr für den heutigen Abend recht sein. Songs von den Rolling Stones schallten in die Mondnacht, gefolgt von Stücken von Manfred Mann, den Troggs, von Sonny & Cher, Jefferson Airplane und Canned Heat. Alle Bewohner des Gutshofs waren nun auf den Beinen und bewegten sich im Rhythmus der heißen Beats. Nur Marta hatte sich bereits verabschiedet und Lu und Leo geschultert, die bei ihren Kindern schlafen würden, bis ihre Mütter ausgefeiert hatten.

Natürlich machte Tanzen nach einer Weile sehr durstig, und der selbst gekelterte junge Rotwein vom Vorjahr fand regen Absatz. Malou trank davon nur ein Glas, danach hielt sie sich wohlweislich an Wasser. Nie mehr die Kontrolle verlieren – das hatte sie sich nach der folgenreichen Nacht mit Chris geschworen, und diesem Vorsatz blieb sie auch heute treu.

Dann ertönte plötzlich *Morning Of My Life*.

»Che bellissima canzone!«, rief Bruno. *»E che voce singolare!«*

»Ja, Esther Ofarims Stimme ist wirklich einmalig, und sie ist eine bildschöne, faszinierende Frau«, bestätigte Malou. »Erstaunlich scheu. Der Name Ofarim – Rehkitz – passt vorzüglich zu ihr!«

»Du kennst sie persönlich?« Plötzlich war die Tanzende von vielen Neugierigen umringt. »*Racconta* – erzähl!«

»Ich war ganz zufällig mit im Studio, als der Song aufgenommen wurde«, verriet sie. »Und stellt euch vor, meine beste Freundin hat gerade den Produzenten geheiratet. Sie heißt Roxy Rosen, ist ebenfalls Sängerin und sehr talentiert dazu. Ihr haben die Bee Gees aber leider noch kein Lied komponiert …«

»Sei veramente famosa, Malou«, reagierte Bruno beeindruckt, der ihre Ausführungen für die anderen rasch übersetzte. »Wie sagt man auf Deutsch? Du bist berüch…«

»Berühmt«, half sie ihm weiter und lachte. »Nein, das bin ich nicht. Aber ich spreche mit berühmten Menschen, oder sagen wir lieber: mit bekannten Menschen, und schreibe auf, was sie mir erzählen – und manchmal auch das, was ich zwischen den Zeilen so höre. Das kann richtig aufregend sein.

Ich liebe meinen Job!«, setzte sie empathisch hinzu. »Der beste auf der ganzen Welt!«

Bruno lachte, ergriff Malous Hand und drehte sie schwungvoll im Kreis.

Später servierte Livia den Tanzenden auf einem Tablett eine Schale ihrer Mandelkekse zusammen mit kleinen, mit bernsteinfarbenem Wein gefüllten Gläschen.

»Erst eintauchen, dann essen«, erklärte sie. »Sie sind sogar noch ein bisschen warm.«

Mandeln und Wein verbanden sich auf der Zunge zu einem köstlichen Gemisch.

»Umwerfend«, lobte Malou. »Darf ich noch eins haben?«

»Volentieri«, bekam sie als Antwort, und Malou griff zu, doch als sie sich ein drittes nehmen wollte, ging Livia mit der Schale so rasch zum Nächsten, dass sie nur die Hälfte davon in der Hand behielt.

Sie ließ sich dieses Stückchen schmecken und tanzte weiter.

Lag es am Mondlicht, oder war der unbekannte Dessertwein doch stärker als gedacht?

Nach einer Weile erschienen Malou die Konturen der anderen Tanzenden diffuser, als ob sie mehr und mehr mit der Nacht verschmolzen. Dafür hörte sie die Musik nun intensiver – nein, sie spürte sie im ganzen Körper!

Ob es den anderen auch so ging?

Im Mondlicht erschienen Malou die Gesichter ganz gelöst.

Und sie tanzten nun enger, als ob unsichtbare Bande sie zueinander hinzogen.

War das nicht die Marseillaise, die da plötzlich durch die Nacht schallte?

Nein, es war jener Beatles-Song, der seit diesem Sommer die ganze Welt verzauberte!

All You Need Is Love …

Dieses *Love is all you need,* mit dem der Song endete, schien plötzlich aus allen Richtungen zu kommen, sogar von den großen Zypressen, die die Hofeinfahrt säumten. Auch der freche kleine Peperino schien so etwas Ähnliches wie »love« zu bellen.

»Love ist all you need«, flüsterte Ben Malou ins Ohr, während er sie eng an sich zog und zärtlich auf die Wange küsste.

Ihr war so wohlig schwindelig, dass sie sich nicht dagegen wehrte. Ganz im Gegenteil: Sein warmer, sehniger Körper so nah an ihrem fühlte sich sogar sehr angenehm an. Über Bens Schulter flog ihr Blick zu Bruno, der zu tanzen aufgehört hatte und nun allein am Tisch saß.

Wirklich allein?

Für einen Moment glaubte Malou, hinter ihm eine dunkle Silhouette zu sehen, die sich zu ihm hinunterbeugte und ihn liebevoll umarmte.

Freddy?

Aber der lag doch seit Jahren auf dem Münchner Nordfriedhof!

Malou schüttelte den Kopf und zwinkerte heftig.

Jetzt war die dunkle Form hinter ihm wieder verschwunden, Bruno jedoch sah auf einmal so glücklich aus, wie sie ihn aus alten Münchner Tagen kannte.

Also doch keine Einbildung?

Das Schwindelgefühl war inzwischen so intensiv, dass sie fast gestolpert wäre.

»Muss mich bisschen ausruhen«, murmelte sie. *»The wine was too strong for me.«*

»It's not the wine«, widersprach Ben grinsend und sah plötzlich aus wie ein siebenjähriger Lausbub, während sie sich auf der Wiese ausstreckte.

»Nicht? Aber was dann?« In Malous Mund bliesen sich die Worte zu dicken Blasen auf.

»The cookies. How many of them did you eat?«

»Tssswei und einen kleinen«, nuschelte sie.

»Oh, that's pretty much for the start. I'll bring you some water.«

Hörte dieser Song denn niemals mehr auf?

She loves you, yeah, yeah, yeah …

Jemand stützte liebevoll Malous Kopf, und sie trank mit geschlossenen Augen.

Hatte Wasser jemals zuvor schon so köstlich geschmeckt?

Giggelnde Heiterkeit stieg in ihr auf. Das Wasser, die Wiese, die Musik, der Gutshof, der Sommer, das ganze Leben – war alles zusammen nicht einfach nur herrlich?

Weiche Lippen senkten sich auf ihren Mund, wissende Lippen, die sehr gut küssen konnten.

»*Ti amo*«, wisperte es an ihrem Ohr. »*Voglio fare l'amore con te!*«

Unfähig zu antworten, versuchte Malou, mit der Hand wegzuwischen, was sie gerade so sehr am Hals kitzelte.

Weiche Haare, weiche, *lange* Haare …

Sie schlug die Augen auf – und schaute in Livias sanft lächelndes Gesicht.

»Liebe mit Frauen ist schön«, sagte Livia. »Wir brauchen keinen Penis. Meine Hände. Meine Lippen, *tutto per te* … du wirst es lieben, vertrau mir, *bellissima* …« Ihre Hand fuhr unter Malous Shirt und berührte ihren Busen.

Mit einem Schlag war aller Zauber verflogen.

Malou setzte sich abrupt auf.

»Was war in deinen Cantuccini?«, fragte sie. »Drogen?«

»Drogen – *che brutta parola*!« Livia lächelte noch immer. »Nur das, was alle jetzt überall genießen: eine Prise Cannabis.«

»Haschisch?«, fragte Malou entsetzt.

»Ja, das Kraut der Götter. Man kann es rauchen oder eben auch essen. Und du hast es gerade gegessen. Tanzt jetzt in deinem Bauch!« Sie kicherte fröhlich.

»Finde ich gar nicht lustig.« Malou stand auf, was sich alles andere als einfach erwies, weil ihre Beine sich ungemein wacklig anfühlten. »Ihr hättet mich fragen müssen …«

»*Senti*, Malou, ist doch kein Problem!«

Vom Boden aus angelte Livia nach ihr und versuchte, ihre Beine festzuhalten, aber sie griff ins Leere.

»Fass mich nicht an!« Malou war einen Schritt zurückgetreten. Jetzt klang ihre Stimme scharf. »Ich lass mich nie wieder berauschen, von niemandem, egal ob mit Alkohol oder mit Haschisch, merk dir das! Und jetzt will ich auf der Stelle in mein Taubenhäuschen.« Hilfe suchend schaute sie sich um. »Anna? Anna, bist du da irgendwo? Bitte, Anna, hilf mir!«

Etwas Buntes kam auf sie zugetanzt.

»Malou? Ist etwas passiert?«, fragte Anna. »Du siehst ja ganz verstört aus.«

»Mir ist gar nicht gut. Alles dreht sich, und ich sehe seltsame Dinge, die es eigentlich gar nicht geben kann. Hast du etwa auch von diesen verfluchten Keksen gegessen?«

»Kann ich leider nicht«, erwiderte Anna. »Allerheftigste Mandelallergie. Ein Bissen, und ich krieg keine Luft mehr. Waren sie denn nicht gut?«

»Voll mit Hasch, das waren sie!«

Malou taumelte und wäre fast gefallen. Anna fing sie gerade noch auf.

»Bruno!«, rief sie. »Wir brauchen dich! Diese junge Frau hier muss schleunigst ins Bett.«

*

San Francisco, der Hit von Scott McKenzie, lief auf allen Radiosendern. David hatte ihn zum Abschied auf der Gitarre gespielt, als Malou und Anna mit ihren Kindern für die Heimfahrt nach München ins Auto gestiegen waren. Livia hatte es sich nicht nehmen lassen, Malou einen Kranz aus selbst gepflückten Blumen aufzusetzen.

»Tut mir leid«, hatte sie dabei gemurmelt. »*Mi dispiace. Tutto*. Ich wollte dich nicht …«

Dann war sie blitzschnell hinter der Scheune verschwunden.

»Aber ihr werdet doch wiederkommen?« Bruno hatte plötzlich Sorgenfalten auf der Stirn.

»Das werden wir«, versicherte Malou. »Danke noch einmal, lieber Bruno!« Sie umarmte ihn. »Aber versprich mir: nie wieder Cantuccini für mich!«

Inzwischen lag das alles mehr als einen Monat zurück, und der Alltag hatte sie wieder fest im Griff. Manchmal blitzten im größten Stress kurz die italienischen Bilder wieder auf, dann hielt sie für einen Moment inne und lächelte. Im häuslichen Umfeld hatte Julie, inzwischen glücklich verlobt, der energischen Mamma Lucia Platz gemacht, die sofort den Weg in Leonies Herz gefunden hatte.

»Lulu«, so nannte die Kleine sie, zwei Silben, die ihr bestens vertraut waren, und sie überließ sich offensichtlich entspannt deren kundigen Händen. Die Wohnung sah auf einmal aus wie aus dem Ei gepellt, oft fand Malou etwas Schmackhaftes zu essen vor, wenn sie aus dem Verlag nach Haus kam, und dass Lucia so gerne sang, gefiel Mutter wie Tochter. Mamma Lucia regte an, ein richtiges Bett für die Kleine zu kaufen, die stolz darauf war und gern darin einschlief, bewacht von der alten Mondlampe, die Papa Malou vor Jahren aus Wien mitgebracht hatte. Jetzt fiel es Malou leichter, sich auf die beruflichen Aufgaben zu konzentrieren, was auch notwendig war, denn dieser Herbst verlangte ihr einiges ab.

Nach einem Treffen mit Heinz Rühmann, dessen Frau Hertha Feiler und Verlegerin Anja Waldmann im Foyer des Hotels Vier Jahreszeiten entschloss Malou sich, das Projekt nicht zu übernehmen. Es wäre auf einen Eiertanz hinausgelaufen, es neben ihrer Arbeit als Gesellschaftsreporterin zu schreiben – aber das war nicht einmal der ausschlaggebende Punkt gewesen.

Malou mochte den kleinen Mann mit der brüchigen Stimme einfach nicht, und wenn sie ehrlich war, hatte sie ihn eigentlich noch nie so richtig gemocht. Hinter dieser verschmitzt-anbiedernden Bescheidenheit, die ihn im Film berühmt gemacht hatte, verbarg sich ein selbstherrlicher Despot, der keine Meinung außer seiner eigenen gelten ließ. Malous erst einmal ganz dezent gestellte Fragen nach seinen Rollen während des Nazi-Regimes wehrte er sofort ab. Seine Frau versuchte, mit viel Charme die peinlichen Pausen zu überspielen, die seine barschen Antworten im Gespräch immer wieder hervorriefen, doch es gelang nicht einmal ihr. Nach einer endlosen Stunde, die Malou wie mindestens drei Stunden erschienen war, verabschiedete man sich schließlich förmlich.

»Wir hören von Ihnen?«, fragte Rühmann.

»Ich denke, nein«, erwiderte Malou. »Ich bin wohl doch nicht ganz die Richtige für Ihre Biografie, Herr Rühmann. Aber ich wünsche Ihnen ganz viel Glück für Ihr Vorhaben, und bleiben Sie vor allem gesund!«

Wie herrlich sich doch Erleichterung anfühlen konnte!

Sie tänzelte über die Maximilianstraße, bis sie bei ihrem Auto angelangt war, und fuhr sofort weiter in die Redaktion.

Noch immer waren die Zahlen beim *Tag* nicht zufriedenstellend, und Gerüchte, dass in München schon bald eine dritte Boulevardzeitung an den Start gehen sollte, machten die Arbeit in der Redaktion nicht einfacher.

»Es kommt eben auf die richtige Mischung an«, beschwor Hans Wolfgang Winkler seine Redakteure. »Eine moderne Boulevardzeitung muss mitten im Leben angesiedelt sein. Sie beinhaltet nicht nur Politik und Wirtschaft, Kunst und Wissenschaft – natürlich leserfreundlich aufbereitet, niveauvoll und gleichzeitig verständlich –, sie deckt auch Skandale auf und prangert Missstände an. Und nicht zu vergessen unsere *Blitzlicht*-Seite, die auf unterhaltsame Weise einen Blick auf Leben und Leiden prominenter Zeitgenossen wirft.«

»Wir müssen allerdings aufpassen, dass wir dabei nicht zu weit nach links abdriften«, mahnte Schenk. »Nicht alle wollen ständig politisch belehrt werden. Unsere Leserschaft besteht nicht nur aus Protestlern und Beatmusik-Süchtigen!«

»Natürlich nicht. Das ist mir ebenso bewusst wie Ihnen. Aber spüren Sie denn nicht den Aufbruch, Herr Schenk, der unsere Gesellschaft gerade erfasst? Für mich ist das wie eine große Welle, und wir schwingen mit. Selbstredend ohne dabei vulgär oder provinziell zu werden. *Der Tag* ist ein meinungsfreudiges Boulevardblatt mit starker Leserbindung. Ich fordere Sie auf, daran mitzuarbeiten, dass diese sich weiter verstärkt!«

Malou erzählte Onkel Julius davon, den sie mit Leonie am Wochenende im Seniorenheim besuchte. Erfreulicherweise kam später auch noch Agnes dazu, der sie bei dieser Gelegenheit gleich noch einmal ihren Dank ausrichten konnte.

»Ich weiß gar nicht mehr, wie wir ohne Lucia überhaupt jemals zurechtgekommen sind«, sagte sie. »Du hast uns gerettet!«

»Hauptsache, ihr beide seid glücklich«, erwiderte Agnes mit feinem Lächeln. »Dann bin ich es auch.«

Nachdem Agnes sich verabschiedet hatte, versuchte Malou, Onkel Julius über ihre Mutter auszufragen.

»Trifft sich Mama denn immer noch mit meinem Vater?«, wollte sie wissen.

Er zuckte mit den Achseln. »Ich fürchte, ich habe einmal zu viel nachgebohrt. Jetzt erzählt Karin gar nichts mehr. Du weißt doch, wie deine Mutter ist.«

»Und Papa? Der geht langsam dabei ein! Ganz blass und traurig ist er schon geworden ...«

»Du kannst sehr lieb zu ihm sein, aber die Ehe deiner Eltern ist deren Angelegenheit, Malou. Ist immer ungut, sich in die Liebesangelegenheiten anderer einzumischen, auch wenn es einem manchmal noch so schwerfallen mag.«

Eine Antwort, die Malou keineswegs befriedigte.

Sie versuchte es selbst wenig später noch einmal bei ihrer Mutter, wurde aber mit einem »Ich weiß gar nicht, was du meinst, Marie« abgeschmettert.

Papa, den sie noch am selben Tag ebenfalls darauf ansprach, als sie mit ihm allein in der Küche war, schüttelte bedrückt den Kopf. Dünner und grauer kam er Malou vor, was sie ganz traurig machte. Er erzählte ihr, dass er die letzte Partie des Goldelexiers verdorben hatte – jenem sagenhaften Mittel gegen Akne, das die Schwanendrogerie in der ganzen Stadt bekannt gemacht hatte –, weil er mit seinen Gedanken zum ersten Mal seit dreiundzwanzig Jahren nicht ganz bei der Sache gewesen war.

»Jetzt funkt sie sogar noch bis in deine Arbeit hinein«, sagte Malou wütend. »Das darfst du dir nicht gefallen lassen!«

»Deine Mutter ist eine starke, selbstbewusste Frau, Marie-

Louise, das habe ich von Anfang an gewusst. Und auch, dass ich nicht die Nummer eins in ihrem Leben war. Jetzt ist der Mann wieder aufgetaucht, den sie einst so verzweifelt geliebt hat. Was soll ich da schon machen? Vielleicht sind ihre Gefühle für ihn erneut erwacht. Immerhin ist er ja dein Vater …«

»Und du bist mein lieber, lieber Papa. Frag sie doch einfach ganz direkt!«

»Das habe ich. Sogar mehrfach. Aber deine Mutter weicht immer aus.«

»Dann zwing sie, mit der Wahrheit herauszurücken! Du kannst doch nicht tatenlos dabei zuschauen, wie sie dich zum Narren hält. Werde aktiv, Papa. Kämpfe um sie, kämpfe um eure Ehe!«

»Weißt du, mein liebes Kind«, sagte er. »Liebe kann man nicht festhalten. Wenn ich eins in meinem Leben gelernt habe, dann dass Liebe und Freiheit untrennbar zusammengehören.«

Kam ihr alles seltsam bekannt vor.

Liebe du kannst nicht zwingen, hatte Bruno auf dem Gutshof zu ihr gesagt. *Ist wie ein freier bunter Vogel, kommt und fliegt, wie er will. Du kannst Fenster öffnen, basta …*

Aber ihr geliebter Papa sollte nicht leiden, das hatte er nicht verdient. Nicht nach allem, was er für ihre Mutter und sie getan hatte.

»Basta!«, sagte Malou nun laut, und es klang wie ein Entschluss. »Dann werde ich eben an entsprechender Stelle selbst mal nachfragen müssen.«

In der Redaktionskonferenz am nächsten Morgen ging es unter anderem um das Action-Theater in der Müllerstraße. Für das Stück *Antigone*, umfunktioniert zu einer wilden Bühnenorgie, in der die Schauspieler stammelnd und wimmernd über die Bühne robbten, hatte Regisseur Peer Raben einige Gammler als Schauspieler engagiert. In seinen Augen rebellierten sie am überzeugendsten gegen die bestehende Ordnung. Einer von ihnen nahm diese Ansage allerdings offenbar zu wörtlich, denn er stach nach der Aufführung die junge Hauptdarstellerin nieder. Marite Greiselis überlebte zwar, war jedoch seitdem querschnittsgelähmt. Rainer Werner Fassbinder, zwei Mal von der Filmhochschule Berlin abgelehnt, löste Raben in dessen Funktion ab, ließ das Stück aber trotz des tragischen Vorfalls weiterlaufen und besetzte die Rolle neu mit Hanna Schygulla.

»Theater muss provozieren«, gab er zum Besten, als Adrienne ein langes Interview mit ihm führte. »Nichts langweilt mich mehr als stinknormale Aufführungen.«

Gestern war der Messerstecher vor dem Landgericht zu zehn Jahren Haft verurteilt worden. Heribert Klein hatte einen beißenden Kommentar dazu verfasst, in dem er auch seine Kollegin Adrienne Riehl angriff, die über das Action-Theater geschrieben hatte.

»Solche Artikel stilisieren einen Niemand wie diesen Fassbinder zu Helden, (v)erklären solche Auswüchse zu Kunst und ermöglichen damit Verbrechen erst«, schrieb er.

Adrienne widersprach ihm wütend.

»Fassbinder ist alles andere als ein Niemand, sondern ein genialer junger Theatermann. Von dessen Kreativität könnten sich manch andere eine Scheibe abschneiden. Schade, dass du das nicht kapierst, Heribert! Kollegialer Tipp ganz unter uns: Bleib einfach bei deinen Bierhallen, Rathausversammlungen und lokalen Vereinsnachrichten. Das beherrschst du, da unterlaufen dir wenigstens keine peinlichen Fehleinschätzungen!«

»Adrienne, ich muss doch bitten«, mahnte Chefredakteur Hornberg. »Lass uns sachlich bleiben. Damit ist allen geholfen.«

Viele am Tisch grinsten, weil Adrienne eben doch das letzte Wort behalten hatte. Trotzdem brachte Malou die Idee eines Fassbinder-Porträts für die *Blitzlicht*-Seite heute besser nicht zur Sprache.

Stattdessen stellte sie ein anderes Projekt vor.

»Die Brüder Samy, die seit dem Sommer den Drugstore am Wedekindplatz betreiben, stehen kurz vor der Eröffnung der ersten Münchner Großdisco …«

»Bekommen diese armenischen Teppichhändler ihren Hals denn niemals voll?«, unterbrach sie Maschke. »Der Stangl-Wirt musste bereits ihrem aufgeblasenen amerikanischen Schuppen weichen, ihr turkmenisches – als ob der einfache Münchner wüsste, was das überhaupt ist! – Restaurant namens Datscha hat eine gemütliche Boaz'n für den kleinen Geldbeutel vertrieben, und jetzt auch noch dieses ambitionierte Mammutprojekt im einstigen Schwabinger Kino …«

»Offenbar nicht«, erwiderte Malou vergnügt. »Und wenn wir Glück haben, dann verraten sie uns heute vielleicht sogar ihr Erfolgsgeheimnis. Wir bekommen nämlich eine private Führung durch das Blow Up – vor allen anderen Medien.«

»Wie habt ihr das denn hinbekommen?«, fragte ihr Vater sichtlich beeindruckt.

»Peter Kraus war so freundlich. Seit unserem Interview hat er mich irgendwie ins Herz geschlossen. Kraus ist als geschäftlicher Partner mit bei den Samys eingestiegen und wird heute ebenfalls anwesend sein.«

»Meine Kamera vibriert bereits vor Vorfreude«, ergänzte Samy grinsend. »Das werden Fotos, Leute! Hat im wahrsten

Sinn des Wortes die Welt noch nicht gesehen. Und natürlich werden die beiden mir alles gestehen – einem, der genauso heißt wie sie …«

Alle lachten.

»Dann viel Glück«, sagte Hornberg. »Wir sind mehr als gespannt!«

Malou wartete ab, bis alle wieder an ihre Arbeitsplätze gegangen waren, dann ging sie zum Büro ihres Vaters.

»Ich muss ihn sprechen«, sagte sie zu Frau Noelle. »Dringend. Ist was Privates.«

Noch bevor Widerspruch aufkommen konnte, war sie schon in seinem Zimmer.

Er blickte von den Bankauszügen auf, die aufgefächert seinen ganzen Schreibtisch bedeckten.

»Malou?«, fragte er. »Kann ich irgendetwas für dich tun?«

»Ja, ich denke, das kannst du.« Sie nahm ihren Mut zusammen und redete weiter. »Was ist das zwischen Mama und dir? Das würde ich gern wissen.«

Wirkte er plötzlich eine Spur verlegen, oder bildete sie sich das bloß ein?

»Wir hatten uns verloren, wie du weißt«, sagte er. »Ein ganzes Knäuel von Missverständnissen, das im Lauf der Jahre immer dicker und unentwirrbarer geworden ist. Aber nun haben wir uns wiedergefunden – nicht zuletzt deinetwegen.«

»Soll das etwa heißen, es ist meine Schuld, dass meine Mutter sich heimlich mit meinem leiblichen Vater trifft, während mein Papa darunter wie ein Hund leidet?« Unwillkürlich war sie lauter geworden. »Das weise ich in aller Entschiedenheit zurück!«

»Theo Graf leidet? Das wusste ich nicht«, sagte er, »und das tut mir natürlich leid.«

»Dann verhalte dich gefälligst auch so! Du hast doch deine eigene Familie, oder etwa nicht?«

In seinen Augen blitzte Zorn auf.

»Das ist nicht der richtige Ton, Malou, nicht gegenüber deinem Va…«

»Für mich stimmt der Ton ganz genau, lieber *Vater*«, fuhr sie ihm ins Wort. »Mama hat Jahrzehnte gebraucht, um über dich hinwegzukommen, das ist mir jetzt erst klar geworden. Und sie wäre es vermutlich niemals, wäre mein Papa ihr dabei nicht uneigennützig beigestanden. Er hat sie und damit auch mich in sein Herz gelassen, ohne Bedingungen zu stellen. Welcher Mann hätte das mitten im Krieg mit einer Minderjährigen getan, die ein Kind von einem anderen im Bauch trug? Diesen Mann kannst du suchen! Papa ist so ein wunderbarer Mensch, das würdest auch du feststellen, wenn du ihn kennen würdest. Doch anstatt dich darauf einzulassen, schiebst du diese seltsame Nummer mit meiner Mutter, die auf einmal nicht mehr genau weiß, wo sie eigentlich hingehört. Das darfst du nicht, hörst du?!« Beim Reden wurde Malou immer wütender. »Das steht dir nicht zu. Du hast kein Recht, sie derart durcheinanderzubringen. Du hast dich damals für Eva und damit gegen meine Mutter entschieden. Und danach auch noch für Camilla. Du bist wie sie in festen Händen. Denk doch nur mal an Nathalie, die ihre Eltern braucht – alle beide. Mama und du, ihr könnt jetzt nicht mehr nachholen, was ihr damals versäumt habt!«

Während ihrer langen Ansprache war er immer blasser und ruhiger geworden.

Malou hatte offenkundig mitten ins Schwarze getroffen.

Das freute sie, machte ihr gleichzeitig aber auch Angst.

Wie würde er reagieren?

»Bist du fertig?«, fragte er schließlich.

»Für den Moment – ja.« Malou straffte die Schultern. »Aber ich verlasse dieses Zimmer nicht, bevor du mir ein Versprechen gegeben hast.«

»Und was sollte das sein?«

»Das weißt du ganz genau – *Vater!* Du lässt deine Hände von Mama. Die hat nämlich bereits einen Mann und ein Leben, das sie sehr gemocht hat, bevor du dich eingemischt hast.«

Für ein paar Augenblicke war es so still im Büro, dass Malou die eigenen Atemzüge überlaut erschienen.

Dann erhob er sich von seinem Stuhl und ging um den Schreibtisch herum. Als er vor ihr stand, spürte sie wieder seine starke männliche Präsenz, die ihr früher so gefallen hatte. Heute jedoch blieb sie auf der Hut.

»Dann muss es wohl so sein«, sagte er und streckte ihr die Hand entgegen. »Abgemacht.«

Noch immer zögernd ergriff Malou sie.

»Und was genau?«, fragte sie.

Er begann zu lächeln.

»Irgendwie müssen wir unseren Job hier ziemlich gut gemacht haben«, sagte er. »Aus dir ist eine profund ausgebildete Journalistin geworden, die sich nicht mit Brotkrumen abspeisen lässt, wenn sie eine gute Story wittert, das gefällt mir. Ich bin ungeheuer stolz auf meine kluge Journalisten-Tochter und habe nicht vor, es mir mit ihr zu verderben. Also: Ja, ich werde meine romantischen Träumereien mit deiner Mutter beenden. Und ja, das fällt mir schwer, weil Karin etwas in mir anrührt, das ich bei keiner anderen Frau gefunden habe. Sie wird nicht gerade begeistert darüber sein, damit musst du rechnen. Aber schließlich bist du ihre Tochter und weißt, wie du deine Mutter zu nehmen hast. Dafür wird Camilla erfreut sein, auch wenn sie vermutlich niemals erfahren wird, wem sie das zu verdanken hat.«

Sie lösten ihre Hände.

»Und jetzt viel Spaß mit Samy bei den Gebrüdern Samy«, sagte er. »Ich erwarte Großes von dir, Malou!«

Sie lächelte, als sie die Treppe hinunterging, und noch immer, als sie zu Samy ins Auto stieg.

»Was ist los?«, fragte er. »Gehaltserhöhung?«

»Besser«, sagte Malou. »Viel, viel besser!«

Der eine war groß und schlaksig und litt unter schwindendem Haaransatz – das war Anusch, der Kaufmann und ältere Bruder. Temur, der Jüngere, war kleiner und hatte dichtes, pechschwarzes Haar. »Ein Träumer und Visionär«, so stellte Anusch ihn vor. Von der deutschen Mutter der beiden war nicht viel zu merken. Rein optisch hatte sich das Erbgut des persischen Vaters voll durchgesetzt. Reden konnten die Brüder ganz hervorragend. Ihre Erfahrungen beim Verkauf wertvoller orientalischer Teppiche kamen ihnen ganz offensichtlich zugute. Sie hatten Malou in ihrem Büro hinter den Kulissen empfangen, in dem es nicht gerade spektakulär, sondern eher leicht verlottert aussah.

»Lokal um Lokal«, sagte Malou, die Unordnung um sich herum nach Kräften ignorierend. »Drugstore mit Tagesdisco im ersten Stock, Datscha mit Erlebnisgastronomie, Restaurant Bouillabaisse und jetzt als Krönung das Blow Up – man fragt sich unwillkürlich: Wo wollen diese Samys noch hin?«

»Vergessen Sie nicht unsere Minicars«, sagte Anusch, während Samy Foto um Foto schoss. Ihn hatten sie sofort mit großem Hallo begrüßt. Jemand, der ihren Namen freiwillig als Spitznamen gewählt hatte, konnte nur ein toller Hecht sein. »Die Münchner Taxifahrer hassen uns dafür, aber die Jugend der Stadt, und erst recht von außerhalb, wird gern deutlich günstiger in unseren knallroten Renaults chauffiert. Ideen muss man eben haben. Und daran mangelt es uns zum Glück nicht. Bislang haben wir noch nicht einmal ein Zehntel dessen verwirklicht, was uns alles so vorschwebt.«

Sie führten Malou und Samy ins Erdgeschoss, wo es noch immer stark nach Lack und Farbe roch.

»Spätestens in drei Tagen muss alles fertig sein«, sagte Temur. »Träume, an denen man kleben bleibt, sind unbefriedigend.«

Noch war alles dunkel in dem großen Bau, der früher einmal Schauburg geheißen hatte und ein Kino gewesen war. Doch schon jetzt wusste Malou, was sie als Headline für ihre *Blitzlicht*-Seite wählen würde:

DIE KÖNIGE DER NACHT.

Denn nichts anderes waren sie, diese beiden findigen Brüder aus Armenien.

»Schönen guten Abend!«, sagte eine vertraute Männerstimme hinter ihr, seit vielen Jahren berühmt durch das rollende »R«, das auch seine Schlagererfolge auszeichnete. »Die Gräfin bei uns zu Gast – welche Ehre und welches Vergnügen!«

»Peter Kraus mit ins Boot zu holen, war meine Idee«, erklärte Anusch. »Wenn alle seine Fans kommen, müssen wir jeden Abend wegen Überfüllung schließen. Aber nun: *Lights on! Let's start the party!*«

Es wurde gleißend hell. Über zweihundert Scheinwerfer verbreiteten ihr Licht im Rhythmus der Musik. Dazu erschallte *Fire* von Arthur Brown in voller Lautstärke. Eine Unterhaltung war jetzt nicht mehr möglich, dafür wurden die Augen von Eindrücken regelrecht überflutet. Malou wusste kaum, wohin sie zuerst schauen sollte. Die Tanzfläche bedeckte das gesamte Erdgeschoss – darauf konzentrierte sie sich als Erstes.

Wie viele mochten hier hineinpassen?

Zweitausend Gäste? Womöglich sogar dreitausend und mehr.

Kein Vergleich zu der kleinen dunklen Höhle des Big Apple …

An der Außenwand schlängelte sich eine stufenlose Gangway empor und mündete in Terrassen und Balkons unterschiedlicher Ebenen. Ganz oben, sozusagen im Olymp, befand sich ein spiegelverglaster Bereich für VIP-Gäste, wie Anusch stolz erklärte.

»Hundert Leute passen da rein«, sagte er. »Die wollen oft am liebsten unter sich bleiben.«

Zwischendrin baumelten große Messingkäfige von der Decke, die Malou irritierten.

Wollten sie etwa wilde Tiere diesem Lärmpegel aussetzen?

»Für die Go-go-Girls«, erklärte Peter Kraus, dem ihre fragenden Blicke offenbar aufgefallen waren. »Der allerletzte Hit aus Great Britain.«

»Und was machen die da?«, wollte Malou wissen.

»Tanzen, in ansprechend heißer Bekleidung«, antwortete Temur. »Allein schon die Auswahl der ersten Truppe war ein großes Vergnügen.« Er lächelte wissend. »Aber dabei bleibt es nicht. Wir fliegen für die Eröffnungsfeier noch ein paar echte Hippies aus den USA ein. Und die Jungs vom Harley-Davidson-Club werden mit ihren schweren Maschinen für Furore sorgen.«

»Hier drin?«, fragte Samy, der mit seiner Kamera von Motiv zu Motiv hetzte.

Die Brüder nickten.

»Dazu kommt ein berühmter Magier, der unsere Gäste verzaubern soll«, fuhr Temur fort. »Und sie dürfen sogar …«

»Stopp!«, verlangte sein Bruder. »Du darfst doch nicht schon alles ausplaudern! Frau Graf muss es ohnehin live erleben. Sie werden doch am Eröffnungsabend unser Gast sein? Sie müssen! Nur live werden Sie unser Konzept erst richtig verstehen.«

Die Vorstellung, sich zwischen Tausenden schwitzender Leiber zu bewegen, hatte für Malou durchaus etwas Beängstigendes. Wenn überhaupt, konnte sie das nur mit Roxy durchstehen, die in dieser Hinsicht keinerlei Berührungsängste kannte.

»Ich will es versuchen«, sagte sie schließlich. »Aber das ist noch keine Zusage. Ich habe eine kleine Tochter. Da kann immer mal etwas dazwischenkommen.«

»Wahnsinn«, sagte Samy, als sie schließlich wieder draußen in der kühlen Oktoberluft standen. »Einfach nur der blanke Wahnsinn!«

Es hatte leicht zu nieseln begonnen, was sie beide als angenehm empfanden.

»Ob das die Stadt annehmen wird?«, fragte Malou. »Ist alles so … riesig! Für mich war Tanzen bisher immer etwas Intimes, egal ob auf einer Party oder in einem Beatschuppen, aber das hier, das ist einfach nur überwältigend …«

»… gigantisch«, vollendete Samy ihren Satz. »Und wenn das alles schiefgeht? Dann rutschen die Kredite wie ein Wasserfall in den Keller. Mensch, was bin ich froh, dass ich mein eigener bescheidener Samy bin und nicht zu diesen beiden tollkühnen Samys gehöre!«

»Und ich erst«, erwiderte Malou. »Sag mal ganz ehrlich: bekloppt oder genial?«

»Ich fürchte, beides«, lautete seine Antwort.

Sie verabschiedeten sich.

Malou lief die kurze Strecke nach Hause zu Fuß. Zu viel schwirrte noch immer unverdaut in ihrem Kopf herum.

Würde ihr Vater sich an sein Versprechen halten?

Und wie würde ihre Mutter reagieren, wenn er sie plötzlich auf Abstand hielt?

Sollte sie Papa von ihrem mutigen Vorstoß berichten?

Oder einfach so tun, als habe sich alles ganz von selbst erledigt?

Wenn sie später Leonie in die Badewanne setzte und anschließend an ihren zart duftenden Härchen schnupperte, würde ihr sicherlich das Richtige einfallen.

Die Sehnsucht nach ihrem Kind beschleunigte Malous Schritte.

»Heute hat sie zum ersten Mal nach ihrer Mama geweint«, sagte Lucia, als Malou atemlos im sechsten Stock ankam, weil wieder einmal der Lift streikte. »Dann hab ich ihr die Geschichte vom kleinen Häschen vorgelesen, und alles war wieder gut.«

»Danke«, sagte Malou. »Jetzt bin ich ja wieder da.«

»Dann mache ich mich auf den Weg. *Buona serata*.« Lucia steckte schon im Mantel. »Halt, da ist noch was. Das hier wurde heute für Sie abgegeben. Post aus den USA. Klein und ziemlich dünn.«

Malou öffnete das Paket erst nachdem Leonie eingeschlafen war, was ziemlich lange gedauert hatte.

Es war eine Single: *Massachusetts* von den Bee Gees – der Song, der sich gerade anschickte, weltweit die Charts zu stürmen.

Ein kurzer Brief war beigelegt.

Kleines Hallo aus Boston, liebe Malou,

Algen sind noch viel spannender als vermutet und kleben so an mir, dass ich mich hier an der Uni wissenschaftlich engagiere – wer hätte das gedacht? Könnte im schlimmsten Fall sogar auf eine Professur hinauslaufen, aber wir wollen den Tag besser nicht vor dem Abend loben.

Wie geht es dir und Leonie?

Hoffe, bei euch ist so weit alles in Butter.

Damit ihr mich hier in Massachusetts in guter Erinnerung behaltet, schicke ich dir diesen Song.

Komischerweise muss ich immer an dich denken, wenn ich ihn höre, und das ist gerade ziemlich oft. Jetzt kann ich nur hoffen, dass es dir mit mir ein bisschen ähnlich geht.

Vergiss mich nicht (eigentlich ja auch eine Blume ☺)

Wäre schade!

Dein Matthias

Malou legte die Platte auf und begann zu lächeln.

NEUN

Frühling 1968

Heintjes allergrößter Fan war sicherlich die kleine Leonie. Jedes Mal, wenn sein Schlager *Mama* im Radio ertönte – und das kam in diesem Frühjahr oft vor, denn er überflügelte erstaunlicherweise in den Charts gerade die aktuellen Singles der Bee Gees, Rolling Stones und Beatles –, begann sie verzückt dazu zu tanzen. In der rechten Hand das inzwischen schwer zerliebte Bilderbuch *Dolphins*, das Tante Roxy ihr aus den USA mitgebracht hatte, in der anderen Hand ihren kleinen Plüschdelfin, der von Tante Adrienne stammte, streckte sie ihren dicken Windelpopo heraus, ließ die Hüften kreisen und stampfte mit ihren Beinchen auf den Boden. Der Anblick war so drollig, dass Malou unwillkürlich lachen musste, auch wenn ihr persönlich der metallische Sopran des niederländischen Wunderkindes eher unangenehm durch Mark und Bein ging.

»Ist nur nachgemacht«, sagte Mamma Lucia, die ebenfalls nicht allzu viel für Heintje übrighatte, dafür umso mehr für ihren berühmten Landsmann, der einst im Kirchenchor das Singen gelernt hatte. »Eigentlich ist es ein Lied aus Italien. Im Film *Madre* hat es der wunderbare Beniamino Gigli gesungen – *che voce, questo Gigli!*«

Natürlich verdarb Malou ihrer Kleinen, die jeden Tag neue Worte lernte und inzwischen wie ein Wasserfall plapperte, nicht die Freude an ihrem Lieblingslied – erst recht nicht, nachdem sie herausgefunden hatte, dass die deutsche Textversion ebenfalls aus der Feder von Bruno Balz stammte, der nun schon einige Male indirekt ihren Weg gekreuzt hatte. Sie hielt ihm zugute, dass seine gefühlvollen Zeilen aus den Vierzigerjahren waren. Seltsam allerdings, dass Hörer von heute noch immer auf solchen Schmalz abfuhren – ausgerechnet in dieser Zeit der Umbrüche.

Oder vielleicht *gerade* jetzt, wo so vieles im Wandel begriffen schien, was die Menschen zutiefst verunsicherte?

Malou spürte es in der eigenen Familie.

Die Bitte an ihren leiblichen Vater, die Ehe ihrer Eltern nicht durch heimliche Treffen mit seiner Jugendliebe Karin zu gefährden, hatte Früchte getragen. Offensichtlich hielt er sich daran, wurde sogar nach außen hin wieder ausgeglichener und wirkte weniger angespannt, als sei eine Last von ihm abgefallen. Malous Mutter jedoch schien schwer damit zu hadern. Den ganzen Winter über war sie ernst und ungewohnt zurückhaltend gewesen.

»Sie trauert«, hatte Onkel Julius' Kommentar gelautet, als seine Nichte ihm die für sie unerwartete Kehrtwendung unter Tränen anvertraut hatte. »Jetzt hat Karin ihn zum zweiten Mal verloren, und dieses Mal endgültig. Tut weh, ist aber sicherlich sehr heilsam. Denn sie gehört doch zu Theo. Ich wünsche mir so sehr, dass deine Mutter das begreift! Ein Hans Wolfgang Winkler mochte vielleicht noch einmal in sehnsüchtigen Jugendträumereien geschwelgt haben, aber von seiner Gattin hätte er sich letztlich doch niemals getrennt. Zu viel verbindet ihn mit ihr – nicht zuletzt die Existenz seines Verlagshauses.«

Und er hatte recht mit jedem Wort, das sagte sich Malou jedes Mal, wenn doch ein Anflug schlechten Gewissens sie zu überfallen drohte. Hans Wolfgang Winkler war jemand, der alles wollte – romantische Erinnerungen an gestern, frisch aufgebrüht, *und* die Sicherheit von heute.

Das wäre niemals gut gegangen.

Mit Anbruch des neuen Jahres wurde Malous Mutter wieder zugänglicher. Offenbar hatte sie sich mit den Gegebenheiten arrangiert und akzeptiert, was nicht mehr zu ändern war. Allerdings schien sie es äußerlich Camilla Winkler nachzumachen: Ihre Besuche im Friseursalon und bei der Kosmetikerin häuften sich; sie verbrachte viel Zeit in Modehäusern, vor allem aber in den frisch eröffneten Schwabinger Boutiquen. Ihr bislang elegant-damenhafter Stil wurde jugendlicher und bunter. Im angesagten Szeneladen Lord John & Lady Jane, der die verrücktesten Modelle führte, war sie inzwischen eine gern gesehene Kundin.

Es war beinahe, als versuche sie mit aller Macht, die Zeit zu überlisten.

»Soll sie ruhig, meine schöne Karin«, sagte Malous Papa, der mehr als erleichtert darüber schien, dass seine heiß geliebte Frau wieder zu ihm zurückgefunden hatte. »Wenn es sie nur glücklich macht.«

Malou besuchte mit Leonie wie gewohnt ihre Eltern in Neuhausen. Aber sie fuhr mit der Kleinen ab und zu auch zur Harlachinger Villa, wo Camilla sie noch immer zurückhaltend, jedoch deutlich weniger unterkühlt empfing, während ihr Vater stets erfreut wirkte, sie zu sehen. Nathalie stürzte sich jedes Mal voller Begeisterung auf die kleine Nichte, die ihrerseits hingerissen von ihrer jugendlichen Tante war. Doch Nathalie kam auch immer gern zu Malou und Leonie nach Schwabing, und ihre Besuche dort verliefen um einiges entspannter. Bei diesen Gelegenheiten erfuhr Malou zudem so einiges, was deren Eltern sicherlich lieber für sich behalten hätten.

»Mama geht jetzt regelmäßig zum Psychologen«, verriet Nathalie. »Sie muss sich selbst finden, sagt sie. Und sie macht Yoga, um in ihre eigene Mitte zurückzukehren. Paps hält das zwar für rausgeworfenes Geld, aber er lässt sie gewähren. Wenn es sie glücklich macht …« Sie zuckte mit den Schultern.

Malou betrachtete Nathalie voller Zuneigung. Ihre kleine Schwester wurde immer attraktiver.

Aus dem schlaksigen Kind war inzwischen ein selbstbewusstes junges Mädchen geworden, mehr und mehr an Literatur und sogar an Politik interessiert. Malou brachte sie mit Adrienne zusammen, die auch für sie selbst damals als Mentorin in der Welt der Literatur fungiert hatte, und die beiden harmonierten auf Anhieb.

»Adrienne ist einfach toll«, schwärmte Nathalie und präsentierte voller Stolz die ausgeliehenen Bücherstöße. »Und was die alles schon gelesen hat! Daneben komme ich mir ganz klein und doof vor …«

»Nimm es als Ansporn«, schlug Malou vor. »So hab ich es immer gesehen. Obwohl ich zugeben muss, dass ich angesichts ihres immensen Fachwissens auch ganz schön geschluckt habe.«

»Und Chris ist mein Politikberater«, setzte Nathalie hinzu. »Darüber weiß er ganz viel, richtig imponierend. Allerdings redet er manchmal auch ganz schön radikal daher. Muss es denn wirklich eine Revolution in Deutschland geben? Eigentlich geht es den meisten Leuten hier doch ziemlich gut …«

»Das hat er gesagt?«, fragte Malou. »Und was sonst noch? Macht er eigentlich nun endlich Examen?«

»Ich glaube, so richtig zum Studieren kommt er fast nicht

mehr, so viele *Teach-ins* und *Sit-ins* gibt es jetzt in der Uni. Hört sich fast so an, als fände dort kaum noch regulärer Unterricht statt. Stattdessen soll der Muff unter den Talaren weg, auch wenn ich noch nicht ganz verstanden habe, was er damit meint. Inzwischen wohnt Chris in einem Haus mit lauter Wohngemeinschaften. Ziemliche Bruchbude, wenn du mich fragst; an normale Familien könnte man es wohl gar nicht mehr vermieten. Dort diskutieren sie sich offenbar Tag und Nacht die Köpfe heiß. Vor allem ein Jurastudent aus der Nachbarwohnung hat es ihm angetan: Rolf Pohle. Mit dem zieht er jetzt gern um die Häuser. Rolf bekommt öfters Besuch von seinem Kumpel aus Berlin, und der ist offenbar noch krasser drauf. Aber dieser Andi Baader muss zum Glück immer wieder schnell zurück, sonst schnappt ihn sich nämlich die Bundeswehr. Mein Fall sind sie alle beide nicht. Ich rede viel lieber allein mit Chris.«

»Andi Baader?«, fragte Malou. »Sag bloß! Schwarze Haare, große Augen, null Manieren?«

Nathalie nickte. »Genau der. Findet sich unwiderstehlich. Ist er aber nicht. Du kennst ihn auch?«

»Allerdings. Hat Roxy und mich vor Jahren auf der Zeche sitzen lassen und dann in vorderster Reihe bei den Schwabinger Krawallen mitgegrölt. So einen behält man im Gedächtnis.«

»Da warst du auch mit dabei?«, fragte Nathalie beeindruckt.

»Ja, aber nur rein zufällig. Roxy und ich waren abends bummeln – und plötzlich ging es los. Überall Polizei. Viele Festnahmen. Roxy war eingekesselt und musste sogar eine Nacht in der Zelle absitzen, das hat mir gereicht. Ich hab es nicht so mit Revolution, weißt du.«

Nathalie zog die Nase kraus.

»Unser Bruder sieht das offenbar anders. Allerdings kann man leicht von Revolution reden, wenn man im Hintergrund einen Vater hat, der alles bezahlt.«

»Du meinst seinen monatlichen Unterhalt?«

»Ja, den auch, obwohl Mama sich immer mehr darüber aufregt, aber ich spreche jetzt vom Strafmaß. Sechzig Tagessätze hat der Richter Chris aufgebrummt, das sind immerhin stolze 4800 Mark, und dabei hat er sogar noch Schwein gehabt, sagt Paps. Denn mit diesem Urteil gilt Chris zumindest nicht als vorbestraft. Aber nun will Paps als Gegenleistung für sein Geld natürlich einen Studienabschluss sehen, und zwar zügig. Und wie Chris das bei dem vielen Demonstrieren schaffen soll, weiß ich nicht.«

Wie vernünftig sie klang, fast schon erwachsen.

»Für Chris muss alles immer extrem sein«, fuhr Nathalie nachdenklich fort. »Hell oder dunkel, Himmel oder Hölle, Nazi oder Revolutionär, als gäbe es nichts dazwischen. Ob seine tote Mutter auch so war? Von unserem Paps hat er das jedenfalls nicht.« Sie sah Malou fragend an. »Hast *du* Chris in letzter Zeit gesehen?«

»Nur ein einziges Mal«, antwortete Malou, »als ich mit Roxy im Blow Up war. Die Eröffnungsparty habe ich rasch wieder verlassen, sobald Samy die wichtigsten Fotos im Kasten hatte. Die eingeflogenen Hippies, die Jungs auf den schweren Maschinen, die ganzen Promis, mit denen du kein Wort reden konntest, weil die Musik höllenlaut war – das war mir alles zu viel. Aber danach wollte ich schon noch einmal ausprobieren, wie es sich dort so tanzt …«

»Und wie tanzt es sich?«, bohrte Nathalie nach. »Bin ja so was von neugierig. In ein paar Wochen ist endlich mein sechzehnter Geburtstag. Dann hält mich nichts mehr von einem Besuch ab!«

»Laut, heiß, voll, aufgedreht«, sagte Malou. »Chris hat eine Etage über mir getanzt – wie in Ekstase. Ich glaube, er hat mich gar nicht bemerkt.«

»War er allein?«

»Nein, er hatte ein schlankes, dunkelhäutiges Mädchen mit einem wilden Afro dabei. Sie hatte nicht sehr viel an. Die beiden haben ziemlich vertraut gewirkt.«

Malou behielt den Anflug von Eifersucht für sich, den sie bei diesem intimen Anblick empfunden hatte.

Offiziell war Chris schließlich ihr Bruder.

Und angesichts der Familienwirrnisse erschien es ihr klüger, es auch dabei zu belassen.

»Au weia«, sagte Nathalie. »Dunkelhäutig, mit Afro und dann auch noch halb nackt! Das erzähle ich besser nicht zu Hause, sonst flippen Mama und Paps aus, wo sie sich gerade doch endlich wieder vertragen. Nach außen hin tun sie ja immer ungeheuer liberal, aber wenn es ernst wird, prasselt eben doch ein ganzer Sack voller Vorurteile nieder.«

*

Heiße Themen in der vorösterlichen Redaktionswoche: Die beiden offenkundig politisch motivierten Kaufhaus-Brandstiftungen in Frankfurt sorgten für fette Schlagzeilen in allen Zeitungen. Bereits nach zwei Tagen wurden nach einem Hinweis an die Kriminalpolizei die vier mutmaßlichen Täter gefasst: Gudrun Ensslin, Horst Söhnlein, Thorwald Proll und Andreas Baader.

Malou behielt im Verlag wohlweislich für sich, dass und

wie sie Baader persönlich erlebt hatte. Den Freundinnen und Samy jedoch würde sie es bei Gelegenheit anvertrauen, nahm sie sich vor.

Und natürlich würde sie bei nächster Gelegenheit Chris ausquetschen, ob er mehr darüber wusste.

»Womöglich eine Protestreaktion auf den Tod von Benno Ohnesorg«, sagte Adrienne bedrückt. »Karl-Heinz Kurras, der Polizist, der ihn aus nächster Nähe erschossen hat, wurde vor Gericht freigesprochen. Dabei scheint mittlerweile so gut wie erwiesen, dass der Student ihn gar nicht angegriffen hat.«

»Wo kämen wir denn hin, wenn wir den Urteilen unserer Gerichte nicht mehr trauen?«, fragte Heribert Klein. »Aber diese sogenannte APO hat eben vor gar nichts Respekt!«

»Sehe ich ebenso. Und solch eine gewissenlose Brandstiftung im großen Stil, das soll Protest sein?«, schäumte Dietmar Schenk. »Menschen hätten dabei ums Leben kommen können! Diese linken Gammler treiben es einfach zu weit …«

»Bislang ist lediglich von Sachschaden die Rede«, wandte Ella ein. »Denn nachts sind Kaufhäuser ja in der Regel unbevölkert. Wenngleich ich mich selbst von solchen Maßnahmen distanziere. Aber diese jungen Menschen wollten durch ihre Aktion aufrütteln. Noch immer töten Einheiten der US-Armee unschuldige vietnamesische Zivilisten. Ganze Dörfer müssen sterben. Können wir da tatsächlich einfach so zur Tagesordnung übergehen?«

»Was geht uns hier schon Vietnam an?«, rief Maschke. »Ich kann dieses Gemeckere am US-Einsatz in Südostasien nicht mehr hören! Die USA stehen für den Schutz der freien Welt, haben Sie das schon vergessen, Frau Weiss? Wären sie damals nicht gegen Hitler eingeschritten, hätte Ihr Schicksal ganz anders aussehen können!«

»Sie meinen, ich darf mir keine kritische Haltung erlauben, weil ich froh sein kann, noch am Leben zu sein trotz meiner jüdischen Vorfahren?« Ellas Stimme klang ungewohnt hart. »Da täuschen Sie sich gewaltig, Herr Kollege. In diesem freien Land dürfen auch Juden wieder sagen und denken, was sie wollen. Ja, die USA waren damals maßgeblich am Sieg über das Nazi-Regime beteiligt, und dafür schätzen wir sie. Aber die US-Außenpolitik der vergangenen Jahre war in weiten Teilen desaströs – denken Sie doch nur an den Korea-Konflikt! Von der US-Innenpolitik ganz zu schweigen. Noch immer wird die schwarze Bevölkerung dort unterdrückt, insbesondere in den Südstaaten. All das ist ein Pulverfass, das förmlich zur Explosion drängt.«

»Zum Glück gibt es aber unter den Schwarzen Stimmen, die zu Vernunft und Gewaltlosigkeit mahnen«, sagte Hans Wolfgang Winkler. »Pastor Martin Luther King Jr. ist eine der wichtigsten, und ich bewundere diesen unerschrockenen Bürgerrechtler sehr. *I Have a Dream* hat er 1963 in seiner berühmten Rede in Washington vor 250 000 Menschen gesagt und darin die ökonomische, politische und rechtliche Gleichstellung der schwarzen Amerikaner gefordert …«

»1963«, unterbrach ihn Adrienne. »Das liegt fünf Jahre zurück. Und was hat sich seitdem in den USA geändert? Nichts. Rein gar nichts! Selbst berühmte schwarze Künstler wie Sammy Davis Jr. dürfen vor weißem Publikum zwar singen, die Hotels, in denen sie später bejubelt werden, aber lediglich über den Lieferanteneingang betreten.«

Malou konnte ihr nur recht geben.

Der Film *In der Hitze der Nacht*, in diesem Jahr für sieben Oskars nominiert, veranschaulichte auf beklemmende Weise, dass für viele weiße Amerikaner die schwarzen Mitbürger nichts als potenzielle Vergewaltiger und Mörder waren. Sidney Poitier als schwarzer Ermittler Virgil Tibbs aus Philadelphia, zunächst allein wegen seiner Hautfarbe selbst verdächtigt, löste den Fall, der schließlich auf einen weißen Täter hinauslief, auf geniale Weise. Roxy, mit der Malou im Kino gewesen war, hatte geweint, so sehr hatte ihr der Film zugesetzt.

Leider war es Malou nicht möglich gewesen, persönlich an Mr. Poitier heranzukommen, doch sie hatte diesem Ausnahmeschauspieler bereits eine *Blitzlicht*-Seite gewidmet, bestückt mit Agenturfotos. Nach Bekanntgabe der Oskar-Gewinner plante sie eine Fortsetzung. Aber würde Hollywood einem schwarzen Schauspieler tatsächlich diese heiß begehrte Auszeichnung verleihen? Seit 1940, als Hattie McDaniel als erste Schwarze überhaupt für ihre Nebenrolle als resolute Sklavin Mammy im Kassenschlager *Vom Winde verweht* mit einem Oskar geehrt wurde, war es nie wieder dazu gekommen.

Kaum saßen nach der Konferenz alle wieder an ihren Schreibmaschinen, rief Frau Noelle die Redaktion abermals zurück in den Konferenzsaal.

»Martin Luther King wurde in Memphis erschossen«, sagte der Verleger mit schwankender Stimme. »Wir müssen unsere Seiten für die morgige Ausgabe umwerfen.«

»Also wieder eine pechschwarze Nummer wie damals nach dem Attentat auf Kennedy?«, spottete Heribert Klein, doch sein miserabler Scherz ging voll daneben. »So viel Einsatz für einen farbigen Prediger?«

»King war kein Präsident, das ist richtig«, sagte Chefredakteur Hornberg mahnend. »Aber ein großer Visionär, und sein Wort gilt viel in Amerika. Im Sinne Gandhis hat er seine ungeduldigen Mitbürger immer wieder zu friedfertiger Toleranz aufgerufen. Ich fürchte, nun, nach seinem gewaltsamen Tod werden auch andere, radikalere Stimmen ihr Recht beanspruchen. Bewahre uns Gott davor, dass in den USA ein Bürgerkrieg zwischen Schwarz und Weiß ausbricht!«

Er schaute in die Runde.

»Ich schlage vor, die einzelnen Redaktionen setzen sich zusammen und sichten das vorhandene Material. In zwei Stunden beschließen wir dann die neue Ausgabe.«

»Ich möchte auf der *Blitzlicht*-Seite ein Porträt über Kings Frau bringen«, schlug Malou vor, als die Reihe an ihr war. »Ich denke, ihr Schicksal interessiert unsere Leserinnen.«

»Eine Hausfrau?«, erwiderte Schenk zynisch. »Liebe Güte, sind wir jetzt beim *Tag* schon auf Frauenfunk-Niveau angekommen?«

»Eine Mutter von vier Kindern«, sprach Malou scheinbar ungerührt weiter, obwohl es in ihr brodelte. »Und noch sehr viel mehr, auch wenn das nicht in Ihr Weltbild passt, Herr Schenk, in dem lediglich Männer das Sagen haben. Coretta Scott King hat ihren Mann bei seiner Arbeit in allem unterstützt. Für mich ist sie eine Politikerin, auch wenn sie in keinem Parlament sitzt – und eine sehr couragierte dazu.«

Die Frauen in der Redaktion stimmten ihr zu, auch Hornberg und Malous Vater waren mit ihrem Vorschlag einverstanden, also zog sie sich in ihr Büro zurück und begann zu schreiben.

Der Text ging ihr flüssig von der Hand.

EINE STIMME FÜR FRIEDEN
UND GERECHTIGKEIT

Man sagt ja, hinter jedem berühmten Mann stünde eine Frau, die ihm Stütze und Halt verleihe. Doch Coretta Scott King stand nicht *hinter* ihrem Mann, sondern *neben* ihm. Bereits als kleines Kind musste sie wegen bitterer Armut auf den Feldern Baumwolle pflücken. Später dann in der Schule war sie Klassenbeste und studierte anschließend Gesang, Klavier und Geige. Zu dieser Zeit lernte sie Martin Luther King Jr. kennen, den sie 1953 heiratete. Vier Kinder wurden geboren, Yolanda Denise, Martin Luther III, Dexter Scott und Bernice Albertine. Obwohl sie sich hingebungsvoll um den Nachwuchs kümmerte, vernachlässigte Coretta King niemals die politische Vision, die sie mit ihrem Mann teilte. An seiner Seite war sie bei Protestmärschen dabei und vertrat ihn bei Auftritten, was vielen weißen Rassisten ein Dorn im Auge war. Nicht zuletzt deshalb erfolgte vor zwölf Jahren ein Attentat auf sie und ihre älteste Tochter, dem beide nur knapp entgingen. In den Folgejahren reiste Coretta King ohne ihren Mann nach Afrika und Europa. 1959 schloss sich ein längerer Aufenthalt bei Mahatma Gandhi in Indien an, dessen Philosophie sie seit vielen Jahren beeinflusste …«

Malou beendete ihren Artikel und reichte ihn weiter an den Chef vom Dienst. Es gab im Zeitungsarchiv ein Porträt, das Coretta King während des Marsches auf Washington zeigte, und das wählte Malou als Bebilderung aus.

Wie die Leser des *Tags* wohl darauf reagieren würden?

Mit Interesse? Oder musste sie hier ebenfalls mit Vorurteilen gegen eine schwarze Frau rechnen, die sich nicht auf die traditionelle Rolle festlegen ließ?

Gedankenverloren machte Malou sich auf den Heimweg. Das mit der traditionellen Rolle galt ja schließlich immer noch auch für weiße Frauen, und sie spürte selbst jeden Tag, wie schwierig es war, sich aus den alten Klischees zu befreien.

Zum Glück lief heute ausnahmsweise kein Heintje in der Wohnung. Mamma Lucia hatte Leonie bereits bettfertig gemacht, und Malou las der Kleinen vor dem Einschlafen noch ein paar Zeilen aus *Henriette Bimmelbahn* von James Krüss vor, dem zweitbeliebtesten Bilderbuch, das noch nicht ganz so ramponiert war wie der Spitzenreiter.

Danach öffnete sie ein neues Paket aus den USA.

Liebe Malou,

---

in Massachusetts ist es noch lousy cold, *wie man hier sagt, und doch ist zu spüren, dass der Frühling darauf brennt, endlich loszubrechen. Wie mögen sich wohl die Pilgrim Fathers gefühlt haben, nachdem sie das erste Jahr lebendig in der Neuen Welt überstanden hatten? Manchmal komme ich mir fast vor wie einer von ihnen – auf jeden Fall bin ich schrecklich deutsch angesichts der amerikanischen Lässigkeit ringsum, weil ich alles immer so ernst nehme.*

Und weggerannt bin ich ja schließlich irgendwie auch.

Wovor eigentlich genau?

Vor zu Hause, wo alles immer so eng und klein war. Das scheint schon mal eindeutig zu sein.

Aber auch vor den Frauen?

Nichts als lauter Fragen …

Obwohl die Arbeit hier am Massachusetts Institute of Technology immer intensiver wird, habe ich bei meinen Algenforschungen reichlich Zeit zum Nachdenken.

Und dabei kommst du mir sehr oft in den Sinn. Dein kleiner Brief hat mich gefreut. Aber ganz schön wenig hast du geschrieben, finde ich! Ist das eine Retourkutsche dafür, dass ich mich so schwer damit tue, das auszudrücken, was ich fühle?

Anna scheint dir ja eine ganze Menge darüber ausgeplappert zu haben …

Aber Achtung: Anna weiß längst nicht alles über mich!

Da gibt es noch so einiges, was es womöglich zu entdecken gäbe, ganz unten, fast schon am Grund meines Seelen-Sees, aber man müsste schon ganz schön mutig sein, um sich in diese Untiefen zu wagen …

Bis du so richtig Lust zum Tauchen verspürst, schicke ich dir den Song Sittin' On The Dock Of The Bay *von Otis Redding, den ich zurzeit dauernd höre. Der junge Sänger hatte sein Lied noch nicht ganz fertiggeschrieben, deshalb pfeift er am Ende, weil ihm der Text ausgegangen ist, aber wie schön ist das! Im Dezember ist er leider bei einem Flugzeugunglück mit seiner Band in einen See gestürzt und dabei ertrunken. Du siehst also, wie gefährlich Seen manchmal sein können.*

Hast du trotzdem noch immer Mut?

Enjoy the song, *liebe Malou, und grüß mir ganz herzlich deine kleine Leo von mir!*

Dein Matthias (heute ohne Blume)

Er hatte sie zum Lächeln gebracht – wieder einmal.

Und er rückte ihr immer näher, und das, obwohl sie so viele Meilen voneinander getrennt waren.

Aber wollte sie das wirklich?

*

Sittin' On The Dock Of The Bay …

Malou bekam den Ohrwurm nicht mehr aus dem Kopf. Kein Wunder eigentlich, so oft wie sie die Platte inzwischen gehört hatte. Der Song tat ihr gut, stimmte sie gelassener, und Reddings samtige Stimme half ihr sogar über die Anfeindungen hinweg, die nach ihrem Artikel in einigen Leserbriefen über ihren Coretta-King-Beitrag erfolgten.

Von »Negerschlampe« war da die Rede, von »braven amerikanischen Bürgern« – selbstredend weiß –, »die ihr Land vor schwarzem Terror beschützten«, »von einer gottgewollten Ordnung, die manche Rassen über andere stellte« und so weiter.

»Man glaubt es doch kaum«, sagte Malou kopfschüttelnd zu Samy und Ella, mit denen sie sich in ihrem Büro durch diese und andere Ungeheuerlichkeiten ackerte. »Wenn man das alles liest, dann hätte so etwas wie der Ku-Klux-Klan vermutlich auch bei uns seine Anhängerschaft.«

»Das Nazi-Regime mit seiner Rassenideologie ist erst seit einem guten Vierteljahrhundert beendet«, sagte Ella. »Das ist gerade mal eine Generation. So schnell funktioniert Umdenken leider nicht, nicht von Grund auf. Faschisten und Rassisten gab und gibt es leider auch in anderen Nationen. Wir Juden sind zumeist weiß, da fällt unser Anderssein wenigstens nicht auf Anhieb auf. Schwarze haben es da um einiges schwerer.«

»Aber es gibt zum Thema doch auch viele positive Reaktionen«, sagte Samy. »Daran halte ich mich fest. Frauen jeden Alters haben geschrieben, wie toll sie diese mutige Visionärin finden. Und Coretta King hat sich ja auch nicht unterkriegen lassen.«

»Das hat sie zum Glück nicht«, bestätigte Malou. »Zwei Tage nach dem Tod ihres Mannes einen Protestmarsch mit 35 000 friedlichen Teilnehmern durch Memphis anzuführen, war eine große Leistung. Und was mich ebenfalls sehr freut, *In der Hitze der Nacht* hat mit fünf Oskars schwer abgeräumt: bester Film, bester Schnitt, bester Ton, bestes adaptiertes Drehbuch und bester Hauptdarsteller! Allerdings ging letztere Auszeichnung nicht an Sidney Poitier, sondern an Rod Steiger – einen Weißen! Welch ein Zu…«

Sie war noch mitten im Satz, als die Tür ihres Büros geöffnet wurde.

Chris stand vor ihnen, die Augen weit aufgerissen. Der Parka wirkte an ihm übergroß, und die Jeans schlotterten um seine dünnen Beine. Er war unrasiert und sah mit dem rötlichen Bartschatten auf dem ausgemergelten Gesicht beinahe aus wie eine Kopie des wahnhaften Vincent van Gogh.

»Ein Wahnsinniger hat in Berlin Rudi niedergeschossen!«, schrie er. »Rudi Dutschke schwebt in Lebensgefahr! Und die rechte Springerpresse, die unaufhörlich gegen ihn gehetzt hat, ist schuld an dem Attentat! Wollt ihr weiterhin bloß eure bescheuerten liberalen Thesen absondern, bis die nächsten Morde geschehen? Was seid ihr nur für lausige Journalisten, alle miteinander! Ich muss sofort zu meinem Vater. Jetzt soll er mal zeigen, was seine Zeitung kann …«

Er rannte wieder hinaus und ließ Malou, Ella und Samy erst einmal sprachlos zurück.

»Jetzt auch noch Dutschke«, sagte Ella schließlich entsetzt. »Das wird noch mehr junge Leute auf die Barrikaden treiben. Und die Spirale der Gewalt dreht sich weiter und immer weiter …«

»Was ist nur los mit Chris?«, fragte Samy kopfschüttelnd. »Dass er noch vor dem Jahreswechsel bei mir ausgezogen ist, scheint ihm gar nicht gutzutun. Das Essen hat er offenbar vollkommen eingestellt, so dürr, wie er jetzt ist, und habt ihr seinen Blick gesehen? So sehen Drogensüchtige aus. Nimmt er etwas? Und wenn ja, was? Weißt du mehr, Malou?«

»Leider nicht«, gestand sie bedrückt. »Den Kontakt zu mir hat er fast vollständig abgebrochen. Ein wenig erfahre ich manchmal über Nathalie, aber die weiß auch nicht gerade viel. Von Drogen hat sie allerdings nie etwas gesagt, aber ob er ausgerechnet ihr das anvertrauen würde? Jedenfalls kennt Chris diesen Andreas Baader persönlich, einen der vier Kaufhaus-Brandstifter, das hat sie mir erzählt. Allerdings weiß ich nicht, wie gut er ihn kennt. Ich bin Baader früher auch schon mal begegnet, in der Nacht der Schwabinger Krawalle, erinnerst du dich, Samy? Damals hast du mich gerade noch rechtzeitig aus der Schusslinie geschleust.«

»Als ob ich das jemals vergessen könnte.« Er grinste kurz. »Der Beginn einer wunderbaren Freundschaft …« Er wurde rasch wieder ernst. »Ich mache mir Sorgen um ihn, wisst ihr das? Chris ist ein prima Kerl mit vielen Talenten, aber leider viel zu labil. Es hat ihm nicht gutgetan, dass der Alte und Camilla ihn nach dem Tod seiner Mutter ins Internat nach England abgeschoben haben. Dort hat er zwar gelernt, wie man sich überall mit Witz und einer frechen Klappe durchmogelt – aber die Elternliebe als wichtiger Grundstock für alles Weitere im Leben, die fehlt ihm. Chris hat keine Wurzeln, sondern driftet haltlos wie ein Blatt in der Strömung, was in diesen Zeiten richtig gefährlich werden kann.«

Wie recht Samy hatte!

Und das, obwohl er das Entscheidende ja nicht einmal wusste: die Lüge der falschen Vaterschaft, die auf Chris schon sein ganzes Leben lang lastete. All das Flirrende, das Vieldeutig-Unbestimmte, das ihn bei ihrer ersten Begegnung für Malou so anziehend gemacht hatte, schien sich nun gegen ihn zu wenden.

Richtig verloren hatte er eben gewirkt, trotz seiner Wut.

Sollte sie ebenfalls zu ihrem Vater gehen?

Und dort was tun? Ihren Bruder, der gar nicht ihr Bruder war, dem Vater gegenüber unterstützen, der nicht sein Vater war?

Malou zögerte noch immer, als es im Treppenhaus plötzlich sehr laut wurde. Sie stand auf und öffnete die Tür, um zu hören, was da vor sich ging.

»Einen Scheißverlag hast du, damit du Bescheid weißt!«, brüllte Chris, während er die Stufen hinunterrannte. »Dein Blatt ist nicht einmal das Papier wert, auf dem es gedruckt wird!«

»Nicht dieser Ton! Nicht in meinem Haus!«, schrie ihm sein Vater kaum minder wütend hinterher.

»Mein, mein, mein – das ist alles, was du draufhast!« Chris war stehen geblieben. »Kassieren und raffen. Und Macht ausüben. Fühlst du dich dann stark, ja? Dabei stehst du in Wirklichkeit doch vollkommen unter dem Pantoffel deiner Frau. Eigentlich bist du nichts als ein erbärmlicher Mitgiftjäger – *Vater*! Allerhöchste Zeit, dass wir solche Tyrannen wie dich vom Thron stürzen!«

Eine Vase flog von oben herunter. Aber Chris hatte sich

schnell genug geduckt, und so zerschellte sie neben und nicht auf ihm.

»Jetzt auch noch gewalttätig werden? Ich dachte, das verabscheust du seit deinen ach so tief bereuten Gräueltaten als Soldat im Zweiten Weltkrieg?«, rief er provozierend nach oben. »Oder etwa doch nicht so ganz? Wenigstens zeigst du jetzt dein wahres Gesicht, und das ist nichts anderes als eine widerliche kapitalistische Fratze. Pfui Teufel – ich hasse dich!«

Er spuckte im hohen Bogen auf die Stufen, dann lief er weiter nach unten, schlitterte quer durch die Halle, als trüge er Kufen unter den Sohlen, riss die Tür auf und rannte davon.

»Amen«, kommentierte Samy trocken nach einer kurzen fassungslosen Pause. »Das nenne ich mal eine Vater-Sohn-Abrechnung vor versammeltem Publikum.«

*

Hans Wolfgang Winkler war mit Camilla und Nathalie regelrecht in die Osterferien geflohen, als könne es ihm nicht schnell genug gehen, die unerfreulichen Ereignisse mit Chris am Gründonnerstag hinter sich zu lassen. Capri hieß das Reiseziel, wie er Malou vor der Abfahrt in einem kurzen Gespräch anvertraut hatte. Der Urlaub war lange schon geplant – ein paar friedliche Tage zum Ausspannen zwischen Orangenblüten und Meer, die ihm die innere Ruhe wieder zurückbringen sollten.

»Chris macht mich rasend«, klagte er. »Was immer ich auch für ihn tue – nichts davon fruchtet. Jetzt plappert er auch noch wie ein Papagei diese linken Parolen nach! Aber ich kenne meinen Sohn: Auch das wird ihm bald langweilig werden, und dann ist wieder etwas Neues dran. Vielleicht probiert er als Nächstes ja das Klosterleben aus, und wird tibetischer Mönch im Himalaja. Wundern würde es mich nicht – je extremer, desto besser …«

Er hatte sich einen doppelten Whiskey eingeschenkt und auch Malou davon angeboten, doch die lehnte ab.

Allein schon der Gedanke daran verursachte ihr Übelkeit.

»*Deinen* Sohn?«, wiederholte sie.

»Ja, was denn sonst? Und das wird Chris auch immer bleiben. Wieso betonst du das jetzt so seltsam? Du hattest mir doch versprochen …«

»Ich hab nichts gesagt«, unterbrach sie ihn. »Zu niemandem. Erst recht nicht zu Chris. Aber vielleicht war genau das der Fehler.«

»Wie darf ich das verstehen?« Er sah sie herausfordernd an.

»Möglicherweise reagiert er ja so, weil er spürt, dass etwas nicht stimmt – noch nie gestimmt hat. Du hättest ihm nach dem Tod deiner ersten Frau die Wahrheit sagen sollen. Chris war damals kein Kleinkind mehr und hätte es verstanden. Das wäre die Chance für eine echte Beziehung zwischen euch beiden gewesen.«

»Bekomme ich jetzt regelmäßig Lebensnachhilfe von meiner großen Tochter?« Er wurde immer ungehaltener. »Dein Engagement in allen Ehren, Malou, aber wie ich mein Leben gestalte, bestimme immer noch ich und sonst keiner!«

In diesem Moment hätte sie es ihm beinahe verraten: Dass sie wegen all der Lügen um ein Haar mit Chris geschlafen hätte, und wie furchtbar sie sich innerlich gequält hatte, weil sie befürchtete, von ihrem Halbbruder schwanger zu sein – aber sie ließ es bleiben.

Was würde es schon bringen?

Jene verzauberte Nacht mit all ihren Nachwirkungen gehörte Chris und ihr ganz allein.

»Natürlich bestimmst du das«, erwiderte Malou stattdessen mühsam gefasst. »Aber damit kannst du den Menschen in deiner unmittelbaren Nähe manchmal ganz schön wehtun, weißt du das? Mama hast du eine ganze Zeit lang vorgemacht, ihr könntet wieder zusammen sein. Und Chris hältst du noch immer die Wahrheit über seine Abstammung vor. Du bist ein Mann, der Menschen führen und für sich einnehmen kann, das schätze ich an dir. Mit noch mehr Wahrhaftigkeit könnte ich dich sogar bewundern.«

»Bist du endlich fertig?« So aufgebracht ihr gegenüber hatte Malou ihren Vater bislang noch nicht erlebt. »Dann kann ich jetzt ja meine letzten Arbeiten abschließen.«

Sie waren unversöhnt auseinandergegangen, und das hing Malou noch immer nach, zumal sie mit niemandem darüber reden konnte. Mit einiger Anstrengung befreite sie sich schließlich von diesen ständig in ihrem Kopf kreisenden Gedanken und versuchte, sich auf die Ostertage zu konzentrieren, die auch ihr eine kurze Entspannung bringen sollten.

Natürlich hatte sie für ihre *Blitzlicht*-Seite vorproduziert: Zum Beispiel das Porträt der jungen Regisseurin May Spils, deren erster Spielfilm *Zur Sache, Schätzchen* bereits mehr als vier Millionen Zuschauer in die Kinos gelockt hatte. Ein Erfolgsende dieser turbulenten Schwabinger Milieu- und Sprachkomödie, die mit abgefahrenen Sprüchen glänzte – »'s wird böse enden«, wie Hauptdarsteller und bekennender »Fummler« Werner Enke ständig wiederholte –, war noch nicht abzusehen.

Ein Arbeitsverweigerer als »Held« im bundesdeutschen Kino?

Das war neu und absolut einzigartig, ebenso wie die Begeisterung des Publikums darüber. Wobei nicht zuletzt das genial ausgewählte Filmposter – Uschi Glas in einer heißen Corsage – massenweise Besucher ins Kino lockte. Nach zahllosen Interviews war inzwischen die halbe Nation darüber informiert, dass sie sich geweigert hatte, vor der Kamera alle Hüllen fallen zu lassen, und stattdessen auf den genialen Einfall mit der Corsage gekommen war, der die Männerfantasien vielleicht sogar noch mehr anheizte als blanke Haut.

Malou hatte May Spils gefragt, wie es ihr in einem Beruf erging, der fast ausschließlich von Männern dominiert war. Die schlagfertigen Antworten und die Chuzpe der jungen Regisseurin, die selbst wie ein Model aussah, hatten ihr gefallen und sie auf die Idee gebracht, eine kleine Serie über Frauen hinter der Kamera ins Auge zu fassen.

Aber jetzt war erst einmal Abschalten an der Reihe!

Da ihre Eltern über Ostern zu einer Busreise an die Mosel aufgebrochen waren, konnte Malou die Feiertage so gestalten, wie sie es wollte. Also verbrachten Leonie und sie den Ostersamstag bei einer gemütlichen Kaffeetafel im Seniorenheim – die beste Gelegenheit, endlich wieder einmal in Ruhe mit Onkel Julius und seiner getreuen Agnes zu plaudern. Die beiden konnten kaum fassen, was die Kleine inzwischen schon alles daherplapperte, und lachten Tränen, als im Radio *Mama* lief und Leo, wie sie sich inzwischen selbst nannte, dazu ihre übliche Tanzeinlage abzog.

Am Sonntag fuhren Malou und Leo zu Anna nach Iffeldorf. Leo und Lu fielen sich sofort in die Arme wie ein altes Liebespaar und waren für den Rest des Nachmittags unzertrennlich.

Das Wetter war so warm, dass sie im Garten hinter dem roten Töpferhaus Kaffee trinken konnten, während Leo und Lu nach versteckten Ostereiern suchten, mit denen sie nach und nach ihre Weidennester füllten. Das fröhliche Kinderkreischen bei jedem Fund hatte etwas Ansteckendes. Zudem zeigte sich der Frühlingstag von seiner allerbesten Seite, mit einem blitzblauen, wolkenlosen Himmel und Apfelbäumen, an denen die ersten Knospen gerade aufsprangen.

»Bestimmt heiraten die später einmal«, sagte Anna lächelnd. »Meinen Segen haben sie. Aber zuerst sind ihre Mütter dran.«

»Sag bloß!« Malou schaute dem dunkelhaarigen Valentin hinterher, der gerade ins Haus gegangen war, um das vergessene Sahneschälchen aus dem Kühlschrank zu holen. »So ein sympathischer Mann. Und wie verliebt er dich ansieht! Ein aufmerksamer Gastgeber ist er offenbar auch.«

»Gelernt ist eben gelernt«, antwortete Anna. »Schließlich ist Valentin ja in einem Wirtshaus aufgewachsen. Das übrigens schon bald sein älterer Bruder Sebastian übernehmen wird.«

»Und Valentin? Sattelt der um?«

»Ja und nein.«

»Jetzt lass dir doch nicht jedes Wort einzeln aus der Nase ziehen!«, protestierte Malou mit gespielter Entrüstung.

»Also gut.« Anna atmete tief durch. »Siehst du das Gebäude links neben uns?«

»Natürlich«, erwiderte Malou. »War sicherlich einmal ein schmucker Hof. Jetzt sieht es allerdings ziemlich heruntergekommen aus.«

»Aber nicht mehr lange. Valentin und ich werden es nämlich von Grund auf renovieren, um dann dort unser eigenes Gasthaus mit Gartenbetrieb zu eröffnen. Er kocht, ich backe, und nettes Servicepersonal findet sich sicherlich auch. Natürlich müssen wir dafür einen stattlichen Kredit aufnehmen, aber davor habe ich keine Angst. Der Strom der Ausflügler an die Osterseen wird immer stärker. Mittlerweile kommen sie zu allen Jahreszeiten – und immer hungrig. Wirst sehen, das rechnet sich.«

Sie sah Malou an, die die Stirn gerunzelt hatte.

»Aber was ziehst du denn auf einmal für ein Gesicht? Gefällt dir unsere Idee nicht?«

»Schon«, sagte Malou. »Hört sich sehr vielversprechend an, und ich wünsche euch natürlich, dass alles auch so klappt, wie ihr euch das vorstellt. Aber Leo und ich wollten doch diesen Sommer bei euch Ferien machen. In deinen neuen Fremdenzimmern. Und wenn ihr nun so schwer am Bauen seid, können wir ja gar nicht kommen …«

»Du Schäfchen!«, rief Anna. »Natürlich könnt ihr kommen – und mein Lu wird überglücklich darüber sein! Valentin und ich machen den Umbau doch nicht allein, das könnten wir ja gar nicht. Wir beauftragen richtige Handwerker. Soll ja kein Provisorium werden, sondern für ganz lange halten. Zufrieden?«

»Ja. Und sehr erleichtert dazu. Aber bevor die ersten Gäste eintrudeln, gibt es eine Hochzeit, oder?« Malou grinste wieder. »Und vielleicht ja sogar ein Geschwisterchen für Lu?«

»Erst wenn wir mit allem fertig sind. Und dann heirate ich in Weiß – das muss einfach sein! Einmal im Leben möchte ich alles in der richtigen Reihenfolge machen, kannst du das verstehen? Das mit dem gefallenen Mädchen hängt mir allmählich zum Hals heraus.«

Malou nickte.

»Und du?«, fragte Anna weiter. »Ich meine, Matthias und du?«

»Singles aus den USA mit kryptischen Botschaften«, erwiderte Malou knapp. »Aber sie werden länger. Deutlich länger sogar. Also, die Botschaften.« Sie grinste.

»Sieh einer an!«, rief Anna. »Für unseren Heimatflüchtling vom Dienst ist das schon ein gewagter Schritt.«

Am Ostermontag ging die Idylle nahtlos weiter. Roxy hatte Malou mit Leonie, den beiden Mit-Feen Ella und Adrienne sowie Samy zum Ostermontagsessen in ihr neues Zuhause eingeladen. Für den festlichen Anlass hatten Mutter und Töchterchen sich richtig fein gemacht: Malou trug ein weißes Maxikleid mit bunten Stickereien aus Mexiko, die Kleine punktete mit ihrer himmelblauen Latzhose, auf der LEO aufgestickt war.

Als sie vor Roxys wunderschönem Haus parkte, kam Malou wieder jene Szene vor sechs Jahren in den Sinn, als ihre Freundin damals so sehnsüchtig durch den Zaun auf eine der Nymphenburger Villen gelugt und sich eine rosige Zukunft ausgemalt hatte, während sie selbst davon geträumt hatte, Journalistin zu werden. Malous Traum war wahr geworden, und auch Roxy war am Ziel angekommen, wenngleich die Rosenrabatten vor ihrem neuen Heim erst noch angelegt werden mussten und die Fensterläden nicht ganz die richtige Farbe hatten. Dafür blühten im Garten unzählige Krokusse und verwandelten den Rasen in eine duftende, bunte Märchenwiese.

Wichtiger jedoch war der Mann, der lächelnd seinen Arm um Roxy gelegt hatte, so fest, als wolle er sie nie mehr loslassen. Dieser Joe Rosen, dem gegenüber Malou im Vorfeld so skeptisch gewesen war, war definitiv eine gute Wahl. Heiter und jovial begrüßte er die Gäste und nahm mit gebührender Begeisterung die Torta di Riso mit Amaretti und kandierten Orangenschalen in Empfang, die Malou mit Unterstützung von Mamma Lucia fabriziert hatte.

Adrienne und Ella, die wenig später ankamen, hatten als Gastgeschenk Sekt und weiteres Gebäck mitgebracht. Weil das Wetter nicht ganz so strahlend war wie am Vortag, war nicht draußen gedeckt, sondern im Wintergarten, wo der Tisch sich unter Köstlichkeiten wie Osterfladen, Schinken in Brotteig, Pasteten, diversen Eierspeisen und einer grandiosen Käseplatte bog. Jetzt fehlte nur noch Samy. Sie riefen bei ihm an, aber als niemand abhob, entschlossen sie sich, auch ohne ihn schon mal mit dem Essen anzufangen.

»Passt eigentlich nicht zu Samy«, sagte Malou. »Sonst ist er immer pünktlich.«

»Vielleicht ist er gestern böse abgestürzt und schläft noch immer seinen Rausch aus?«, sagte Ella, während sie gemütlich tafelten. »Oder seine Schrottkiste streikt wieder einmal. Eigentlich könnte er die Anschaffung eines neuen Wagens durchaus in Betracht ziehen. Wäre wirklich nicht übertrieben.«

»Samy? Vergiss es!«, sagte Malou lachend. »Sein Austin und er, die sind wie Hänsel und Gretel – mindestens! Und lass ihn das mit der ›Schrottkiste‹ bloß nicht hören, sonst verlierst du auf der Stelle einen guten Freund.«

Alle lachten.

»Ich muss gestehen, dass ich Samys Auto inzwischen fast so liebe wie er«, fuhr Malou fort. »Was haben wir mit dem Austin nicht schon alles erlebt!« Sie fuhr Leo zärtlich durch die Haare, die angerannt gekommen war und ihr voller Stolz den kleinen Plüschhasen präsentierte, den Roxy für sie hinter einem Sofakissen versteckt hatte. »Immerhin hätte mein kleiner Liebling darin ja fast das Licht der Welt erblickt!«

Es fühlte sich so gut an, mit diesen lieben Freunden gemütlich zu tafeln und zu plaudern. Malou wurde von tiefer Dankbarkeit erfasst. Mit ihr saßen fünf ausgeprägte Individualisten am Tisch – und dennoch gab es dieses Band zwischen ihnen, zu dem nun auch Joe gehörte.

Wie viel Sicherheit seine Liebe Roxy schenkte!

Niemals hatte sie besser ausgesehen. Heute trug sie einen blauen Einteiler, einen *Catsuit*, wie die Amerikaner sagten, der ihre aufregenden Rundungen wundervoll unterstrich. Glatte blonde Haare, ein sanftes, dezent geschminktes Gesicht. Alles Hektische, Überkandidelte schien von ihr abgefallen zu sein. Dazu passte auch der schlichte goldene Ehering, der an ihrer rechten Hand steckte. Roxy war endlich angekommen, und Malou freute sich für ihre Freundin.

»Jetzt ist Samy ja immer noch nicht da«, sagte Roxy, während sie schließlich die Teller zusammenstellte. »Zu essen gibt es nach wie vor reichlich, verhungern muss er also nicht. Aber ich kann einfach nicht länger warten, euch unser neues Baby vorzustellen.«

Sie nickte ihrem Mann zu.

»Wenn du dann bitte so lieb wärst, Darling?«

Joe stand auf und setzte sich an das Klavier, das im Wohnzimmer stand.

Die Melodie schien zu schweben und ließ alle aufhorchen. Dann begann Roxy neben ihm zu singen.

Wenn die Dunkelheit beginnt …

Sie hielt inne, als der Song zu Ende war, die Hand auf dem Herzen.

»*The Sound Of Silence*«, sagte Adrienne mit Tränen in den Augen. »Der fantastische Hit von Simon and Garfunkel – in deutscher Version. Wie sehr ich diesen Song liebe, und die Art, wie du ihn interpretierst!«

Joe nickte.

»Sie covert es ganz wunderbar«, sagte er, ebenfalls sichtlich bewegt. »Findet ihr nicht auch?«

»Und ob!«, erwiderte Ella. »So viel Gefühl, ganz große Klasse! Tausende werden es lieben – Tausende!«

»Und du, Malou?«, wollte Roxy wissen. »Wie gefällt es dir? Du sagst ja gar nichts!«

»Weil du mich gerade vollkommen sprachlos gemacht hast, meine Liebe«, sagte Malou und umarmte sie. »Für mich bist du ein Star. Ich finde, jetzt ist der Sekt an der Reihe!«

Joe holte die Flasche aus dem Kühlschrank, öffnete sie fachkundig und schenkte ein.

Als sie sich gerade zuprosteten, läutete das Telefon.

Roxy nahm den Anruf an, zunächst noch lächelnd, dann jedoch wurde ihr Gesicht immer ernster.

»Mache ich«, sagte sie. »Natürlich, ich richte es ihnen aus. Bitte pass auf dich auf, Samy!«

»Was ist passiert?«, fragte Malou besorgt. »Ein Unfall?«

»Samy hat von einer Telefonzelle aus angerufen. In Schwabing versammeln sich immer mehr Demonstranten vor dem Buchgewerbehaus, wo die *BILD*-Zeitung ausgeliefert wird. Es heißt, sie wollen mit Barrikaden genau das verhindern. Zahlreiche Polizeieinheiten marschieren auf, um wiederum *das* zu verhindern. Samy sagt, Gewalt liegt in der Luft. Einige Protestler hätten sich bereits mit Latten und Ziegeln aus einer nahe gelegenen Baustelle bewaffnet. Und noch etwas: Er hat Chris Winkler unter ihnen gesehen. An vorderster Front.«

»Da muss ich sofort hin.« Ella stellte ihr Glas beiseite.

»Ist das nicht zu gefährlich?«, fragte Roxy. »Ich war einmal mitten in so einem aufgebrachten Pulk. Hat mir nichts als Ärger beschert: eine Nacht in der Zelle und eine ramponierte Vespa.«

»Unser Lokalteil erschöpft sich nicht in Berichten über Stammtischbrüder, Bürgermeisterwahlen oder Skatturniere«, bekam sie von Ella als Antwort. »Soll ich etwa meinem stockkonservativen Vorgesetzten das Feld überlassen, damit er alles verfälscht und in seinem Sinn niederbügelt? Ich denke ja gar nicht daran!«

Sie griff nach ihrer Handtasche, verabschiedete sich, und weg war sie.

»Und Chris mal wieder vornedran«, sagte Malou bedrückt. »Das wird neuen Ärger mit unserem Vater geben, wo der alte noch nicht einmal beigelegt ist. Vielleicht kann Samy ihn ja doch noch zur Mäßigung bewegen. Auf den hört er noch am allerehesten. Am liebsten würde ich ja selbst …«

»Das wirst du schön bleiben lassen«, erklärte Adrienne. »Allein schon wegen Leonie, die eine gesunde Mama braucht. Dein Bruder ist alt genug, um Verantwortung für das zu übernehmen, was er anstellt. Und wenn er es nicht auf die weiche Art lernt, mit einem liebenden Daddy im Hintergrund, der seine Schandtaten mit Geld wieder ausbügelt, dann muss es eben die harte sein!«

»Ich dachte immer, du magst Chris«, sagte Malou.

»Gerade *weil* ich Chris sehr mag, verlange ich, dass er sich erwachsen aufführt. So ein Hobbyrevolutionär in der Familie kann ordentliche Probleme hervorrufen.«

*

Es war ein Morgen mit vielen Schatten, obwohl die Sonne am blauen Himmel immer höher stieg. Mamma Lucia war früher als sonst gekommen, um die Kleine zu übernehmen, wofür Malou ihr dankbar war, denn sie hatte miserabel geschlafen. Die Spätnachrichten der Tagesschau hatten über Barrikaden und wilde Ausschreitungen vor dem Münchner Buchgewerbehaus berichtet. Es sei zu Verletzungen von Polizisten und Demonstranten gekommen; die Zahl der Festnahmen sei »hoch«.

Lass Chris bitte nicht darunter sein, hatte Malou noch beim Einschlafen gedacht, und gleich nach dem Aufwachen wieder. Er kämpft nicht gegen Springer, sondern eigentlich gegen sich selbst – und das kann ihm verdammt wehtun!

Sie hatte sich gerade halbwegs im Badezimmer restauriert, um dem Verlagsalltag entgegenzutreten, als es an der Tür Sturm läutete.

Chris!, dachte sie unwillkürlich. Er kommt zu mir. Doch in welchem Zustand wird er sein?

Aber nicht er, sondern Samy wankte ihr aus dem Aufzug entgegen, rötliche und gelbe Schmutzspuren auf seiner alten Lederjacke.

»Hey«, sagte er mit einem leicht gequälten Lächeln. »Hast du vielleicht noch einen Kaffee übrig für einen *streetfighting photographer*?«

»Aber immer«, sagte sie. »Komm rein!«

Die erste Tasse inhalierte Samy schweigend. Erst bei der zweiten begann er zu reden.

»Bin eigentlich schon zu alt für solchen Scheiß«, sagte er. »Aber ich kam einfach nicht mehr weg – bis zum bitteren Ende. Und hier ist alles drin.« Er klopfte auf seine Kamera. »Beziehungsweise hier.« Damit meinte er die von Filmrollen ausgebeulten Taschen seiner Jacke.

»Was ist passiert, Samy?«, fragte Malou. »Erzähl doch bitte endlich!«

»Sie sind sich nichts schuldig geblieben«, sagte er. »Auf

beiden Seiten. Von der berühmten sanften Münchner Linie der Polizei war nichts mehr zu spüren. Die haben geknüppelt und geprügelt, was das Zeug hielt. Aber diese Protestler waren auch nicht ohne. Haben mit Latten und Ziegeln geworfen, ebenso wie mit Eiern und Tomaten. Schau dir nur mal meine Jacke an! Manche haben um sich getreten und gebissen, als die Sitzblockade gewaltsam aufgelöst wurde. ›Gestern Dutschke, morgen wir!‹, haben sie dabei gebrüllt. Mehrere Menschen wurden heute Nacht verletzt, zwei davon offenbar schwer – ein Student und Klaus Frings, ein Fotografenkollege. Furchtbar, oder? Näheres wird erst noch bekannt gegeben.«

Er zündete sich eine Zigarette an und sog den Rauch tief ein.

»Die brauche ich jetzt«, sagte er. »Sorry, dass ich dir die Küche vollstinke.«

»Egal. Willst du nicht wenigstens eine Kleinigkeit essen?«, bot Malou an, weil er so elend aussah, übernächtigt und mit dunklen Augenringen. »Ein Käsebrot?«

»Später vielleicht«, murmelte er abwesend und in Gedanken offenbar noch immer bei den Ereignissen der vergangenen Nacht, denn er fuhr fort: »Und was hat das alles genützt? Gar nichts! Die *BILD*-Zeitung wurde ausgeliefert wie jeden Tag. Dafür kam es zu zahlreichen neuen Festnahmen. Dem Münchner Landgericht wird garantiert nicht langweilig werden in nächster Zeit.«

Malou musste tief durchatmen.

»Ich nehme an, Chris ist auch darunter?«, fragte sie leise.

»Davon gehe ich aus«, erwiderte Samy. »Gesehen habe ich es allerdings nicht. Einmal bin ich bis in seine Nähe vorgedrungen und habe versucht, ihn zum Aufgeben zu bewegen – keine Chance. Ich glaube, er hat mich gar nicht gehört. War viel zu sehr damit beschäftigt, zu brüllen und sich wichtig zu fühlen. Den Revolutionär zu spielen, scheint ihn richtig high zu machen.«

»Und jetzt, Samy?« fragte Malou resigniert.

»Jetzt gehe ich in meine Dunkelkammer und banne alle Fotos auf Papier«, antwortete er nüchtern. »Als Beweis für die Nachwelt.« Er sah sie nachdenklich an. »Und du, Malou?«

»Am liebsten würde ich meine *Blitzlicht*-Seite heute ganz weiß lassen«, sagte sie leise. »In Japan ist Weiß die Farbe der Trauer, auch wenn das hierzulande nicht allzu viele wissen. Aber dann wirft mich mein Verleger-Vater womöglich noch wegen Dienstverweigerung raus, so geladen, wie der schon wegen Chris ist. Und wenn er nun auch die neuesten Nachrichten erfährt …«

»Also?«

»Ich bringe das vorbereitete Porträt über Therese Giehse«, sagte Malou nach kurzer Überlegung. »Mit deinen sensationellen Fotos, die ihr dann ja doch sehr zugesagt haben, nachdem sie zuerst gar nicht fotografiert werden wollte. Du erinnerst dich?«

»Aber so was von!« Samy lächelte. »Was für ein Gesicht!«

»Und der Rest dazu ist nicht minder beeindruckend. Selten zuvor ist mir eine so kluge und bescheidene Frau begegnet wie diese großartige Schauspielerin, Kabarettistin und Regisseurin: mutig, aufrichtig, klar. Und weißt du auch, was mir am allerbesten gefallen hat?«

Samy schüttelte den Kopf.

»›Ich hab nichts zum Sagen‹, das waren ihre Schlussworte am Ende unseres langen Gesprächs. Und das von einer Frau, die Flucht und Exil erleben musste. Wunderbar, oder?«

ZEHN

Herbst 1968

Der Sommer 1968 hätte traumhaft werden können, denn das Thermometer kletterte bereits Anfang Mai auf Rekordtemperaturen. Schüler bekamen hitzefrei, Freibäder öffneten vorzeitig, in vielen Geschäften waren die Bikinis ausverkauft – doch es sollten eher sehr heiße politische Monate werden.

In Deutschland war die Revolution ausgeblieben, dafür kamen aus Frankreich aufregende Nachrichten: Dort verbündete sich studentischer Protest mit dem landesweiten Aufbegehren der Arbeiter, die mehr Lohn und mehr soziale Gerechtigkeit forderten, was schließlich in einen Generalstreik mündete. Wochenlang lag die Wirtschaft lahm, Massendemonstrationen und Barrikaden im Pariser Quartier Latin riefen Erinnerungen an die revolutionäre Geschichte des Landes hervor, und die gegen die Demonstranten vorgehende Bereitschaftspolizei wurde von diversen Sprechchören mit der SS verglichen. Erst nach über vier Wochen gelang es den Gewerkschaften, ein Ende der Streikbewegung herbeizuführen. Die Parlamentswahlen Ende Juni bestätigten die konservativen Regierungsparteien an der Macht, und es kehrte wieder eine gewisse Ruhe ein.

Da allerdings hatte bereits ein anderes Ereignis die westliche Welt erschüttert: der Mord an Robert F. Kennedy, der im Rennen um die Präsidentschaftsnominierung der Demokraten angetreten war. Trotz der sofortigen Festnahme des Täters, eines jungen Palästinensers namens Sirhan, und des sich rasch anschließenden Gerichtsverfahrens, in dem der Attentäter schließlich zum Tode verurteilt wurde, blieben viele Fragen offen.

Liegt ein Fluch auf den Kennedys?, hatten viele Blätter getextet – wilde Spekulationen, an denen sich Malou nicht beteiligen mochte. Doch das allgemeine Interesse an den Kennedys, dieser reichen amerikanischen Großfamilie, die immer wieder von schweren Schicksalsschlägen erschüttert wurde, war nach wie vor immens. Daher hatte auch sie auf ihrer *Blitzlicht*-Seite einige Beiträge über die Kennedy-Sippe veröffentlicht.

Die Osterproteste in München hatten zwei Todesopfer gefordert. Nicht nur Samys Kollege Klaus Frings, sondern auch der Student Rüdiger Schreck erlag bereits zwei Tage später seinen schweren Verletzungen. Die genauen Umstände, die zu ihrem Tod geführt hatten, blieben im Dunkeln. Frings hinterließ eine Ehefrau und ein kleines Kind. Besonders bitter: Schreck, als friedfertig bekannt, war 1960 aus Ost-Berlin in die BRD geflohen, weil er sich geweigert hatte, bei der Nationalen Volksarmee Dienst zu tun und daher keine Genehmigung zum Studium in der DDR erhalten hatte.

Den zahlreichen Festgenommenen jener österlichen Protestnächte in München drohten Prozesse wegen Landfriedensbruch, Nötigung und Auflauf, ein Delikt, das noch aus der Kaiserzeit stammte. Eine ganze Welle davon rollte heran, Hunderte von Verfahren, die frühestens im kommenden Jahr abgearbeitet werden konnten. Rolf Pohle, selbst dieser Vergehen angeklagt, hatte zusammen mit anderen die Rechtshilfe der APO gegründet, die Betroffene unentgeltlich in Anspruch nehmen konnten.

Befand sich unter diesen Ratsuchenden auch Chris?

Das wusste keiner so genau.

Denn Chris war spurlos von der Bildfläche verschwunden. Er war aus seiner WG ausgezogen, ohne eine neue Adresse oder sonst irgendeine Nachricht zu hinterlassen, als ob er sich unsichtbar machen wolle. Wie lange ihm das allerdings glücken würde, blieb fraglich, denn inzwischen war durchgesickert, dass die Polizei Listen mit Namen der besonders aktiven Rädelsführer besaß, die bei späteren Verfahren zu deren Nachteil eingesetzt werden würden.

Hans Wolfgang Winkler erwähnte seinen Namen nicht mehr. Und wagte es ein anderer in seiner Gegenwart, schaute er nur stumm aus dem Fenster oder wechselte schlagartig das Thema. Malou gab es schließlich auf, mit ihm über Chris reden zu wollen. Sie selbst hatte mit ihrem Vater, mit dem sie täglich zusammenarbeiten musste, zu einer Art wackligem Frieden zurückgefunden, indem sie beide brenzlige Themen aussparten. Dieser Frieden wurde etwas stabiler, als am 20. August sowjetische Panzer durch die Straßen Prags rollten und gewaltsam das zerstörten, was unter Alexander Dubček als »Prager Frühling« in der Tschechoslowakei so verheißungsvoll begonnen hatte.

Malou unterbrach sofort ihren Urlaub in Iffeldorf und kehrte mit Leonie nach München zurück. Sie war ebenso bestürzt wie ihr Vater über diese brutale Invasion, die mehr als hundert Todesopfer forderte und den Eisernen Vorhang, der sich gerade erst zaghaft geöffnet hatte, auf blutige Weise wieder schloss.

»Sie hatten so große Hoffnungen«, sagte Malou bedrückt. »Die Reformen im ganzen Land liefen so positiv an – und jetzt dieser Keulenschlag aus Moskau! Ich mag es kaum glauben. Und es wird erst der Anfang weiterer Gräueltaten in der Tschechoslowakei sein …«

»Davon kannst du ausgehen, und es macht mich ebenso wütend wie traurig.« Hans Wolfgang Winkler hatte feuchte Augen. »Ich dachte, nach 1945 hätten wir das Schlimmste, was die Menschheit sich ausdenken konnte, überstanden. Doch was wir nun erleben müssen, setzt die Schrecknisse jener Jahre nur auf andere Weise fort. Werden wir denn niemals klüger?«

Und noch etwas anderes machte ihm zu schaffen: Der Platz am Zeitungskiosk wurde immer knapper, denn wie bereits gemunkelt worden war, erschien nun in der Stadt ein weiteres Boulevardblatt, das vor allem konservativere Kreise ansprechen sollte. *Der Tag* bekam es an den Verkaufszahlen zu spüren, die erst stagnierten und schließlich sogar um einige Prozentpunkte fielen.

»Kein Wunder, dass wir Leser verlieren«, unkte Klein in der Redaktionskonferenz, begleitet vom Beifall seiner Anhänger. »Wir haben uns von dem, was man ›Zeitgeist‹ nennt, zu sehr einlullen lassen. Dieses linke Geschwafel gefällt eben doch nicht allen. Parallelwelten sind das, verstiegene Traumgebilde, die normale Bürger nicht interessieren! Die Leute wollen auch keine Theaterabende, in denen Schauspieler mit hässlichen Masken auf der Bühne herumbrüllen und das Publikum anschließend für vietnamesische Befreiungskrieger zur Kasse bitten. Agitprop, so schimpft sich das – für mich ist es einfach nur eine erbärmliche Zumutung!«

Er spielte auf den jungen Regisseur Peter Stein an, der im Werkraumtheater mit seiner jüngsten Inszenierung politisieren und provozieren wollte.

»Weil du eben keine Ahnung von moderner Kunst hast,

lieber Heribert«, konterte Adrienne. »Das Thema Geschmack lassen wir dabei heute mal ganz beiseite. Kunst ist seit eh und je politisch, und in unseren Zeiten *muss* sie das auch sein. Die Ära der Sesselpfurzer, die sich von der Bühne aus berieseln lassen, ist definitiv vorbei – *game over*, du verstehst? Und wenn nicht, ist es mir auch egal. Aber verschone uns bitte mit deinen wehleidigen Tiraden!«

Malou war zu Ohren gekommen, dass sie dem talentierten Theatermann, der gerade erst geheiratet hatte, recht nah stand, vielleicht sogar *sehr* nah. Trotz aller Vertrautheit, die sich im Lauf der Jahre zwischen Adrienne und ihr entwickelt hatte, hütete Malou sich jedoch nachzufragen. Adriennes mit größter Verschwiegenheit geführte Affären, über die sie niemandem Rechenschaft ablegte, waren ebenso ihr Markenzeichen wie die weiße Kleidung.

»Kunst hin oder her«, sagte Schenk, der neuerdings seine Koteletten wachsen ließ sowie bunte Hemden und Schlaghosen trug, als versuche er, äußerlich jugendlich zu wirken, obwohl seine Ansichten so gar nicht dazu passten. »Die Sache ist ganz simpel: Wenn wir am Kiosk überleben wollen, brauchen wir echte Themenknaller, die die Leserschaft an uns binden. Etwas, das die anderen Blätter nicht wissen oder nicht bringen. Darum geht es doch!«

So unangenehm Schenk Malou auch sein mochte, in diesem Punkt musste sie ihm ausnahmsweise recht geben.

Sie überlegte. Was könnte ihr Beitrag dazu sein?

Skandale passierten jeden Tag irgendwo auf der Welt, doch in dieser aufgeheizten Zeit machte sich eine gewisse Abstumpfung der Leute deutlich bemerkbar. Alles schon irgendwann mal gehört oder gelesen …

Es musste schon etwas Spezielles sein, das sie aus der Reserve lockte, etwas, das nicht alle Tage geschah oder das vertraute Sichtweisen komplett auf den Kopf stellte.

Was konnte das für *Blitzlicht* sein?

Glamouröse Hochzeiten hatte man in den vergangenen Jahren reichlich verfolgt, Scheidungen waren mittlerweile nahezu an der Tagesordnung, Geburten, selbst königliche oder adelige, interessierten das Publikum kaum über eine einzelne Ausgabe hinaus, und die Krankheiten prominenter Menschen stellten für Malou kein Thema dar, das sie öffentlich breittreten wollte.

Also was dann?

Sie grübelte und grübelte und grübelte …

Samy war reichlich desillusioniert von der Frankfurter Buchmesse zurückgekehrt, auf der sein Nachfolgeband *Sündige Nächte* vorgestellt worden war. Wer den dazugehörigen Text verfasst hatte, wollte er nicht preisgeben, räumte aber ein, dass Jonathan A. Fuchs ein Pseudonym sei. Außer ihm war nur dem Verlag der wahre Autorenname bekannt.

»Etwas Aufmerksamkeit am Stand gab's schon«, erzählte er. »Und ordentlich geklaut wurde das Buch dort auch. Angeblich ein gutes Zeichen, wie mein Verleger mir versichert hat. Aber die Buchvorstellung selbst war ein Reinfall. Gerade mal ein Dutzend Hansl sind erschienen, haben sich auf die Fleischbällchen gestürzt, drei dümmliche Fragen gestellt, ohne sich im mindesten für meine Fotos zu interessieren, und weg waren sie wieder. Dafür haben vor und in den Hallen die Genossen ihre ultralinken Parolen gegrölt, ohne Angst, nicht nur für diese, sondern auch für die nächsten Messen ausgeschlossen zu werden. Was für ein Spektakel – ich bin noch immer ganz fertig!«

»Aber du bist doch zufrieden mit deinem Fotoband, oder?«

»Nicht ganz«, räumte er ein. »Beim ersten Mal konnte ich so ziemlich allein entscheiden, was reinkommt und was nicht. Dieses Mal jedoch hab ich mir bei der Auswahl reinquatschen lassen. Das mache ich nie wieder! Ich fotografiere nämlich schon heftig für Band drei«, gestand er grinsend.

Sie waren auf dem Weg zur Wohnung von Doris Treitz, verheiratete Nefodov, besser bekannt als die Sängerin Alexandra, die erst jüngst mit ihrem Sohn nach München zugezogen war.

»Sie und ich sind ein Jahrgang«, sagte Malou. »Wir sind beide 1942 mitten im Krieg geboren, sie allerdings im Memelland. Ihre Eltern sind 1944 mit ihr vor der Roten Armee geflohen und nach zahlreichen Irrwegen schließlich in Schleswig-Holstein gelandet. Jetzt startet sie als Sängerin so richtig durch. Scheint zu klappen, denn das Lehel ist keine günstige Wohngegend mehr.«

»Leider auch eine mit bedauerlich knappen Parkplätzen«, seufzte Samy. »Aber dort vorn ist endlich einer!«

Sie stiegen aus und liefen zurück zum Wohnhaus – gediegener Altbau, gelb gestrichen und umrahmt von zwei gräulichen Nachkriegsneubauten, die dagegen architektonisch deutlich abfielen. Für Malou war es eher ungewohnt, einen Prominenten in den eigenen vier Wänden zu besuchen, und Alexandra schien es ähnlich zu gehen, so nervös, wie sie wirkte, dabei hatte sie wegen ihres fünfjährigen Sohns darauf bestanden.

»Guten Morgen!« Mit einem verlegenen Lächeln nahm sie Malou und Samy an der Tür in Empfang. »Obwohl es ja genau besehen fast schon Mittag ist.«

Da war es wieder, jenes tiefe Timbre, das ihre Stimme so unverwechselbar machte.

Durch einen engen Gang gelangten sie in ein geräumiges

Wohnzimmer, das für eine junge Frau erstaunlich altbacken möbliert war: dunkle Schrankwand, Brokatsessel, dreiteiliges Sofa – ein viel zu weich gepolstertes Monstrum aus dunkelrotem Samt, in dem man fast versank – und an den Fenstern schwere Gardinen, gehalten von goldenen Troddeln.

Wie im Museum, dachte Malou. Ein Museum, das einem die Luft zu Atmen nimmt.

»Ihr Sohn ist gar nicht zu Hause?«, fragte sie, um die Stimmung aufzulockern, und auch, weil sie das Geräusch schneller Kinderfüße vermisste.

»Nein.« Das Lächeln erlosch. »Ich habe Alexander zu einer Freundin gebracht. Er soll diesen ganzen Trubel um meine Person gar nicht so mitbekommen. Ist doch nichts für ein Kind, oder?«

Eigentlich hatten Malou und Samy an ein Doppelfotoporträt von Alexandra und Alexander gedacht, aber wenn die Sängerin das nicht wollte, mussten sie es akzeptieren.

»Sie nehmen Tee?«, fragte Alexandra weiter.

Beide nickten.

Passenderweise stand auf einem Beistelltisch bereits ein versilberter Samowar bereit, aus dem sie drei Tassen ausschenkte. Malou probierte einen Schluck, aber das Gebräu schmeckte rauchig und so bitter, dass sie es bei dem einen Versuch beließ.

Ihre Gastgeberin hatte tatsächlich etwas Russisches an sich, eine unbestimmte Melancholie, die sie mit ihrer dramatischen Aufmachung weiter unterstrich: dunkle Mandelaugen, umrahmt von einem dicken Lidstrich, dazu die lackschwarzen, kinnlangen Haare, die in Sechserlocken endeten. Sie trug ein knielanges dunkelgrünes Kleid mit Kosakenkragen und goldenen Litzen, das ihr um einiges zu weit war, als habe sie stark abgenommen. Gerade in dieser Fragilität stellte sie eine überaus aparte Erscheinung dar, die sich von der Masse abhob.

An Fotografen schien sie gewöhnt zu sein.

»Schießen Sie ruhig Ihre Bilder, während wir uns unterhalten«, sagte sie zu Samy. »Stört mich nicht weiter. Aber bitte nur von der linken Seite. Sieht einfach besser aus. Und«, sagte sie zu Malou gewandt, »eine Tonbandaufnahme ist mir auch recht. Soll ja schließlich stimmen, was später im Artikel steht.«

Und dann begann sie loszureden. In einem solch atemlosen Stakkato, dass Malou kaum Gelegenheit bekam, ihre Fragen unterzubringen.

In Kiel aufgewachsen, Mädchengymnasium, Kirchenchor. Mit zehn die ersten Klavierstunden. Als Teenager mit dem ersten selbst verdienten Geld die erste Gitarre gekauft; erste Gedichte und Lieder. Zwei Jahre vor dem Abi Schulabbruch, stattdessen Grafikstudium an der Kunsthochschule. 1961 Umzug nach Hamburg, dort Meisterschule für Mode, privater Gesangs- und Schauspielunterricht, danach tagsüber Bürojobs, abends Auftritte in Bars und Kneipen mit slawischen Liedern.

»Aber damit muss jetzt Schluss sein«, erklärte Alexandra, und es hörte sich fast an wie eine Drohung.

Dabei flogen ihre Hände – zarte Finger mit langen dunkelrot lackierten Nägeln. Es schien der Sängerin schwerzufallen, sie auch nur einen Moment ruhig zu halten.

»Obwohl Sie genau damit beim Publikum so erfolgreich sind?«, fragte Malou nach. »Erklären Sie mir das doch bitte ein wenig genauer.«

Die Gesten wurden noch fahriger.

Was trieb diese junge Frau derart an?

Als ob eine unsichtbare Figur hinter ihr stünde und ihr ständig »schneller, schneller« zuriefe …

»Ich bin es leid, nur auf eine Schiene festgelegt zu werden.« Alexandra war aufgestanden und lief jetzt mit großen Schritten unruhig im Zimmer auf und ab. »Gibt noch so viel anderes, was ich machen möchte. Als Schauspielerin arbeiten zum Beispiel, das würde mich interessieren. Aber die Zeit verrinnt ja so schnell ...«

Seltsame Aussage für eine Sechsundzwanzigjährige ...

Was wohl wirklich dahintersteckte?

»Also künftig keine Russland-Romantik mehr?«, wollte Malou wissen. »Keine Sehnsucht nach der Taiga, keine schwarze Balalaika und das, wo Ihnen heuer doch dafür die Goldene Europa verliehen wurde, ein Fernsehpreis, der sich sehen lassen kann ....«

»Garantiert nicht!«

»Und Ihr Song *Zigeunerjunge*?«

»Der bleibt.« Das Lächeln kehrte zurück. »An dem liegt mir viel. Und ein bisschen stolz darauf bin ich auch. Ebenso wie auf *Illusionen,* komponiert von Udo Jürgens, getextet von mir.«

»Wohin soll die Reise dann gehen?«, fragte Malou.

»Weiter in Richtung Chanson. Charles Aznavour, Gilbert Bécaud, die große Juliette Gréco – das sind meine Vorbilder aus Frankreich. Aber ich möchte auf meine ganz eigene Art singen, gerne auf Deutsch, damit die Menschen hier mich auch verstehen. Ich will keine Dublette sein, kein Imitat von irgendjemandem, sondern einfach nur Alexandra.« Sie blieb abrupt stehen. »Hans R. Beierlein, der auch Udo Jürgens managt, hat dazu geraten und bei mir damit offene Türen eingerannt. Ich schreibe meine Texte jetzt selbst. Und erste Kompositionen sind auch schon entstanden. Mein Kopf ist voller neuer Ideen. Warum nicht auch einmal Bossa Nova?

Brasilien, das ich kürzlich erst besuchen durfte, ist so ein ungemein faszinierendes Land …«

Sie schloss die Augen und schien ganz in Erinnerungen versunken.

Dann sah sie Malou wieder an.

»Wissen Sie, manchmal tut es mir leid, dass ich nur *ein* Mensch bin, auch wenn das in Ihren Ohren vielleicht seltsam klingen mag. Aber so vieles spukt gerade in mir herum. Möchten Sie mal reinhören? Die Platte kommt demnächst auf den Markt.«

»Gerne!«, sagte Malou.

Alexandra stand auf und betätigte den Plattenspieler.

Mein Freund, der Baum, ist tot
Er fiel im frühen Morgenrot …

Sie ließ die Musik ausklingen.

»Bei diesem Lied ist beides von mir«, erklärte Alexandra. »Text *und* Musik.«

»Großartig!« Malou klatschte, und Samy schloss sich an. »Und beides passt ganz wunderbar zu Ihrer Stimme. Ihre Fans werden es lieben, und viele andere auch.«

»Das hoffe ich.« Jetzt wurde ihr Lächeln richtig strahlend. »Soll ich Ihnen noch etwas verraten? Im Januar startet das ZDF eine neue Show, immer samstags, zur besten Sendezeit. *Hitparade* soll sie heißen, ein Gegenpol zu dem ganzen Rock und Pop, die uns ja gerade überrollen. Wer es dorthin schafft, muss sich um seine Verkäufe künftig keine Sorgen mehr machen.«

Schien offenbar doch nicht ganz einfach gewesen zu sein, nach ihrer Scheidung von dem zwanzig Jahre älteren Nikolai Nefedov, mit dem sie nur wenige Jahre verheiratet gewesen war, über die Runden zu kommen, dachte Malou. Von einem neuen Freund oder Lebenspartner war außer einem nicht bestätigten Gerücht um den brasilianischen Komponisten Antônio Carlos Jobim nichts bekannt. Alexandra hatte ihn nicht erwähnt. Vielleicht war alles ja auch schon wieder vorbei.

Sie wirkte einsam, sehr einsam sogar.

Malou stellte trotzdem die Frage, mit der sie ihre Interviewpartner am Ende gern konfrontierte.

»Und die Liebe? Wie halten Sie es damit?«

»Alexander«, kam als blitzschnelle Antwort. »Mein Sohn ist die Liebe meines Lebens. Daneben verblasst alles andere. Was könnte tiefer sein als die Liebe einer Mutter zu ihrem Kind?« Kurze Pause. »Sie sind auch Mutter, Frau Graf?«

Malou nickte. »Meine Kleine wird im Januar drei.«

»Dann wissen Sie ja, wovon ich spreche.«

»Gar nicht so einfach, sie zu fotografieren«, kommentierte Samy auf der Rückfahrt zum Verlag. »Obwohl sie ungemein attraktiv ist. Aber jetzt weiß ich endlich, warum viele Fotos von ihr irgendwie muffig aussehen. Um diese Alexandra ist etwas Dunkles, Melancholisches, wie ein Schleier, der sie umweht, und das liegt nicht nur an der Haarfarbe. Russische *Säääle«,* sagte er mit übertrieben russischem Akzent. »Das steckt wohl eindeutig in ihr. Auch, wenn sie jetzt von der Tundra nichts mehr wissen will.«

»Taiga«, korrigierte Malou mit kurzem Grinsen. »Taiga, mein Lieber.« Sie wurde wieder ernst. »Empfinde ich übrigens ganz genauso. Obwohl sich ihre Karriere gerade doch so positiv entwickelt. Eigentlich hätte sie allen Grund, heiter und zuversichtlich zu sein. Und trotzdem bin ich selten zuvor einer so traurigen Siegerin begegnet.«

Zurück in ihrem Büro begann Malou sofort ihre Eindrücke niederzuschreiben. Doch es fiel ihr nicht leicht, Alexandras melancholischem Wesen gerecht zu werden, ohne sie vor den Lesern bloßzustellen. Wie unzählige Male zuvor musste sie dabei an Viktor Bárthoy denken, ihren Lehrer und Mentor, dem dieses Büro vor ihr gehört hatte. Wie er wohl damit umgegangen wäre?

Viktor hätte garantiert den richtigen Ton getroffen!

Malou beschloss, sich mit einer Tasse Kaffee zu beleben, und wollte gerade aus der Tür, als Adrienne angelaufen kam.

»Sensation!«, rief sie.

»Schon wieder Neuigkeiten über den Frankfurter Brandstifter-Prozess, in dem Gudrun Ensslin und Andreas Baader sich wie die deutsche Ausgabe von Bonnie und Clyde aufführen, rauchen und auf der Anklagebank knutschen und dabei den Richter verunglimpfen?«, sagte Malou. »Sorry, aber das wusste ich bereits. Schenk reibt es mir ständig unter die Nase, als ob die beiden meine persönlichen Freunde wären. Dabei fand ich diesen Baader von Anfang an unsäglich!«

»Nein, ich rede gerade von etwas ganz anderem. Etwas, das in dein Ressort gehört. Die Ticker glühen: Jackie Kennedy heiratet wieder. Und du errätst niemals, wer der Bräutigam ist!«

»Sag schon!«, drängte Malou.

»Der alte Ari Onassis! Das wird der Todesstoß für Maria Callas, die doch jahrelang darauf gehofft hat, seine neue Gattin zu werden.«

»Jackie und Onassis? Bist du da wirklich sicher? Die beiden passen doch gar nicht zusammen …«

»Vielleicht ja gerade doch«, sagte Adrienne. »Onassis holt Jackie damit aus der Schusslinie der Amis, für die die Witwe der Nation seit Kennedys Tod zum Nationalheiligtum geworden ist – was ich mir ganz unter uns gesagt ganz fürchterlich vorstelle. Und ihre armen Kinder rettet er gleich mit, denn auch die können ja keinen Schritt tun, ohne belauert und fotografiert zu werden. Jackie wiederum schmückt Onassis' immensen Reichtum mit Eleganz und Geist. Clever soll sie ja sein. Und ganz umsonst macht sie das auch nicht. Man spricht von mindestens sechs Millionen Dollar, die sie pro Jahr allein für Schmuck und Kleider ausgehandelt haben soll. Vor allem die Familie Kennedy dreht doch bestimmt durch: ein alter griechischer Reeder, geschieden, mit lauter Skandalen – igitt!« Adrienne grinste. Ihre Wangen waren leicht gerötet, und ihre Augen glänzten. »Aber gut für deine Klatschseite, Malou.«

Malou betrachtete ihre sonst stets so seriös wirkende Freundin leicht amüsiert.

»Ich erkenne dich kaum wieder«, sagte sie. »Das Schicksal von Jackie Kennedy scheint dich ja mächtig zu bewegen. Woher weißt du das alles?«

»Gut informierte Kreise. Gebe ich gerne an dich weiter, wenn du willst. Ich kenne da ein paar ausgefuchste Pressetypen in New York, die wissen einfach alles! Und ja, Jackie hat mich schon immer fasziniert. Eine Frau mit Grandezza, so etwas imponiert mir. Wie leicht hätte sie ihren treulosen Mann öffentlich bloßstellen können! Manchmal war ihr sicherlich danach zumute. Aber was hat sie getan? Bis heute geschwiegen. Ich wette, das wird sie garantiert auch als künftige Jackie O. so beibehalten.«

Es gab eine Woge von Berichten vor und nach der bahnbrechenden Hochzeit des Paars auf der Insel Skorpios, die Onassis vor ein paar Jahren gekauft und in ein Ferienrefugium für seine Familie verwandelt hatte. Natürlich wäre am liebsten der Boulevardjournalismus der halben Welt dabei gewesen, doch Journalisten und Fotografen wurden von eigens angeheuerten Sicherheitsleuten ferngehalten. Nur wenige Auserwählte durften auf die Privatinsel. Ein Journalist vom *Stern*, Randolph Braumann, gehörte dazu, und Malou beneidete ihn glühend.

Aber auch so verdrängte diese Hochzeit manch wichtiges politisches Ereignis von den Titelseiten.

JACKIE, WIE KONNTEST DU?

80 TANKERSCHIFFE: JETZT KAUFT ONASSIS SICH EINE BRAUT

SPÄTE RACHE FÜR JOHN F. KENNEDYS AMOUREN?

Keine Peinlichkeit, die ausgelassen wurde; die Illustrierten übertrumpften sich gegenseitig mit wahren und spekulativen *news*. Malou hatte wacker mitgehalten, allerdings mit gewisser Zurückhaltung. Headlines wie GRIECHISCHES GESCHWISTERCHEN FÜR CAROLINE UND JOHN AUF DEM WEG? kamen für sie nicht infrage.

Ein paar Kollegen maulten deshalb in der Redaktionskonferenz, weil sie es als vertane Chance ansahen, den *Tag* wieder interessanter für die Leserschaft zu machen, und auch Chefredakteur Hornberg war nicht ganz zufrieden mit Malou.

»Mit vornehmer Zurückhaltung gewinnen wir keine neuen Leser, Frau Graf«, mahnte er. »Denken Sie daran: Die Konkurrenz schläft nicht.«

Als ob Malou das nicht wüsste!

Natürlich wollte auch sie mit neuesten Enthüllungen punkten, aber ein gewisses Niveau sollte dabei nicht unterschritten werden.

»Wenn sie unbedingt einen Skandal haben wollen, bekommen sie es eben nackig«, murmelte sie. »Mal sehen, was München dazu sagen wird …«

Sie griff nach Jacke, Umhängetasche – denn welche Frau trug ihre Tasche jetzt noch in der Hand? – und Aufnahmegerät.

»Komm schon, Samy! Dann nichts wie auf zur Generalprobe von *Hair!*«

Dem Volkstheater in der Brienner Straße, zu dem sie fuhren, konnte man die einstige Turnhalle noch deutlich ansehen. Alles dort wirkte in die Jahre gekommen; das galt insbesondere für die angegliederte Zirbelstube, in der sich viele Gewohnheitszecher versammelten. Eigentlich hätte so eine aufwendige Produktion wie *Hair* ins Deutsche Theater gehört, wo die anderen Musicals liefen, doch die Intendanz des Traditionshauses hatte offenbar kalte Füße bekommen und abgewinkt. Denn das Rockmusical *Haare*, wie es leider auf dem Plakat für die deutsche Uraufführung hieß, zeichnete sich nicht nur durch Kritik an Militarismus und Rassismus aus, sondern zeigte auch eine bislang ungewohnte sexuelle Freizügigkeit.

Die sonst so spießige Bühne war kaum wiederzuerkennen: bunt, voller Blumen und Peace-Symbole, alles im Rausch der Jugendkultur. Friedliches Flower-Power-Leben als Gegenentwurf zum bürgerlichen Dasein, gebündelt in vierzig Hits.

Weil der Austin leicht gebockt hatte, kamen Malou und

Samy erst an, als die Generalprobe schon lief. Der korsische Regisseur Bertrand Castelli winkte sie herein, sie nahmen im leeren Zuschauerraum ihre Plätze ein und ließen sich von der Musik verzaubern.

Wenn der Mond im siebten Hause steht und Jupiter auf Mars zugeht …

Ein Song, der auch auf Deutsch sofort ins Ohr ging – die leidenschaftliche Hymne an eine Zukunft voller Frieden und Hoffnung.

Samy fotografierte eifrig. Motive, wie er sie nicht jeden Tag vor die Linse bekam.

Die Story selbst war eher dürftig: Landei Claude kommt nach New York, bezieht dort eine WG mit Sheila und ihrem Zimmergenossen Berger und lebt mit ihnen eine fröhliche Dreiecksbeziehung – bis seine Musterung ansteht und ihm damit die Einberufung und der Vietnam-Krieg drohen. Jetzt müssen die heiß geliebten Haare ab, Symbol des antibürgerlichen Widerstands …

Und da waren sie dann auch, die Nackten, in einer kurzen Szene kurz vor der Pause, als alle auf der Bühne blankzogen.

»Bringen Sie das auch übermorgen so in der Premiere?«, wollte Malou von Regisseur Castelli wissen, einem temperamentvollen Korsen, der ein herrliches Kauderwelsch aus Deutsch, Französisch und Englisch sprach.

»Bien sûr«, bestätigte er lächelnd. *»Nobody* verfälscht *l'original!«*

»Und die hiesigen Moralapostel?«, bohrte Malou weiter. »Die werden doch garantiert laut aufschreien.«

»Du kennst *l'histoire du David et Goliath*?«, fragte er zurück.

»*Bien sûr* – selbstverständlich«, antwortete nun Malou.

»*Alors,* diese Freunde hier und ich« – seine Armbewegung umfasste das gesamte Ensemble, das sich gerade für den nächsten Akt rüstete – »*we are David. Tu comprends?*«

Sein Lachen war hinreißend und ansteckend.

Musste Spaß machen, mit ihm zu arbeiten.

Wie sehr, das war der jungen, engagierten Theatertruppe anzusehen, die auf der Bühne alles gab. Einige Darsteller ragten dabei besonders heraus: Reiner Schöne als charismatischer Berger, der blonde Jürgen Marcus, der den schüchternen Claude spielte, Su Kramer als flippige Sheila, die sich zwischen ihren beiden Männern nicht entscheiden konnte. Aber auch ein junger schwarzer Sänger fiel Malou auf, Ron Williams, dessen samtweiches Timbre manchen Songs erst den richtigen Sound verlieh.

Malou führte nach dem Schlussbild mit den Hauptdarstellern kurze Interviews, in denen sie ganz selbstverständlich beim Du landeten, weil es zum Stück einfach passte.

»Ihr müsst unbedingt auch übermorgen zur Premiere kommen«, sagte Reiner Schöne, der sofort mit ihr zu flirten versuchte. »Da steigern wir uns dann noch einmal – hoffentlich!«

»Ich weiß nicht, ob das klappt«, gestand Malou. »Meine Minitochter hat zwar die beste Kinderfrau aller Zeiten, aber abends soll dann schon die Mama zu Hause sein. Dürfte ich stattdessen meine Lieblingsfreundin und ihren Mann schicken? Roxy singt nämlich auch – und das ganz großartig –, und ihr Mann ist Musikproduzent.«

»Ich werde da sein«, versprach Samy. »Das lasse ich mir nicht entgehen.«

»Aber immer!«, erwiderte Rainer Schöne. »Obwohl ich mich auf dich gefreut hätte …« Ein langer Blick zu Malou. »Wir sagen Bertrand Bescheid, dass er die Karten an der Kasse zurücklegen soll. Oder er gibt sie dir gleich mit. Wo steckt er überhaupt? Gerade war er doch noch da …«

Mit großen Schritten kehrte Castelli zu ihnen zurück, das Gesicht fleckig vor Aufregung.

»Diese Pharisäer!«, schimpfte er. »Jetzt soll unser Stück eine Revue sein!«

»Was genau heißt das?«, fragte Malou.

»Für eine Revue brauchst du …« Er zögerte, schien nach Worten zu suchen. »Eine … *autorisation administrative*, um es aufzuführen! *Mais nous ne les laisserons pas nous abattre* – die machen uns nicht kaputt! *Venceremos!*«

»*Venceremos!*«, riefen alle Sänger im Chor.

»Leonard Bernstein soll angeblich mitten in der Aufführung den Saal verlassen haben, weil er *Hair* so unerträglich fand«, sagte Malou, während sie das Theater wieder verließen. »Aber ich mag es!«

»Ich mag es auch«, bestätigte Samy. »Und diese lustige, verrückte Sängertruppe mag ich erst recht. Bin ja kein großer Freund des klassischen Theaters, wie du weißt. Aber wenn es so ist – jung, aktuell und mitreißend –, dann bin ich sehr dafür.«

»Ich glaube, wir müssen schon morgen damit rauskommen, wenn wir noch ein paar Nacktfotos liefern wollen, bevor sie es behördlich verbieten …«

»Was schade wäre«, schmunzelte Samy. »Manches auf der Bühne fand ich durchaus anregend.«

»*Manche* meinst du wohl eher«, neckte ihn Malou. »Hab genau gesehen, wie begeistert du Su Kramer gemustert hast. Auf jeden Fall gehört die Szene zum Musical und sollte nicht verboten werden. Also bitte schnell entwickeln, mein Lieber!«

»Ich eile, ich rase, Gnädigste! Und was machst du?«

»Ich begebe mich mit meiner Schreibmaschine ganz tief in den New Yorker Sündenpfuhl«, antwortete Malou. »Bis später – *let the sunshine in!*«

Sie war ganz ins Schreiben vertieft, als ihr Telefon klingelte.

»Da wäre eine Besucherin für Sie, Frau Graf«, sagte Frau Schreiber vom Empfang.

»Ganz ungünstig. Bin gerade mitten im Artikel …«

»Das hab ich ihr auch gesagt. Sie meint aber, es sei wichtig. Sozusagen sensationell.«

»Sensationell? Dann soll sie in mein Büro kommen.«

»Jetzt gleich?«

»Ja, bitte. Allerdings ist meine Zeit knapp. Sagen Sie ihr das bitte auch.«

Die Frau, die kurz darauf Malous Büro betrat, musste einmal sehr hübsch gewesen sein. Hochgewachsen und schlank war sie noch immer. Doch das Alter hatte ihr zierliches Gesicht mit einem Faltenplissee überzogen, das ihm etwas Mürrisches gab und die Lider der asiatisch anmutenden Augen noch schwerer wirken ließ. Die kurzen Haare waren schwarz gefärbt, *schlecht* gefärbt, was auf geringe finanzielle Mittel schließen ließ, weil sie sonst sicherlich die Dienste eines Friseursalons in Anspruch genommen hätte. Sie trug ein enges grünes Kostüm mit einer Silberfuchsstola, die ihre besten Tage deutlich hinter sich hatte. Dazu passten die ramponierten roten Satinpumps, die an Varieté erinnerten. Ihre geschmeidigen Bewegungen ließen eine ehemalige Tänzerin vermuten.

»Danke, dass Sie mich empfangen, Frau Graf«, sagte sie mit einem flüchtigen Lächeln. »Ich bin eine große Bewunderin Ihrer *Blitzlicht*-Seite und wollte eigentlich schon seit Längerem mit Ihnen in Kontakt treten, doch dann …« Sie brach ab.

»Was hat Sie denn daran gehindert?«, fragte Malou.

»Der Mut! Mich hat jedes Mal der Mut wieder verlassen. Denn was ich Ihnen zu erzählen habe …«

Abermals stockte sie.

»Falls Sie mich neugierig machen wollten, dann haben Sie es jetzt geschafft«, sagte Malou. »Worum geht es? Ich habe nämlich nicht allzu viel Zeit …«

»Also gut.« Sie atmete tief aus. »Wussten Sie, dass Marlene Dietrich stets eine Negerpuppe mit Baströckchen mit sich geführt hat, wohin auch immer sie reiste? Das war ihr Fetisch, eine Art Talisman, und ich wette, die Puppe hat sie bis heute auf ihren Tourneen dabei.«

»Wusste ich nicht«, sagte Malou, deren Interesse gerade wieder erlosch. »Aber was soll daran Besonderes sein? Viele Künstler haben doch einen Talisman.«

»Moment, ich bin ja noch nicht ganz zu Ende!« Ein dünner Finger schoss in die Höhe. »Diese Puppe hat sie nämlich deshalb immer dabei, weil sie sie an ihre schwarze Geliebte erinnert. Jene Frau, mit der die Dietrich leidenschaftlichen Sex hatte.«

»Woher wollen Sie das wissen? Waren Sie etwa dabei?«

»Allerdings.« Die Frau nickte. »Ich war nämlich Marlenes Püppi, bevor die sich mit jener Frau eingelassen hat. Zeitgenossen nannten sie auch die schwarze Göttin.«

Jetzt besaß sie wieder Malous ganze Aufmerksamkeit.

»Sie reden jetzt nicht zufällig von Josephine Baker?«, fragte sie.

Eifriges Nicken.

»*Der* Josephine Baker?«

»Ganz genau. Die beiden waren ein Paar. Allerdings sollte nicht öffentlich publik werden, dass die Dietrich eigentlich eine Lesbierin ist, weil sie in der Öffentlichkeit als Vamp und Männerverführerin dastehen wollte, davon hat sie ja schließlich gelebt. In Wahrheit jedoch hatte sie lieber Sex mit Frauen als mit Kerlen. ›Da liegt ein Mann, und da liegt eine Frau, und dann legt er sich drauf, und dann passiert's. Das ist auch schon alles. Musst du machen, sonst bleiben die Männer nicht bei dir.‹ Das hat sie zu mir gesagt. Und nicht nur einmal.«

Die Dietrich und die Baker – ein lesbisches Paar?

In Malous Kopf überschlugen sich die Gedanken.

DIE LIEBE ZWEIER DIVEN – das wäre sehr wohl eine Schlagzeile, die Furore machen würde, weil beide Frauen bis heute Weltstars waren. Aber natürlich müsste so eine Behauptung in alle Richtungen abgesichert werden, bevor man sie veröffentlichte.

Diese Asiatin konnte ihr ja sonst etwas erzählen …

»Ich kenne noch nicht einmal Ihren Namen«, sagte Malou. »Frau …«

»Hahnemann. Lan Hahnemann. Meine Mutter durfte meinen chinesischen Vater niemals heiraten, deshalb trage ich ihren Nachnamen. Lan bedeutet auf Deutsch Orchidee.«

»Gut, Frau Hahneman, aber wie wollen Sie Ihre Behauptung beweisen?«, fragte Malou.

»Ich war dabei. 1926 in Karl Gustav Vollmoellers Berliner Wohnung am Pariser Platz und habe mit eigenen Augen gesehen, wie die beiden Ladys es dort miteinander getrieben haben – *black and white,* optisch hübsch anzusehen, auch wenn es mir fast das Herz gebrochen hat. Waren übrigens nicht die Einzigen, die sich dort vergnügt haben. In Gustavs ›Harem‹, wie er es selbst nannte, tummelten sich zahlreiche verführerische junge Frauen, halb nackt oder nackt, und ich war eine von ihnen. Seine Verlobte Ruth Landshoff, selbst dem eigenen Geschlecht zugeneigt, hat uns Tanzmädchen und Sängerinnen für ihn und andere Voyeure gesammelt wie Schmetterlinge. Die Dietrich gehörte dazu. Damals war sie noch keine elegante Diva, sondern eine junge Mutti, scharf auf große Rollen, die einfach nicht kommen wollten. Um endlich berühmt zu werden, hätte sie alles gemacht – *alles*! War eine wilde Zeit, müssen Sie wissen. Was die Jugend von heute fordert – Drogen, freie Liebe, mitreißende Musik –, war im Berlin der Zwanzigerjahre an der Tagesordnung. Ich als Halbchinesin war lange Zeit die Exotischste dieser Sammlung, bis mir das Bananenrockmädchen den Rang ablief.«

Log sie? Oder sagte sie die Wahrheit?

Vom Alter her könnte es stimmen; sie musste um die siebzig sein. Und leichtes Berlinern kam beim Sprechen ebenfalls durch. Ein spätes Tanzmädchen, das plötzlich auspackte.

Aber weshalb? Weil die Rente zu knapp war?

»Ihre spannenden Erzählungen in allen Ehren«, sagte Malou. »Aber das genügt mir leider nicht.«

Das kleine Gesicht wirkte plötzlich noch verknitterter.

»Glauben Sie vielleicht, ich wäre heute hier, wenn ich keine Beweise hätte?« Jetzt klang sie spitz. »Es gibt Fotos.«

Aus ihrer Handtasche, Krokoimitat und ebenfalls recht mitgenommen, holte sie einen braunen Umschlag, aus dem sie etwas herauszog und vor Malou auf den Schreibtisch legte.

»Bitte sehr«, sagte sie triumphierend.

Zwei Abbildungen.

Auf der ersten tauschten eine dunkelhäutige und eine weiße Frau einen leidenschaftlichen Zungenkuss aus.

Auf der zweiten lag eine dunkelhäutige Frau bäuchlings vor einer weißen, das Gesicht in deren Schoß gepresst. Beide nackt.

Die weiße Frau hatte den Kopf zur Seite gedreht. Die Augen geschlossen.

Ekel oder Ekstase?

»Oh, là, là«, sagte Malou. »Aber das sind ja nur Fotokopien! Und man kann die Gesichter darauf nicht genau erkennen.«

»Auf den Originalen erkennt man sie sehr wohl«, protestierte Lan Hahnemann. »Und diese Entennase, über die Marlene immer geklagt hat, bevor sie ihr lieber Sternberg so genial belichtet hat, ist doch wohl unverwechselbar!«

Es könnte tatsächlich die Dietrich sein, in ihren Jugendjahren. Und die andere? Lange Beine, ein kleines dunkles Köpfchen … Die Baker womöglich …

»Dann möchte ich gerne die Originale sehen«, verlangte Malou.

»Die schleppe ich doch nicht durch die halbe Stadt, bevor wir handelseinig geworden sind«, bekam sie zur Antwort. »5000 Mark, in bar. Dann liegen sie hier auf Ihrem Tisch.«

»5000?«, wiederholte Malou. »Das ist eine Stange Geld.«

»Was ich zu bieten habe, ist auch ein waschechter Skandal. »Aber wenn Sie nicht wollen …« Blitzschnell hatte sie die Kopien wieder an sich genommen. »Gibt schließlich noch andere Blätter, die sich sicherlich sehr dafür interessieren würden …«

»Nicht ganz so eilig!«, sagte Malou. »Ich muss mich natürlich mit der Chefredaktion absprechen, zum einen wegen der erheblichen Summe, zum anderen ganz grundsätzlich. In der Regel bezahlen wir nämlich nicht für solche ›Enthüllungen‹.«

Lan Hahnemann war aufgestanden.

»Ihr Presseleute wart immer schon raffiniert«, sagte sie. »Ich bin zwar alt, aber deshalb noch lange nicht von gestern. Geben Sie mir das Geld, dann bekommen Sie die Fotos. Sie haben achtundvierzig Stunden Zeit. Danach gehen sie an eine andere Zeitung.«

»Lassen Sie mir wenigstens die Fotokopien da«, bat Malou. »Irgendetwas muss ich meinem Chef schließlich vorlegen.«

»Sie können eine Fotokopie dieser Kopien machen«, räumte Lan Hahnemann gnädigerweise ein. »Sofort, wenn Sie wollen.«

Malou nickte, nahm die Kopien und ging nach nebenan ins Großraumbüro.

Mist!

Adrienne saß gerade nicht an ihrem Platz, und auch von Ella war nichts zu sehen. Hornberg die Aufnahmen zeigen, wollte sie erst, nachdem sie sich mit ihren Freundinnen und Kolleginnen abgesprochen hatte.

Also kopierte sie die beiden Kopien und kehrte damit in ihr Büro zurück. Glücklich machte sie das Ergebnis nicht, denn alles war noch verwaschener geworden.

»Die Originale sind brillant«, versicherte Lan Hahnemann, als würde sie Malous Gedanken erraten, und verstaute die Bilder wieder in ihrer Handtasche. »Natürlich auf dem technischen Niveau der Fotografie jener Zeit.«

»Das hoffe ich«, sagte Malou. »Für uns – und für Sie. Und wie erreiche ich Sie, um Ihnen unsere Entscheidung mitzuteilen? Am einfachsten geben Sie mir Ihre Telefonnummer.«

»Ich bin nur auf der Durchreise«, erwiderte die Besucherin.

»Dann bitte die Telefonnummer Ihres Hotels.«

»Wissen Sie, was? Ich rufe Sie an. Und wenn Sie zahlen, bringe ich die Originale persönlich vorbei. Einverstanden?«

Alles irgendwie seltsam … Aber passte das nicht auch zu dieser seltsamen Story?

»Einverstanden«, sagte Malou. »Dann bis übermorgen.«

Zu viert saßen sie am gleichen Abend um Malous Küchentisch und diskutierten, nachdem Malou alles bis ins kleinste Detail erzählt hatte. Sogar die abgelaufenen roten Satinpumps ihrer Besucherin hatte sie nicht unerwähnt gelassen.

»Eine Betrügerin, für mich ganz eindeutig!«, erklärte Adrienne. »Kommt mit irgendwelchen ollen Pornoaufnahmen an und behauptet, das seien zwei Weltstars.«

»Die Weiße auf den Fotos hat schon große Ähnlichkeit mit der Dietrich«, erwiderte Ella.

»Die ist doch viel zu rund«, widersprach Adrienne. »Marlene Dietrich ist gertenschlank!«

»Heute ja, aber damals war sie noch ganz schön propper. Denk nur mal an den *Blauen Engel*«, sagte Malou. »Da hatte sie richtig dralle Schenkelchen, so wie die Lady da auf dem Foto.« Sie stupste Samy an. »Jetzt sag du auch endlich mal was! Mit Schweinereien kennst du dich doch aus …«

»Über die Echtheit der Fotos kann ich nichts aussagen. Nicht bei diesem miesen Material. Aber sie könnten durchaus aus den Zwanzigern stammen, so klein, wie sie sind«, sagte Samy. »Wann und wo soll diese Orgie denn aufgenommen worden sein?«

»1926 in Berlin. Im sogenannten Harem eines gewissen Karl Gustav Vollmoeller«, antwortete Malou. »Der Name sagt mir leider nichts. Euch?«

Adrienne und Samy schüttelten den Kopf.

»Aber mir«, sagte Ella. »In der Berliner Historie kenne ich mich nämlich ganz gut aus. Dieser Karl Gustav Vollmoeller hat bieder als Altphilologe begonnen und sich dann zum Hans Dampf in allen Gassen gemausert: Drehbuchautor, Übersetzer, Flugzeugkonstrukteur und vieles mehr. Ein Förderer junger Talente, in *jeder* Hinsicht, ebenso wie ein Pionier des Tonfilms. Er soll Marlene Dietrich für den *Blauen Engel* entdeckt haben.«

»Das würde dann ja passen, oder?«, sagte Malou.

»Was glaubt ihr, welch Doppelarmada an Anwälten über uns hereinbricht, wenn wir das veröffentlichen?«, sagte Adrienne. »Das Dach über unseren Köpfen fliegt uns weg, so massiv werden sie uns mit ihren Unterlassungsklagen und Forderungen nach Gegendarstellungen bombardieren! Dazu Schmerzensgeld wegen Verleumdung ...« Sie ließ ihre schweren Armreifen klappern, heute aus Kupfer und mit großen blauen Steinen besetzt. »Könnt ihr alles ohne mich aussitzen. Ich nehme dann meinen aufgelaufenen Urlaub der letzten drei Jahre und komme erst im nächsten Frühjahr wieder zurück.«

Die Runde am Tisch lachte.

»Aber lesen würden es *alle*«, sagte Malou. »Selbst, wenn wir es nur mit Fragezeichen bringen: DIE LIEBE ZWEIER DIVEN? Hört sich nicht übel an, oder? *Der Tag* wäre jedenfalls seit einer kleinen Ewigkeit wieder in aller Munde. Hornberg hat doch Sensationen von uns gefordert. Und wenn das keine Sensation ist, dann weiß ich auch nicht ...«

Im Nachbarzimmer hatte Leonie zu weinen begonnen. Malou ging nach nebenan, um sie zu beruhigen und wieder zum Einschlafen zu bringen.

»Das macht sie jetzt öfters«, erklärte sie, als sie wieder zu den Freunden zurückkehrte. »Aber sie ruft nicht nach mir, sondern nach ›Papa‹. Die meisten Kinder auf dem Spielplatz haben einen Papa, sie nicht. Mamma Lucia hat mir auch schon erzählt, dass Leo in letzter Zeit nach ihm fragt.« Sie seufzte. »Ich werde ihr Philipps Fotos zeigen und ihr sagen, dass der Papa immer auf sie aufpasst, auch wenn er nicht bei ihr sein kann.«

»Apropos Papa«, sagte Samy. »An deiner Stelle würde ich die Kopien zuerst dem Alten vorlegen. Ist zwar Camillas Geld, aber schließlich sein Laden.« Er stand auf. »Ich geh jetzt noch eine Runde fotografieren. Die Sünde, müsst ihr wissen, schläft nämlich nie!«

*

Es gab eine Riesenaufregung über die nackten *Haare*-Darsteller auf der *Blitzlicht*-Seite. Und einen Ansturm auf den *Tag*, wie er ihn seit Langem nicht mehr erlebt hatte. Bereits vormittags war die Zeitung vielerorts ausverkauft. Dutzende telefonische Anfragen erreichten den Verlag, wo man diese Ausgabe doch noch erwerben könne.

Auf der Bühne des Volkstheaters mussten die Zuschauer von nun an allerdings mit weniger nackter Haut vorliebnehmen, denn die städtischen Moralwächter hatten sich durchgesetzt und bestimmt, dass im Rockmusical *Haare* »untenrum« alles bedeckt sein müsse.

Lediglich blanke Oberkörper waren noch erlaubt.

Hans Winkler schien das sehr zu amüsieren.

»Gut gemacht«, lobte er seine Tochter und bat sie, es auch Samy auszurichten, der an diesem Tag nicht im Haus war. »*Der Tag* war eben wieder einmal vornedran. Weiter so!«

»Und was sagen Sie zu diesem Verfall der öffentlichen Moral, Herr Winkler?«, meldete sich säuerlich dazu Heribert Klein. »Nackt auf der Bühne – das muss doch wirklich nicht sein!«

»In jedem Oswalt-Kolle-Film können die Leute nackte Körper sehen«, erwiderte Winkler. »Deshalb rennen sie ja auch alle hin – und keineswegs, um sich ›aufklären‹ zu lassen. Dieses Musical spricht die Jugend an und feiert weltweit große Erfolge, und zwar genau so, wie es geschrieben wurde. Unsere sonst so geschätzte Landeshauptstadt tut sich da mit einer Zensur keinen Gefallen.«

Er zwinkerte seiner Tochter zu.

»Malou, kommst du bitte anschließend gleich in mein Büro? Und Sie bitte auch, Herr Hornberg.«

»Wir machen es«, erklärte er, nachdem sie sich zu dritt über die Kopien gebeugt hatten. »Gratulation, Malou. Das ist ein echter Fang, der dir da ins Netz gegangen ist. Und ja, es ist viel Geld, das diese alte Halbweltdame fordert – aber dafür wird unser Blatt endlich wieder in aller Munde sein. Das mit der Frauenliebe der Dietrich ist übrigens nichts Neues. Solche Gerüchte gibt es schon seit Längerem, trotz ihres erheblichen Männerverschleißes. Aber dann auch noch mit Josephine Baker – das stand bislang noch nirgends. Ich möchte mich allerdings heute Abend noch einmal mit unseren Anwälten dazu beraten. Wenn die Herren uns nicht dringend abraten, gibt es von mir aus grünes Licht – sofern die Originale etwas taugen.«

Hornberg nickte.

Lan Hahnemann rief wie verabredet wieder an. Malou sagte ihr, dass noch die Anwälte befragt werden müssten, der Verleger jedoch bereits sein Okay gegeben habe. Das Geld läge bereit. Frau Hahnemann könne die Originale am nächsten Tag gegen sechzehn Uhr im Verlagshaus vorbeibringen.

Danach war ihr leicht schwindelig.

Dabei hätte sie eigentlich glücklich sein sollen. Sie war im Begriff, für den *Tag* einen großen Coup an Land zu ziehen. Ihre *Blitzlicht*-Seite würde für neue Verkaufsrekorde sorgen, möglicherweise sogar mehrmals, wenn sie es häppchenweise veröffentlichten – aber trotzdem wollte sich bei ihr kein Hochgefühl einstellen.

Lan Hahnemann wirkte authentisch, das ja.

Und doch gab es etwas, das Malou an ihr irritiert hatte, auch wenn sie nicht genau benennen konnte, was es war.

Vielleicht allein die Tatsache, dass Viktor Bárthoy sich niemals auf dieses Spiel eingelassen hätte?

»Gute *news* kosten nichts«, hatte er einmal zu Malou gesagt. »Sie sind gut, weil sie neu sind. Das allein macht sie schon wertvoll.«

Ach, Viktor, dachte sie sehnsüchtig. Du fehlst mir!

Zu Hause angekommen, las sie Leonie zum wohl tausendsten Mal aus der *Henriette Bimmelbahn* vor, deren Verse die Kleine jetzt schon munter nachplappern konnte.

Bummelt munter durch die Wiese,
bremst und pfeift bei jeder Kuh,
bummelt leise ihre Weise,
und die Kuh erwidert Muh!

Leonis »Muh« war so laut, dass Monsieur Filou mit einem Satz aus ihrem Bett sprang und wie ein roter Blitz aus dem Zimmer schoss.

»Leo will nicht schlafen«, sagte die Kleine gähnend. »Leo ist nicht müde!«

»Und ob die Leo müde ist«, widersprach Malou. »Ihre Äuglein sind doch schon ganz winzig. Morgen, wenn du munter bist, werden sie wieder so groß wie Sterne.«

Die Lider flatterten.

»Papa«, murmelte Leonie schon halb schlafend. »Papa …«

Nachdenklich kehrte Malou in die Küche zurück. Eigentlich hatte sie gehofft, ihr Kind sei noch zu jung, um den Verlust zu spüren. Doch offenbar hatte sie sich getäuscht.

Philipp konnte sie ihr nicht mehr zurückbringen. Aber würde ein anderer Mann – vorausgesetzt, Malou ließ jemals wieder einen neuen Mann in ihr Leben – diese Lücke schließen können?

Auch beim zweiten Glas Rotwein fiel ihr keine Antwort dazu ein. Sie hatte keine Lust fernzusehen, und ihr letzter guter Roman war gerade ausgelesen, also beschloss sie, ebenfalls ins Bett zu gehen.

Doch bevor sie in ihr Nachthemd schlüpfen konnte, klingelte es an der Wohnungstür.

»Ich weiß, es ist spät, aber das musst du unbedingt sofort sehen«, sagte Samy. »Lass uns in die Küche gehen!«

Dort legte er ein paar Abzüge auf den Tisch.

»Ist sie das, deine geheimnisvolle Asiatin?«, fragte er.

Ja, das war eindeutig Lan Hahnemann!

»Woher hast du das?«, fragte Malou. »Ich meine vielmehr: Wo hast du sie aufgenommen?«

»Das Glück ist mit den Unermüdlichen, sagt man das nicht so?« Er grinste. »Ich war doch gestern Nacht mit meiner Kamera noch einmal unterwegs in Sachen Sünde. Es gibt da einen neuen Schuppen im Glockenbachviertel, *Adams* nennt er sich – sehr schick, sehr schwul, sehr verschwiegen. Den Geschäftsführer kenne ich schon seit Urzeiten, er schätzt mich, deshalb durfte ich überhaupt rein. Zuerst waren dort nur Kerle zugange – das Übliche, das ich längst schon fotografiert hatte –, deshalb wollte ich schon fast wieder gehen. Doch plötzlich saß an einem der Tische dieses Pärchen in trautem Zwiegespräch. Die Dame hab ich nach deinen Beschreibungen sofort identifiziert, und den Herrn« – es folgten neue Fotos – »kennen wir beide schon länger.«

Malou starrte auf das Foto, dann sah sie Samy wieder an.

»Das gibt es doch nicht«, sagte sie.

»Ich fürchte, das gibt es eben doch«, sagte er. »Zufall ist das nicht, sondern eiskalte, hinterlistige Berechnung. Das mit den Pornofotos ist eine Falle, und die Asiatin, die hat *er* dir geschickt. Der will dich fertigmachen, Malou!«

»Aber das wird er nicht. Jedenfalls nicht so!«

Sie ging zum Telefon und begann zu wählen.

»Guten Abend, Vater«, sagte sie. »Bitte entschuldige, dass ich um diese Zeit noch anrufe, aber was ich dir zeigen muss, kann nicht bis morgen warten. Kannst du bitte gleich herkommen? Ja, hierher zu mir. Ich kann Leonie nachts nicht allein lassen. Samy ist übrigens auch da. Ich möchte, dass wir gemeinsam beratschlagen.«

»Er kommt«, sagte sie, nachdem sie aufgelegt hatte. »Das Spiel kann beginnen!«

*

Alles vollzog sich wie vereinbart.

Aber Malous Herz schlug ihr trotzdem schon den ganzen Tag bis zum Hals. Die Stunden, die bei der Arbeit sonst nur so verflogen, krochen diesmal im Schneckentempo dahin.

Endlich näherte sich der große Zeiger ihrer Armbanduhr der Vier.

Malous Telefon klingelte.

»Ihr Besuch wäre jetzt da, Frau Graf«, sagte Frau Schneider vom Empfang.

»Sehr gut. Schicken Sie sie rauf zu mir, aber bitte erst in fünf Minuten.«

»In fünf Minuten?«

»Ganz genau. Danke sehr.«

Sie legte auf und rief ihren Vater an.

»Sie kommt gleich rauf«, sagte sie. »Bitte beeile dich.«

»Sehr gut«, erwiderte er. »Ich habe gerade Herrn Schenk bei mir. Wir kommen alle beide.«

Die beiden Männer gelangten als Erste in Malous kleines Büro.

Noch zeigte Schenk sein übliches herablassendes Grinsen, doch als der Verleger aus der Innentasche seines Sakkos die Fotos holte und nebeneinander auf Malous Schreibtisch blätterte, erstarb es abrupt.

In diesem Moment klopfte es an der Tür.

Malous »Herein« klang unbefangen.

Lan Hahnemann betrat das Büro, stutzte, als sie die beiden Männer erblickte, und wollte sofort wieder fliehen, doch Malous Vater verstellte ihr den Ausgang.

»Ihr Komplize ist schon da, Frau Hahnemann«, sagte er. »Falls das überhaupt Ihr richtiger Name ist. Und nein, gestehen müssen Sie nichts. Wir sind nämlich bereits über alles informiert.«

»Was fällt Ihnen ein?« Sie plusterte sich auf wie eine Henne, die man in die Ecke getrieben hatte. »Und wer sind Sie überhaupt?«

»Ganz zufällig der Mann, dem dieser Verlag gehört. Und der Vater von Malou Graf«, erwiderte er. »Die Sie auf hinterhältige Weise vorführen wollten.«

»Sie bekommen niemals meine Originale …«

»Behalten Sie Ihren Schmuddelkram!«, schäumte Winkler. »Ob echt oder gefälscht – *Der Tag* ist nicht mehr daran interessiert. Und jetzt verlassen Sie augenblicklich mein Haus!«

Die Frau drehte sich auf dem Absatz um, presste die Tasche an sich und verschwand.

»Und jetzt zu Ihnen, Schenk«, sagte Malous Vater. »Wie

maßlos enttäuscht ich von Ihnen bin, brauche ich wohl nicht zu sagen. Ich habe Ihre Ränkespiele lange geduldig ertragen, doch damit ist jetzt Schluss. Meiner Tochter werden Sie keinen Schaden mehr zufügen, das garantiere ich Ihnen. Ebenso wenig wie unserer Zeitung. In welch schräges Licht hätten Sie den *Tag* gerückt, wäre Ihr mieses Komplott nicht durch Herrn Samtner aufgeflogen! Hiermit spreche ich die fristlose Kündigung aus. Räumen Sie Ihren Schreibtisch. Dafür haben Sie genau eine Stunde Zeit. Danach will ich Sie hier nie wieder sehen!«

Schenk lief rot an. Seine Koteletten bebten.

»Das werden Sie noch bereuen – alle miteinander«, presste er hervor.

»Raus!«, befahl Malou. »Ich will die Luft in meinem Büro nicht länger mit Ihnen teilen – raus mit Ihnen, Sie Wicht!«

Jetzt schrie sie.

»Gut gemacht, Malou«, sagte Samy, nachdem Schenk Türen knallend abgezogen war. »Steht dir gut, wenn du so energisch bist.«

»Danke noch einmal, Herr Samtner«, sagte Hans Wolfgang Winkler. »Danke, Malou. Jetzt freue ich mich wieder auf echte neue Nachrichten aus der Welt der Stars!«

Als auch er gegangen war, sah Malou Samy liebevoll an.

»Was würden wir nur ohne dich machen?«, sagte sie. »Du hast uns vor einer großen Blamage bewahrt!«

»Nicht der Rede wert«, antwortete er verlegen. »Wahrscheinlich wärt ihr selbst auch noch darauf gekommen, nur so war es eben einfacher – und schneller.«

»Wie kann ich mich dafür revanchieren? Wäre ich eine gute Köchin, dann würde ich dich als Dank zum Essen einladen, aber du weißt ja …«

Sie grinsten alle beide.

»Ich könnte allerdings Mamma Lucia bitten«, fuhr Malou fort. »Die kocht nämlich ganz ausgezeichnet, zum Beispiel …«

»Lass gut sein, Malou«, sagte Samy. »Mit dir zu arbeiten, ist mir Freude und Belohnung genug.«

»Ganz meinerseits«, sagte sie bewegt. »Ganz meinerseits, lieber Samy!«

Zu Malous freudig angerührter Stimmung passte das neue Päckchen aus den USA, das Mamma Lucia ihr aushändigte.

The Doors hieß die Band, und der Leadsänger auf dem Cover sah ausgesprochen gut aus. Dieses Mal war kein längerer Brief dabei, sondern nur eine Zeile in Schönschrift:

Always on my mind. Gruß und Kuss Matthias

Sie startete den Plattenspieler. Schon nach den ersten Beats begann Leonie zu tanzen. Malou musste grinsen.

Geschmack war also doch erziehbar …

»Come on, baby, light my fire …«, sang Jim Morrison.

Welch ungewöhnliche Wahl für einen zurückhaltenden Biologen, der angeblich vor Gefühlen Angst hat, dachte Malou.

Oder geschahen da im fernen Boston gerade Zeichen und Wunder?

Das Telefon klingelte. Gut gelaunt nahm sie den Anruf entgegen.

»Ich bin's, Nathalie. Ich wollte dich schon den ganzen Tag anrufen. Aber Mama und Paps sollten erst in der Oper sein, damit ich in Ruhe reden kann.«

»Was ist passiert, Nathalie? Du hörst dich so aufgeregt an.«

»Bin ich auch. Meine Freundin Biggi war gestern mit ein paar anderen Mädels im Blow up, die ist nämlich schon siebzehn, weil sie einmal durchgerasselt ist, und stell dir vor, wen sie da gesehen hat!«

»Jetzt machst du es aber spannend …«

»Chris! Aber der sieht jetzt ganz anders aus, hat schwarze kurze Haare und trägt ganz schlampige Klamotten. Biggi hätte ihn kaum wiedererkannt, wenn sie nicht um ein Haar mit ihm zusammengestoßen wäre …« Nathalies Stimme kippte. »Warum macht er das, Malou? Und warum meldet er sich nicht, nicht einmal bei mir? Ich würde unseren Bruder doch niemals verpfeifen!«

»Das weiß ich«, sagte Malou. »Und Chris weiß es sicherlich auch. Ich habe ehrlich gesagt keine Ahnung. Steht denn überhaupt fest, dass er angeklagt wird?«

»Keine Ahnung«, wiederholte Nathalie bedrückt. »Er lässt uns alle einfach so hängen …«

Malou versuchte, sie zu beruhigen, aber es gelang ihr nur bedingt, weil sie sich ja selbst solche Sorgen um Chris machte.

Wohin driftete er? Und gab es eine Möglichkeit, ihn vor weiteren Unüberlegtheiten zu bewahren?

Plötzlich hörte sich der Song der Doors ganz anders für sie an.

Come on baby, light my fire – mit welch gefährlichem Feuer spielte Chris gerade?

ELF

Frühling 1969

Die neue Politik-Chefin beim *Tag* hieß nun Ella Weiss, und sie machte ihren Job ausgezeichnet. Was sich unter Dietmar Schenk bislang manchmal fast wie ein notwendiges Übel gelesen hatte, bekam nun ein frisches, moderneres Gesicht. Ella war kritisch, aber ausgewogen. Zu dem Erfolg trug auch ihr neu eingestellter Stellvertreter Stefan von Canstein bei, der zuvor als Redakteur beim Berliner *Tagesspiegel* gearbeitet hatte und ganz auf ihrer Linie lag. Sympathisch war zudem, dass er sein Adelsprädikat als Journalist nicht führte; Stefan Canstein stand unter seinen gut geschriebenen Artikeln, oder einfach das Kürzel S. C. Malou mochte den jungen Mann, der stets in Jeans und lässigem Sakko krawattenlos im Verlag erschien, offenbar mit seiner Haarbürste auf Kriegsfuß stand, so verstrubbelt, wie sein sandfarbener Schopf war, und jedes Mal die runde John-Lennon-Brille abnahm, wenn er etwas aus der Nähe betrachten wollte.

Sein Artikel über Jan Palach, den tschechoslowakischen Studenten, der sich im Januar aus Protest gegen die Niederschlagung des Prager Frühlings am Wenzelsplatz mit Benzin übergossen und selbst angezündet hatte und der vier Tage später seinen massiven Verbrennungen erlegen war, bewegte die Leser und sorgte für eine Flut von Zuschriften.

»Meine Tat hat ihren Sinn erfüllt«, hatte der Sterbende wenige Stunden vor seinem Tod dem Anführer der streikenden Studentenschaft diktiert. »Ich wollte damit die Menschen aufwecken. Aber niemand sollte sie wiederholen. Die Studenten sollten ihr Leben schonen. Damit sie ihr ganzes Leben lang unsere Ziele erfüllen können, damit sie lebendig zum Kampf beitragen. Ich sage euch ›Auf Wiedersehen‹. Vielleicht sehen wir uns einmal wieder …«

Der entmachtete Reformer Alexander Dubček erlitt nach der Nachricht von Palachs Tod einen Nervenzusammenbruch. Die sowjetische Nachrichtenagentur TASS sprach von einer »antisozialistischen Provokation«. Es kam zu Protesten im ganzen Land mit mehr als 200 000 Teilnehmern; der Generalstreik jedoch, den Jan Palach eigentlich angestrebt hatte, wurde von oben im Keim erstickt.

Andere wiederum versuchten, die Jugendrevolte in bare Münze zu verwandeln. »Wir machen nichts anderes als die APO – nur eben auf unsere Weise. Wir brechen aus, wir mobilisieren die Jugend«, so lautete der Slogan der Samy-Brüder, die ebenfalls im Januar München mit einer spektakulären Eröffnung in Atem hielten: Ein marmorweißes Atriumhaus Ecke Leopold/Giselastraße erhielt den Namen Citta 2000. In einem raffiniert angelegten Labyrinth, mit Säulen, dunkler Täfelung und Spiegeln ausgestattet, boten auf verschiedenen Ebenen mehr als vierzig Boutiquen all das, was gerade als letzter Schrei angesagt war: Hippie-Silberschmuck, Klamotten im Ibiza-Stil, durchsichtige Blusen, Pluderhosen, indische Öle und Düfte, Perücken und vieles andere mehr. Man flanierte durch eine faszinierende Mixtur aus marokkanischem Basar, Swinging London und einem in die Jahre gekommenen Saloon. Im Erdgeschoss lockten Restaurants und Bars, es gab

Patisserien, ein Reisebüro ebenso wie einen Plattenladen mit den neuesten Hits sowie ein ganztägig geöffnetes Kino, dessen schräge Bestuhlung aus New York stammte. Dr.-Müllers-Sex-Boutique lockte den Besucher auf mehreren Hundert Quadratmetern. Sogar schicke Autos konnte man im Citta 2000 erwerben – und auf allen Stockwerken musikalisch berieselt nach Herzenslust flippern. Schwaden von Weihrauch, Sandelholz und Patchouli zogen durch die offenen Räume; kein Wunder, dass der Groupie vom Dienst Uschi Obermaier zu den ersten Kundinnen gehörte.

Unbeschwertes Einkaufen in einem einzigen Haus?

Vom ersten Tag an strömten die Besucher in diesen neuen Konsumtempel, doch nicht alle zeigten sich davon auch begeistert. Denn das meiste dort Angebotene war so hochpreisig, dass selbst Teenager mit gut betuchten Eltern nur davon träumen, es in der Regel aber nicht kaufen konnten. Auf besonders heftigen Gegenwind stieß die mehr als drei Meter hohe Skulptur einer goldenen Hand vor dem Gebäude.

Mr. Goldfinger als zynisches Kunstwerk …

»Niemals ist dem Kapitalismus in dieser Stadt unverhohlener gehuldigt worden«, schrieb Heribert Klein in einer bissigen Kolumne, die selbst Malou ausnahmsweise ganz treffend fand. »Und das ausgerechnet von zwei Brüdern, die sich als Sprachrohr der Jugend verstehen. Aber das seid ihr nicht, ihr geldverrückten Samys, und wenn ihr euch noch so flippig gebärdet. Ihr tragt Neid und Gier in diese jungen Herzen – mit Folgen, über die ihr euch noch wundern werdet!«

Die cleveren Geschäftsbrüder hatten sich von Malou offenbar eine Hymne auf ihre Neueröffnung erhofft, doch obwohl ihr besonders der jüngere Temur Samy sympathisch war, musste sie die Brüder dieses Mal enttäuschen.

»Auf der *Blitzlicht*-Seite waren Sie mit Ihren Lokalen bereits zweimal vertreten«, erklärte Malou in einem Telefonat, das sie mit dem älteren Bruder führte. »Im Lokalteil kam Ihr neuer heißer *Store*, wie Sie ihn nennen, natürlich ausführlich vor, wenngleich mit kritischen Untertönen. Das müssen Sie aushalten. Wir vom *Tag* richten unser Auge unvoreingenommen auf alles, was in der Stadt passiert.«

»Wir würden Ihnen natürlich in jeder Richtung entgegenkommen«, schmeichelte Anusch Samy, dem ihre Antwort nicht zu gefallen schien. »Selbstredend ebenso wie Ihrer Familie. Ihre kleine Schwester, ein bezauberndes junges Mädchen, war neulich bei uns zum Einkaufsbummel. Richten Sie ihr bitte aus, das mit dem Sonderrabatt für das blaue afghanische Spiegelkleid geht klar. Sie hat fantastisch darin ausgesehen – wie eine richtige Märchenbraut …«

»Soll das etwa eine Bestechung werden?« Malou wurde noch reservierter. »Nicht mit mir, Herr Samy.«

»Was für ein hässliches Wort«, wehrte er sich. »Bei uns zu Hause nennt man so etwas freundschaftliches Entgegenkommen …«

»Ich möchte das Gespräch jetzt beenden«, erklärte Malou. »Weiterhin gute Geschäfte. Aber halten Sie meine minderjährige Schwester bitte zukünftig da raus.«

Natürlich nahm sie sich Nathalie bei deren nächsten Besuch gleich vor.

»Mit solchen Aktionen kannst du mich in Teufelsküche bringen«, sagte Malou. »Und den *Tag* dazu. Deinen Eltern gehört ein respektabler Zeitungsverlag, für den deine Schwester auch noch als Journalistin arbeitet – und du wirst schwach bei überteuertem Folkloretand, bei dem man dir Rabatt einräumt? So läuft das nicht, Nathalie!«

»Aber das Kleid war doch soooooo schön«, schwärmte Nathalie träumerisch. »Und Mr. Samy soooooo nett …«

»Weil er etwas von mir wollte! Ich bin aber Gesellschaftskolumnistin, Schwesterchen, und keine Werbetante. Und wenn du dich tatsächlich für meinen Beruf interessierst, wie du mir vor einiger Zeit gesagt hast, dann solltest du schnellstens den Unterschied begreifen!«

Das hatte gesessen.

Nathalie hatte sich kleinlaut verabschiedet. Eine kurze Funkstille trat zwischen den beiden Schwestern ein, die Malou jedoch von sich aus wieder beendete. Ihre kleine Schwester musste noch einiges lernen, aber Malou wollte keinen neuen Zwist in der Familie. Leonie war jetzt ein Kindergartenkind, ein Übergang, der sich nicht ganz problemlos vollzog, das genügte ihr als aktuelle Herausforderung.

Als ob die kluge Agnes nicht alles vorausgeahnt hätte …

»Mein Angebot für Mamma Lucias Honorar gilt weiter bis September«, hatte sie bereits zum Jahreswechsel angekündigt. »Soll doch kein Stress für dich und die Kleine werden!«

Wie froh Malou inzwischen darüber war!

Denn Leonie wollte keineswegs jeden Tag zur gleichen Zeit in den Kindergarten gehen. Manchmal weigerte sie sich, frühmorgens den Schlafanzug auszuziehen und zumindest eine Katzenwäsche über sich ergehen zu lassen – passenderweise immer dann, wenn Malou es ganz besonders eilig hatte, in die Redaktion zu kommen. Mutter schimpfte, Kind weinte und klammerte sich an den Kater, der dann seinerseits nur noch wegwollte und die Krallen ausfuhr, was noch mehr Weinen hervorrief – der Tag schien bereits im Eimer zu sein, noch bevor er richtig begonnen hatte. Das Eintreffen der lächelnden, zumeist entspannten Mamma Lucia jedoch, die keinerlei Druck ausübte, änderte alles. An ihrer Hand spazierte Leo, wie alle im Kindergarten sie einhellig nannten, schließlich doch ohne Protest durch das große Tor und blieb dort auch für die nächsten Stunden, bis sie wieder abgeholt wurde.

Und in Robbie, Stefan von Cansteins kleinem Sohn, fand Leo schon bald ihren besten Freund. Robbie war ein rundlicher, pfiffiger Lockenkopf, der aussah, als sei er einem Raffael-Gemälde entsprungen, und mit seinen vier Jahren ein Dreivierteljahr älter als Leo. Warum es keine Mutter dazu gab, hatte Malous neuer Kollege bislang für sich behalten. Den Spagat zwischen Beruf und Kind bewältigte er mithilfe einer äußerst patenten Großmutter, die auch tatkräftig für den richtigen Verband sorgte, als Leo sich beim Spielen am Fuß verletzte und heftig blutete.

Malou ließ sich von der Kindergärtnerin ihre Telefonnummer geben, nachdem sie davon erfahren hatte, und bedankte sich. Bei dieser Gelegenheit erfuhr sie, dass die von Cansteins in der Nähe wohnten, nur ein Stück die Straße hinunter, direkt am Luitpold Park, in dem Freddy früher gern sein Lauftraining absolviert hatte.

»Bin noch immer nicht ganz im Reinen mit diesem München«, sagte Bettina von Canstein am Telefon zu Malou. Sie besaß eine energische Stimme und war es offensichtlich gewohnt, Anordnungen zu erteilen, das war deutlich zu hören. »Hübsch, in meinen Augen jedoch immer noch provinziell. Und dann überall dieses Baustellenchaos! Ist ja alles aufgebuddelt! In Schöneberg haben wir so ruhig gewohnt, und Berlin bleibt ohnehin mein Berlin! Aber was soll man machen, wenn der Sohn sich beruflich verändern will und jemanden braucht, der bei ihm nach dem Rechten sieht? Ich konnte meine beiden Jungs doch nicht im Stich lassen, wo der Kleine schon als Baby seine Mama verloren hat!«

»Sie ist gestorben?«, fragte Malou.

»Ein tragischer Fall. Als man Leukämie bei ihr entdeckte, war Charlotte bereits im fünften Monat. Sie wollte ihr Kind unbedingt austragen und hat alle Medikamente abgesetzt, um dem Ungeborenen nicht zu schaden. Knapp vier Monate nach der Geburt war sie tot …«

»Das tut mir sehr leid. Aus eigener Erfahrung weiß ich, wie schwer das Leben mit einem Säugling sein kann, wenn man den Partner verloren hat. Als mein Mann starb, habe ich mich so verdammt allein gefühlt«, sagte Malou. »Trotz der lieben Menschen um mich herum, die nur unser Bestes wollten.«

»Wie lange sind Sie schon Witwe, Frau Graf?« Die spröde Stimme klang plötzlich anteilnehmend.

»Seit drei Jahren. Manchmal kommt es mir vor wie eine halbe Ewigkeit. Und dann wieder, als sei es erst gestern passiert. Der Tod stellt ganz merkwürdige Dinge mit der Zeit an: Er dehnt sie und lässt sie im nächsten Moment zusammenschnellen. Der Frühling ist für mich immer die schwerste Jahreszeit. Im April jährt sich nämlich Philipps Todestag …« Malou verstummte.

Was tat sie da gerade? Schüttete ihr Herz einer Frau aus, die sie überhaupt nicht kannte!

»Ich muss mich entschuldigen«, sagte sie. »Ich rede und rede und …«

»Nur zu«, ermunterte Bettina von Canstein sie. »Manchmal tut es gut, die Seele zu erleichtern. Und bei dem, was Sie soeben über den Tod gesagt haben, da kann ich Ihnen nur zustimmen. Mein Mann ist im Krieg gefallen, doch manchmal glaube ich noch immer, Georg könne jederzeit wieder durch die Tür kommen, so gesund und dynamisch, wie er war, bevor sie ihn eingezogen haben.« Sie seufzte. »Stefan musste als Halbwaise aufwachsen, und dass sich das jetzt bei seinem Söhnchen wiederholt, stimmt mich oft sehr, sehr traurig. Ich gebe mein Bestes, es die beiden nicht spüren zu lassen, aber ich fürchte, das gelingt mir nicht immer.«

»Kinder bekommen unsere Traurigkeit mit«, erwiderte Malou. »Dafür haben sie ganz feine Antennen, auch schon, wenn sie noch sehr klein sind. Ich glaube, es nützt nichts, sie vor ihnen verstecken zu wollen. Leonie hat immer wieder nach ihrem Papa gefragt. Jetzt weiß sie, dass er nicht mehr wiederkommen wird, aber immer auf sie aufpasst, das scheint sie beruhigt zu haben.«

»Glauben Sie tatsächlich?« Die Stimme am anderen Ende klang erneut skeptisch.

»So habe ich es erlebt«, antwortete Malou.

»Vielleicht sollten wir es auch einmal so versuchen. Bislang haben wir bei Robbie das Thema Tod ausgeklammert. War meine Idee, muss ich zugeben, Stefan ist schon länger unentschlossen. Aber unser Kleiner ist ja ziemlich helle. Das mit Mamas langer Reise nimmt er uns nicht mehr ganz ab, glaube ich …«

Robbies Großmutter schien Malous Anregung zügig in die Tat umgesetzt zu haben. Ein paar Tage später klopfte Stefan von Canstein an Malous Bürotür.

»Ich möchte mich bei Ihnen bedanken«, sagte er. »Wir haben Robbie jetzt endlich reinen Wein über seine Mama eingeschenkt, und das war sehr befreiend – für uns alle. Eine Runde zusammen geweint haben wir auch. Das muss er ab jetzt nicht mehr heimlich tun. Ich glaube nämlich, geahnt, nein, sogar gewusst hat er es längst.«

»Gern geschehen«, sagte Malou. »Ich finde es goldig, dass unsere Kinder jetzt so gute Freunde sind. Leo hat noch ihren Dauerfreund Lu, aber der wohnt in Iffeldorf, und das ist im Alltag leider ganz schön weit weg.«

»Und Robbie musste seine Rosa aufgeben, als wir nach München gezogen sind. Das gab vielleicht ein Tränenmeer auf beiden Seiten! Man hätte glauben können, ein Brautpaar wird am Hochzeitstag brutal auseinandergerissen …«

»Manchmal ist schon im Kindergarten von Heirat die Rede«, erwiderte Malou schmunzelnd. »Gefühle sind etwas sehr Ernstes, auch wenn ihre Träger noch klein sind.«

Er lächelte. »Schön gesagt. Noch mal danke.«

»Gerne.«

Eine Pause entstand.

»Was ich noch fragen wollte …« Er hüstelte, wirkte plötzlich unsicher. »Sie hätten nicht zufällig Lust, mal mit mir auszugehen, auf ein Bier oder auf ein Glas Wein? Ich würde Sie gern näher kennenlernen. Haben Sie jemanden, der auf Ihre Leo aufpassen könnte? Bei mir kann ja immer meine Mutter einspringen, die nur ein Stockwerk über uns wohnt …«

Stefan von Cansteins Frage kam so überraschend für Malou, dass sie erst einmal tief Luft holen musste.

Aber warum eigentlich nicht? Der Kollege war sympathisch, ungebunden und sogar in einer ähnlichen Lebenssituation wie sie, was also sprach dagegen?

Abgesehen vielleicht von ein paar Plattensendungen aus den USA, die unregelmäßig eintrudelten und niemanden zu irgendetwas verpflichteten …

Die letzte Sendung lag zudem Monate zurück. Matthias schien viel zu tun zu haben, oder er war es mittlerweile leid, einer Frau, die er kaum kannte, Musik zu schicken.

Ein Auslaufmodell also?

Es erstaunte Malou, wie traurig sie dieser Gedanke machte.

»Gute Idee«, erwiderte sie deshalb lächelnd und genoss es zu sehen, wie bei ihrer Antwort auch Stefan strahlte. Sagten nicht alle in ihrer Umgebung, sie solle endlich wieder leben und lieben? Einen Versuch war es allemal wert. »Gern sieht es Leo zwar nicht, wenn ich abends außer Haus bin, aber ab und zu muss das schon mal drin sein. Und schließlich haben wir ja unsere wunderbare Mamma Lucia, die aushelfen kann.«

»Ist das die fröhliche italienische Dame, die Leo manchmal im Kindergarten abliefert?«

Malou nickte.

»Gratulation! Da haben Sie ja einen echten Glückstreffer gelandet.«

»Haben wir«, bestätigte Malou.

»Dann vielleicht bis Freitagabend? Wenn das bei Ihnen passt?«

»Müsste klappen. Und wo?«

»Ich war neulich bei einem netten Italiener. Tre Colonne, so heißt er. Würde Ihnen das zusagen?«

Für einen Moment wurde Malou ganz flau im Magen. Im Tre Colonne war sie damals oft mit Freddy essen gegangen. Seit seinem Tod war sie nicht mehr dort gewesen. Aber vielleicht war es ja höchste Zeit, es wieder zu wagen?

»Sagen wir gegen acht?«, erwiderte sie. »Dann müsste meine kleine Motte schon selig schlafen.«

»Ich freue mich!« Sein Lachen war breit und ansteckend.

*

Dass Malou Roxy und Joe im vergangenen Herbst die Premierenkarten für *Haare* überlassen hatte, hatte überraschende Früchte getragen. Nach der Aufführung war Roxy mit Regisseur Castelli ins Gespräch gekommen und hatte ihm ihre Visitenkarte gegeben. Keine zwei Wochen später rief er bei ihr an.

Ob sie vielleicht mal zum Vorsingen vorbeikommen wolle?

Es gab Krankheitsausfälle im Ensemble, und zwei Sängerinnen wollten bald ganz aufhören, weil ihnen das künftige Herumtouren zu anstrengend sein würde.

Roxy kam, sang – und blieb.

Eine Erfahrung, wie sie sagte, die so schnell nicht mehr wiederkehren würde. Im Gegensatz zu anderen Musicals erforderten die Rollen bei *Haare* ein deutlich geringeres Maß an Tanzkenntnissen, und es machte ihr Riesenspaß, auf der Bühne herumzuwirbeln. Auch Joe hatte ihr zugeraten. Bei der Publicity, die das Musical gerade im ganzen Land genoss, konnte so ein Engagement ihrer Karriere nur förderlich sein.

Malou hatte sich entschlossen, Roxy auf ihrer *Blitzlicht*-Seite zu porträtieren.

ROXY ROSEN – EINE,
DIE AUS DER MENGE RAGT

So oder so ähnlich würde sie ihren Artikel betiteln, und heute war buchstäblich die letzte Gelegenheit dazu, denn das Ensemble gab morgen seine letzte Vorstellung in München, um anschließend weiter nach Düsseldorf, Berlin, Hamburg, Frankfurt, Nürnberg, Köln, Wien und Zürich zu ziehen.

»Wir gehen es ganz professionell an«, sagte Malou zu Samy, während sie in seinem Austin zu Roxys Haus in Harlaching fuhren. »Nix von wegen alter Freundin und so. Ich weiß nicht einmal, ob ich im Text überhaupt erwähnen werde, wie lange wir uns schon kennen, das überlasse ich dem Gesprächsfluss. Ich möchte, dass die Leser Roxy als das sehen, was sie ist: eine talentierte, ernst zu nehmende Sängerin, auch wenn sie noch keinen großen Plattenerfolg vorweisen kann.«

»Das kriegen wir hin«, versicherte Samy. »Fotogen ist sie ja – ich hoffe nur, sie kleistert sich nicht wieder total zu. War schon deutlich viel besser geworden, doch seitdem Roxy nun als professionelles Hippie-Mädchen arbeitet, gibt es Rückfälle.«

»Also, ich möchte unbedingt auch ein Foto von ihr im Bühnenoutfit bringen«, widersprach Malou. »Dieses Musical scheint für junge Künstler ein richtiges Sprungbrett zu sein. Unsere Leser sollen ruhig sehen, dass nun auch Roxy zu diesem Ensemble gehört, das gerade so viel Staub aufwirbelt.«

Joe öffnete ihnen die Tür.

»Roxy ist hypernervös«, sagte er. »Kurz vor dem Durchdrehen, um es auf den Punkt zu bringen. Ich habe ihr schon ein Dutzend Mal gesagt, dass doch bloß zwei alte Freunde kommen, um mit ihr zu arbeiten, aber für sie fühlt es sich wohl ungefähr so an, als sollte sie gegrillt werden.«

»Nur auf einer Seite«, scherzte Samy. »Die andere lassen wir zart und weiß. Wo steckt sie denn, deine Frau?«

»Oben im Schlafzimmer. Zieht sich zum garantiert hundertachten Mal um.«

»Ich geh mal nachsehen«, sagte Malou.

Sie fand Roxy in einem Wust von Kleidungsstücken vor, die wild durcheinander überall verstreut im Schlafzimmer lagen, auf dem Doppelbett, am Boden, vor dem großen Einbauschrank.

»Ich sehe in allem schrecklich aus«, stöhnte Roxy mit Tränen in den Augen. »Außerdem habe ich überhaupt nur lauter geschmackloses Zeug. Wieso lässt du zu, dass ich mich derart entstelle? Du bist doch schließlich meine beste Freundin!«

»Du hast nicht nur geschmackloses Zeug«, versuchte Malou sie zu besänftigen und musste schmunzeln. Ihr phänomenales Gedächtnis hatte ihr schon durch manche Untiefen geholfen. Und auch jetzt konnte sie sich darauf verlassen.

»Jetzt brauchst du nur noch was Passendes zum Anziehen …« Malou nahm verschiedene Kleidungsstücke in die Hand, musterte sie kurz und legte sie dann wieder zur Seite. »Zu brav … zu eng … zu doof … zu kindisch … zu …« Sie begann zu grinsen. »Weißt du noch? Das waren deine Worte an mich, bevor wir damals zum Tanzen ins Kolibri gegangen sind. 1962 muss das gewesen sein, aber ich erinnere mich noch daran, als sei es erst gestern gewesen. Als Landei hast du mich beschimpft und verlangt, dass ich endlich Beine und Brüste zeigen soll.«

Roxy nickte.

»Tausend Jahre her«, murmelte sie. »Aber geklappt hat es ganz gut …«

»Mindestens!«, bekräftigte Malou. »Und genauso machen wir es auch heute. Du suchst dir jetzt etwas raus, in dem du dich ganz besonders wohlfühlst. Ich gebe dir zehn Minuten, dann bist du unten, und wir legen los.«

»Aber neu schminken muss ich mich doch auch noch«, protestierte Roxy. »Bin sicherlich total verschmiert …«

»Dann zwanzig Minuten. Allerletzte Zugabe!«, erklärte Malou bestimmt und verließ das Schlafzimmer.

Als Roxy nach der vereinbarten Zeit die Treppe hinunterkam, war von der eben durchlebten Krise nichts mehr zu sehen. Sie trug Jeans und eine hellblaue Bluse und hatte sich eine dunkelblaue Strickjacke locker umgehängt. Das dezente Make-up unterstrich ihr frisches Gesicht.

»Wie der junge Morgen«, lobte Samy, was sie zart erröten ließ. »Wenn ich immer so attraktive Modelle vor der Linse hätte, wäre mein Leben deutlich einfacher.«

»Alter Schmeichler«, sagte sie, schien sich aber doch zu freuen. »Wo ich so rote Augen habe wie ein Albino …«

»Das sieht man auf Schwarz-Weiß nicht«, versicherte Samy. »Aber dass sie schön sind, das wird man sehen.«

»Und Joe soll wirklich nicht dabei sein?« Hilfe suchend sah sie sich nach ihrem Mann um.

»Heute geht es nicht um Joe, sondern um *Roxy* Rosen«, sagte Malou. »Bist du bereit?«

Roxy nickte.

»Du auch, Samy?«, fragte Malou.

»Aber immer«, versicherte er. »Ich habe gerade ganz wunderbares Licht.«

Malou schaltete ihr Tonband ein.

Zufrieden las Malou am Tag darauf noch einmal den Artikel durch, den sie gerade über Roxy verfasst hatte. Obwohl ihr die Lebensgeschichte ihrer Freundin natürlich in weiten Teilen bekannt war, hatte sie doch längst nicht alles über sie gewusst. Nicht, wie schwer ihre Kindheit wirklich gewesen war, von der Roxy, die sie erst in der Berufsschule kennengelernt hatte, ihr bislang nur in Auszügen berichtet hatte. Erst jetzt wusste Malou, wie intensiv der alkoholabhängige Vater Frau und Tochter damals traktiert hatte, bis er sich schließlich zu Tode soff. Nichts davon würde sie explizit veröffentlichen, doch zwischen ihren Zeilen über Roxy war herauszulesen, dass sie nicht gerade auf Rosen gebettet gewesen war, bevor sie Joe Rosen getroffen hatte.

Umso mehr bewunderte Malou Roxy für ihr heiteres Wesen und ihren Mut ebenso wie für ihre Fähigkeit, auch nach Rückschlägen immer wieder aufzustehen, und ihre Entschlossenheit, den Glauben an ihr Talent nicht zu verlieren und so lange an ihrem Traum festzuhalten, bis er schließlich in Erfüllung gegangen war.

War sie endlich so weit?

Als Roxy sich noch einmal umgezogen und im Bühnenoutfit vor ihnen gestanden hatte, strahlend und selbstbewusst, gab es daran keinen Zweifel mehr. Samys Foto spiegelte die ganze Pracht wider, und Malou änderte nochmals ihre Headline.

LET THE SUNSHINE IN

Ja, das wurde Roxy am ehesten gerecht …

Malou hatte zu Hause gearbeitet, was von ihrem Verleger-Vater noch immer nicht allzu gern gesehen war, weil er wohl befürchtete, ihr Beispiel könne im Verlag Schule machen. Aber die gelegentliche Heimarbeit war eines der wenigen Privilegien, auf die sie bestand. Leider war ihr beim Schreiben wieder einmal die Zeit davongelaufen. Ein Blick auf die Armbanduhr verriet, dass es schon halb acht war und sie sich sputen musste. Leo war bereits im Bett. Mamma Lucia hatte heute ausnahmsweise das Vorlesen übernommen und saß jetzt strickend im Wohnzimmer, zu ihren Füßen der rote Kater, der sie nicht minder liebte als das kleine Mädchen. Natürlich hätte Malou auch ihre Mutter bitten können, das Babysitten zu übernehmen, aber dann hätte sie erst jede

Menge erklären müssen, und dazu hatte sie heute weniger Lust denn je.

Was anziehen?

Liebe Güte, sie hatte ewig kein richtiges *Date* mehr gehabt, von der morgendlichen Exkursion mit Matthias an den großen Ostersee einmal abgesehen, und die lag schon so lange zurück …

Aber Malou konnte aus Zeitmangel nicht weiter darüber nachdenken, sondern entschied sich rasch für ihren bunten Maxirock aus Italien, zu dem sie einen türkisfarbenen Rippenpulli kombinierte, den sie heute zum ersten Mal trug.

Lag der nicht doch zu eng an?

Beim Auftragen von Mascara und Lippenstift wurde sie vor dem Badezimmerspiegel unschlüssig. Stefan von Canstein sollte auf keinen Fall denken, dass sie ihn anmachen wollte. Aber wenn sie den Pullover jetzt wieder über den Kopf streifte, bekam er womöglich hässliche Make-up-Spuren …

War das alles kompliziert!

Augen zu und durch, befahl sich Malou, griff nach ihrer Schultertasche und warf Mamma Lucia vom Flur aus einen Luftkuss zu.

»Falls etwas sein sollte – ich bin gleich nebenan«, sagte sie. »Und noch einmal danke!«

»*Bella serata e molto piacere*«, erhielt sie zur Antwort. »Von mir aus Sie können bis nach Mitternacht ausgehen!«

Stefan von Canstein war schon da, als Malou das Lokal im Souterrain betrat. Bei Malous Anblick erhob er sich und lächelte sie bei der Begrüßung ein wenig scheu an, bevor er ihr den Stuhl zurechtrückte – eine zuvorkommende Geste, die sie auch von Viktor Bárthoy gekannt hatte.

Manieren hatte er also, das fand sie sehr ansprechend. Keine Selbstverständlichkeit mehr in dieser Zeit, in der gerade so viele davon über Bord gingen. Und er hatte sich einen neuen Schal gekauft, um sich für sie hübsch zu machen. Jedenfalls hatte sie das schwarz-weiß-karierte Teil bislang noch nicht an ihm gesehen.

»Gefällt es Ihnen hier?«, erkundigte er sich. »Ich mag das Tre Colonne, weil es ein einfaches *ristorante* ist, nicht so überkandidelt wie manch anderes Lokal in der Stadt.«

Malou hätte jetzt so tun können, als sei sie zum ersten Mal hier, doch sie entschloss sich zur Wahrheit.

»Ich wohne gleich im Haus nebenan«, sagte sie, »und bin früher oft hier gewesen. Gewissermaßen ist es sogar eine Art Schicksalsort für mich.«

»Das müssen Sie mir näher erklären.«

Er hatte seine Brille abgenommen und musterte sie neugierig. Seine Augen hatten die Farbe von dunklem Bernstein und wirkten sehr weich, fast verletzlich, was Malou gefiel, sie aber zugleich auch ein wenig abschreckte.

»Sehen Sie das Foto dort drüben an der Wand?«, fragte sie. »Das mit den beiden Männern, dem blonden und dem dunklen?«

Jetzt kehrte die Brille wieder auf seine Nase zurück, und er nickte.

»Das sind Freddy und sein italienischer Freund Bruno. Ein Liebespaar, was vor fünf Jahren noch verpönter war als heute. Freddy hat beim *Tag* als Sportredakteur gearbeitet. Er war einer der freundlichsten und liebenswertesten Menschen, die mir je begegnet sind. Um seine Homosexualität zu kaschieren, haben wir uns damals zum Schein verlobt, damit hatte er zumindest für einige Zeit Ruhe vor einem bösartigen Kollegen, der ihn in die Enge treiben wollte. Aber leider ist es nicht gut ausgegangen, ganz und gar nicht …«

Malou starrte auf den Tisch.

»Was ist passiert?«, fragte Stefan von Canstein.

Sie sah ihn wieder an.

»Bruno baut inzwischen mit einer Landkommune Wein in der Toskana an. Der hat seinen Weg gefunden. Freddy dagegen …« Sie musste schlucken, bevor sie weitersprechen konnte. »Freddy ist tot.«

»Er hat sich ….«

»Nein, das nicht. Er ist ums Leben gekommen, als er bei einer Razzia aus einem einschlägigen Lokal fliehen wollte. Die genaueren Umstände sind bis heute ungeklärt. Ein *Unfall*, so steht es in den Akten. Aber wenn Sie mich fragen, haben die Polizisten damals richtig Jagd auf ihn gemacht.« Malou schüttelte den Kopf. »Ich kann niemals darüber reden, ohne sofort wieder wütend zu werden. Warum durfte er nicht so leben, wie er wollte? Einfach nur mit seinem Bruno glücklich sein? Nichts anderes hat er sich gewünscht!«

»Was für eine tragische Geschichte«, sagte Stefan von Canstein. »Und da lotse ich Sie ausgerechnet hierher. Tut mir leid.«

»Muss es nicht«, widersprach Malou. »Wirklich nicht! Ich habe dieses kleine *ristorante* vom ersten Tag an gemocht. Und allmählich wird es wohl Zeit, die Schatten der Vergangenheit zu verscheuchen.«

Der Kellner kam an den Tisch, erkannte sie und lächelte. Es war Riccardo, der ursprünglich aus Neapel stammte und Freddy, Bruno und sie auch damals schon bedient hatte.

»*Signora*«, sagte er erfreut. »*Finalmente, come va?*«

»*Bene, grazie*«, sagte Malou.

Das brachte sie auf Italienisch gerade noch zustande.

»Sie müssen probieren unser *Parmigiana – un sogno!*«, fuhr Riccardo fort.

»Dann nehme ich das doch«, sagte Malou lächelnd. »Und gerne einen gemischten Salat vorweg.«

Ihr Gegenüber bestellte Tagliatelle al pesto und als Vorspeise Vitello tonnato.

»Und was trinken wir?«, fragte er Malou. »Wasser – und dann?«

»Früher gab es hier Brunos wunderbaren Rosato vom Gardasee, aber leider ….«

»Un momento, Signora!« Riccardo ging nach hinten und kam mit einer Flasche wieder zurück.

»Nicht rosa, aber auch von Signor Bruno«, sagte er. *»Un pinot grigio eccellente!«*

»Bruno beliefert Sie noch immer?«, fragte Malou überrascht.

»Wieder, Signora, wieder. *Siamo molto felici.* Ist noch kleine Menge, aber wird mehr, sagt er. Und wir vertrauen!«

Riccardo hatte nicht übertrieben. Der Wein war süffig und rund, ohne schwer zu sein und schmeckte beiden. Nach dem ersten Glas lief die Unterhaltung flüssiger. Stefan von Canstein schien sich merklich zu entspannen, und auch Malou wurde ruhiger.

»Was hat Sie dazu gebracht, Berlin zu verlassen?«, wollte sie wissen.

»Natürlich Charlottes Tod, weil mich überall alles an sie erinnert hat. Letztlich aber auch das Gefühl, durch diese verdammte Mauer eingesperrt zu sein. Gut, es gibt die Spree und ein paar Seen, das hilft, aber es lässt sich doch nicht vergleichen mit Münchens prächtigen Voralpengewässern, dem

Starnberger See, Tegernsee, Chiemsee und wie sie alle heißen – einer schöner als der andere. Und vor allem ist Italien nur wenige Autostunden entfernt. Mein Vater war Kunsthistoriker und vor dem Krieg dort fast zu Hause. Er hatte versprochen, mir alles zu zeigen, sobald dieser Wahnsinn zu Ende sei. Leider hat er den Frieden nicht mehr erlebt. Als er 1944 fiel, war ich erst acht. Seitdem hat Mama das Kommando übernommen.«

Diesen Eindruck hatte Malou auch.

»Sie haben ein enges Verhältnis zu Ihrer Mutter?«, fragte sie.

»Sie nicht?«, kam prompt als Gegenfrage.

»Wir sind vom Charakter her sehr unterschiedlich«, erwiderte Malou diplomatisch. »Das macht es nicht immer ganz einfach.«

»Und vielleicht zudem, dass der eigene Vater auch noch der Chef ist …«

»Davon hatte ich nicht die geringste Ahnung, als ich beim *Tag* angefangen habe. Bis vor ungefähr drei Jahren war ich der felsenfesten Ansicht, mein Vater sei Theo Graf. Doch dann hat ein Zufall ans Licht gebracht, dass Hans Wolfgang Winkler die Jugendliebe meiner Mutter war – und ich seine Tochter bin. Weder er noch ich wussten bis dahin davon.«

»Das klingt ja fast wie ein Roman!«

»Sie meinen wohl wie ein Schundroman.« Malou lachte. »Ja, es war schon seltsam, als alles herauskam – häppchenweise, denn mit der Wahrheit haben einige der Beteiligten so ihre Probleme. Aber inzwischen lerne ich, damit zu leben. Bleibt mir ja schließlich auch nichts anderes übrig.«

Sie sah ihm in die Augen.

»War bei Ihnen sicherlich ganz anders – adelig und alles ganz so, wie es sein sollte …«

»Da täuschen Sie sich«, widersprach Stefan von Canstein zu Malous Überraschung. »Mein Vater sollte meine Mutter damals gar nicht heiraten, weil sie eben *keine* Adelige war, aber er hat sich gegen die Familie durchgesetzt: Er wollte seine Bettina – Betti, wie er sie nannte – und sonst keine! Doch anstatt sich das alles gut zu merken, benimmt sich meine Mutter seitdem, als entstamme sie seit Generationen dem Hochadel. Standesgemäß muss alles sein. Als ich Charlotte einen Antrag machte, hat Mutter ein solches Theater veranstaltet, dass wir die Hochzeit erst mal verschoben haben. Dann ist Charlotte schwanger geworden – und unheilbar krank. Robbie kam zur Welt. Ihr Zustand hat sich gleich nach der Geburt rapide verschlechtert; es ging alles so rasend schnell, dass wir zum Heiraten gar nicht mehr gekommen sind.«

Jetzt sah er plötzlich ganz zerquält aus.

»Ich musste mein eigenes Kind adoptieren, nachdem sie tot war, können Sie sich das vorstellen? Meinen eigenen Sohn, der laut Gesetz nicht einmal mit mir verwandt war! Und wie mühsam das war – nicht einmal einem bösen Feind wünsche ich einen solchen Ritt durch die bundesdeutschen Amtsstuben.«

Malou nickte mitfühlend. »Nicht das einzige Gesetz übrigens, das zügig geändert werden sollte. Die kleben noch immer an Moral- und Rechtsvorstellungen aus dem 19. Jahrhundert. Lassen Sie uns darauf anstoßen, dass sich da politisch bald etwas tut!«

Sie prosteten sich zu.

»Wollen wir uns nicht duzen?«, schlug er vor. »Stefan liegt mir so viel mehr als dieses steife ›von Canstein‹. Die Leute werden oft ganz seltsam, wenn ich meinen Namen sage, das geht mir schwer auf die Nerven.«

»Gern, Stefan«, sagte Malou. »Jetzt müssen wir aber endlich essen, sonst wird die Hauptspeise noch ganz kalt!«

Auch beim Nachtisch – knusprige Cannelloni mit einer Mischung aus Marzipan und Ricotta – ging ihnen der Gesprächsstoff nicht aus. Sie tranken dazu Espresso, bestellten Wein nach und unterhielten sich angeregt, bis sich das *ristorante* nach und nach leerte und sie die einzigen Gäste waren.

»Jetzt werden sie uns gleich rauswerfen«, sagte Stefan mit ein wenig schwerer Zunge. »Aber ich will noch nicht gehen. Ist Jahre her, dass ich mich so gut unterhalten habe. Mit dir kann man einfach alles bereden, Malou …«

»Ich fand es auch schön, aber heim müssen wir jetzt trotzdem. Unsere Kinder warten.«

»Die sind doch bestens beschützt von Oma Betti und Mamma Lucia.« Er kicherte. »Mutter hasst es übrigens wie die Pest, wenn Robbie sie Oma nennt. Großmama soll er sagen, das findet sie vornehmer, dazu ist er aber einfach zu faul. Mein cleverer Sohn hat eine ganz eigene Art des passiven Widerstands entwickelt, mit der er erstaunlich gut fährt. Sogar ihr gegenüber. Hätte ich vielleicht auch machen sollen, anstatt immer zu parieren …«

»*Il conto, Signori.*«

Lächelnd, aber unmissverständlich legte Riccardo die Rechnung auf den Tisch.

Stefan bezahlte und gab ein anständiges Trinkgeld, was Malou gefiel. Philipp war bei solchen Gelegenheiten oft ein wenig sparsam gewesen, was manchmal zu Meinungsverschiedenheiten zwischen ihnen geführt hatte.

Zum Rauswurf bekamen sie noch zwei Grappa auf Kosten des Hauses serviert – und plötzlich lag da dieser verknitterte Zettel auf dem Tisch. Obwohl das Licht im Lokal schon leicht heruntergedimmt war, erkannte Malou die Handschrift sofort und rief den Kellner noch einmal zurück.

»Woher haben Sie das, Riccardo?«, fragte sie. »Wer hat Ihnen das gegeben?«

Er zog die Schultern hoch.

»Der Spüler, Signora. Gibt es Probleme? Hat er Sie beleidigt? Ich wollte es Ihnen nicht geben, aber er sagt, ich muss!«

»Ist der Mann noch da? Dann will ich ihn sprechen!«

»*No,* Signora. Ist schon weg.«

»Wie heißt er? Haben Sie seine Adresse?«

»*Mi dispiace*, keine Adresse.«

»Aber Sie haben doch seine Papiere …«

»Keine Papiere«, gestand Riccardo. »War heute zum ersten Mal da. Wird auch nicht wiederkommen, weil zu langsam. Und der Name? *Molto complicato.* Jona …« Er schüttelte den Kopf. »Wir sagen einfach Jon.«

Jona? Etwas blitzte in Malous Erinnerung auf. Jener geheimnisvolle Co-Autor …

Samy, dachte sie. Ganz schön raffiniert!

»Jonathan Fuchs. Dünn, groß, schwarze Haare.« So jedenfalls lautete die letzte Beschreibung, die sie bekommen hatte.

»Sì, Signora«, bestätigte Riccardo erleichtert und in der Hoffnung, dass ihre Befragung damit zu Ende war. *»E buona notte!«*

»Jetzt ist deine gute Laune ganz verflogen«, bedauerte Stefan, als sie vor dem Lokal standen. »Wie schade! Hat das mit diesem Zettel zu tun?«

»Ja und nein«, gestand Malou. »Tut mir leid, mehr kann ich dir dazu jetzt nicht sagen. Ich muss mich erst wieder sortieren …«

Er wirkte unendlich enttäuscht.

»Hör zu, Stefan, ich habe den Abend mit dir sehr genossen, aber jetzt muss ich nach Hause.«

»Sofort?« In seiner Stimme schwebte noch ein Hauch von Hoffnung.

»Ja, sofort. Bitte nicht böse sein, ist wirklich wichtig.« Sie stellte sich auf die Zehenspitzen und hauchte ihm einen Kuss auf die Wange. »Schlaf gut – und wir machen das bald wieder, okay?«

Danach konnte es ihr kaum schnell genug gehen, in ihre Wohnung zu kommen. Als der Aufzug oben angelangt war, stürmte Malou so ungestüm in den Gang, dass Mamma Lucia aus dem Wohnzimmer gelaufen kam.

»Ist etwas passiert?«, fragte sie.

»Ich muss dringend telefonieren. Könnten Sie noch ein bisschen dableiben, bis ich telefoniert habe, falls Leo sich in der Zeit meldet?«

»*Certo*. Ich gehe in die Küche. Telefonieren Sie in Ruhe.«

Es gab nur wenige Menschen, die man kurz vor Mitternacht anrufen konnte, Samy jedoch, der oft die Nacht zum Tag machte, weil er in seiner Dunkelkammer kein Ende fand, gehörte definitiv dazu.

»Guten Abend, Samy«, sagte Malou. »Darf ich dir etwas vorlesen?«

»Jetzt?«, fragte er. »Ungewöhnlicher Zeitpunkt, aber wenn es sein muss – bitte.«

Malou strich den zerknitterten Zettel glatt und begann zu lesen.

Mein Name ist Mensch, meine Losung ist Fried',
Doch zeigen sich Feinde, so findet sich Rat,

Meine Lust ist das Sein, meine Tat ist das Lied,
Und singt man sich selbst, ist das Lied eine Tat.

Und schrillet bisweilen ein falscher Ton
Aus heiterer Kehle, das Lied ist doch echt.
So singet der sündige Adamssohn
Im Streiten und Siegen gleich schlecht und recht.

Ich bin ein Geselle, der lacht und trutzt,
Der weder nach Titel und Knittel hascht,
Der nicht Magnaten die Stiefel putzt
Und nicht Proleten die Hemden wascht …

Ich seh' das Geheimnis durch jeden Flor,
Und kenne die Sünde mit ihrer Qual …

Malou hatte innegehalten.

»Weißt du, von wem das stammt?«, fragte sie.

»Keine Ahnung, aber ich mag es. Sehr sogar.«

»Ich denke, du kennst den, der das geschrieben hat, sehr gut. Schließlich hast du ja zusammen mit ihm ein Buch veröffentlicht. Wann genau wollest du mir eigentlich sagen, dass niemand anderer als Chris dein geheimnisvoller Co-Autor ist?«

Am anderen Ende der Leitung blieb es lange still.

»Jetzt fühle ich mich ziemlich bescheuert, weißt du das?«, sagte Samy schließlich mit belegter Stimme. »Aber Chris wollte unbedingt, dass ich den Mund halte. Und das habe ich dann auch getan.«

»Und worüber schweigst du noch?«, bohrte Malou weiter. »Dass Chris als Spüler malocht – unter falschem Namen und, wie es aussieht, ohne Papiere? Damit hilfst du ihm nicht, wenn du das deckst!«

»Es geht ihm schlecht, Malou«, sagte er. »Chris hat sich da in etwas verrannt …«

»Ach, und du sagst mir kein Wort davon? Jetzt werde ich langsam richtig sauer, weißt du das?«

»Müssen wir das unbedingt am Telefon besprechen?«

»Ja, das müssen wir!« Malou hatte geschrien, fing sich aber wieder und sprach in normaler Lautstärke weiter. »Es reicht mir schon, dass ich mit einer Familie voller Geheimnisse und Halbwahrheiten zurechtkommen muss. Von meinen engsten Freunden erwarte ich absolute Wahrhaftigkeit. Also? Ich höre!«

»Chris ruft mich ab und zu an«, räumte Samy ein. »Gesehen habe ich ihn schon seit Monaten nicht mehr, aber ein paar Tipps habe ich ihm gegeben. Zum Beispiel, dass man auf dem Großmarkt für manche Händler auch ohne Papiere arbeiten kann. Gleiches gilt für Umzugsfirmen. Und auf dem Flohmarkt. Ich glaube, so schlägt er sich durch. Das mit dem Spüler ist mir neu …«

»Aber weshalb das alles? Immer noch wegen seiner Teilnahme an den Osterunruhen?«

»Ja«, bestätigte Samy. »Da Chris nirgendwo gemeldet ist, wurde aus dem Strafbefehl, der an sich keine große Sache gewesen wäre, inzwischen ein Haftbefehl. Ziemlich ungünstig angesichts seiner Vorstrafe …«

»Weiß mein Vater davon?«

»Glaube ich nicht. Aber dass sein Sohn da in etwas reingerasselt ist, weiß er wohl schon. Ich habe Chris mehrmals gesagt, dass er den Alten noch mal um Hilfe bitten soll, meinetwegen ein allerletztes Mal. Aber davon will er nichts wissen.« Samy klang bedrückt. »Was muss der Junge sich auch derart an seinem Vater abarbeiten!«

»Zumal er ja gar nicht sein Vater ist.«

Malou erschrak. Hatte sie das jetzt tatsächlich gesagt?

Ja, hatte sie!

»Wie bitte?« Jetzt wurde Samy lauter. »Was soll das denn jetzt bedeuten?«

»Die Wahrheit.« Malou seufzte. »Vaters erste Frau Eva hat ihn reingelegt. Sie war von einem adeligen Offizier schwanger und hat ihm das Kind untergeschoben. Aus Anstand hat er sie geheiratet – und eben nicht meine Mutter. Erst am Totenbett ist Eva damit rausgerückt. Vater musste schwören, es Chris niemals zu verraten.« Sie seufzte. »Mich hat mein Vater übrigens auch in die Pflicht genommen, das Geheimnis zu wahren. Chris habe ich nichts verraten, aber jetzt dir. Es ist mir einfach so rausgerutscht. Und soll ich dir was sagen? Ich fühle mich unendlich erleichtert!«

»Ich behalte es natürlich für mich«, versprach Samy. »Ehrensache. Aber du *musst* es Chris sagen, Malou, wenn der Alte zu feige dazu ist. Es gibt Eide, die darf man gar nicht halten, weil sie nämlich im Kern unmoralisch sind. Einem Kind seine wahre Abstammung wissentlich zu verweigern, gehört für mich unbedingt mit dazu.«

Er atmete schwer, wie nach einer großen körperlichen Anstrengung.

»Kannst du Chris, wenn er dich wieder anruft, ausrichten, dass ich ihn unbedingt sprechen muss?«, bat Malou.

»Mache ich natürlich, aber ich fürchte, das könnte dauern.«

»Wie kommst du darauf?«

»Im letzten Telefonat meinte er, das Pflaster hier sei ihm

zu heiß geworden. Ich fürchte, Chris will sich ins Ausland absetzen.«

»Aber dazu braucht er doch seinen Pass – und sie könnten ihn an der Grenze schnappen!«

»Es gibt Wege, Grenzen auch ohne Passkontrolle zu passieren, wenn man clever ist«, sagte Samy. »Und das ist dein Nicht-mehr-Bruder ja, wie wir alle wissen.«

»Dann sollen wir jetzt einfach Däumchen drehen und abwarten, bis Chris noch tiefer im Sumpf steckt? Das halte ich nicht aus, Samy!«

»Du liebst ihn ja richtig, Malou«, sagte Samy überrascht. »Das wusste ich gar nicht.«

Die Wahrheit seiner Worte ließ Malou verstummen.

Ja, sie liebte ihn. Nicht als Liebhaber und auch nicht als Bruder. Als Freund?

Chris passte einfach in keine dieser Schubladen.

Sie liebte ihn, weil er Chris war – mit all seiner Liebenswürdigkeit und überbordenden Fantasie, aber auch mit allen Macken und Schwächen.

»Stimmt«, erwiderte sie bewegt. »Ich liebe ihn. Und deshalb bin ich auch bereit, alles zu versuchen, um ihm zu helfen!«

Sie legte auf, ging in die Küche und verabschiedete sich von Mamma Lucia.

»Danke, dass Sie so lange durchgehalten haben. Wird nicht so bald wieder so spät, das verspreche ich.«

»Signora Malou, tutto a posto! Sie sind jung, Sie sollen leben. Und was wäre Leben ohne *amore? Niente!*«

Amore?

Der Abend mit Stefan war kurzweilig und ausgesprochen anregend gewesen, doch in Malous Bauch war kein einziger Schmetterling aufgeflogen.

Nachdem Mamma Lucia gegangen war, las Malou Chris' Botschaft noch einmal. Er hatte sie sicherlich nicht selbst verfasst, dazu war die Sprache zu altertümlich, aber sie schien ihm am Herzen zu liegen, sonst hätte er Riccardo nicht aufgefordert, sie ihr zu geben.

Ich kränze dein Elend mit Blumen des Hags,
Und taumelst du nieder zu Nacht und Gericht,
So heb ich dich jauchzend zur Höhe des Tags,
Zur Freiheit, zur Liebe, zum seligen Licht.

Was war das?

Eine politische Kampfansage?

Eine Utopie?

Oder doch eher ein Hilfeschrei?

Morgen würde Malou noch einmal Nathalie löchern, um herauszufinden, ob sie nicht doch mehr wusste, als sie bislang vermuten ließ. Außerdem nahm Malou sich vor, bei seinen alten Wohngenossen nachzuhaken, ebenso wie bei der APO-Rechtshilfe, falls diese noch existierte. Womöglich hatte Chris in letzter Zeit ja mit jemandem aus diesen Kreisen Kontakt gehabt. Seinen Kumpel Rolf Pohle konnte sie nicht mehr befragen, der war gerade wegen schweren Landfriedensbruchs und Nötigung zu fünfzehn Monaten Gefängnis verurteilt worden; Stefan hatte im Regionalteil des *Tags* darüber berichtet.

Ein Urteil, das das Leben des jungen Rechtsreferendars entscheidend veränderte – in knappen Zeilen abgehandelt.

Sollte den Verlegersohn Christopher Winkler Ähnliches treffen, würde sicherlich ausführlicher darüber geschrieben werden.

Doch so weit durfte es nicht kommen.

Chris musste unbedingt zuvor wieder Vernunft annehmen und sich stellen.

*

Malou war im Tiefschlaf, als das Telefon klingelte.

Schlaftrunken stand sie auf, ging nach nebenan ins Wohnzimmer und hob ab.

Es war kurz vor halb fünf.

Da musste jemand schon sehr gute Gründe haben, um sie zu dieser Zeit aus dem Bett zu klingeln …

»Ja?«, sagte sie unwirsch.

»Ich bin's, Nathalie.« Die Stimme klang zittrig und sehr klein. »Kannst du bitte gleich herkommen, Malou? Es ist etwas Schlimmes passiert!«

»Was ist los, Nathalie?« Malou war schlagartig wach.

»Paps …« Der Rest erstickte im Weinen.

»Ich hab dich nicht verstanden«, erwiderte Malou zutiefst beunruhigt, bemühte sich aber, ruhig zu klingen. »Was genau ist passiert?«

Ihre Hände begannen unkontrolliert zu zittern.

»Paps …« Erneut ertönte lautes Schluchzen. »Sie haben ihn gerade fortgebracht, so bleich und still, ich hab ihn fast nicht mehr erkannt. So sehen Leichen aus … Mama ist total am Durchdrehen. Wir brauchen jetzt jemanden, der die Nerven behält …«

»Er ist tot?«, fragte Malou.

Es fühlte sich an, als greife eine eiskalte Hand nach ihrem Herzen. So nah stand er ihr inzwischen, der Vater, den sie gerade erst nach und nach kennenlernte. Das Leben mit ihm konnte manchmal ganz schön kompliziert sein. Ein Leben ohne ihn jedoch mochte Malou sich nicht mehr vorstellen …

»Nein, Paps lebt«, sagte Nathalie, und es hörte sich an wie eine Beschwörung. »Noch. Er hatte einen schweren Herzinfarkt. Es ist ernst, sehr ernst, hat der Arzt gesagt. Fifty-fifty, mehr Chancen räumt er ihm nicht ein. Bitte komm, Malou! Wir brauchen dich.«

Ihre Hände zitterten noch immer. Autofahren würde sie in diesem Zustand nicht können, aber ein Taxi rufen, dazu war sie imstande.

»In Ordnung. Ich wecke Leo und versorge den Kater. In einer halben Stunde sind wir bei euch.«

ZWÖLF

Sommer 1969

Das Herz ist ein verwundbares Organ, das wussten bereits vor Jahrhunderten heilkundige Chinesen, Griechen und Römer, die sich mit diesem Thema befasst hatten. Malou hatte inzwischen so gut wie alles gelesen, was sie in der Stadtbibliothek zum Thema »krankes Herz« finden konnte. Seneca der Jüngere beschrieb seine Angina pectoris so: *Der Anfall ist kurz und ähnelt einem Sturm …*

Ja, solch ein Sturm war auch über Hans Wolfgang Winkler hinweggebraust, und selbst jetzt, drei Monate später, war ihm noch immer anzusehen, wie schwer er ihn gebeutelt hatte.

Aber er hatte überlebt, das war das Wichtigste.

Doch nach einer mehrstündigen Bypassoperation mit einigen unerfreulichen Komplikationen, anschließender Unterbringung auf der Intensiv- und später dann auf der Normalstation sowie einem mehrwöchigen Kuraufenthalt am Starnberger See wirkte er noch immer nicht vollständig genesen.

Würde er jemals wieder »der Alte« werden, wie seine Redakteure ihn hinter vorgehaltener Hand seit jeher genannt hatten?

Und wenn nicht – was sollte dann aus dem *Tag* werden?

Die wildesten Gerüchte kursierten. Viele der Journalisten fürchteten um ihren Arbeitsplatz. Erstaunlicherweise jedoch lief der Betrieb auch ohne ihn reibungslos weiter, und so kehrte nach einiger Zeit in der Redaktion nach und nach wieder Ruhe ein. Auch Camilla hatte sich wieder gefasst und zusammen mit Chefredakteur Hornberg eine Strategie für die Abwesenheit ihres Mannes erarbeitet. Von nun an nahm sie an der täglichen Konferenz teil. Dabei zeigte sie sich stets gut informiert, entschlussfreudig und führungsstark und verlor schon bald ihren bisherigen Ruf als reine Geldgeberin. Sie leitete den Verlag anders als ihr Mann, weiblicher, intuitiver, dabei jedoch nicht weniger effektiv. Journalismus interessierte sie, und *Der Tag* lag ihr ebenso am Herzen wie ihrem Mann, das war deutlich zu spüren. Von Woche zu Woche lebte sie immer mehr auf, genoss ganz offensichtlich die Diskussionen in der Konferenz, besonders, wenn sie hitzig wurden, und ließ die einzelnen Redaktionen ebenso selbstständig arbeiten wie zuvor.

Auch mit Malou suchte sie engeren Kontakt.

»Hans' Herzinfarkt hat mir gezeigt, dass es Zeit wird, an die nächste Generation zu denken«, sagte sie. »Nathalie ist erst sechzehn und ohne Schulabschluss, die braucht noch, bis sie Verantwortung übernehmen kann. Und von Chris ist in absehbarer Zeit wohl eher auch nichts Derartiges zu erwarten.« Sie hüstelte. »Anders bei dir.«

Camilla stieß einen Seufzer aus. Es fiel ihr offenbar nicht leicht weiterzusprechen.

»Dass ich mich dir gegenüber lange so reserviert verhalten habe, hat nichts mit dir als Person zu tun, Malou, sondern mit der Vergangenheit. Ich war nicht Hans' erste Wahl, glaub mir, das ist mir sehr bewusst. Vor mir gab es Eva, und noch vor Eva, nahezu mystisch verklärt, seine Jugendliebe Karin. Und dann taucht auch noch plötzlich deren Tochter auf! Zuerst habe ich befürchtet, dass du im Verlag nur Ansprüche anmelden und eine Sonderbehandlung erwarten würdest. Aber ich habe dir unrecht getan. Du bist vom Fach, liebst deinen Beruf und agierst absolut teamfähig. Sobald es deinem Vater wieder besser geht, sollten wir gemeinsam beratschlagen, wie wir dich künftig enger in die Verlagsgeschäfte einbinden können.«

Die Rehabilitation der unehelichen Tochter, die Camilla bislang immer ein Dorn im Auge gewesen war? Eigentlich ein Grund zur Freude für Malou, aber eine gewisse Skepsis blieb.

Wusste ihr Vater von diesen Plänen?

Als sie ihm an einem sonnigen Junifreitag im Garten seiner Villa gegenübersaß, war Malou in dieser Frage nach wie vor unsicher. Sie hatte sich abgehetzt, um diese Stunden für ihn freizuschaufeln, was er mit keinem Wort erwähnte, obwohl er ja wie kein anderer die Abläufe im Verlag kannte. Er ruhte auf einer gepolsterten Liege, leger gekleidet in Polohemd und heller Leinenhose, die ihm viel zu weit geworden waren, weil er durch Krankheit und gesündere Ernährung einiges an Gewicht verloren hatte. Seine schmaleren Züge erinnerten jetzt wieder stärker an den jungen Mann in Uniform, der so zärtlich den Arm um seine Jugendliebe gelegt hatte. Aber sein Gesicht wirkte müde, während es auf dem von Karin jahrelang versteckten Foto trotz Krieg vor Lebenslust geleuchtet hatte.

»Es macht mich ganz verrückt, wie kraftlos ich noch immer bin«, klagte er, während Nathalie und Leo auf dem Rasen übermütig Fangen spielten. Er hatte sich ausdrücklich gewünscht, seine Enkelin zu sehen, bislang allerdings nahm er kaum Notiz von ihr. »An manchen Tagen fühle ich mich wie hundertfünf, statt wie Anfang fünfzig. Natürlich lese ich nach wie vor regelmäßig den *Tag*, aber was im Verlag passiert, davon bekomme ich überhaupt nichts mehr mit. Camilla kann ja so verdammt verschwiegen sein. Komm, erzähl mir ein wenig Klatsch aus dem Verlagsalltag! Ich bin gar nicht mehr auf dem Laufenden.«

»Da gibt es nichts Besonderes«, erwiderte Malou, die keine Tratschtante sein wollte. »Eigentlich alles wie immer …«

»Und was ist mit dem jungen von Canstein, der dir angeblich schöne Augen macht? Solide Familie. War mal mit seinem Vater im gleichen Regiment. Ein Jammer, dass dieser Mann sterben musste! Seine Abhandlungen über Raffaels Madonnen gelten bis heute als brillant. Gefällt dir der Junior?«

»Sein kleiner Sohn und Leo sind dicke Freunde. Und ja, ich mag ihn. Stefan ist ein netter Kerl – und ein hingebungsvoller Papa.«

»Das klingt jetzt aber nicht übermäßig begeistert …«

Malou war sich noch immer unschlüssig, wie sie zu Stefan stand, aber das würde sie ihm nicht jetzt und hier auf die Nase binden.

»Privatsache, Vater, da bin ich ebenso eigen wie du«, erwiderte sie.

Er wirkte gekränkt.

»Ich bin weg vom Fenster – sag das doch gleich! Camilla erledigt mit euch zusammen alles bravourös. Eigentlich sollte ich darüber froh sein, dass sie sich jetzt endlich für den Verlag interessiert, aber es macht mir trotzdem zu schaffen. Sieht fast so aus, als würde ich gar nicht mehr gebraucht!«

»Unsinn«, widersprach Malou. »Ja, Camilla macht es wirklich gut, und ihr solltet vielleicht überlegen, ob sie weiterhin aktiv im Verlag mitarbeitet. Aber die gesamte Redaktion freut sich sehr auf dich! Ich soll dich von allen herzlich grüßen. Bitte wieder ganz gesund werden, lassen sie dir ausrichten.«

Sie trank ihre Zitronenlimonade aus – natürlich selbst gemacht. Camilla schätzte stets nur das Beste.

»Von den Eltern soll ich dir ebenfalls Grüße überbringen«, fuhr sie fort. »Papa gönnt sich jetzt nur noch ein Stück Kuchen pro Nachmittag, damit seine Cholesterinwerte nicht in die Höhe schnellen. Mama und er nehmen mir jedes Mal Leo ab, wenn Mamma Lucia mal eine Pause braucht. Ich wüsste gar nicht, was ich ohne sie täte! Zurzeit bin ich richtig froh, wenn ich tagsüber möglichst wenig zu Hause bin. Die Nachbarwohnung wird nämlich von Grund auf renoviert: bohren, hämmern, sägen und alles, was noch dazu gehört. Das ist vielleicht ein Krach, sag ich dir!«

»Und Karin?«

Seine Stimme zitterte leicht. Hatte er ihr überhaupt zugehört?

»Mama tut sehr leid, was dir zugestoßen ist. Über ihre Gefühle für dich redet sie aber nicht weiter mit mir. Was mir ehrlich gesagt auch lieber ist«, antwortete Malou.

»Ich könnte mich ohrfeigen, dass ich so unvernünftig war«, erklärte er wütend. »Zu lange gearbeitet, zu viel gutes Essen, zu viel Wein, und heimlich geraucht wie ein dummer Pennäler habe ich seit der Sache mit Chris zudem …«

»Man kann auch an gebrochenem Herzen sterben, wusstest du das?«, sagte Malou. »Aber keine Angst, das wirst du schon nicht, wenn du weiterhin so maßvoll lebst. Allerdings reichen nicht nur der Blick auf die Waage und die richtigen Medikamente, um wieder gesund zu werden. Du musst auch gut zu deinem Herzen sein. Es würde dir besser gehen, wenn du Chris endlich die Wahrheit sagst. Und ihm ebenso. Er rennt davon, du wirst krank – das muss aufhören, Vater! Sonst macht ihr euch beide kaputt.«

»Dann weißt du also, wo er ist, Malou?«

Es war das erste Mal seit Monaten, dass er sich nach Chris erkundigte.

»Leider nicht«, erwiderte Malou. »Ich habe so gut wie nichts unversucht gelassen, bin jeder Spur nachgegangen, habe alle Leute ausgefragt, die nur irgendwie in Kontakt mit ihm standen – ohne Ergebnis. Inzwischen glaube ich, dass Chris sich ins Ausland abgesetzt hat. Vielleicht wieder nach Asien, das wäre denkbar, doch gefühlsmäßig tippe ich eher auf Italien.«

Sollte sie ihm den Zettel mit dem Gedicht zeigen?

Malou entschied sich dagegen. Von Adrienne, dem wandelnden Literaturlexikon, hatte sie erfahren, dass es der österreichische Schriftsteller Peter Rosegger verfasst hatte, der 1918 gestorben war.

Wie Chris wohl ausgerechnet auf Rosegger gekommen war?

Bei ihm musste man einfach mit allem rechnen.

»Wieso Italien?«, fragte ihr Vater.

»In Rom hat er sich nach seinem Unfall doch so wohlgefühlt. Und das letzte Mal, als er in München gesehen wurde, hat er als Spüler in einem italienischen Lokal gejobbt«, fügte Malou hinzu, verriet aber nicht, dass sie ihn dort offenbar nur knapp verpasst hatte.

»Als Spüler! Bei seinen Möglichkeiten!« Ihr Vater fuhr kurz hoch, sank dann aber rasch wieder auf die Liege zurück. »Was für eine Verschwendung«, murmelte er.

»So schlimm finde ich persönlich Handarbeit jetzt nicht«, sagte Malou. »Irgendwie muss er ja seinen Lebensunterhalt bestreiten. Und große Auswahl hat Chris momentan nicht. Viel wichtiger ist doch, dass er zurückkommt und sich den

Behörden stellt, damit dieser blöde Haftbefehl aufgehoben wird …«

»Es läuft ein Haftbefehl gegen Chris? Wird ja immer besser! Was habt ihr mir noch alles verheimlicht?«, erwiderte er gereizt. »Raus mit der Sprache!«

Malou ging auf seinen Vorwurf nicht ein.

»Wenn Chris sein Leben wieder auf die Reihe kriegen will, darf er sich der Staatsanwaltschaft nicht länger entziehen. Kommt es zum Verfahren, braucht er einen exzellenten Strafverteidiger. Und dabei kannst du ihm mit deinen Kontakten helfen.«

»Ich soll ihm helfen? Nach allem, was er mir – was er uns – zugemutet hat? Da verlangst du ganz schön viel, Malou.« Sein Gesicht hatte sich gerötet. »Du stehst übrigens in meinem Testament, das wollte ich dir lange schon sagen. Aber ob ich Chris weiterhin so bedenke, wie ursprünglich vorgesehen, das muss ich mir angesichts der letzten Entwicklungen noch einmal stark überlegen …«

»Du willst uns austauschen, weil ich pariere und er nicht?!« Jetzt wurde auch Malou langsam zornig. »Chris wird immer dein Sohn sein, hast du einmal zu mir gesagt. Beweise es, indem du ihm endlich die Wahrheit sagst, Vater!«

Noch immer aufgewühlt von dem Gespräch mit ihrem Vater fuhr Malou mit Leo nach Hause.

Hatte sie ihn womöglich ebenfalls zu sehr aufgeregt? Immerhin war er ja noch nicht ganz gesund. Aber sie hatte jedes Wort, das sie gesagt hatte, auch so gemeint. Natürlich freute sie sich, dass er sie als Tochter nun offenbar vollständig anerkannte. Aber nicht auf Kosten von Chris, dazu stand sie.

Zum Glück war alles ruhig im Haus, als sie dort eintrafen; die störenden Baugeräusche aus der Nachbarwohnung, die sie beide schon am frühen Samstagmorgen aus dem Schlaf gerissen hatten, waren verstummt. Wer auch immer da einziehen wollte, schien es mit der Renovierung eilig zu haben.

Hoffentlich ein netter Nachbar.

Es hieß sogar, er habe die Wohnung gekauft – da musste sie sich auf ein langes Zusammenleben einstellen.

Im Briefkasten fand Malou die Hochzeitsanzeige von Anna und Valentin, eine lustige, handgemalte Karte mit einem prachtvollen aufgeklebten Foto und lauter Herzen in Rot und Pink.

Anna & Valentin & Ludwig heiraten

Wir feiern mit euch am Samstag,
2. August 1969 in Iffeldorf –
Gaststätte Zur Seerose
Ab 14 Uhr
Keine Kleiderordnung.
Kinder ausdrücklich erwünscht!

Das Brautpaar hatte sein Lokal also nach Annas Lieblingsblume benannt, das gefiel Malou. Und richtig schmuck sah es auf dem Foto aus – mit weißem Anstrich, blauen Fensterläden und bunten Blumenkästen. Eigentlich hatte sie schon längst wieder in Iffeldorf vorbeischauen wollen, um zu sehen, wie weit der Umbau gediehen war, doch dazu hatte ihr in den vergangenen Wochen einfach die Zeit gefehlt.

Sie griff zum Telefon und rief Anna an, die prompt abhob.

»Ich gratuliere«, sagte Malou. »Hab gerade eure schöne

Karte gelesen. Und natürlich kommen Leo und ich. Gibt es irgendetwas, das ihr euch zur Hochzeit wünscht?«

»Ihr beide reicht uns vollkommen«, erwiderte Anna. »Lu fragt noch immer ständig nach seiner Leo. Allerdings hat er jetzt im Kindergarten eine neue Freundin namens Susi. So sind die Männer, wenn man nicht aufpasst!«

»Und Leos neuer Freund heißt Robbie«, gestand Malou. »Auch kleine Frauen haben es manchmal faustdick hinter den Ohren …«

Beide lachten.

»Du darfst natürlich jederzeit eine Begleitung mitbringen«, fuhr Anna fort. »Deinen Samy hab ich extra eingeladen, der hat uns die schönsten Hochzeitsfotos versprochen. Also, wenn es da jemanden gibt, den du gern an deiner Seite hättest, nur zu!«

»Ich gehe ab und zu mit einem Kollegen aus«, sagte Malou. »Der Vater von Leos Freund. Stefan heißt er.«

»Und? Etwas Ernsteres?«, fragte Anna neugierig.

»Ich glaube, er möchte schon. Stefan ist Witwer wie ich und hat auch ein kleines Kind, das würde also gut passen.«

»Aber?«, bohrte Anna weiter. »Da schwingt doch ein Aber mit im Raum!«

»Hast du Matthias Krieger eigentlich auch eingeladen?«, fragte Malou.

»Ah, daher weht der Wind!« Anna lachte. »Ja, habe ich, aber leider bislang weder eine Zu- noch eine Absage erhalten, obwohl die Karte an ihn schon lange raus ist. Dauert ja schließlich über das große Wasser. Apropos Wasser: Wahrscheinlich steckt unser geschätzter Biologe kopfüber in einem seiner amerikanischen Seen und hat vor lauter Algen die Welt um sich herum vollkommen vergessen. Schreibt ihr euch denn nicht mehr?«

»Schreiben würde ich das nicht nennen«, sagte Malou. »Seine letzte Plattensendung aus Boston ist jedenfalls schon eine ganze Weile her. *Hello, Goodbye* von den Beatles. Und ein paar getrocknete Blumen. Das war alles.«

»Typisch Matthias«, sagte Anna, und Malou konnte hören, dass sie schmunzelte. »Immer schön eindeutig uneindeutig. Ich würde sagen, du bringst diesen Stefan einfach mit. Und seinen Robbie ebenso. Danach sage ich dir, was ich von ihm halte, okay? Valentins Bruder macht übrigens auf unserer Hochzeit den DJ, und der hat echt Musik im Blut. Wird sicherlich ein heißer Schwof!«

»Gute Idee«, erwiderte Malou. »Aber vorher erobern wir erst einmal den Mond. Sogar die Schwabinger Kindergartenkinder zeichnen schon eifrig Raumschiffe. Leos sieht noch aus wie ein dicker Käfer, aber sie gehört schließlich auch zu den Jüngsten in der Bambi-Gruppe.«

»Die in Iffeldorf auch«, bestätigte Anna. »Wahrscheinlich handelt es sich um eine Art Epidemie. Solange im Gegenzug keine kleinen grünen Männchen auf der Erde landen, können wir ja zufrieden sein …«

Malou bereitete gerade das Abendessen vor, als das Telefon klingelte.

Stefan?

Sie waren für später lose verabredet, da Robbie kränkelte und Stefan sich noch nicht hatte festlegen wollen.

Doch am anderen Ende der Leitung ertönte Brunos Stimme.

»Ciao, Malou«, sagte er. »Du hast einen Bruder?«

»Wieso fragst du?«

»Seit Wochen arbeitet bei uns in den Weinbergen ein Jonathan Fuchs. Alle mögen ihn, besonders *le donne, è un bravo ragazzo*. Aber gestern ich habe gesehen durch Zufall seine *documenti. Il nome vero è* Christopher Winkler. Hat gesagt, er ist dein Bruder und hat Probleme mit *polizia tedesca.* Bekommen wir nun auch *problemi*, Malou?«

»Ja, Chris ist mein Bruder«, erwiderte sie erleichtert. »Er muss dringend zurück nach München kommen, sonst werden seine Probleme mit der Polizei noch größer. Aber ihr braucht euch keine Sorgen zu machen«, versicherte sie Bruno. »Chris hat nichts Schlimmes verbrochen, nur bei einer großen Demo mitgemacht und sich danach ziemlich ungeschickt verhalten.«

»Aber er will nicht, Malou. Hat gesagt, nie wieder nach Hause.«

Malou seufzte. Was konnte sie tun?

Sie überlegte fieberhaft. Nach Italien fahren und versuchen, Chris zu überreden? Er würde garantiert tausend Ausreden finden und vielleicht sogar wieder abhauen.

Das konnte nur jemand, dem er absolut vertraute …

»Du sagst ihm nicht, dass wir telefoniert haben, versprochen?«, bat sie Bruno. »Sonst haut er vielleicht noch ab.«

»*Promesso*«, versicherte er.

»Ich schicke einen guten Freund; der soll ihn überreden und nach Hause zurückbringen. Ich sage dir Bescheid, wann er kommt. Aber zu Chris bitte einstweilen kein Wort!«

Malou legte auf und wählte sofort Samys Nummer.

»Ich weiß jetzt, wo Chris ist«, sagte sie, sobald er verschlafen abgenommen hatte. »In Brunos italienischer Kommune auf dem alten Gutshof, wo ich mit Anna und den Kindern vorletzten Sommer Ferien gemacht habe. Er arbeitet in den Weinbergen. Aber dort kann er nicht bleiben, nicht, wenn er irgendwann wieder ein normales Leben führen will.«

»Wo genau liegt dieser alte Gutshof?«, fragte Samy.

»Zwischen Siena und Arezzo. Ist eine ordentliche Strecke zu fahren, aber …«

»Leihst du mir deinen Borgward?«, unterbrach er sie. »Mein alter Austin würde in den Alpen womöglich schlappmachen …«

»Natürlich. Alles, was du willst, Samy!«, rief Malou erleichtert.

»Dann fahre ich gleich los und bringe den verlorenen Sohn nach Hause. Hab ja so einiges bei dir gutzumachen.«

»Großartig – danke! Und unser Termin bei Otl Aicher? Soll ich den absagen?«

»Bis dahin sind wir längst wieder zurück – tot oder lebendig.« Samy lachte. »Schlechter Scherz, Malou, bitte entschuldige. Ich pass schon auf unser Goldstück auf. Kannst dich auf mich verlassen.«

*

Stefan war nach einem anfangs harmonischen Abend auf der Loggia gerade ein wenig verschnupft nach Hause abgezogen.

Dabei hatte alles so romantisch begonnen.

Sie hatten sogar eine sturmfreie Wohnung gehabt, weil Leo bei den Großeltern übernachtete, und also auf nichts und niemanden Rücksicht nehmen müssen. Gemeinsam hatten sie Wein getrunken und sich schließlich geküsst, länger und intensiver als bisher. Zum ersten Mal hatte Malou dabei sogar einen Anflug von Verliebtheit gespürt, ein feines Bitzeln im Zwerchfell, das nach mehr verlangte.

Im Bett gelandet waren sie trotzdem nicht.

Der Grund war wieder einmal Stefans energische Mutter, die gar nicht daran dachte, ihren Sohn in ein selbstbestimmtes Leben zu entlassen. Nicht einmal an diesem Abend, trotz ihrer Abwesenheit, konnte Stefan sich von ihrem Schatten befreien. Er wirkte gehemmt, fast überängstlich, als ob sie ihn und Malou selbst aus der Entfernung beobachten würde.

»Ich weiß nicht, ob ich das aushalte«, hatte Malou ihm bei seinem unvermittelten Aufbruch gestanden. »Ich schätze deine Mutter sehr für das, was sie tagtäglich für euch leistet. Aber mir nimmt sie die Luft zum Atmen.«

»Mir doch auch!«, versicherte Stefan. »Aber allein fällt es mir schwer, mich gegen sie zu wehren. Mit dir an der Seite jedoch, da könnte ich es, das weiß ich.«

»Und deshalb musst du jetzt auch nach Hause zu Mutti, die ihren erwachsenen Sohn kontrolliert, als wäre er noch immer acht Jahre alt?«

»Jetzt bist du unfair, Malou! Robbie war doch krank. Mutter sagt immer, da gehört ein Vater zu seinem Kind.«

»Das ist richtig, und ich würde es nicht anders machen. Aber hast du nicht gesagt, dass es dem Kleinen schon wieder gut geht, Stefan? Ich mag sehr an dir, wie lieb du zu deinem Sohn bist. Aber ich mag nicht, wie deine Mutter dich mit dieser Liebe erpresst.«

Ein kühler Abschied folgte, ohne Umarmung.

Malou hatte Stefan verletzt, und das tat ihr leid, nicht leid allerdings tat ihr, dass sie ausgesprochen hatte, was sie fühlte.

Als kurz darauf die Klingel ging, dachte sie, Stefan habe es sich anders überlegt und sei doch zurückgekommen.

Sie öffnete mit einem versöhnlichen Lächeln.

»Hallo«, sagte ein müder, sehr zerzauster Samy. »Es hat tatsächlich geklappt. Chris sitzt unten im Auto.«

»So schnell?«, fragte Malou freudig überrascht. »Wollt ihr nicht beide raufkommen?«

»Bloß nicht!«, rief Samy. »Ich hab sogar die Türen verriegelt, damit er es sich nicht doch noch anders überlegt. Unterwegs war er nämlich manchmal gefährlich nahe dran …«

Malou seufzte. »Wie ist Chris eigentlich auf Bruno und die Kommune gekommen? Das beschäftigt mich schon die ganze Zeit.«

»Er muss es irgendwie in der Küche beim Spülen aufgeschnappt haben. Ein Kellner hat von Bruno erzählt, und wie gut du ihn früher gekannt hast. Per Autostopp ist er dann bis in die Toskana runtergefahren – und dort bei den Hippies hängen geblieben.«

»Wie seid ihr eigentlich über die Grenzen gekommen?«, fragte sie.

»Auf der von Italien nach Österreich lag Chris auf der Rückbank unter Decken. Die Grenzer waren wohl alle schon ziemlich müde. Und in Kiefersfelden haben sie uns nur durchgewinkt.«

»Und nun?«, fragte Malou.

»Ich bringe ihn jetzt direkt in die Villa vom Alten. Und dann soll der endlich auspacken. Drück den beiden Betonköpfen die Daumen, dass dabei nicht zu sehr die Fetzen fliegen. Deinen Wagen parke ich dann morgen vor dem Verlag, okay?«

»Das vergess ich dir niemals, Samy, danke!«

Malou wollte ihn umarmen, er aber trat schnell einen Schritt zurück.

»Bleib mir lieber vom Hals! Ich stinke garantiert wie eine ganze Iltis-Familie. Das wiederholen wir, wenn ich wieder menschlich rieche, einverstanden? Und jetzt *buona notte,* Malou. Hab mich selten zuvor so auf mein Bett gefreut …«

*

Malous Begegnung mit Otl Aicher gehörte zu jenen, die sie so schnell nicht vergessen würde. Es hatte eine ganze Weile gedauert, bis der Termin zustande gekommen war, angeregt von Camilla, die sich »mehr Olympia 72« im *Tag* gewünscht hatte.

Otto Aicher, den alle Otl nannten, begrüßte Samy und Malou an der Seite seiner Frau Inge Aicher-Scholl, der ältesten Schwester der von den Nazis ermordeten Sophie und Hans Scholl. So viel gelebte Geschichte im Widerstand gegen das NS-Regime!

Malou hatte sich im ersten Moment richtig eingeschüchtert gefühlt.

Doch die beiden nahmen ihr lächelnd die Scheu.

»Wir sind keine Denkmäler, sondern ganz normale Menschen aus Fleisch und Blut mit zahlreichen Macken und Fehlern«, sagte Otl Aicher. »Fragen Sie nur mal unsere Kinder! Und jetzt kommen Sie bitte rein – bei einer guten Tasse Tee redet es sich gleich viel besser.«

Mit diesen Worten hatte er Samy und Malou ins Haus geführt, und mit diesen Worten begann sie nun auch ihren Text. Und so ging es weiter:

Otl Aicher verweigerte den Eintritt in die HJ und wurde deswegen nicht zum Abitur zugelassen. Schon als Siebzehnjähriger hatte er Kontakt zur Familie Scholl, nach 1943 wurde er deshalb mehrfach von der Gestapo verhört. Später hat er alles versucht, um dem Militärdienst zu entkommen. Das reichte von mehrfachen Fluchtversuchen bis zur Selbstverletzung. Schließlich desertierte er von der Westfront. Inge Scholl und ihre Eltern versteckten und verpflegten ihn. Nach dem Krieg begann er ein Studium der Bildhauerei an der Akademie der Bildenden Künste München und gründete bald darauf zusammen mit seiner zukünftigen Frau die Volkshochschule Ulm. Später arbeitete er als Dozent für Visuelle Kommunikation.

Kommunikationsdesigner, Typograf, Lehrer, Publizist – dieser Mann mit den vielen Talenten ist nun mit seinem Team als Gestaltungsbeauftragter der Olympischen Spiele in München tätig, deren Design er umfassend prägt. Das reicht von den Uniformen über die Plakate bis hin zu den Piktogrammen als Wegweiser.

»Die einstige Hauptstadt der Bewegung ist tot«, so Otl Aicher. »Wir zeigen der Welt ein neues, frisches München – und so werden auch unsere Farben sein.«

Samys exzellent gelungene Fotos zeigten einen Charakterkopf, der Eindruck machte. Malou bestand zudem auf ein gemeinsames Porträt des Ehepaars.

Doch selbst während der Arbeit an ihrem Artikel kreisten ihre Gedanken unaufhörlich um Chris.

Was war wohl in der Nacht seiner Rückkehr in der Villa ihres Vaters geschehen?

Samy hatte lediglich berichten können, dass Chris sie betreten hatte. Seitdem gab es keinen Anruf, nicht die kleinste Information. Camilla hatte sich schon den zweiten Tag bei der Redaktionskonferenz entschuldigen lassen.

Ein gutes oder ein schlechtes Zeichen?

»Ich denke, sie kämpfen«, sagte Samy. »Irgendwie ist Chris schließlich doch sein Sohn, auch wenn der Alte ihn nicht gezeugt hat. Du hast getan, was du konntest. Jetzt sind die beiden dran.«

»Meinst du wirklich?«, fragte Malou zweifelnd.

»Meine ich. Und jetzt schau nach vorn, Malou.«

Leichter gesagt als getan.

Selbst die Heimfahrt von der Arbeit mit dem Fahrrad durch die sommerliche Stadt entspannte Malou heute nicht.

An den Zeitungsständen prangten Headlines über die bevorstehende Mondlandung. Auch *Der Tag* hatte getitelt: MORGEN IST DER MOND EIN AMI.

Ein Malertrupp verließ gerade die Nachbarwohnung, als Malou im obersten Stockwerk ankam. Die nervtötenden Renovierungsarbeiten, die sie noch immer jeden Morgen in aller Frühe aus dem Schlaf rissen und manchmal bis weit in den Abend andauerten, schienen sich also dem Ende zu nähern. An anderen Tagen hätte Malou sich darüber gefreut. Heute jedoch beschäftigte sie ein anderes Thema.

Sollte sie ihren Vater anrufen?

Einige Male hatte sie den Hörer schon in der Hand gehabt, jedoch immer wieder aufgelegt.

Leo schien die innere Unruhe ihrer Mutter zu spüren. Sie spielte mit dem Brot auf ihrem Teller, anstatt es zu essen, schüttete den Apfelsaft um, weil sie mit ihrem Stuhl kippelte, und rannte anschließend wie ein kleiner Derwisch durch die Wohnung, als Malou ihr den Schlafanzug anziehen wollte. Auch mochte sie keine der Geschichten aus ihren Bilderbüchern hören, nicht einmal die von Babar, dem kleinen Elefanten, die sie sonst so liebte.

Stattdessen verlangte sie, dass die Mami neben ihr sitzen blieb.

Nach viel Streicheln und leisem Zureden hob und senkte sich der kleine Brustkorb irgendwann doch regelmäßig, und Malou schlich sich leise hinaus.

Im Wohnzimmer versuchte sie es mit Musik und legte die letzte Platte aus den USA auf, doch zu ihrer gegenwärtigen Stimmung passte nicht einmal die.

Hello, Goodbye – was zum Teufel wollte Matthias ihr damit sagen?

Ob er tatsächlich zu Annas Hochzeit kommen würde?

Eine weite Reise für die Hochzeit einer alten Freundin – es sei denn, man hoffte, dort auch eine andere Person wiederzusehen, an der einem viel lag …

Nicht einmal Träumen half heute weiter, trotz Malous romantischer alter Mondlampe, die sie zu sich ins Wohnzimmer geholt hatte.

Schließlich schaltete sie den Fernseher an in der Hoffnung, sich ein wenig abzulenken, doch dort drehte sich alles um die bevorstehende Mondlandung. Die ARD hatte sogar eigens ein Apollo-Studio eingerichtet. Dabei war es noch lange nicht so weit; erst gegen drei Uhr würde erstmals ein Astronaut jenen wandelbaren Himmelstrabanten betreten, der die Menschheit seit jeher so sehr faszinierte.

Malou beschloss, mit Vernunft dagegenzuhalten. Die Küche müffelte noch immer nach dem Hühnchen von gestern. Sie öffnete die Balkontür, um frische Luft hereinzulassen, packte die Mülltüte um und wollte sie gerade vor der Wohnungstür abstellen, um sie gleich am nächsten Morgen runterzutragen, als sie eine zusammengesunkene Gestalt auf der obersten Stufe bemerkte.

»Chris?«, fragte sie intuitiv. »Chris, was um Himmels willen machst du denn da im dunklen Treppenhaus?«

»Sag du es mir, Malou. Und Chris ist nicht mehr richtig. Ich bin Nemo.« Er lachte heiser. »Jedenfalls bin ich nicht mehr der, für den ich mich ein Leben lang gehalten habe.«

»Komm erst einmal rein«, bat sie ihn mit belegter Stimme.

Zu ihrer Überraschung folgte er ihr ohne Widerworte in die Wohnung.

»Hunger?«, fragte Malou.

Er schüttelte den Kopf. »Aber Durst.«

»Ich kann dir Apfelsaft anbieten, Cola oder Wasser.«

»Nichts Stärkeres?«

Malou sah ihn so streng an, dass er zu kichern begann.

»Schon gut. Obwohl … jetzt dürften wir ja. Dann gerne Cola.«

»Wie geht es dir?«, fragte sie, als sie beide am Küchentisch saßen. »Und wie geht es jetzt weiter?«

Chris schwieg lange. Dann sagte er rau: »Wenn ich Pech habe, wandere ich in den Knast so wie mein Kumpel Pohle. Den hat sich die bayerische Justiz ganz ordentlich zur Brust genommen. Rädelsführer und so weiter. Sein Traum vom Juristen ist jedenfalls ausgeträumt.«

»Und wenn du Glück hast, weil du nur dabei warst?«

»Dann könnte Winklers Starverteidiger für Strafrecht Dr. Riedl unter Umständen hinbekommen, dass mein Verfahren wegen Geringfügigkeit nach Paragraf 153 StPO eingestellt wird, jetzt wo ich mich bei der Staatsanwaltschaft gemeldet habe – falls ich das von ihm annehme.«

»Du müsstest bescheuert sein, es nicht zu tun«, antwortete Malou. »Und das bist du ja nicht, wie wir alle wissen. Oder willst du bis zu deinem Lebensende im Untergrund leben und dich mit Hilfsarbeiten durchschlagen? Und nenn ihn nicht Winkler. Das hat er nicht verdient.«

»Dann meinetwegen Hans. ›Vater‹ bringe ich gerade nicht über die Lippen. War übrigens gar nicht übel bei den Hippies in der Toskana«, murmelte er. »Freie Liebe und so …«

»Hör endlich auf, von der Revolution zu träumen – die hat nicht einmal in Frankreich geklappt. Nimm lieber dein Leben in die Hand«, sagte Malou energisch.

Chris sah sie aufmerksam an.

Im Schein der Hängelampe leuchteten seine Augen noch goldener als sonst. Das Schwarz aus seinen Haaren hatte sich herausgewaschen, sie waren wieder rötlich blond, ganz ähnlich wie ihre. Trotz ihrer so unterschiedlichen Charaktere gab es vieles, das sie verband, nicht nur äußerlich. Die gegenseitige Anziehung war vom ersten Augenblick an spürbar gewesen. *Sommerelfe*, so hatte er Malou bei ihrer ersten zauberhaften Begegnung im Englischen Garten vor vier Jahren genannt; und sie hatte *Faun* zu ihm gesagt.

Wie jung und unbefangen sie damals noch gewesen waren!

Vielleicht würde es ihn zur Einsicht bewegen, wenn sie ihn wieder daran erinnerte.

»Hör zu, Chris«, sagte sie. »Niemand weiß besser als ich, wie es sich anfühlt, wenn dein Vater plötzlich nicht mehr dein Vater sein soll, nur weil er dich nicht gezeugt hat. Ich muss schließlich auch damit leben. Aber inzwischen gelingt mir das sogar ganz gut.«

»Ich bin da leider nicht ganz so flexibel. Erst hatte ich eine Schwester, dann plötzlich zwei, jetzt habe ich gar keine mehr. Dafür gibt es auf einmal einen ominösen adeligen Vater, ebenso tot wie meine Mutter. Der Alte hätte es mir sagen müssen«, brach es aus ihm heraus. »Spätestens nachdem sie gestorben war …«

»Ja, das hätte er«, pflichtete Malou ihm bei. »Aber er hat deiner Mutter am Sterbebett versprechen müssen, es nicht zu tun – ein Konflikt, aus dem er nicht herauskam. Sieh es doch einmal so: Ihr hattet viel Zoff, aber er hat immer zu dir gestanden. Er hat deine schwangere Mutter geheiratet und damit die Vaterschaft akzeptiert, für deine Ausbildung gesorgt und deine Strafzahlung übernommen, als es eng für dich wurde. Und jetzt dieses noble Angebot, dir nochmals unter die Arme zu greifen …«

»Soll ich ihm vielleicht auch noch dankbar sein?« Chris war laut geworden.

»Ja«, erwiderte Malou ruhig. »Ich finde, das könntest du. Faune sind übrigens in der Regel niemals stur. Sie sehen ein, wenn sie einen Fehler gemacht haben, und kehren leichtfüßig um.«

Eine lange Pause entstand.

»Ganz schön vernünftig für eine einstige Sommerelfe«, sagte Chris schließlich mit dem Anflug eines Lächelns. »Ist eine ganze Menge passiert seit damals …«

»Allerdings«, erwiderte Malou. »Und das Wichtigste von allem schlummert selig nebenan. Mit einem Kind bleibt dir gar nichts anderes übrig, als vernünftig zu werden.«

Sein Gesicht wurde weich.

»Wünsche ich mir auch«, sagte Chris, und es hörte sich sehnsüchtig an. »Wenn mich jemals eine Frau dafür will …«

»Garantiert! Du musst nur die Augen offen halten, dann findest du sie auch«, entgegnete Malou. »Vielleicht wartet sie ja schon auf dich.«

Er griff nach ihrer Hand und hielt sie fest.

»Weißt du eigentlich, dass ich dich vom ersten Moment an geliebt habe?«, fragte er.

»Weiß ich«, erwiderte Malou. »Ich dich auch. Ich glaube, das mit uns nennt man *Soulmates* – Seelenverwandte. Soll ziemlich selten vorkommen.«

Malou hatte Chris im alten Au-pair-Zimmer untergebracht, wo er innerhalb von Minuten erschöpft eingeschlafen war. Sie selbst jedoch konnte noch nicht schlafen, und so kehrte sie noch einmal zum Fernseher zurück, wo der Wissenschaftsjournalist Heinrich Schiemann nun tatsächlich die Mondlandung kommentierte. Irgendwann schaltete sie den Ton ab und überließ sich ganz dem Sog der schwarz-weißen Bilder:

Neil Armstrong kletterte aus der Landefähre.

Seine Beine betraten die Mondoberfläche.

Malou holte sich den Ton zurück. »*That's one small step for man, one giant leap for mankind*«, sagte der Astronaut.

Im Zimmer brannte die kleine Mondlampe.

Malou ging auf den Balkon und schaute hinauf zum zunehmenden Halbmond. Natürlich war von hier unten aus nichts von der kühnen Expedition zu sehen, die die ganze Welt bewegte.

Ein kleiner Schritt für einen Menschen, aber ein riesiger Sprung für die Menschheit ...

Für Malou jedoch war in diesem Augenblick der Schritt eines anderen Menschen weitaus bedeutender.

Chris hatte ihr versprochen, am nächsten Tag wieder bei Samy einzuziehen.

Und sich bei Dr. Riedl einen Termin geben lassen.

*

Was für eine süße Braut!

Anna trug ein weißes Spitzenminikleid und auf den Haaren einen bunten Blütenkranz.

»Die Leute aus dem Dorf haben während der Trauung ganz

schön getuschelt, weil das Brautkleid so kurz ist«, flüsterte sie Malou zu. »Aber Valentin liebt meine Beine. Und bald werden sie ja ohnehin wieder ein bisschen stämmiger …«

»Heißt das, dass du …?«

»Richtig«, sagte Anna kichernd. »So ganz in der richtigen Reihenfolge haben wir es leider doch nicht hinbekommen, aber immerhin fast. Lu weiß noch nichts davon, soll auch noch für ein Weilchen so bleiben. Denn wenn wir ihm das mit dem Geschwisterchen im Anflug verraten, erfährt es prompt ganz Iffeldorf.«

Die Hochzeitsgesellschaft war sommerlich gekleidet – viele leuchtende Farben, nichts Steifes. Bräutigam Valentin hatte längst Sakko und Krawatte abgelegt, während Lu noch immer voller Stolz seine kleine rote Satinschleife trug. Passend dazu waren die Räume des Gasthofs Zur Seerose mit bunten Blumengirlanden geschmückt, die sich bis nach hinten in den Garten zogen. Dort standen einfache Holztische und -bänke, während die Einrichtung drinnen aus Zirbelholz gearbeitet war.

»Von Valentins Vetter Karl aus Vorarlberg«, erklärte Anna. »Das Beste für die Gesundheit. Unser Ehebett besteht auch daraus – darin schläft man vielleicht himmlisch! Und nicht nur das.« Sie zwinkerte Malou zu. »Und da drüben ist jetzt dein Stefan mit seinem Sohn? Also aussehen tut er doch ganz knuffig.«

Malou hatte lange überlegt, ob sie Stefan als Begleitung mitnehmen sollte. Doch Leo hatte im Kindergarten begeistert von der bevorstehenden Hochzeit erzählt, was Robbie wiederum an seinen Vater weitergegeben hatte, und so war es letztlich dazu gekommen.

Jetzt war sie froh darüber.

Stefan hatte blendende Laune, unterhielt die anderen Hochzeitsgäste mit kurzweiligen Anekdoten und ja, in seinem blauen Sommeranzug mit einem ausnahmsweise mal nicht zerknitterten Sakko sah er richtig gut aus.

Robbie und Lu hatten auf Anhieb Freundschaft geschlossen und schwirrten nun übermütig zwischen den Erwachsenen hin und her, von Samy in zahlreichen Fotos festgehalten, während Leo und Susi gar nicht mehr von den Kaninchenställen wegzubekommen waren, die es neuerdings bei Anna und Valentin gab. Das üppige Büfett im Gastraum fand allgemein großen Anklang, ebenso wie der Wein von Brunos Kommune, der zusammen mit ihm gerade noch rechtzeitig zur Hochzeitsfeier angekommen war. Und zu Malous Freude war Bruno nicht allein. Jeff, der schlaksige Amerikaner im bunten Hemd, offiziell sein Fahrer, tauschte mit ihm so liebevolle Blicke, dass ihr ganz warm ums Herz wurde.

Malou zog sich mit dem alten Freund, der sich natürlich sofort nach Chris erkundigt hatte, für ein paar Minuten in eine ruhige Ecke zurück.

»Che storia!«, sagte Bruno kopfschüttelnd, nachdem sie ihm den wahren Sachverhalt geschildert hatte. *»Che confusioni!«*

»Aber jetzt ist *basta* mit den *confusioni«*, versicherte Malou. »Mein Bruder ist zum Glück endlich wieder zur Vernunft gekommen.«

»Aber ich denke, Chris ist gar nicht dein *fratello* …«, widersprach Bruno verwirrt.

»Im Herzen schon«, erwidere Malou. »Und allein das zählt doch, oder?«

»Davvero!«, versicherte Bruno. »Du siehst übrigens fantastisch aus, Malou, *che bellezza*!«

Sie freute sich über das Kompliment, weil sie sich heute

so wohl fühlte. In ihrem fliederfarbenen Maxikleid ließ es sich herrlich tanzen; Leo trug die Miniausgabe davon und sah darin einfach zum Anbeißen aus. Valentins Bruder Sebastian sorgte als DJ dafür, dass keine Langeweile aufkam, und falls einige der Anwohner es zu laut fanden, dann gab es nur zwei Möglichkeiten: mitfeiern oder sich damit abfinden.

Stones, Beatles, Kinks, Doors, Animals, Beat bis zum Abwinken, und zwischendrin die wehmütige Stimme von Alexandra, die erst vor wenigen Tagen bei einem tragischen Verkehrsunfall ums Leben gekommen war.

»Sie hatte so große Pläne«, erzählte Malou, während sich einige der Gäste neugierig um sie scharten, als sie von ihrem Besuch bei ihr berichtete. »Ihr armer kleiner Sohn hat jetzt keine Mama mehr.«

»Um sie herum lag wie ein dunkler Schatten«, ergänzte Samy. »Fast mit Händen zu greifen.«

»Umso mehr lasst uns heute feiern«, forderte Valentin seine Hochzeitsgäste auf. »Und das Leben in vollen Zügen genießen.«

DJ Sebastian legte nun eine langsamere Nummer auf, *A Whiter Shade Of Pale* von Procol Harum, die sich das Brautpaar gewünscht hatte.

Ein Schieber, den Stefan zu genießen schien, denn er hatte Malou dabei eng an sich gezogen. Als der Song geendet hatte, entstand eine kurze Pause, während Sebastian nach einer bestimmten Platte zu suchen schien – und Malou blieb plötzlich wie erstarrt stehen.

Der Mann, der gerade lächelnd auf sie zukam, war doch …

»Guten Abend, schöne Frau«, sagte Matthias. »Der nächste Tanz gehört mir.«

»*When a man loves a woman*«, röhrte die Soulstimme von

Percy Sledge, doch Malou war zu verwirrt, um es genießen zu können.

»Du kannst mich doch nicht einfach so wegziehen«, sagte sie, als sie in seinen Armen lag. »Als ob ich dir gehören würde …«

»Sieht so etwa eine nette Begrüßung für einen Fernreisenden aus?«, murmelte er an ihrem Ohr.

Er roch nach Sommer und See und nach Matthias, und Malou wurde ganz schwindelig, weil es ihr so gut gefiel – was sie jedoch nur noch wütender machte.

»Erst wochenlang nichts, und dann auf einmal das …«

»Dann auf einmal was?« Er ließ sie los.

»Du hast ja gar keinen Bart mehr, ich hätte dich fast nicht erkannt …«

»Also das ist das Problem?« Matthias grinste.

»Nein, natürlich nicht.« Malou begann zu stottern. »Aber ich bin mit einem anderen Mann hergekommen, weil du ja kein Wort gesagt hast. Wie sollte ich denn wissen …« Sie brach ab. »Bist du jetzt wieder ganz hier zurück?«

»Ja und nein.« Er sah sie liebevoll an. »Kommt auf die Perspektive an, wie bei so vielem im Leben.«

»Ja, nein – mit deinem ständigen Hin und Her machst du mich noch ganz kirre. Ich hab genug davon, verstanden? Ein für alle Mal genug!« Jetzt war sie richtig wütend.

»In Ordnung.« Matthias nickte. »Ich ändere mich. Wirst schon sehen.«

Er warf ihr eine Kusshand zu, dann drehte er sich um und ging.

»Wer war denn dieser unverschämte Kerl?«, fragte Stefan, der sofort wieder bei ihr stand. »Kennst du den näher?«

»Nein«, sagte Malou, die zu ihrer eigenen Verblüffung

plötzlich den Tränen nah war. »Das kann wohl niemand von sich behaupten. Komm, lass uns tanzen!«

Doch der Schwung war für sie raus, so begeistert die anderen um sie herum auch feierten.

Anna spürte es und nahm sie zur Seite.

»Was ist los?«, fragte sie.

»Nichts.«

»Matthias-Nichts?«

»Woher weißt du das?«, fragte Malou.

»Ich hab euch vorhin gesehen. So entrückt habe ich dich noch nie erlebt. Und ihn übrigens auch nicht.«

»Aber jetzt ist er wieder weg …«

Anna zuckte mit den Achseln. »Man soll die Hoffnung niemals aufgeben. Hast du das nicht einmal zu mir gesagt, Malou?«

DREIZEHN

Wenige Tage später

Heute war das Arbeiten zu Hause selbst mit Oropax kaum möglich gewesen. Mamma Lucia hatte Malou Leo abgenommen – Kindergarten, Mittagessen, Spielplatz –, und ihr ein zufriedenes, wohlig erschöpftes Kind zurückgebracht.

Aber diese Umzugsfirma!

Den ganzen Tag waren sie mit Kisten und Möbelstücken durch das Treppenhaus gepoltert, weil der unzuverlässige Fahrstuhl wieder einmal gestreikt hatte. Malou war schon nah daran gewesen, alles zusammenzupacken und in den Verlag umzuziehen, als plötzlich Stille einkehrte.

Welche Wohltat!

Sie streckte sich, ging ins Bad und wusch sich Hände und Gesicht, um sich für die nächste Runde fit zu machen, sobald Leo im Bett war. Auch für das Abendessen war gesorgt. Mamma Lucias köstliche Lasagne brauchte nur noch aufgewärmt zu werden …

Plötzlich ertönte nebenan laute Musik.

Den Song kannte sie doch …

Malou riss die Tür auf. Die Wohnungstür gegenüber stand ebenfalls sperrangelweit offen.

When a man loves a woman …

Sledges Soulstimme verfehlte auch heute nicht ihre Wirkung

weder auf Malou noch auf Leo, die ihr Spiel unterbrochen hatte und neugierig hinterhergelaufen kam.

Sogar Monsieur Filou stolzierte mit hoch erhobenem Schwanz in die andere Wohnung hinüber.

»Was ist das, Mama?«, fragte die Kleine.

»Das, Leo, ist euer neuer Nachbar«, erwiderte Matthias, der lächelnd auf sie zukam. »Seit ein paar Wochen übrigens Professor Krieger. Dem MIT in Boston haben meine Forschungen über Grünalgen als potenzielle Lieferanten für Biotreibstoff ziemlich gut gefallen. Und der Münchner TU ebenfalls, die mir daraufhin eine interessante Stelle angeboten hat …«

»Das Lied«, drängelte Leo.

»Verzeih, junge Lady.« Matthias ging in die Knie, bis er auf einer Höhe mit ihr war. »Das Lied ist eine Liebeserklärung an deine Mama. Sie hat mich nämlich in Iffeldorf gefragt, ob ich für immer *hier* zurück sei, und was sollte ich da sagen, ohne zu lügen? Diese Wohnung in Schwabing hatte ich doch schon längst gekauft. Aber den Bauernhof dort behalten wir trotzdem. Einverstanden?«

»Mit Kaninchen?«, vergewisserte sich Leo.

»Wenn du unbedingt willst, auch mit Kaninchen.«

»Da sind Blumen auf dem Boden …« Leo hob ein Blütenblatt auf.

Matthias erhob sich wieder zu ganzer Größe.

»Ihr könntet jetzt mit rüberkommen und euch alles in Ruhe ansehen, wenn ihr Lust habt«, sagte Matthias. »Eigentlich sollten euch ja brennende Teelichter den Weg weisen, doch dazu ist es noch zu hell. Ich wollte unbedingt, dass auch Leo mit dabei ist, denn sie gehört schließlich dazu. Da bin ich eben auf Rosenblätter umgestiegen …«

»Du bist ja vollkommen verrückt«, murmelte Malou hingerissen.

Matthias nahm sie in die Arme und küsste sie.

Malou wurde heiß, ihr wurde kalt, ihr wurde schwindelig. Sie wollte nur noch, dass es niemals wieder aufhörte.

»Und ob ich das bin«, flüsterte Matthias. »Verrückt nach dir, Malou! Und weißt du auch, was das Allerschönste daran ist?«

Malou schüttelte den Kopf.

»Dass wir beide uns nun alle Zeit der Welt nehmen können, um das zu genießen – vorausgesetzt, du willst!«

Tausende von Gedanken rasten in Lichtgeschwindigkeit durch Malous Kopf. Ihre Eltern, Onkel Julius und Agnes, die Freundinnen, Samy, ihr Vater, Nathalie und Chris – was würden sie denken, wenn sie davon erfuhren?

Ganz egal!

Malou hatte ihre Wahl längst getroffen.

»Ich will«, murmelte sie glücklich bewegt. »So sehr …«

Sie küssten sich wieder.

Malous Körper begann zu vibrieren.

Wenn schon die Ouvertüre so begann – wie würde es dann erst weitergehen?

»Mama loslassen!«, Leo zerrte an Matthias' Jeans, um ihrer Forderung Nachdruck zu verleihen.

»Sie weiß genau, was sie will.« Malou, die gerade kurz Atem holte, schmunzelte. »Daran musst du dich gewöhnen, wenn du mit uns leben willst – und an ein paar andere Macken auch.«

»Soll sie ruhig. Sie ist schließlich die Tochter ihrer Mutter, oder nicht? Damit komme ich klar, mach dir keine Sorgen. Und Macken mag ich. Hab ja selbst eine ganze Menge davon.«

Matthias bückte sich und hob die Kleine hoch.

Für einen Moment legte sie ihr Köpfchen an seine Brust, eine Geste des Vertrauens, bei der Malou ganz warm ums Herz wurde.

»Aber ich lasse deine Mama nur ganz kurz los, Leonie«, sagte er zärtlich. »Mehr kann ich dir leider nicht versprechen. Denn ab jetzt werde ich sie für immer festhalten.«

Danksagung

Mein herzlicher Dank geht an die Historikerin und Journalistin Lilly Maier, die mich auch bei diesem Projekt wieder mit klugen Kommentaren und kritischen Einwürfen auf das Wunderbarste unterstützt hat.

Lilly, du bist eine Schau!

Neu im Team und ebenfalls eine große Bereicherung für meine umfangreiche Recherche ist die junge Geigerin Nora Johanna Eder, die mit viel Einfühlungsvermögen und bester Spürnase spannende Begebenheiten aus der Vergangenheit ausgegraben hat.

Danke, liebe Nora!

Tolle Gespräche mit der Psychologin und Fernsehfachfrau Margaretha Stephan haben dieses Romanprojekt bereichert.

Danke, liebe Margaretha, der nicht einmal die kleinste Schludrigkeit entgeht!

Ich bedanke mich bei dem Literaturwissenschaftler und Journalisten Prof. Dr. Christoph Bartscherer, der auf so liebevolle Weise seine Redaktionserfahrungen mit mir geteilt hat.

Mein herzlicher Dank geht an meinen Neffen, den Biologen Dr. Michael Bögle-Bassios, und seine bezaubernde Frau Irini

Bassios, die ebenfalls Biologin ist. Beide haben lange in Iffeldorf über Algen geforscht und waren so freundlich, mir Einblicke in diese spannende Thematik zu ermöglichen.

Danke an meinen besten Freund, Rechtsanwalt Reinhard Riedl, der mich in Fragen des Strafrechts beraten hat.

Als kleines Dankeschön trägt der Topanwalt im Roman seinen Namen …

Last, but not least geht mein Dank an meine wunderbaren Erstleserinnen Babsi, Blanka, Moni, Margaretha, Sabih, Johanna und Marlene – eure Stimmen bedeuten mir so viel!

Zitatnachweise

»Die Andern sind das weite Meer …« auf Seite 7, 1. Strophe aus *Für Einen,* veröffentlicht in *Das Lyrische Stenogrammheft,* © Mascha Kaléko, mit freundlicher Genehmigung der dtv Verlagsgesellschaft mbH, München

Das komplette Gedicht ist auf Verfügung von Mascha Kaléko auf Seite 427 abgedruckt.

»Jage die Ängste fort …« auf Seite 19 aus *Rezept,* veröffentlicht in *Die paar leuchtenden Jahre*, © Mascha Kaléko, mit freundlicher Genehmigung der dtv Verlagsgesellschaft mbH, München

Das komplette Gedicht ist auf Verfügung von Mascha Kaléko auf Seite 429-430 abgedruckt.

»Weil deine Augen so voll Trauer sind …« auf Seite 162, 1. Strophe aus *Kleines Liebeslied,* veröffentlicht in *Das Lyrische Stenogrammheft,* © Mascha Kaléko, mit freundlicher Genehmigung der dtv Verlagsgesellschaft mbH, München

»Bummelt munter durch die Wiese …« auf Seite 354 aus *Henriette Bimmelbahn*, © James Krüss, mit freundlicher Genehmigung der Bastei Lübbe AG / Boje, Köln

Für Einen

Die Andern sind das weite Meer.
Du aber bist der Hafen.
So glaube mir: kannst ruhig schlafen,
Ich steure immer wieder her.

Denn all die Stürme, die mich trafen,
Sie ließen meine Segel leer.
Die Andern sind das bunte Meer,
Du aber bist der Hafen.

Du bist der Leuchtturm. Letztes Ziel.
Kannst, Liebster, ruhig schlafen.
Die Andern … das ist Wellen-Spiel,

Du aber bist der Hafen.

Rezept

Jage die Ängste fort
Und die Angst vor den Ängsten.
Für die paar Jahre
Wird wohl alles noch reichen.
Das Brot im Kasten
Und der Anzug im Schrank.

Sage nicht mein.
Es ist dir alles geliehen.
Lebe auf Zeit und sieh,
Wie wenig du brauchst.
Richte dich ein.
Und halte den Koffer bereit.

Es ist wahr, was sie sagen:
Was kommen muß, kommt.
Geh dem Leid nicht entgegen.
Und ist es da,
Sieh ihm still ins Gesicht.
Es ist vergänglich wie Glück.

Erwarte nichts.
Und hüte besorgt dein Geheimnis.
Auch der Bruder verrät,

Geht es um dich oder ihn.
Den eignen Schatten nimm
Zum Weggefährten.

Feg deine Stube wohl.
Und tausche den Gruß mit dem Nachbarn.
Flicke heiter den Zaun
Und auch die Glocke am Tor.
Die Wunde in dir halte wach
Unter dem Dach im Einstweilen.

Zerreiß deine Pläne. Sei klug
Und halte dich an Wunder.
Sie sind lang schon verzeichnet
Im großen Plan.
Jage die Ängste fort
Und die Angst vor den Ängsten.